Philtre d'amour

Jillian Hunter

Philtre d'amour

Traduit de l'américain
par Elizabeth Clarens

Éditions J'ai lu

Titre original :

A DEEPER MAGIC
Published by arrangement with Pinnacle Books,
Windsor Publishing Corp., N.Y.

1

Aberdeen, Ecosse, 1843

La nuit où Duncan MacNeill aperçut Margaret Rose pour la première fois, une brume épaisse venait de la mer. Cinq ans plus tard, en se rappelant leur étrange rencontre, il se dirait qu'il était tombé amoureux d'elle au premier regard. D'une façon irrévocable, inévitable. Mais, à l'époque, il ne l'avait pas compris.

C'était une soirée d'octobre, après un orage. Auréolés par la bruine, les becs de gaz d'Union Street éclairaient à peine. Au loin résonnait la corne de brume. Duncan avait toujours trouvé lugubre ce meuglement sourd mais, ce soir-là, ne pressentant pas les déceptions, les dangers ni la passion que lui réservait l'avenir, il ne se sentait pas mélancolique.

Donnant le bras à sa compagne, il quitta la salle à manger du Dalrymple's Hotel où dînaient plusieurs de ses amis, étudiants, pharmaciens et autres jeunes médecins de l'Institut de vaccination où il faisait une partie de son internat.

Depuis une semaine, il était devenu le Dr Duncan MacNeill, diplômé en médecine et en chirurgie de l'Académie royale de médecine, alors qu'il venait seulement d'avoir vingt-trois ans.

Il sourit à la jeune femme enjouée aux cheveux auburn, Alice Drummond. Comme elle paraissait sage ! La veille, dans la chambre d'Alice au-dessus de sa boutique de couturière, elle n'avait pas cessé de murmurer son nouveau titre à son oreille, tel un aphrodisiaque. Pour l'instant, leur intimité sexuelle se limitait à quelques caresses.

Il lui pinça affectueusement la taille.

— Débrouillons-nous pour que mon père rentre tôt chez lui.

— Il ne sera pas dupe ! répliqua Alice, taquine.

Un homme allègre aux cheveux blancs venait de sortir à son tour de l'hôtel. Médecin comme son fils, Colin MacNeill préférait travailler dans le privé.

C'est alors qu'un mouvement dans la rue attira l'attention de la jeune femme.

— On dirait qu'un fêtard a emprunté la calèche de son riche papa pour la nuit.

Un élégant carrosse fonçait sur eux, perçant la brume grâce à deux torchères encastrées dans des verres dépolis. Une cape de satin blanc jetée sur ses habits de soirée, chaussé de hautes bottes blanches, une rose rouge entre les dents, le conducteur tenait les rênes d'une main et brandissait de l'autre une bouteille de champagne. Le visage fouetté par de longs cheveux noirs ébouriffés, une jeune fille se penchait par la portière, riant aux éclats.

Alice fit la moue.

— Quelle honte de gaspiller ainsi du champagne, vous ne trouvez pas, Duncan ?

Mais Duncan ne répondit pas, fasciné par l'inconnue échevelée qui braillait à tue-tête une chanson paillarde.

L'homme poursuivait sa route à tombeau ouvert en direction de l'hôtel, sans prêter attention au fiacre qui venait de déboucher du vieux pont.

En dépit du manque de visibilité dû à la brume, le

cocher aperçut à temps l'attelage dangereux et se rabattit contre le trottoir opposé, effrayant un chien qui reniflait des ordures dans le caniveau. L'animal fila ventre à terre vers la chaussée.

— Mon Dieu, non ! s'écria Alice. Duncan, faites quelque chose !

Duncan se porta en avant, puis recula d'un pas tandis que la calèche s'immobilisait brutalement dans une gerbe d'éclaboussures. Le chien déguerpit sans demander son reste.

Duncan contempla son pantalon gris perle livré par le tailleur le matin même et le cache-nez blanc tricoté par Alice qu'il étrennait ; tous deux étaient maculés de boue.

— Espèce d'irresponsable... On devrait vous retirer votre licence de conducteur !

L'interpellé but une dernière lampée de champagne à la régalade et sauta de son perchoir.

— Probablement. (Il sourit et donna une bourrade amicale à Duncan.) Si j'en avais une...

Brusquement, Duncan reconnut le jeune homme : Daniel Munro, un aimable vaurien de Deeside, à qui venait d'échoir en héritage la fortune de son armateur de père, à défaut de la dignité et de l'assiduité au travail de celui-ci. Aucune personne respectable n'osait le fréquenter, mais, en dépit de sa mauvaise réputation, Munro comptait de nombreux amis, hommes et femmes. D'après Alice, l'argent rendait tous les défauts sympathiques.

La portière de l'attelage s'ouvrit avec fracas. Un homme blond, à l'allure de débauché, descendit d'un pas chancelant, suivi d'une jeune femme maigre et pâle vêtue d'une robe de taffetas bronze. Reconnaissant Duncan, elle baissa les yeux, honteuse. C'était la benjamine du pasteur et il avait assisté à la naissance de son bâtard quelques mois plus tôt à l'Hospice des indigents. Qu'était devenu le petit garçon chétif qu'elle avait mis au monde ? Déshonorée et rejetée par sa famille, la malheureuse ne semblait pas avoir renoncé à ses fréquentations douteuses.

— Sapristi, mais c'est le Dr MacNeill ! s'exclama Daniel Munro. Et le Dr MacNeill ! ajouta-t-il d'un air amusé en voyant le père de Duncan.

— Vous avez abîmé mon pantalon neuf, dit Duncan. Sans compter le reste... vous avez failli heurter un fiacre, tuer un chien et écraser trois piétons.

— Tu n'as tout de même pas blessé un chien, j'espère, Daniel ? s'écria une voix féminine.

Une jeune femme sortit de la calèche. C'était celle que Duncan avait vue à la portière, mais elle avait pris le temps de brosser ses cheveux qui ruisselaient en un épais rideau d'ébène sur l'épaule gauche.

Aussitôt, la colère de Duncan se dissipa : jamais il n'avait vu visage à la perfection plus classique. La symétrie des traits, les hautes pommettes, le menton rond, le petit nez droit et les yeux bleu-gris qui l'observaient avec une charmante assurance étaient dignes d'un camée. Malheureusement, une mâchoire volontaire et un excès de fard — poudre et rouge à lèvres carmin maladroitement appliqués — en gâchaient l'harmonie. Pourquoi diable voulait-elle se déguiser ? se demanda-t-il. Elle portait une ridicule robe de soie rouge sous une cape de laine de bon goût ; on aurait dit qu'elle s'était changée dans l'attelage après être sortie de chez elle en cachette de ses parents. Cette jeune fille d'une beauté exceptionnelle essayait de se faire passer pour une femme, ce qui était moins provocateur qu'alarmant.

Comme s'il l'avait trop bien devinée, elle lui jeta un regard courroucé :

— Pourquoi me regarde-t-il, celui-là ? C'est son chien que tu as renversé ?

— Enfin, Margaret, je ne suis pas aussi insensible ! Il est furieux parce que j'ai taché son beau pantalon tout neuf.

D'un mouvement de tête, elle rejeta ses cheveux en arrière, puis, avec l'insolence des jeunes filles, elle examina Duncan de la pointe de ses souliers trop étroits à son haut-de-forme de soie noire.

— Peut-être devrions-nous faire une collecte pour lui en offrir un autre ?

La robe vulgaire avait glissé, dénudant une épaule. Elle la rajusta avec un sourire ironique.

— Plus à la mode, il va sans dire.

Habitué qu'il était aux taquineries de ses quatre sœurs, Duncan n'aurait pas dû se sentir offensé par la remarque blessante et la moue moqueuse de la jeune fille, et pourtant il en fut vexé. Elle se paie ma tête, cette gamine ! pensa-t-il, pris de la soudaine envie d'ôter le rouge agressif de ses lèvres… et d'en effacer la promesse sensuelle.

Il fusilla Daniel du regard.

— N'avez-vous donc pas de passe-temps plus intelligent ?

— Bonté divine, non, docteur MacNeill ! Que peut-on imaginer de plus plaisant qu'une soirée en compagnie de deux jolies jeunes femmes ?

Alice glissa sa main sous le bras de Duncan.

— Ce n'est pas grave. Si nous ne tardons pas trop, je pourrai nettoyer les taches. On s'en occupera tous les deux sur mon canapé, murmura-t-elle à son oreille.

Vérifiant l'heure à sa montre de gousset, Colin MacNeill s'approcha à son tour.

— Il se fait tard et je sais que vous voulez vous débarrasser de moi.

— Je vais appeler un fiacre, s'ils n'ont pas tous été chassés de la rue, proposa Duncan.

— Inutile, je préfère marcher.

Les quatre jeunes gens avaient visiblement oublié l'incident et se chamaillaient en se dirigeant vers l'hôtel. La belle insolente passa à côté de Duncan sans lui accorder un regard ; dans son sillage, il respira une odeur de laine humide et une fragrance sucrée qui devait être un mélange de champagne et du parfum maternel.

— Vous croyez vous en tirer comme ça ? cria-t-il dans leur dos. Sans la moindre excuse ? Et en laissant ces pauvres chevaux couverts de sueur, pendant que vous irez boire encore de l'alcool avant d'agresser d'autres innocents passants !

La jeune fille nommée Margaret lança un regard apitoyé à Alice.

— Les hommes vieillissants, quelle horreur ! La plus légère contrariété, et les voilà qui perdent toute mesure ! Peut-être devriez-vous lui donner un verre de lait chaud. Le remède opère des miracles sur mon père.

Duncan réprima son envie de rire, ne sachant pas s'il devait se sentir insulté ou amusé par cette audace.

— Vous êtes bien insolente, ma petite ! répliqua-t-il en plissant les yeux. Je me demande ce qui me retient d'appeler un sergent de ville.

Elle posa les mains sur ses hanches minces.

— De toute façon, il ne vous écoutera pas ! Mais allez-y, ne vous gênez pas, vieux croûton !

Et, sur un ultime regard de défi, elle rejoignit ses amis et éclata de rire avant que la porte de l'hôtel ne se fût refermée.

— Savez-vous ce qui arrive à ce genre de jeunes filles ? demanda Duncan sur un ton sentencieux.

Alice dissimula un sourire dans le col de sa pèlerine. Son père fit tinter de la menue monnaie dans sa poche pour garder son sérieux.

— Que leur arrive-t-il, Duncan ? Alice et moi brûlons de le savoir.

— Elles finissent dans un bien triste état à l'asile des femmes. Est-ce que vous vous moquez de moi, vous aussi, Alice ?

— Mais non, quelle idée ! Cela dit, je suis certaine que ces jeunes gens n'avaient pas de mauvaises intentions. A force d'être plongé dans vos livres de médecine, vous avez oublié les plaisirs de la vie.

Il lui prit la main et plongea ses yeux dans les siens.

— Vous le croyez vraiment ?

Se rappelant leurs baisers et leurs caresses timides de la veille, Alice rougit.

— Que diriez-vous si Alanna traînait dans les rues à cette heure indue ? insista-t-il.

Alanna était la fille qu'Alice avait eue d'un premier mariage, une enfant douce qui ne s'était pas encore remise de la mort de son père, survenue dans un accident de train deux ans auparavant. Elle adulait Duncan, et espérait qu'il épouserait sa mère dès qu'il aurait son diplôme en poche.

— Alanna n'a que douze ans, et elle est trop occupée à m'aider pour faire de grosses bêtises.

Du même pas, ils descendirent la rue où le brouillard tissait des écharpes laineuses. Duncan se demandait pourquoi l'incident l'avait autant irrité.

— C'est dommage pour cette jeune fille, dit Colin MacNeill. C'était une fillette charmante.

— Vous la connaissiez ? s'étonna Alice.

— J'ai été en affaires avec son père, Douglas Rose, le célèbre banquier. Venant d'un tel milieu, elle n'aurait pas dû mal tourner.

— Son père a oublié de lui donner quelques bonnes fessées, grommela Duncan.

— Pour cela, il aurait fallu qu'il s'intéresse à elle. Son indifférence est sans doute la cause du problème. Depuis la mort de sa femme, il ne s'occupe plus de sa fille.

— Mais comment a-t-il pu en vouloir à une enfant ? s'indigna Alice. La pauvre petite n'y était pour rien, je suppose ?

— Bien sûr que non. Mais, à l'époque, les villageois superstitieux ont colporté de bien stupides commérages où il était question d'esprits des eaux malfaisants et d'une sirène. Sa mère et un enfant plus jeune se sont noyés dans le lac de la propriété familiale. A mon avis, le seul crime de Margaret a été de survivre à la tragédie.

Oubliant sa colère, Duncan n'éprouvait plus que de la compassion et une certaine curiosité.

— Mon cher père cherche toujours à défendre ses semblables, fussent-ils prostituée ou empoisonneuse. Pour lui, il n'y a pas de pécheurs.

Colin sourit.

— Si tu vis aussi longtemps que moi, tu verras qu'on répare plus souvent des cœurs que des os brisés.

— Cela ne me semble guère lucratif.

— Quel cynisme, Duncan ! s'exclama Alice en riant.

— Non, dit Colin. Bien que son physique de brute épaisse fasse s'évanouir ses patients avant qu'il ne les charcute, Duncan n'est pas un mauvais bougre.

Duncan protesta pour la forme, touché au fond par les compliments de son père. Des deux garçons MacNeill, c'était lui que Colin avait encouragé à étudier la médecine.

Au croisement de King Street et de Castlegate, ils se séparèrent et Colin se dirigea vers son élégante demeure de style Régence.

Duncan serra Alice contre lui.

— Vos cheveux sont humides. Je vais vous ramener chez vous.

— Le brouillard est bon pour le teint. Et ne feignez pas de vous inquiéter pour ma santé, Duncan MacNeill. Je vois dans vos yeux bleus une étincelle diabolique.

Penaud, il enfouit ses mains dans les poches de sa redingote. C'était parfois gênant de courtiser une femme aussi expérimentée qu'Alice. Devenue veuve, cette couturière d'Inverness avait quitté sa province natale pour s'installer à Aberdeen. Non seulement elle s'était adaptée au changement, mais elle avait même prospéré. Elle avait su faire siennes les pratiques de ses concurrentes, sans adopter la stricte moralité victorienne de ses clientes.

Alanna les attendait. Elle avait mis la table pour trois et préparé du thé et des scones. Elle débarrassa Duncan de son chapeau et de son cache-nez. Une heure plus tard, il prit congé.

— Vous êtes préoccupé par votre travail, je suppose, dit Alice en le raccompagnant à la porte.

— Oui, mentit-il.

Il se sentait coupable, car il ne pensait pas à son travail mais à une belle fille effrontée aux yeux tristes et à la bouche sensuelle.

Pour rentrer chez lui, Duncan fit sans y penser un détour qui le ramena dans Union Street. La salle à manger de l'hôtel était encore éclairée, mais l'attelage avait disparu. Il ne restait, pour seul souvenir de l'incident, que la bouteille de champagne vide coincée sur un rebord de fenêtre entre deux pots de chrysanthèmes. La vitre lui renvoya son image et il sourit ; Alice avait oublié d'enlever ces taches qui lui rappelaient la jeune rebelle de bonne famille avec laquelle il avait eu une algarade.

La rue, déserte et enveloppée de brouillard, lui parut soudain triste et hostile. Se souvenant qu'il devait être à l'Institut à sept heures, il se hâta de regagner son domicile.

Margaret Rose... Joli nom pour une petite arrogante. Dans quelques années, sa beauté attirerait-elle encore les hommes telle une flamme les papillons de nuit ? Mais la jeune révoltée ne risquait-elle pas, elle aussi, de se brûler les ailes dans sa rage d'autodestruction ? Cela indifférait-il vraiment son père qu'elle courût à sa perte ? Duncan en doutait. Quel ramdam, à coup sûr, si l'illustre M. Rose la voyait dans sa robe rouge indécente en train de boire du champagne en compagnie de cet imbécile de Daniel Munro...

Bah, cela ne le regardait pas... Tiens donc ! Dans ce cas, pourquoi l'obsédait-elle ?

2

Margaret se réveilla en proie à un mauvais pressentiment.

A l'abri sous sa couette, elle entendait les filles de cuisine s'activer dehors autour de la pompe. La lumière grise filtrait entre des rideaux qu'elle avait été trop lasse pour tirer. Des voix résonnaient dans le hall d'entrée.

Elle reconnut celle de son oncle, le pasteur presbytérien Angus Rose. Lorsqu'il entonnait une hymne gaélique, son timbre de baryton savait émouvoir ses ouailles aux larmes, mais il pouvait aussi les terrifier par des sermons de soufre et de feu. La semaine précédente, il avait quitté sa lointaine maison située dans les Hébrides pour se rendre à Aberdeen. D'après Gareth, le frère de Margaret, oncle Angus espérait obtenir un crédit de la banque pour réparer sa petite église malmenée par les tempêtes.

En se levant, elle aperçut la robe de soie rouge négligemment jetée au pied du lit. Elle lui parut soudain si criarde et si peu flatteuse que Margaret se demanda pourquoi elle l'avait achetée. Dans le magasin, encouragée par son amie Fiona, elle avait pourtant trouvé qu'elle lui donnait un air sophistiqué.

Au temps pour elle ! Margaret avait compris son erreur à l'expression de cet homme aux traits ciselés qu'elle avait croisé devant le Dalrymple's Hotel. Un bref instant, le regard incisif avait failli percer son masque de bravade. De quel droit avait-il osé la juger, cet inconnu bistré aux cheveux de jais ? Son attitude arrogante et sa perspicacité cruelle lui avaient donné honte, alors qu'elle cherchait seulement à s'amuser pour retarder le moment inévitable de rentrer chez elle.

Le champagne lui avait laissé un goût amer dans la bouche. Pour la première fois de sa vie, elle avait bu jusqu'à l'ivresse. A sa porte, quand Daniel s'était mis à pleurer parce qu'il n'avait plus de famille, ils s'étaient consolés mutuellement à grand renfort de toasts, comme si l'alcool pouvait conjurer cette terrible solitude que tous deux ne connaissaient que trop bien. Pis encore ! Les caresses de Daniel, d'habitude inoffensives, s'étaient faites plus précises, et Margaret l'avait repoussé avec fort peu d'empressement.

Aujourd'hui, elle fêtait son seizième anniversaire. Elle était assez grande pour comprendre que sa sensualité pouvait être source de joie ou de malheur.

On frappa à la porte.

— Votre père désire vous voir dans son bureau, mademoiselle Margaret, annonça la femme de chambre. Séance tenante, a-t-il dit.

Frissonnante, Margaret enfila sa robe de chambre

et se dépêcha de descendre. Cela faisait très longtemps que son père ne l'avait pas convoquée dans son bureau. Depuis l'accident, il ne lui avait jamais parlé en privé.

— Bonjour, Margaret, j'ai un cadeau pour toi ! s'écria sa sœur cadette Lilian qui, encore affaiblie, se remettait de l'un de ses nombreux rhumes.

— Je reviens dans une minute. Papa m'a convoquée dans son bureau.

— Convoquée ? Qu'est-ce qu'il te veut ?

— Je n'en ai pas la moindre idée.

A moins que son père ne souhaite enfin faire amende honorable... Cela dit, tous les anniversaires précédents s'étant soldés par une déception, Margaret s'était habituée à ne rien espérer.

Huit ans plus tôt, jour pour jour, sa mère et Alan, son petit frère de deux ans, s'étaient noyés. Depuis, on préférait oublier cette date fatidique.

A pas de loup, le cœur battant, Margaret entra dans le bureau et aperçut un paquet joliment enrubanné. C'était sûrement pour elle ! Assortiment de chocolats ou de fils à coudre, elle feindrait d'être enchantée. Si son père était disposé à faire le premier pas, elle ne l'en découragerait pas.

— Margaret, dit-il sans lever les yeux de son impeccable bureau en acajou.

Le ton de voix ne promettait rien de bon. Un peu nerveuse, elle se rappela l'époque où il repoussait volontiers ses papiers pour la prendre sur ses genoux.

— Il est presque midi, remarqua-t-il en fronçant les sourcils. Tu as fait la grasse matinée ; j'ai essayé en vain de te faire réveiller plus tôt.

Derrière la porte, le chuintement d'une table roulante provoqua une interruption momentanée. La domestique frappa, mais Douglas ne répondit pas.

— Je ne me suis pas rendu compte, s'excusa Margaret, les yeux rivés sur le paquet enrubanné.

— Tu as été vue hier soir en compagnie d'un débauché notoire et d'une femme qui vient de mettre au monde un bâtard. Inutile de nier. L'un de mes employés à la banque t'a reconnue.

Ayant toujours pensé que son père se désintéressait de ses faits et gestes, Margaret était trop surprise pour se défendre.

— Je crois comprendre que ce n'est pas la première fois que tu te compromets en mauvaise compagnie. Alors que tu prétendais passer tes soirées de dimanche chez ta cousine Audrey.

— Je vous l'ai dit une seule fois, et c'était la vérité.

Par la fenêtre, elle aperçut son frère assis sur un banc du jardin, son carnet à dessin sur les genoux. Son impassibilité feinte prouvait qu'il les espionnait. Gareth vivait dans la peur constante de déplaire à leur père. Dans le but d'attirer son attention, il déployait autant de zèle à se montrer irréprochable que Margaret à le scandaliser.

— Je ne pensais pas que vous vous préoccupiez de savoir où j'étais.

— Tu n'es pas entièrement responsable. Peut-être aurais-je dû te laisser plus longtemps en pension, mais les professeurs se plaignaient de ton insubordination.

— Allez-vous encore m'éloigner ? s'enquit-elle, l'estomac noué.

— Je crains que ce ne soit indispensable. Il faut penser à ta sœur. Elle n'a jamais créé de soucis et je ne voudrais pas qu'elle t'imite.

— Dieu l'en préserve ! s'exclama Margaret, incapable de dissimuler sa peine et sa colère.

Les yeux pleins de larmes, elle croisa le regard de son père et y lut souffrance et culpabilité.

Pourquoi ne pas l'avouer, papa ? Pourquoi ne pas reconnaître que vous regrettez que je ne me sois pas noyée au lieu de maman et d'Alan ? C'était ma faute, c'est moi qui avais insisté pour faire un tour en barque sur le lac... Je sais que vous le pensez. Un jour, je vous ai entendu le dire à grand-mère.

— Ce que je vais te proposer n'est pas la solution idéale, dit son père, mal à l'aise, mais tu es devenue intenable. Je ne sais pas comment te surveiller... Dis-moi, Margaret, tu ne serais pas dans la situation fâcheuse qui était celle de la demoiselle Simmons voilà quelques mois ?

Elle ressentit une humiliation sans nom.

— Si vous craignez d'être le grand-père d'un bâtard, vous vous trompez, répliqua-t-elle d'une voix tremblante.

— Ce n'est pas ce que je voulais dire ! répondit-il à la hâte. Mais ces choses-là arrivent...

— Où et quand dois-je partir ?

— Tu iras habiter sur l'île de Maryhead avec l'oncle Angus et sa famille. Nous espérons tous deux qu'une influence religieuse tempérera ton impétuosité. Il a fixé son départ à vendredi.

Quatre jours... Margaret agrippa le dossier de la chaise.

— J'aimerais que tes préparatifs se passent dans la plus grande discrétion. A quoi bon bouleverser Gareth et Lilian ? J'ai essayé de les tenir à l'écart de ces désagréments. Par ailleurs, il serait judicieux de commander des vêtements d'hiver que je ferais envoyer sur l'île. j'ai aussi pris rendez-vous avec un médecin...

— Annulez-le. Je suis en excellente santé.

— Le climat des Hébrides est rigoureux. Il paraît que des marins étrangers y apportent souvent des maladies.

Soudain, elle se jeta à ses genoux.

— Papa, je vous en supplie... murmura-t-elle, au bord des larmes.

Margaret n'espérait pas un sursis mais une absolution, un geste de compassion, de tendresse.

Douglas la contemplait, mais on aurait dit qu'il ne la voyait pas. Il se refusa à entendre sa prière, à se laisser émouvoir par son visage défait. Il savait qu'il devait envoyer sa fille au loin, pour son bien à elle davantage que pour le sien.

A cet instant, quelque chose mourut dans le cœur de la jeune fille. D'un mouvement gracieux, elle se releva.

— Puis-je me retirer ?

— Oui... Emporte ce cadeau d'anniversaire d'Angus et d'Isobel ; je crois que c'est une bible. Quant à moi, j'ai fait transférer le montant habituel sur ton compte en banque. Tu disposeras de cette somme à ta majorité, à condition de ne pas te déshonorer.

Trop bouleversée pour parler, elle serra les poings. Sans un dernier regard, elle sortit en courant et faillit renverser la jeune servante navrée qui patientait près de la table roulante.

3

Passant la tête par la porte, Duncan embrassa d'un coup d'œil la salle d'attente mal aérée où des femmes en bonnet de popeline faisaient sauter des enfants sur leurs genoux et où des vieillards tripotaient leurs parapluies trempés. La matinée grise et la lumière des lampes à gaz momifiaient les visages. Il regretta de ne pas être chez lui, au fond de son lit.

Un autre médecin, Roger Patton, un jeune blond à lunettes au visage sympathique, traversa la salle d'attente avec deux tasses de thé brûlant.

— Bois-le pendant que tu en as l'occasion.

Bonté divine, quel triste spectacle ! Je pensais que la pluie les découragerait de venir.

— Autant profiter d'une journée maussade pour se faire vacciner, sourit Duncan. Ainsi, ils auront un sujet de conversation pour l'heure du thé.

Dans un coin, une femme corpulente d'un certain âge ronflait sur un lit de camp, ses pieds boueux dépassant de la couverture qui dissimulait à moitié le panier de bruyère blanche qu'elle vendait dans les rues.

— Tu en as tué une autre ? plaisanta Roger.

— Elle s'est évanouie avant même que je la touche. Elle empeste le whisky et ne se réveillera pas avant des heures. La malheureuse est entrée ici par erreur ; elle croyait que c'était une bibliothèque.

— Elle fait mauvaise impression.

Roger appela la patiente suivante, une jeune femme avec deux garnements en chaussettes écossaises trouées qui, d'emblée, renversèrent un tabouret et un flacon de désinfectant.

Les manches retroussées, Roger sourit à la mère débordée, feignant d'ignorer les maladresses de ses fils.

— Sir James Simpson est en ville, dit-il à son confrère. Il doit faire une conférence sur la bonne utilisation du chloroforme pendant les opérations.

La mère expliquait à ses fils récalcitrants qu'une vaccination était une initiation rituelle qui leur permettrait de devenir membres d'une tribu gitane secrète. Ils se calmèrent aussitôt, fascinés par les instruments posés sur la table.

— Quand a lieu sa conférence ? s'enquit Duncan.

— Ce soir. Ton père sera présent.

— Je vais y réfléchir.

Comme d'habitude, Duncan expliqua à la mère les effets secondaires du vaccin mais, tout en parlant, il pensait à la réunion. Si l'on était ambitieux, il fallait s'intéresser aux dernières recherches en anesthésie ; or, jusqu'à maintenant, les risques élevés avaient dissuadé la plupart des médecins.

— Vous avez été très courageux, les enfants, je vous félicite ! Laissez le pansement pour la nuit, madame. S'il devait tomber, mettez un peu de poudre de Gregory sur la scarification.

— Où est le chef des gitans, m'man ? demanda l'un des gamins.

— C'est celui qui t'a entaillé le bras, répondit-elle en entraînant sa progéniture vers la sortie. N'as-tu pas remarqué son teint bistré et ses cheveux noirs frisés ? C'est le fils du grand chef.

Duncan sourit et prit une gorgée de thé. La pocharde ronflait toujours. Il n'avait pas le temps de la faire transporter dans une autre pièce et il ne pouvait pas la mettre dehors sous la pluie.

Roger vaccina un jeune matelot qui avoua n'être venu que pour se mettre à l'abri de la pluie.

La porte s'ouvrit et se referma, et il entendit Roger murmurer :

— Prenez garde aux taches par terre, ma chère. Une infirmière va venir les nettoyer. Vous pouvez accrocher votre manteau à cette patère. Quel temps de chien ! Je vous admire d'avoir bravé les intempéries.

A coup sûr, songea Duncan, Roger devait s'adresser à une jolie jeune femme.

— Gare, mon vieux ! dit-il à mi-voix. Je vais avertir ta femme. De toute façon, c'est à mon tour.

Mariée à Roger depuis deux mois, Lucy était une ravissante sylphide blonde, possessive et autoritaire, qui avait convaincu son peu séduisant mari qu'il avait une chance folle de l'avoir épousée et qu'il ferait bien de ne pas l'oublier.

Duncan se retourna. D'une beauté exquise, la

patiente se tenait près de la table, visiblement inquiète, mais maîtresse d'elle-même.

— Vous ! s'écria-t-il. La fille d'Union Street !

Se trompait-il ? La jeune personne portait une coûteuse robe de voyage en velours gris, agrémentée d'un col de dentelle noire boutonné jusqu'au menton. Les lignes simples du corsage et la jupe évasée soulignaient sa fine silhouette gracieuse. Ses cheveux châtain foncé étaient tirés en un chignon sévère qui aurait été disgracieux sur une autre femme, mais qui rehaussait la perfection de son visage ovale.

Depuis leur rencontre fortuite, Duncan avait nourri l'espoir secret de la revoir, peut-être pour se prouver qu'elle n'était pas aussi séduisante que dans son souvenir, mais elle l'était, et le jeune homme s'étonnait de sa propre fascination envers une personne qui ignorait tout de lui.

Elle le dévisagea, sans faire mine de le remettre. Conscient du sourire malicieux de Roger, Duncan rougit.

— Nous n'avons pas été présentés, mademoiselle. Je suis le Dr Duncan MacNeill et je crois me rappeler que vous êtes Margaret Rose. Vous avez déjà rencontré mon confrère, le Dr Patton ?

— Oui, répondit-elle d'un air détaché. Dois-je retirer ma robe ?

— Il suffira de retrousser votre manche.

Lentement, elle commença à rouler le poignet de sa manche en pagode.

Approchant un tabouret, Roger murmura à l'oreille de son ami :

— Encore une timorée, c'est la troisième aujourd'hui. Prépare les sels, et cesse de prendre cet air lugubre, MacNeill, sinon ils nous transféreront à la morgue.

Avec un sourire rassurant pour Margaret, Duncan s'assit devant elle. Sans maquillage, ses traits étaient encore plus délicats, sa bouche d'un carmin exquis. Une petite bosse sur son nez l'intrigua.

Elle semblait avoir oublié leur première rencontre et fixa un point sur le mur, enroulant une mèche rebelle autour de son index.

Lorsqu'il lui prit le bras, il ressentit un plaisir aussi intense qu'inattendu. L'avait-elle éprouvé, elle aussi ? Ses yeux bleus le dévisageaient, mais il se força à détourner le regard, se rappelant son rôle.

— Je vais faire une petite incision dans votre bras, y placer un fil infecté, puis recouvrir le tout d'un pansement. La vaccination antivariolique n'a rien de bien méchant, mademoiselle Rose, si vous avez confiance en un vieil homme comme moi.

Sa plaisanterie tomba à plat. S'il lui annonçait qu'il allait lui trancher le cou, elle ne réagirait probablement pas davantage, songea Duncan. Que lui était-il arrivé depuis l'autre soir pour la rendre aussi passive ?

— Je suis désolée. Je sais que vous essayez de me mettre à l'aise, mais je suis d'une humeur massacrante.

— Qu'est-ce qui pourrait tracasser une personne aussi jeune et aussi jolie que vous ?

Amusée, elle contempla la main qui lui serrait le bras.

— Etes-vous toujours aussi attentionné avec vos patients ?

Quelque peu gêné, Duncan comprit qu'elle était accoutumée aux hommages masculins. Où diable était passée sa dignité ? Il se comportait comme un collégien, à la plus grande délectation de Roger.

— En l'occurrence, mon souci est justifié, déclara-t-il sur son ton le plus professionnel. Je présume qu'il y a quelqu'un pour veiller sur vous pendant les dix jours à venir, au cas où vous auriez une mauvaise réaction.

— Vous êtes très consciencieux, n'est-ce pas? dit-elle, pendant qu'il examinait son bras de façon ostentatoire.

Prenant un petit couteau acéré sur le plateau, Duncan lui sourit. Il remarqua que les yeux bleu-gris se voilaient d'une douleur secrète. Elle esquissa un sourire fragile; cette résignation morose ne lui seyait pas. A son grand étonnement, la jeune fille exaltée de l'autre soir lui manquait.

— Vous êtes-vous disputée avec Daniel Munro? demanda-t-il à brûle-pourpoint.

— Pourquoi cette question?

— Je ne sais pas, mais on dirait que vous avez le cœur brisé.

— Je pars, dit-elle, comme si cela pouvait tout expliquer.

— Où cela?

Margaret hésita, mais cet inconnu lui inspirait confiance et elle n'avait personne d'autre auprès de qui s'épancher.

— A Kinmairi, murmura-t-elle. Sur l'île de Maryhead... dans les Hébrides.

— Mon Dieu! Mais c'est le bout du monde!

— Il paraît, en effet, répliqua-t-elle avec un léger rire. Je suis étonnée que vous en ayez même entendu parler.

Il avait réussi à la dérider; c'était une petite victoire.

— Le gouvernement cherche toujours à envoyer de jeunes médecins dans les îles. C'est peu lucratif, et les insulaires les boycottent, mais je crois qu'on peut cependant y trouver son compte. (Duncan la scruta.) Vous n'allez pas vous y installer pour toujours?

— Si. Je ne reviendrai jamais à Aberdeen. Avez-vous terminé? ajouta-t-elle, presque avec colère, alors que Roger s'approchait avec un flacon de sels.

— Encore une minute. Détournez la tête, si vous voulez.

— Qu'est-il arrivé à cette femme ?

— Oh, c'est la mère de Roger ! Elle passe la nuit ici, de temps à autre.

Lorsqu'il pratiqua l'incision, elle fut distraite par les protestations de Roger, mais avant qu'il n'eût placé le fil, la porte s'ouvrit sur un grand homme maigre vêtu d'un manteau en laine marron et dont le chapeau à large bord ruisselait sur le sol.

— J'espère que je suis arrivé à temps, docteur, dit-il poliment tandis que Duncan lui lançait un regard courroucé.

— Si vous voulez être vacciné, vous devez attendre votre…

— Oncle Angus ! s'écria Margaret. Je croyais que nous devions nous retrouver à l'hôtel.

— Tu ne pouvais pas marcher sous cette pluie, mais si j'avais pensé que tu viendrais d'abord ici, j'aurais épargné leur peine à ces gentlemen. Vous n'avez pas pratiqué la vaccination ?

— Non, répondit Duncan, irrité.

— Prends ta cape, Margaret, le fiacre attend, avec une surprise pour toi.

Duncan se leva.

— Un instant, je vous prie ! Cette jeune fille part pour les Hébrides. Savez-vous qu'il y a eu des cas de variole dans les îles ?

— Absolument. Je veille moi-même sur les malades et les mourants aussi bien que sur les âmes de ceux qui sont assez bien portants pour commettre des péchés.

— Et vous êtes prêt à prendre le risque d'y emmener votre nièce, alors qu'une inoculation de trente secondes suffirait à la protéger ?

— Docteur, cette inoculation dont vous parlez est une invention du diable, ni plus ni moins, déclama

Angus, sa belle voix de baryton s'enflant avec passion. Suivre les préceptes de notre foi suffira à nous protéger. Sinon, rien d'autre ne le pourra. Je sais que vos intentions sont louables, mais on ne peut résister à la volonté divine.

Saisissant le poignet de Margaret, Duncan la força à s'asseoir.

— C'est quasiment fait...

Angus les sépara brutalement.

— Non, docteur !

Pourvu que je ne lève pas la main sur un pasteur à cause d'une fille que je connais à peine ! se dit Duncan, le cœur battant.

— Le choix vous appartient, mademoiselle Rose, dit Duncan à mi-voix. Je ferai tout ce qui est nécessaire pour assurer votre protection.

Margaret se mordilla la lèvre et jeta un regard hésitant à son oncle.

— Je vais y réfléchir...

— Le temps nous est compté, rétorqua Duncan en lui saisissant à nouveau le bras. Le Dr Patton peut vous vacciner pendant que je tiens votre oncle à distance.

Angus posa la main sur l'épaule de sa nièce.

— Tu es trop jeune pour savoir ce qui est bien ou mal, Margaret.

— Et vous, trop âgé ! s'enflamma Duncan.

— J'ai mon mot à dire, il me semble ? déclara Margaret, réprimant un fou rire qui ne ferait qu'envenimer la situation.

— Je sens Satan à l'œuvre dans cette pièce... proclama Angus.

Duncan attira Margaret à lui, sans prêter attention à son cri indigné ni à la chaleur qui l'envahit soudain au contact de son corps.

— Et moi, je sens la main qui me démange de

vous gifler, oncle Angus, homme de foi ou non! s'écria-t-il.

— Calme-toi, Duncan! s'exclama Roger, à la fois inquiet et fasciné par la tournure inattendue que prenaient les événements.

Margaret parvint à se dégager et leur tourna le dos. Derrière elle, les hommes continuaient à se disputer. Tout à coup, elle entendit un bruit sourd, comme si un poing venait de s'écraser sur une surface dure, puis un grognement. Craignant ce qu'elle allait découvrir, elle pivota lentement sur elle-même. Mâchoires serrées, le médecin au visage taillé à la serpe se tenait la main gauche.

— Il a donné un coup de poing dans la table, expliqua son confrère à une Margaret médusée. Cela nous arrive souvent. Surtout lors de journées comme celle-ci.

— Viens, Margaret, ordonna Angus, la mine sombre.

Il lui tendit sa cape et la conduisit vers la sortie. Sonné et furieux, Duncan les suivit des yeux, puis se précipita dans la salle d'attente. Il prit sur lui pour ne pas saisir la main de Margaret et s'enfuir avec elle Dieu sait où. Il nota que plusieurs patients s'étaient discrètement éclipsés, émus par le discours passionné d'Angus Rose qui n'avait fait que renforcer leurs soupçons à l'égard de la vaccination, contraire aux lois divines.

Quand Duncan atteignit la porte, Angus et sa ravissante nièce avaient eux aussi disparu. Ils étaient probablement montés dans le fiacre noir qui cahotait dans la rue pluvieuse, se mêlant aux carrioles, aux attelages et aux omnibus. Bientôt, Duncan prit conscience du vent glacé qui transperçait ses vêtements.

Il regagna la chaleur moite de la salle d'attente. Roger regardait par la fenêtre.

— Si son père est Douglas Rose, c'est à lui qu'appartient la décision, dit Duncan. Je devrais peut-être lui rendre une petite visite.

— C'est plutôt présomptueux, non ? Sans compter que tu perdrais ton temps. Tu n'as pas vu les malles attachées au fiacre ? A mon avis, ils allaient directement au port.

— Et si jamais elle était défigurée à vie, ou pire, à cause du fanatisme de son oncle ?

— Elle a des chances d'être épargnée.

— Crois-tu pouvoir te débrouiller avec Mark pendant quelques heures ?

Roger grimaça.

— Mark a donné sa démission hier après-midi. On lui a fait une fabuleuse proposition pour travailler aux Indes. Je ne pense pas que l'attrait de femmes exotiques l'ait influencé, mais les Indes... Moi qui n'oserais même pas m'aventurer au-delà des Highlands !

Agacé, Duncan retourna dans son cabinet. S'il n'avait pas été exténué par un surcroît de travail, ou s'il n'avait pas rencontré auparavant la fille de Douglas Rose, il n'aurait sûrement pas été aussi fébrile. Margaret l'avait profondément marqué. Conscient qu'il ne pourrait l'oublier de sitôt, il n'avait pas toutefois imaginé la revoir. D'ailleurs, le voulait-il vraiment ? Une femme comme elle pouvait trop facilement devenir une obsession.

4

Dans le fiacre qui s'éloignait rapidement de l'Institut, Margaret observait le jeune homme qui lui faisait face. Les cheveux châtain clair et les yeux verts pleins de vivacité lui semblaient familiers, mais comment aurait-elle pu oublier quelqu'un d'aussi séduisant ? Il était plutôt élancé, le teint légèrement hâlé, et ses traits bien ciselés lui évoquaient un prince qui figurait dans un des livres de contes de fées de sa petite sœur Lilian.

— Nous mangerons un morceau avant d'embarquer, dit Angus en lui tapotant la main. Refais connaissance avec ton cousin pendant que je file acheter les pastilles au miel d'Isobel.

Il s'élança dans la pluie et le froid. Margaret se pencha légèrement en avant.

— C'est vraiment toi, Stephen ?

— J'aurais parié que tu ne m'avais pas reconnu !

— La dernière fois que nous nous sommes vus...

— ... remonte à onze ans. Tu étais une drôle de petite chose, une sorte d'épouvantail aux membres grêles et aux yeux comme des soucoupes. Parole ! Tu as drôlement changé !

Stephen sourit.

— En effet. Tu devrais retirer ta cape. Elle empeste comme un chien mouillé.

— Je vois que tu n'as rien perdu de ton charme !

Au fond d'elle-même, Margaret lui était reconnaissante de ces taquineries qui la distrayaient de son désespoir.

— Dans l'île, sur qui d'autre pourrais-je exercer mes talents de charmeur ? Ma sœur Agnès a toujours le nez fourré dans un livre. Je suis heureux d'entrer à l'université... Kinmairi est à périr d'ennui.

— Inutile de retourner le couteau dans la plaie.

— Je n'arrive pas à croire que ton père t'ait chassée de son toit, dit-il avec sympathie. Quel effroyable crime as-tu bien pu commettre, petite polissonne ?

Consternée, Margaret sentit ses yeux s'emplir de larmes.

— D'après lui, la liste de mes péchés est interminable. Mais la vérité est que depuis la mort de ma mère et d'Alan, je n'ai fait que lui déplaire.

Stephen soupira.

— C'est ce que j'avais deviné.

Margaret regarda la pluie tomber, bercée par sa régularité monotone. Peu à peu, elle ressentit une brûlure à l'endroit où le médecin avait fait son incision.

Avec son visage taillé à la serpe, son nez en bec d'aigle et son regard perspicace, il ressemblait davantage à un gitan ou à un capitaine au long cours qu'à un homme de science. Sa gentillesse l'avait surprise. Dommage que l'oncle Angus lui ait assené un sermon vengeur! Mais au fond, quelle importance? Elle n'aurait plus jamais l'occasion de le croiser, ni personne d'autre de cette ville, songea-t-elle, s'apitoyant sur son sort. A l'âge où elle aurait dû briller dans les soirées mondaines, on l'exilait dans une île lointaine, perdue au milieu de l'océan Atlantique.

— Est-ce qu'on s'ennuie vraiment à périr, sur Maryhead?

— Pas si on aime pêcher la morue et assister à d'éventuels naufrages. On peut aussi faire de l'escalade... Parfois, une sommité daigne venir étudier nos conditions de vie, comme si nous étions des sauvages. Oh, et puis nous avons une sorcière.

— Vraiment?

— Une affreuse créature qui prétend être une voyante. Un jour, elle a essayé de me séduire devant l'église.

Margaret se retint de rire.

— Quelle horreur! Tout cela n'a pas l'air bien engageant.

— Je mentirais en te disant le contraire. Quoi qu'il en soit, je n'ai pas l'intention d'y rester très longtemps.

— Je croyais que tu étudiais pour devenir pasteur comme ton père, s'étonna-t-elle, ravie que Stephen fût si différent de ses parents.

— Certes, mais ce n'est pas une raison pour se contenter d'une existence faite de porridge, de harengs et de prières. Une vie, même spirituelle, doit sans doute apporter autre chose.

Affligée, Margaret se dit qu'en ce moment Lilian et Gareth devaient jouer aux dames dans le salon et pester contre le mauvais temps. Pensaient-ils à elle ? Et Daniel... Ces deux dernières nuits, l'avait-il attendue à leur lieu de rendez-vous secret ou l'avait-il déjà oubliée ?

— Porridge, harengs et prières... Dis-moi que c'est une plaisanterie, Stephen !

— Ta présence va désormais pimenter l'existence sur l'île.

Margaret entendit le tintement de la clochette du magasin. Tête basse, Angus traversa la rue vers le fiacre. Son visage solennel, sa façon de vivre lui semblaient si étrangement différents.

— Ce n'est pas ma place, je ne peux pas rester, dit-elle en se préparant à descendre.

— Mes parents ne sont pas aussi terribles qu'ils en ont l'air, la rassura Stephen en lui prenant les mains. Donne-leur une chance. Il te faudra un peu de temps pour t'habituer, c'est tout.

— Tu ne comprends pas, soupira-t-elle, le cœur serré d'angoisse. Je ne m'habituerai jamais à ce qui vient de se passer... J'ignore même si je pourrai ne serait-ce qu'essayer.

5

Les Hébrides extérieures, novembre 1848

Ses bottines léchées par l'écume glaciale, Margaret s'enfonça plus profondément dans la grotte. Tandis qu'on s'activait sur la plage, sa raison lui commandait d'attendre : elle ne ferait que gêner les sauveteurs. Mais dès l'instant où elle avait laissé sa carriole sur le sentier de la falaise, ayant été surprise par l'orage alors qu'elle rentrait d'un déjeuner avec le laird du château de Kinmairi, un sentiment plus fort que la curiosité l'avait attirée vers le naufrage.

Seuls quelques habitants de l'île avaient bravé les vagues violentes pour ramener les survivants sur la grève. Un naufrage portait malheur et, même dans le meilleur des cas, les étrangers n'étaient jamais les bienvenus à Maryhead.

A la chiche lueur du crépuscule, Margaret discernait la goélette couchée sur le côté, de l'eau jusqu'aux vergues. La coque s'était empalée sur les rochers submergés qui transformaient Cape Rue en un piège mortel pour les navires surpris par une de ces tempêtes du nord-ouest qui s'abattaient souvent sans prévenir.

— Stephen !

Margaret se précipita au travers d'une vague glaciale pour le rejoindre. Une corde enroulée sur l'épaule, il s'arrêta, hors d'haleine.

Il y eut un instant de gêne ; l'avant-veille, Margaret avait appris par hasard qu'il devait se rendre à Edimbourg pour une raison mystérieuse dont il refusait de parler. Sans être cachottier, depuis son ordination quelques mois auparavant, le jeune pasteur avait changé.

— Que fais-tu ici ? Je croyais qu'Agnès et toi étiez à l'abri au château pour la soirée.

— Nous avons décidé de rentrer plus tôt. Qu'est-il arrivé au navire ?

— Selon moi, le capitaine manquait d'expérience. Il a été pris sous le vent et n'a pas pu se dépêtrer. Dieu merci, je n'ai pas encore vu de morts. Es-tu toujours fâchée contre moi ?

— A ton avis ?

Une vague se brisa contre leurs genoux, mais ils ne bougèrent pas. Tremblante, Margaret scrutait les flots vert et argent à la recherche de survivants. Trois matelots, toujours à bord, s'agrippaient au beaupré oscillant tandis que les lames déferlaient sur eux avant d'aller s'écraser contre les falaises noires.

— Y a-t-il un espoir de sauver ces trois hommes ?

— On ne peut pas sortir les canots de sauvetage dans une mer comme celle-là, répliqua Stephen, tendu. Et même si les meilleurs grimpeurs arrivent à descendre par la falaise, nous aurons du mal à les atteindre à cause des rochers.

Vaguement organisés en club, les grimpeurs de l'île se réunissaient régulièrement pour montrer leurs prouesses en escaladant les falaises. Sur la plage, un petit attroupement s'était formé autour de Jamie Shaw, administrateur en chef de Maryhead et intendant du jeune laird, Thomas Macpherson.

— Que veux-tu dire par « nous » ? reprit-elle sèchement.

— Vous êtes prêt, monsieur Rose ? appela l'un des hommes.

Une rafale de vent sépara les deux cousins. Le visage blême, Margaret attrapa le bras de Stephen.

— Tu ne vas pas grimper par un temps pareil ?

— Ce sera peut-être nécessaire. Si tu trouves des rescapés sur la plage, sois gentille de t'en occuper. La moitié de l'île est encore assez crédule pour penser que secourir une personne qui se noie porte malheur. Vieille superstition païenne !

Blanche comme un linge, Margaret le regarda s'éloigner sans répondre, consciente que son allusion à la noyade était irréfléchie ; plus que quiconque, Stephen savait en effet combien l'accident sur le loch Meirneal avait affecté sa cousine. Etait-elle venue ce soir dans l'espoir de sauver une vie en manière de rachat pour les deux morts d'autrefois ?

— Enfin, te voilà ! s'écria une voix derrière elle.

Une grande rousse avançait d'un pas militaire parmi les hautes herbes qui poussaient le long du rivage. C'était Agnès, la sœur aînée de Stephen. Cela faisait une heure que Margaret l'avait abandonnée sur le sentier avec la carriole et les deux poneys patients.

Agnès leva le bras et la héla une nouvelle fois. Sa voix fut couverte par la cloche affolée du navire et les cris des milliers d'oiseaux, fulmars, fous de Bassan, pingouins et mouettes qui nichaient dans les crevasses des falaises en surplomb.

Avec une grimace, Agnès ôta une algue collée à l'ourlet de sa robe.

— Combien de temps allais-tu me faire attendre ? J'étais frigorifiée et j'avais du mal à tenir les poneys ! s'exclama-t-elle avec son impatience habituelle.

— Stephen veut que je cherche des survivants.

Aussitôt, le visage anguleux d'Agnès s'adoucit.

— Dans ce cas, je retourne chercher une couverture dans la carriole et je te rejoins.

Confrontée à un problème, Agnès commençait par tempêter, puis se lançait à corps perdu dans la recherche d'une solution. Relevant le bas de sa cape, Margaret se fraya un chemin avec précaution parmi les débris éparpillés, coquillages, cordes, vergues, lanterne... Après avoir scruté longuement le rivage et les rochers glissants, elle aperçut soudain un corps qui flottait sur le ventre.

La gorge serrée, elle hésita, effrayée à l'idée de le toucher, de le retourner et de découvrir qu'il était déjà mort. Rassemblant son courage, elle se força néanmoins à avancer dans les flots, surprise par la force du courant.

Un fermier vêtu d'un caban et chaussé de lourdes bottes cloutées lui prit le bras alors qu'une vague menaçait de la déséquilibrer.

— Laissez-le, mam'zelle Rose. Y en a un autre sur la plage qui a plus besoin de vous.

— Merci, Liam.

Frissonnant de froid et de soulagement, elle courut vers l'homme adossé à une barque. S'agenouillant, elle l'étudia à la lumière faiblissante du jour.

Ses yeux étaient fermés ; sa respiration, si faible, qu'elle conclut qu'il avait dû perdre connaissance. Il avait une profonde entaille sur la tempe, et des boucles noires adhéraient au sang coagulé. Sur les genoux, il tenait un coffret et un objet rectangulaire, peut-être un livre, enroulé dans de la toile goudronnée. Il avait des mains remarquables — grandes, avec de longs doigts élégants.

Elle se pencha sur lui, puis se pétrifia lorsqu'il ouvrit les yeux et la contempla en silence. N'était son costume de flanelle d'excellente coupe, on l'eût pris pour un gitan des Highlands, avec son visage taillé à la serpe et ses cheveux noirs qui bouclaient sur le col de sa veste. Elle n'avait jamais croisé un homme comme lui sur l'île. Sans aucun doute, c'était un nouvel arrivant.

— J'ai une commotion cérébrale, murmura-t-il. Ma vision est trouble et je parie que mes pupilles sont dilatées — à moins que vous n'admettiez être une de ces *maighdean mhara* qui attirent les marins dans des pièges mortels. Vous leur ressemblez, avec ces cheveux...

— Parce que vous avez déjà vu une sirène ? plaisanta-t-elle.

Il lui rendit son sourire, mais fit la grimace en palpant sa blessure.

— Bien sûr que non. Je délire, j'ai probablement de la fièvre. Quand j'ai embarqué à Skye, il y avait une épidémie de grippe à bord. Je vous raconte tout cela au cas où je perdrais connaissance et aurais besoin d'un médecin. Je frémis à l'idée de ce qui pourrait m'arriver si je tombais entre les pattes d'un de vos guérisseurs du cru.

Levant un sourcil, Margaret se dit qu'il aurait une mauvaise surprise en apprenant que c'était exactement ce qui venait de se produire.

— Comment vous êtes-vous blessé à la tête ? demanda-t-elle.

— Un mât m'a heurté pendant la tempête.

— Aviez-vous de la famille avec vous ?

— Non. Le couple de domestiques que j'ai engagé est resté à Skye pour s'occuper des provisions. Je les attends d'un jour à l'autre... si jamais ils atteignent sains et saufs ce trou perdu ! Nous étions supposés accoster de l'autre côté de l'île, du côté civilisé, là où il y a un phare.

Margaret ne savait pas si elle devait se sentir insultée ou non.

— Un phare n'aurait pas été d'un grand secours par une tempête pareille...

— Veuillez aller me chercher un pansement propre et une flasque de whisky afin que je puisse apporter mon aide. Il doit y avoir des gens plus grièvement blessés que moi.

Mais sûrement pas aussi autoritaires, se dit Margaret, amusée. Même souffrant d'une commotion cérébrale, il était là à donner des ordres à de parfaits inconnus. Elle n'allait pas se laisser intimider par ce ton impérieux. Seul point positif de ces longues années d'exil, sa tante Isobel, qui n'avait jamais consulté un médecin de sa vie, lui avait transmis ses talents de guérisseuse. Et si, onze mois plus tôt, Isobel et Angus avaient succombé à la rougeole, ce ne pouvait qu'être la volonté de Dieu. Cependant, Isobel se retournerait dans sa tombe si elle savait que sa nièce étudiait aussi la médecine magique de Morag Strong, la *banab huidseach* de l'île, une sorcière qui habitait une hutte sur la lande.

— Pouvez-vous m'aider à me relever, mademoiselle ?

L'homme lui tendit la main, mais, poussant un gémissement, il laissa retomber sa tête contre la barque. Fronçant les sourcils, Margaret comprit qu'il était plus gravement blessé qu'il ne le pensait. Elle arracha du sable une poignée d'algues noires qu'elle essuya sur sa jupe.

— Mâchez ceci, monsieur, pendant que je vais chercher des renforts pour vous faire transporter.

— Vous voulez me faire manger des algues quand j'ai vomi assez d'eau de mer pour remplir un lac !

— Le varech vous aidera à lutter contre la fièvre.

— A un autre moment, j'aurais été amusé par votre ignorance d'insulaire en matière médicale. Si mon coffret a résisté à l'eau de mer, vous y trouverez des fioles de médicaments. Soyez gentille de prendre celle marquée « Chlorate d'ammonium ». (Il se racla la gorge.) Je présume que vous savez lire...

— Je sais pas trop, m'sieur. Vous pouvez m'épeler ces grands mots qui vous ont presque étouffé ?

— Ça, je l'ai bien mérité, dit-il, penaud.

— En effet, et malgré ma profonde ignorance, je vois bien que vous n'êtes pas en état d'aider qui que ce soit.

— Au moins, laissez-moi essayer…

Elle fut distraite par deux fermiers qui portaient le corps inerte d'un marin. Une rafale de vent s'engouffra dans la crique, mais ce ne fut pas le froid qui la fit frissonner.

L'inconnu essayait maladroitement d'ouvrir son coffret.

— Vous n'êtes pas des îles alentour. Etes-vous apothicaire ?

— Je suis médecin et je viens d'Aberdeen. C'est le gouvernement qui m'envoie à la demande de votre laird.

— Thomas vous a sollicité ? s'étonna-t-elle.

On étendit le marin près de lui. En vain, il essaya de se lever.

— Il est mort ? demanda-t-il.

Liam, l'ami aux cheveux gris de Margaret, parut surpris.

— Ça alors ! Vous vous dites médecin et vous ne savez pas reconnaître un mort d'un vivant ?

— Pas à cette distance, s'indigna le blessé.

— Vous bilez pas, je crois qu'il respire encore.

— Asseyez-vous ! ordonna Margaret en repoussant gentiment le médecin sur le sable. J'ai lavé mon mouchoir dans l'eau de mer et je vais essuyer le sang sur votre front. Quand nous vous aurons transporté à la ferme, je vous donnerai des remèdes de l'île.

— J'irai mieux dans quelques minutes, protesta-t-il, pris de vertige.

— Je vois Agnès qui apporte une couverture. Comment vous appelez-vous ?

— Duncan MacNeill, murmura-t-il en fermant les yeux.

Quand Duncan reprit conscience, les deux femmes discutaient pour savoir comment le transporter jusqu'à leur carriole. Quelle heure pouvait-il être ? Quelques étoiles brillaient déjà dans le ciel. Il bruinait et le fin crachin rafraîchissait son corps brûlant.

Lorsque la plus grande des deux femmes le saisit sous les aisselles, une douleur fulgurante lui transperça l'épaule.

— Pourquoi n'avons-nous pas demandé l'aide de Liam ? J'ai peur de faire mal à ce lourdaud, se plaignit-elle.

— Le lourdaud le craint, lui aussi, marmonna Duncan.

Agnès sursauta — elle le croyait évanoui. Il chancela contre elle, manquant les entraîner tous deux sur le sable. Plus âgée que l'autre femme, elle était aussi moins jolie, à en juger par le visage déterminé aux traits anguleux qu'il distinguait comme dans un brouillard.

— Nous devons vous faire gravir la falaise, monsieur, dit-elle comme si elle parlait à un enfant demeuré. Soyez gentil, laissez-nous vous porter.

A genoux, Duncan cherchait vainement à trouver seul son équilibre.

— Je peux marcher, dit-il sans grande conviction.

— Puisqu'il s'obstine, laisse-le marcher, Agnès, mais prends garde à ce qu'il ne nous fasse pas tomber toutes les deux avec lui.

Il reconnut la voix de la première femme. Bien qu'elle se fût éloignée sur le sentier, il fut frappé par les yeux bleu-gris qui éclairaient un visage angélique, ce qui, à n'en pas douter, était une illusion née de la mauvaise luminosité et de son état fiévreux.

Au bout de quelques pas, force lui fut d'admettre que la jeune insulaire avait deviné la gravité de son état mieux que lui et il s'appuya sur elle et sur Agnès. Elles durent faire appel à toutes leurs forces pour l'aider à avancer. En dépit de son mètre quatre-vingts, il se sentait aussi maladroit qu'un poulain qui vient de naître.

— Nous sommes presque arrivés, monsieur, haleta Agnès.

Le vent glacial le transperçait jusqu'aux os à travers ses vêtements trempés. Humilié, il se laissa hisser dans la carriole, où les deux femmes l'étendirent sur de la tourbe fraîche qui abîmerait irrémédiablement ce qui restait de son costume.

— Ça va mieux, maintenant, n'est-ce pas ? dit Agnès en l'enveloppant d'une couverture humide. Vous serez bientôt à la maison, avec un bon feu de cheminée et les potions magiques de Margaret... Si vous y survivez, mon pauvre !

A la maison... Duncan frémit, imaginant une cabane en pierre habitée par deux vieilles filles qui lui feraient avaler de force des cuillerées d'algues rouges et de cœur de bœuf pilé en guise de fortifiant. Quand ses confrères apprendraient qu'il était venu dans cette île sauvage plein de bonne volonté et qu'il avait succombé à des traitements païens avant même sa première consultation, il serait la risée de la Faculté ! C'était une bonne leçon d'humilité.

Il regarda les étoiles. Le vent gémissait de plus belle. Il n'aurait pas dû quitter la crique. La carriole s'écarta du sentier rocailleux pour s'aventurer dans la lande désertique.

— Je n'aurais pas dû... je n'aurais pas dû...

La carriole s'arrêta brusquement. La plus jeune des deux femmes se tourna vers lui. Soudain, son visage lumineux lui sembla familier.

— Que voulez-vous encore, docteur MacNeill ?

— Je n'aurais pas dû quitter la crique... Je dois y retourner pour secourir les blessés.

— Comment le pourriez-vous, alors que vous ne tenez pas debout ?

La carriole se remit en route dans une embardée. Résigné, Duncan ferma les yeux. La jeune femme lui avait parlé du même ton condescendant que celui qu'il employait pour calmer un patient récalcitrant ; et il savait que, jusqu'à sa guérison, il serait à sa merci.

6

Sous les combles, dans la petite chambre obscure, la pluie cinglait les carreaux de l'unique fenêtre. Entrant sur la pointe des pieds, Margaret posa le bouillon médicinal et la tisane à la verveine sur la table de chevet.

Elle avait cédé son lit à l'homme assoupi. Quelle peine elles avaient eue à lui faire monter les escaliers ! En haut des marches raides, ils avaient vacillé comme des dominos, risquant de se rompre le cou... Margaret n'oublierait pas de sitôt ce moment d'angoisse, d'autant qu'Agnès et Duncan avaient ri comme deux imbéciles éméchés.

Jamais un patient n'avait autant troublé la maisonnée, mais cet homme était un étranger et il fallait bien s'attendre à des exceptions désagréables. Résolue à prendre son mal en patience, elle alluma une bougie pour chasser les ombres vespérales et s'assit sur un tabouret.

— Et la lumière fut, murmura Duncan, levant l'avant-bras pour protéger son regard ébloui. J'essayais de savoir où j'étais. Je sais que je ne suis pas sur le navire car je me souviens du naufrage.

Sa belle voix profonde prit Margaret par surprise.

— Vous êtes censé dormir, lui reprocha-t-elle.

— Mon esprit s'endort et se réveille comme la marée. Je me souviens de vous ; vous êtes la petite sirène maligne qui m'a sauvé. Qu'apportez-vous sur ce plateau ?

Margaret s'étonna qu'un homme délirant de fièvre réussisse à tenir un discours aussi intelligible.

— De quoi vous remettre d'aplomb. Un peu de bouillon et de tisane.

— J'aimerais bien prendre du bouillon. J'ai l'impression que ma gorge a été frottée avec du sable.

Margaret se pencha vers le large torse musclé dont le hâle contrastait avec la blancheur des draps. Pourquoi était-elle nerveuse, alors qu'elle avait souvent soigné les jeunes gens de l'île ? Etait-ce à cause des connaissances professionnelles du patient ou de ses attaches avec Aberdeen, la ville où elle avait perdu prématurément sa jeune innocence ?

Pendant qu'elle s'occupait de lui, Duncan fut envahi par une délicieuse langueur. Il se félicita qu'elle n'eût pas désiré changer la literie. Son corps, pourtant affaibli par la fièvre et la fatigue, l'aurait gêné. Elle l'excitait trop, cette sirène si sérieuse qui s'efforçait de ne pas regarder son torse nu.

— Laissez-moi vous aider à vous asseoir, déclara Margaret. Je ne peux pas vous nourrir si vous êtes allongé.

— Je suis votre esclave obéissant.

— J'en doute ! Un esclave n'aurait ni votre franc-parler ni votre indocilité.

Hypnotisé par le ruissellement monotone de la pluie contre la vitre, il ne répondit pas.

— Docteur MacNeill, vous vous sentez bien ? s'inquiéta-t-elle.

Duncan hocha la tête, écarquillant les yeux pour tenter de voir son visage plus nettement. Margaret lui glissa le bras sous les épaules et tapota l'oreiller derrière sa tête, surprise d'être troublée par ce contact physique.

— Vos cheveux sentent comme les fleurs, chuchota-t-il.

Elle se redressa et s'éloigna du lit. Devait-elle demander à Agnès de monter avant que le docteur ne devienne inconvenant ? Mais son sens pratique l'emporta ; il était trop affaibli pour être dangereux et il ne semblait pas être le genre d'homme à prendre des privautés.

Le fumet du bouillon était fort et âcre. Duncan fronça le nez et effleura sa tempe du bout des doigts.

— Jeune fille, qu'avez-vous mis sur ma tête ? Une cruche ou un casque de boue ? s'affola-t-il.

Margaret éclata de rire.

— Un cataplasme fait de toiles d'araignées et de coquilles d'escargots brûlées, de crin de cheval pour aider le sang à coaguler, de l'herbe de la Saint-Jean et de la pédiculaire pour soulager.

— Seigneur, des escargots et des toiles d'araignées ! Et cet engin autour de mon épaule qui ressemble à un harnais de cuir... Je présume que ce sont des vipères desséchées ou une horreur semblable ?

— Ce n'est qu'un simple pansement de gaze. Sur la plage, vous vous êtes plaint d'avoir mal, mais la peau n'est ni enflée ni décolorée.

Une étincelle espiègle brilla dans les yeux bleus de Duncan.

— Auriez-vous examiné la mauvaise épaule ?

— Je vais changer le pansement, rétorqua-t-elle, les joues empourprées.

— Oh, non ! Je vais m'en occuper moi-même. Cela dit, je dois admettre que ce n'est pas trop mal fait.

— Le compliment m'honore, répondit-elle avec un sourire forcé.

— Je l'espère bien ! Beurk ! L'odeur de ce bouillon me donne mal à la tête.

A la seconde même, Margaret se promit de faire l'impossible pour hâter la guérison de Duncan, et ce non seulement afin qu'il quitte sa maison, mais aussi afin de lui prouver qu'elle n'était pas la paysanne inculte pour laquelle il la prenait.

— Mes remèdes sont très réputés. Et maintenant, buvez ce bouillon avant qu'il ne soit froid.

— Quels ingrédients exacts... commença-t-il tandis qu'elle lui glissait d'autorité une cuillerée entre les lèvres. Pouah ! s'écria-t-il. C'est infect !

Elle le força à avaler une autre gorgée du liquide verdâtre et huileux, réprimant un sourire.

— Quelle potion de sorcière ! s'exclama-t-il en repoussant la cuillère. Ça suffit ! Je préfère encore la fièvre et la douleur. Même la mort serait plus douce.

Margaret redevint sérieuse. Qu'il fût médecin ou non, il avait besoin d'elle. D'une voix implacable, elle ajouta :

— Dois-je demander à Agnès de vous tenir pendant que je vous nourris, docteur MacNeill ?

— Agnès, celle qui a des cheveux rouges et la force d'une Amazone ? Non, merci, épargnez-moi cette humiliation. Je me soumets, tant que ce n'est pas du poison.

— Du poison ? répliqua-t-elle, vexée. J'ai passé une bonne heure à piler, à broyer, à malaxer ces herbes pour votre bien.

— Sans oublier ces infortunés escargots que vous avez dépouillés de leur maison, petite incendiaire !

— Vous vous comportez comme un gamin ; vous, un médecin !

— De vipères, d'escargots et de queues de chiots, voilà de quoi sont faits les petits garçons, même ceux qui choisissent plus tard la médecine pour profession, dit-il avec un sourire lugubre.

— Ouvrez la bouche.

Elle réussit à lui faire avaler la moitié du bol avant qu'il ne s'assoupisse. Soucieuse, elle caressa la joue hâve où poussait une légère barbe noire, satisfaite que la fièvre commençât à baisser. Puis elle souffla la bougie. Comme elle se levait, il chuchota :

— Vous ne m'avez pas dit votre nom.

— Margaret, répondit-elle, mais sa respiration était régulière, il n'avait pas dû l'entendre.

Elle prit le plateau et sortit sur la pointe des pieds, à la fois épuisée et fortifiée par leur discussion. Elle regrettait amèrement de ne pas l'avoir laissé sur la plage aux bons soins d'un autre habitant. Cet homme était beaucoup plus redoutable qu'elle ne l'avait escompté.

Quand Margaret entra au salon, Agnès regardait par la fenêtre qui donnait sur la lande et la côte battue par les vents. Le feu de tourbe dans la cheminée réchauffait à peine l'humidité glacée qui imprégnait la vieille ferme en pierre.

— Quelle est l'étendue des dégâts ? s'inquiéta Margaret.

— Les pommiers ont été arrachés et ton potager est une mare de boue. S'il pleut avec cette violence toute la nuit, le ruisseau va déborder et inonder les champs, constata Agnès en tirant les rideaux de dentelle jaune.

— Et gâter notre belle récolte de mouron et de laîche ? demanda Margaret avec un rire bas.

Elle posa le plateau en argent sur la table et s'assit dans un fauteuil.

— Je m'inquiète pour Stephen. Il est presque

minuit. C'est demain dimanche et il n'a pas encore terminé son sermon.

— Il est probablement rentré au presbytère et il n'a pas voulu nous déranger.

— De la chambre, je n'ai vu aucune lumière dans son bureau.

En quelques mois, depuis que Stephen avait pris la place de son père et qu'il habitait le presbytère, à deux pas de la ferme, une grande amitié était née entre les deux cousines qui partageaient, outre un lien de sang, le même esprit peu conventionnel.

La ferme appartenait au mari d'Agnès, Kenneth Alcock, un négociant en tweed qui passait plusieurs mois de l'année loin de chez lui. Ces longues séparations, entrecoupées de retrouvailles brèves mais passionnées, enchantaient Agnès qui en profitait pour écrire des pièces de théâtre (une passion interdite du vivant de son père). La jeune femme savourait sa première vraie liberté depuis la mort de ses parents.

Après une période de rébellion, Margaret avait aussi appris à apprécier la solitude de l'île. Par des matinées brumeuses, elle ramassait des algues sur la plage et soignait ses plantes médicinales. Le soir, elle aidait Stephen dans ses tâches, bien qu'Agnès répétât que Margaret devait avoir une vie personnelle.

Chassant de son fauteuil le gros chat borgne de sa cousine, Agnès s'assit pour boire son thé.

— Et comment se porte ton beau docteur depuis son bouillon ?

— A cause de ta remarque dans la carriole, il a été impossible ! Il m'a accusée de lui donner une potion de sorcière. Et je ne dirais pas qu'il est beau. La prochaine fois, mets tes lunettes. Viril, ça, je te l'accorde.

— Il a ce que les Français appellent une « laideur

intéressante». C'est le genre d'homme qui tourne la tête des femmes.

— A t'entendre, on croirait bien que tu en as connu des centaines!

— J'ai souvent croisé ces hommes-là dans mes lectures, et je les mets en scène dans mes pièces. Si l'on n'y prend garde, ils peuvent se révéler dangereux. Ce visage de Gaélique renfrogné n'est pas facile à oublier.

Margaret étouffa un bâillement. Le chat tigré sauta sur ses genoux.

— Pourquoi est-il venu à Maryhead, au fait? reprit Agnès. Le schooner a-t-il été dévié de sa route par le vent?

— Il vient d'Aberdeen. Aberdeen, bon sang! Il prétend que le gouvernement l'a envoyé à la demande de lord Macpherson.

— Curieux que Thomas ne nous en ait soufflé mot cet après-midi.

— Et, visage de Gaélique renfrogné ou pas, il ne tiendra pas plus longtemps que cet autre médicastre de Londres qui voulait nous guérir de mille et une maladies dont personne sur l'île n'avait jamais entendu parler.

— L'hiver dernier, la coqueluche a fait des ravages parmi les nourrissons. Nous aurions eu bien besoin de l'assistance d'un vrai médecin.

— Celui-là nous a apporté la toux de l'étranger, rétorqua Margaret. La dernière fois qu'un marin nous en a fait cadeau, nous avons tous passé des semaines au lit et j'ai cru que j'allais mourir.

— On l'appelle la grippe, ma chère. «La toux de l'étranger», ça sent sa campagnarde.

— Quel que soit le nom, je suis certaine de l'attraper! Il dort dans ma chambre, dans mon lit. Quelle barbe... Je vais devoir le déranger pour aller chercher ma chemise de nuit!

— C'est pourtant grâce à ton bon cœur qu'il se trouve ici. Tu peux dormir dans ma chambre, si tu veux. Le lit est assez grand.

Quelques minutes plus tard, Margaret quittait sa chambre, sa chemise de nuit sur le bras. Elle eut un dernier regard agacé pour l'intrus. Brusquement, le malade s'agita et tendit un bras vers elle. La fièvre était-elle revenue ? Inquiète, elle s'approcha et se pencha sur lui. Il lui saisit le poignet avec une vigueur inattendue ; elle se retrouva couchée sur lui, un genou entre ses cuisses, le visage appuyé contre son épaule.

— Reste... avec moi... J'en ai tant envie... marmonna-t-il, avant de sombrer de nouveau dans un sommeil agité.

Tant bien que mal, elle se tortilla pour atteindre le bord du matelas, mais poussa un cri quand Duncan roula sur lui-même et l'emprisonna. Elle pouvait à peine respirer, encore moins bouger. Bientôt, leurs deux corps pressés contre le matelas parurent ne plus faire qu'un. Margaret, prise de faiblesse, se mit à trembler, en proie à l'humiliation et à un trouble qu'elle n'osait pas nommer.

— Docteur... Mac... Neill...

Il pivota sur le côté et posa sa joue râpeuse dans son cou. Son souffle chaud murmurait le nom d'une femme... Aline ? Alice ?

Margaret parvint à se dégager. Elle devait se rappeler qu'il était malade, qu'il ne se maîtrisait pas, qu'il délirait. Mais comment expliquer sa réaction à ce bref contact physique ? On aurait dit qu'un doux brasier s'était allumé en elle. Furtivement, elle lui épongea le front, le visage et la gorge, puis elle s'éclipsa.

Dans le corridor, le fracas de la pluie qui tambourinait sur le toit de chaume et étouffait sa voix ne parvint pas à lui faire oublier Duncan. Il lui suffisait de l'imaginer dans son lit, sa tête sombre posée sur l'oreiller, son bras vigoureux empêtré dans la couverture qu'elle avait brodée, pour sentir ses joues s'embraser. Qu'il était troublant d'aller se coucher en se remémorant la sensation qu'elle avait éprouvée, allongée sous lui, de penser, même, qu'elle dormirait de nouveau dans cette chambre, qu'elle s'y dévêtirait, tandis que quelque chose de lui s'attarderait dans la pièce, secrète présence séductrice.

Pourtant, elle devait l'oublier coûte que coûte, car il lui rappelait tout ce qu'elle avait abandonné : son foyer, les souvenirs doux-amers de sa jeunesse, des conventions sociales que même son oncle n'avait pas réussi à imposer à Maryhead. Heureusement, dans quelques jours, Duncan MacNeill serait installé de l'autre côté de l'île et la menace réelle ou fictive qu'il représentait pour sa tranquillité d'esprit à jamais écartée.

7

Lorsqu'elle avait refermé la porte, Duncan avait vainement tenté de l'appeler et l'effort de lever le bras l'avait laissé pantelant. Sa fièvre commençait à céder ; ce bouillon verdâtre y était-il pour quelque chose ? Il en doutait. Il était certain d'avoir attrapé une pneumonie dans cette chambre lugubre où l'humidité suintait de partout.

Sa mission sur Maryhead était-elle vouée à l'échec d'entrée de jeu ? Un naufrage n'était guère de bon augure et il n'était pas sûr d'avoir accepté d'être le médecin de l'île par pur altruisme.

On lui avait fait cette offre au beau milieu d'un scandale professionnel. Son confrère et ami de toujours, le Dr Roger Patton, avait été retrouvé mort dans le laboratoire de Duncan, s'étant apparemment administré une trop forte dose de chloroforme. Les deux hommes affichaient une rivalité amicale pour savoir lequel des deux serait le premier à mettre au point l'anesthésique. Bien que la Faculté royale de médecine eût déclaré que c'était une mort accidentelle survenue lors d'une expérience, l'incident avait porté atteinte à la réputation de Duncan parmi sa clientèle bourgeoise.

Et puis il y avait Alice, l'autre raison à son départ précipité d'Aberdeen, une raison si pénible qu'il n'osait pas même y réfléchir.

Il repoussa l'édredon usé qui sentait bon la lavande et parvint à se lever. Cherchant des yeux ses vêtements, il s'aspergea le visage d'eau froide avant de se regarder dans le petit miroir ovale qui surplombait la cuvette. Ses pupilles étaient normales. A la lumière de la lune, avec sa barbe noire et son pansement sur le crâne, il était encore plus intimidant que d'habitude.

Sur le tabouret se trouvaient ses chaussures trempées, sa montre de gousset brisée et le médaillon miniature qu'il portait dans une poche intérieure de son veston. Il réalisa non sans amusement que ses deux anges gardiens féminins lui avaient même ôté son caleçon de laine et que sa nudité le retenait prisonnier de cette chambrette humide.

Retournant à son lit, il ouvrit le médaillon et contempla le portrait d'une jeune fille souriante. Son expression trahissait une telle espièglerie qu'il était cruel de se rappeler les malheurs qu'elle avait connus. En esprit, il la revoyait si nettement.

Margaret Rose.

Grâce à ce pendentif, il n'avait pas oublié les traits de son visage. La dernière fois qu'il l'avait vue, elle lui avait semblé si triste, si seule. Ce matin-là, lorsqu'elle était venue à l'Institut, il n'avait pas pu l'aider.

Où était-elle maintenant... quinze ans après la peinture de ce portrait, cinq ans après leur rencontre ? Si elle était restée sur Maryhead, elle ne serait pas trop difficile à retrouver, à moins qu'elle ne se cache. Mais Duncan devait respecter ses priorités. Bien qu'il eût promis à un vieil homme malade de convaincre sa fille rebelle de quitter son exil en vue d'une réconciliation, le gouvernement l'avait engagé pour d'autres raisons.

Par une étrange ironie du sort, l'après-midi où il avait rencontré pour la première fois Douglas Rose, le père de Margaret, avait aussi sonné le glas de son amitié avec Alice Drummond.

Alice MacNeill, se corrigea-t-il. Maintenant qu'elle avait épousé son frère cadet Andrew, elle portait le nom de famille que Duncan avait espéré lui donner.

Quatre mois plus tard, il se remémorait encore la tension de cette sinistre journée, entendait résonner leurs voix furieuses dans le vestibule de sa maison d'Aberdeen. C'était la première fois qu'il la revoyait depuis qu'elle s'était enfuie avec Andrew alors que lui-même faisait une tournée de conférences à Edimbourg.

D'après ses estimations de médecin, elle était enceinte de six mois. Son esprit avait refusé d'accepter l'évidence de son infidélité. Andrew et elle n'étaient mariés que depuis cinq mois. Comme ils avaient été impatients de devenir amants !

— J'ai attendu pendant six ans que vous vous décidiez à fonder un foyer, Duncan, avait-elle dit, les larmes aux yeux. Andrew et moi n'avons pas eu le coup de foudre. Pendant longtemps, nous nous sommes évités...

Il l'avait interrompue, ne voulant pas écouter des excuses qui ne pouvaient pas justifier sa trahison.

— J'ai un rendez-vous.

— Détestez-moi autant que vous voulez, mais ne laissez pas cette histoire gâcher votre vie et nuire au cabinet médical qui vous a coûté tant de peine et d'efforts.

— Quel cabinet? Ma carrière à Aberdeen est terminée. Il y a six semaines, on a retrouvé le corps de Roger dans mon laboratoire. Dans l'infamie médicale, je me situe quelque part au-dessous du Dr Andrew Moir et de ses étudiants voleurs de cadavres de l'Ecole d'anatomie.

— Mon Dieu, personne ne m'avait prévenue! Nous vivons très isolés à la campagne.

— Vous êtes l'une des rares personnes à l'ignorer. Sa femme Lucy a dépensé jusqu'à son dernier sou pour essayer de me faire rayer du conseil de l'ordre. On m'a interdit d'assister à l'enterrement et elle a juré de me détruire par tous les moyens, aussi bien dans ma vie privée que professionnelle. Je suis en retard, Alice, j'ai un rendez-vous...

— Duncan, je vous en prie... Je sais que cela n'a plus d'importance... mais j'éprouve encore des sentiments pour vous.

Un court instant, pétrifié, il l'avait dévisagée en silence, puis il était sorti de chez lui et il avait refermé la porte sur les doux sanglots d'Alice. Le plus humiliant, c'était qu'il avait failli craquer lui aussi. Inexplicablement, il avait voulu l'entendre dire qu'elle l'aimait toujours et que son mariage avec Andrew était une erreur.

Il avait dévalé les marches. En dépit de la pluie, il avait marché jusqu'à la demeure élégante de Broad Street où habitait le génie de la finance Douglas Rose, celui qui avait contribué à faire de l'Ecosse une place financière mondiale.

Un majordome l'avait introduit dans un salon meublé avec goût où un homme mince d'une soixantaine d'années, vêtu d'une robe de chambre en soie verte, se reposait dans une chaise longue.

A l'arrivée de Duncan, il avait laissé retomber un paquet de lettres sur ses genoux. Son visage n'avait rien de fragile et ses yeux gris avaient scruté le jeune médecin.

Les deux autres personnes dans la pièce, une jeune femme assise sur le sofa et un homme légèrement plus âgé qui se tenait près de la fenêtre, l'avaient salué d'un mouvement de tête. Leurs visages étaient restés hermétiques. Etait-ce par souci pour la santé précaire de leur père ou parce qu'ils n'appréciaient pas la présence de Duncan ?

— Vous laisserez-vous tenter par des toasts au pâté d'huîtres ou un verre de porto ? avait demandé la femme blonde.

— Non, merci. Je suis le Dr MacNeill et vous êtes...

— Lilian Rose. Voici mon frère Gareth et bien sûr notre père qui vous a convoqué.

Gareth était venu lui serrer la main.

— Gareth Rose... Vous êtes un artiste, n'est-ce pas ? Un de mes amis a acheté quelques-uns de vos dessins...

— Ce n'est qu'un passe-temps, s'était empressé de dire Gareth avec un regard nerveux pour son père. Je suis trop occupé à la banque pour perdre mon temps à peindre.

C'étaient Roger et sa femme Lucy qui avaient acheté les œuvres, des paysages sombres et tourmentés, peuplés de sorcières et de guerriers, qui reflétaient un esprit troublé.

Après avoir examiné Douglas Rose, Duncan était arrivé au même diagnostic que d'autres médecins avant lui : une maladie de cœur et un mauvais fonctionnement des poumons.

— Je sais que vous ne pouvez rien pour moi, avait dit le vieil homme.

— Dans ce cas, pourquoi m'avez-vous fait venir ?

— J'ai appris que le gouvernement vous envoyait aux Hébrides, plus précisément sur l'île de Maryhead.

— C'est exact, avait répliqué Duncan, surpris par le tour inattendu que prenait la conversation.

Douglas lui avait expliqué qu'une de ses filles, avec laquelle il s'était brouillé, habitait Maryhead et qu'il désirait absolument la contacter. Toutes ses lettres lui avaient été retournées sans avoir été ouvertes.

— Je n'ai pas de portrait récent de Margaret, mais il me reste ce vieux médaillon de ma femme décédée, et je doute qu'il soit très difficile de la trouver sur une petite île comme Maryhead. Elle sera bientôt en âge de toucher l'argent que j'ai placé pour elle jusqu'à sa majorité.

En regardant le petit portrait, Duncan s'était rappelé avec une netteté incisive leur première rencontre. Ainsi, la jeune fille avait bien été exilée à Maryhead. Après leur rencontre à l'Institut, Duncan avait pensé à elle pendant des mois et puis, avec le temps, il avait enfoui son souvenir avec tous ses autres rêves et désirs inassouvis que les années et le poids de la réalité étouffaient peu à peu.

Duncan avait été soulagé quand l'entrevue s'était terminée. Alors qu'il quittait la maison, Gareth et Lilian Rose l'avaient rejoint sur le perron.

— Avant de chercher à la retrouver, vous devez comprendre la raison de cette brouille familiale, avait déclaré Lilian.

— Cela ne me concerne pas, avait rétorqué Duncan, n'appréciant pas les cachotteries.

— La santé de mon père est en jeu, avait insisté Gareth. Notre mère Susan et notre frère cadet se sont noyés quand Margaret n'avait que huit ans. L'accident a fait vieillir prématurément notre père et, jusqu'à très récemment, il a toujours tenu Margaret pour responsable du drame.

— C'est Margaret qui s'était entêtée à prendre la barque ce jour-là, avait renchéri Lilian.

— Margaret ressemblait à maman comme deux gouttes d'eau. Une rose ténébreuse. Chaque fois qu'il la voyait, papa se rappelait la tragédie.

— Il l'a exilée parce qu'il ne supportait pas sa douleur ?

— C'est à peu près cela...

— Non ! s'était écriée Lilian. Elle était devenue impossible, sortant à des heures indues et fréquentant des gens de mauvaise réputation. Il espérait qu'oncle Angus la sauverait avant qu'elle ne gâche sa vie.

Duncan s'était souvenu de la Margaret qu'il avait croisée sur Union Street, et il avait essayé de comprendre comment cette superbe sauvageonne avait pu dissimuler une femme-enfant troublée. Sa bonne éducation aurait dû l'inciter à clore cette conversation et à décourager toute nouvelle confidence familiale, mais il avait ressenti la même curiosité inexplicable que cinq ans plus tôt.

Il ne l'avait pas oubliée. Elle avait toujours été tapie dans un coin de sa mémoire, telle une ombre insaisissable, dégageant une impression de tristesse, de défi insensé, et d'une beauté inoubliable.

— Pourquoi me racontez-vous ces détails ? En quoi cela peut-il m'aider à retrouver Margaret ?

— En vérité, docteur MacNeill, avait commencé Lilian en triturant sa broche en perles, nous nous demandons s'il est bon pour papa qu'on la retrouve. Comme vous le savez, son état de santé est fragile, et des retrouvailles bouleversantes risqueraient de lui porter un coup fatal.

— Suggérez-vous que j'ignore sa requête ?

— Bien sûr que non, s'était offusqué Gareth. Si Margaret décide de revenir, nous l'accueillerons, mais ce sera difficile, et il faudra s'adapter.

Qui devra s'adapter ? avait pensé Duncan. Il en avait conclu qu'ils s'inquiétaient avant tout de devoir partager leur héritage avec leur sœur. Une telle fortune incitait certainement à se battre pour elle. Il s'était méfié des intentions de Lilian et de Gareth, devinant qu'ils ne lui avouaient pas toute la vérité.

Mais il avait été trop préoccupé pour réfléchir longuement aux problèmes de la famille Rose, car il lui fallait encore engager un couple de domestiques pour s'occuper de son foyer sur Maryhead. En s'y prenant à la dernière minute, il n'avait pas eu le temps de vérifier leurs références avant le départ du bateau à aubes.

Il avait eu une sacrée chance de trouver des gens disposés à aller travailler aux Hébrides. S'il n'y avait pas été contraint, lui-même n'aurait jamais mis les pieds sur cette île du bout du monde !

8

Peu avant l'aube, Duncan rêva de la mort. Des vagues chaudes et puissantes rugissaient au-dessus de sa tête, de l'eau salée lui glissait dans la gorge. Parmi les illusions de son esprit, il entendait chuchoter des voix féminines, des sorcières qui lui jetaient un sort...

— Je crois qu'il en a eu assez, murmura Agnès.

— Balivernes ! Il en a renversé la moitié.

— Tu es en train de l'étouffer, ma chère, et puis,

c'est un médecin. Ne serait-il pas plus poli d'attendre le lever du soleil pour qu'il fasse son propre diagnostic et décide de son traitement ?

— Sa fièvre est montée.

— Voyons, Margaret, ne lui mets pas cette horreur autour du cou. J'ai des frissons rien qu'à la regarder.

Duncan essaya de crier pour se réveiller, son esprit rationnel comprenant que sa fièvre était en effet montée et qu'il était en proie au délire. Ses poumons menaçaient d'éclater. Il sentit une chose lisse et froide sur sa poitrine ; une amulette — de la magie, de la sorcellerie...

Son imagination enfiévrée s'emballa. Pourvu que les insulaires ne soient pas des adeptes de la magie noire et qu'ils ne l'obligent pas à danser nu dans la lande avec la jolie sirène brune pour grande prêtresse ! Il se rappela des contes de son enfance où il était question de sacrifices humains à des dieux druidiques oubliés. Pis encore, on y parlait de castration...

— Des sacrifices humains ? La fièvre vous donne de drôles de lubies, mon pauvre ami !

Ouvrant les yeux, il vit le visage amusé d'Agnès et fut gêné d'avoir évoqué ses craintes à voix haute.

— Je suis Agnès Alcock, docteur MacNeill. Nous vous avons transporté de la plage jusqu'à ma ferme. Vous vous souvenez ?

En dépit de son mal de tête, Duncan acquiesça. La femme avait élevé la voix comme s'il était non seulement fébrile, mais également sourd.

— C'est quoi... cette chose autour de mon cou ?

— Un œuf de corbeau bouilli, qui, selon ma cousine Margaret, fera baisser votre fièvre, expliqua-t-elle avec une grimace.

— Et ces piques pointues ?

— Des dents de renard et des os de biche. D'après

Morag Strong, leurs vertus magiques sont supposées vous guérir.

— Qui est cette Morag ?

— Notre vieille bique locale… la guérisseuse. Ce n'est pas vraiment une vieille bique, elle n'a qu'une dizaine d'années de plus que moi, mais l'image est juste.

— Vous ne l'aimez pas.

— Pas vraiment.

— Les autres… sur le bateau ?

— D'après mes renseignements, tout le monde a été sauvé. Et maintenant, il faut vous reposer, docteur MacNeill. Feignez du moins de dormir avant que Margaret ne revienne avec deux ou trois autres de ses affreux remèdes, conseilla-t-elle avant de quitter la chambre.

Margaret. La jolie femme de la plage s'appelait Margaret. Etait-elle Margaret Rose ? Il se revit adossé à la barque, serrant contre lui son coffret de médicaments et son journal ; elle s'était penchée sur lui.

— Seigneur…

Il se redressa si vivement que le lit bougea. Doux Jésus, son journal ! L'eau avait dû abîmer son travail.

Sur une chaise, il trouva une chemise et un pantalon. La lumière blafarde du matin pénétrait par la fenêtre. Arriverait-il à sauver ses affaires du bateau naufragé ? Dans un jour ou deux, Walter et Sybil Armstrong apporteraient les instruments nécessaires à la pratique de sa profession, mais son journal, avec les annotations qu'il y avait faites au fil d'années de recherche, était irremplaçable.

Il se dépêcha de descendre et trouva Agnès dans l'entrée. Surprise de le voir les cheveux en bataille, la chemise boutonnée de travers, elle remarqua avec néanmoins un certain flegme :

— Je vois que vous avez trouvé les vêtements de mon mari. Les vôtres sèchent dans l'arrière-cuisine. Avec tout le respect que je vous dois, docteur MacNeill, je ne crois pas que vous soyez suffisamment remis pour être debout.

Margaret apparut en haut de l'escalier, s'habillant à la hâte.

— Que se passe-t-il ?

— Le docteur est levé, ma chère. Viens m'aider à le remettre au lit. Je crains que la fièvre ne lui ait fait perdre la tête.

Duncan essayait de contourner Agnès pour atteindre la porte.

— Vous ne comprenez pas… J'ai des choses de valeur sur la plage.

— Je vous assure que personne à Maryhead ne vous les prendra.

Tandis que Margaret descendait l'escalier, Duncan essaya une nouvelle fois de repousser Agnès, mais elle ne se laissa pas faire, bloquant la porte, les bras croisés comme un lutteur de Cornouailles. Faisant demi-tour, il se dirigea vers la cuisine.

— Nous devons l'arrêter, murmura Agnès. Il ne peut pas se promener dans l'île dans cet état.

Il ouvrit la porte de la cuisine sur le matin gris et pluvieux. Un gros matou se faufila entre ses jambes pour aller s'installer près de la cheminée.

— Merci pour votre hospitalité, dit-il en se retournant vers les deux femmes. Le bouillon, l'amulette, les vêtements prêtés…

— Docteur MacNeill ! s'écria Agnès.

— Laisse-le faire à sa guise, rétorqua Margaret.

Elle alla vivement refermer la porte avant que la pluie inonde le sol en pierre.

— Pourquoi est-il aussi agité ?

— Il veut à tout prix sauver ses affaires du naufrage, expliqua Agnès. Je ne sais pas comment il espère y parvenir ; je doute même qu'il arrive jusqu'à la plage.

Avec un froncement de sourcils, Margaret suspendit la lourde bouilloire sur son crochet au-dessus du feu.

— Hier soir, Jamie Shaw a rapporté certaines choses du docteur. J'étais si fatiguée que je n'y ai plus pensé. Tout est dans le salon.

Agnès cessa de secouer la nappe.

— Dans ce cas, tu dois aller le chercher. C'est injuste de le laisser s'inquiéter.

— Je ne l'ai pas fait exprès, s'agaça Margaret. De toute façon, je ne veux plus qu'il reste ici.

— Pourquoi ?

Parce qu'il me fait sourire alors que je devrais être sérieuse. Parce que je sens encore l'empreinte de son corps sur le mien.

— Parce qu'il vient d'Aberdeen, voilà pourquoi, et cet endroit est pour moi synonyme de tristesse.

— Même après toutes ces années... ?

Sans daigner répondre, Margaret regarda par la fenêtre et vit le Dr MacNeill qui contemplait la lande, l'air perdu.

— Oh, et puis flûte ! marmonna-t-elle.

Elle enfila ses bottines et se précipita sous le crachin qui mouillait le chemin de pierres inégal, maculant de boue le bas de sa jupe. Elle maudit silencieusement le docteur : elle n'aurait pas le temps de se changer avant le sermon dominical de Stephen.

Alors que Duncan commençait à gravir la première colline, elle le héla, les mains en porte-voix :

— Docteur MacNeill !

Il se retourna et regarda dans toutes les directions sauf la bonne, vacillant sur ses jambes, près de tomber, semblait-il, à la moindre bourrasque. Il fit un pas en avant et trébucha. Effrayée, Margaret courut vers lui et le rejoignit au moment où il s'affaissait sur ses genoux. Au loin, on entendait les carrioles des fermiers se diriger vers la petite église.

— Laissez-moi vous aider à regagner la maison, docteur MacNeill.

— J'ai bien peur, en effet, de ne pas y arriver tout seul.

Le souffle court, il prit la main qu'elle lui tendait et s'appuya sur elle si lourdement qu'elle craignit de perdre l'équilibre. Le roulement des chariots s'accentua, résonnant derrière les collines comme des échos de tonnerre.

— Essayez de vous dépêcher, docteur MacNeill, l'encouragea-t-elle. La pluie n'est pas bonne pour votre fièvre.

Sa chemise s'étant ouverte, Margaret vit les gouttes glisser sur ses épaules musclées et se perdre dans la toison noire qui recouvrait son torse. Elle rougit.

— Couvrez-vous, murmura-t-elle alors qu'ils dérapaient sur la pente.

— Pardon ?

— Votre chemise est ouverte, expliqua-t-elle en retenant un rire devant son air hagard.

— Mon Dieu, vous auriez dû me le dire plus tôt !

Tremblante de froid, elle se détourna pendant qu'il se reboutonnait. L'espoir qu'elle conservait de leur épargner une situation aussi embarrassante fit long feu : les rares insulaires qui avaient bravé les éléments pour venir écouter le sermon du jeune révérend Rose apparurent, une procession de fermiers et de conducteurs de bestiaux dans leurs beaux habits écossais, flanqués de leurs femmes en coiffe de mousseline blanche et d'enfants chevauchant de robustes poneys.

Avec une joie maligne, tous dévisagèrent Margaret et Duncan. Elle savait ce qu'ils pensaient. L'incorrigible gosse de riche d'Aberdeen se trouvait déjà dans une situation compromettante avec le docteur fraîchement débarqué. Et celui-ci, pour une première apparition en public, avait une allure plutôt débraillée !

— Bonjour, mademoiselle Margaret.

— C'est bien le nouveau docteur, n'est-ce pas ?

— Oui. Je crains que... commença-t-elle en donnant un léger coup d'épaule à Duncan pour qu'il s'écarte. Voici le Dr MacNeill que le gouvernement a envoyé à la demande de Macpherson pour être le médecin de l'île.

— Il a reçu un coup sur le crâne ?

— Lors du naufrage, en effet. Il n'en est pas tout à fait remis. Il n'a pas encore retrouvé toute sa tête.

— Oui-da. Et il va habiter chez vous, à la ferme ?

— Certainement pas. Il va y rester un jour ou deux, le temps qu'il soit en mesure de se rendre au château.

Avec des sourires entendus, les villageois poursuivirent leur chemin vers la petite chapelle et disparurent derrière les collines brunes.

— Je proteste contre le « il n'a pas encore retrouvé toute sa tête » !

— Il fallait bien que je dise quelque chose.

— A cause de votre remarque, il me faudra plusieurs mois de plus pour me faire respecter.

Haussant les épaules, Margaret commença à marcher ; les genêts craquaient sous ses bottines.

— C'est votre faute, jeta-t-elle par-dessus son épaule. A-t-on idée d'être aussi stupide !

— Mon journal... Vous ne pouvez pas comprendre... C'est essentiel que je le retrouve, dit-il, le visage rougi par l'effort.

— Ce fichu journal a été rapporté à la ferme tard dans la soirée.

— Vous en êtes certaine ? Pourquoi jurez-vous ?

— Parce que, à cause de vous, nous allons être la risée des paroissiens de mon cousin. Sur cette île, on se délecte des commérages. Ils sont si rares qu'on les savoure aussi longtemps que possible.

— Des commérages ? A quel propos ?

Soudain, une grouse jaillit de derrière des rochers, les surprenant par son envol maladroit. La lande était morne et désolée, la ferme solitaire un refuge au pied des collines balayées par la pluie.

— A notre sujet.

— C'est grotesque ! (Il lui agrippa le poignet.) Etes-vous sûre que mon journal est intact ?

— Je n'ai pas pris la liberté de le lire. Je ne me permettrais pas de violer *votre* intimité.

Elle libéra sa main et se dirigea d'un pas décidé vers la barrière qui clôturait la ferme.

— Insinuez-vous par là que j'aurais violé la vôtre, mademoiselle Rose ? Car vous êtes bien Margaret Rose, la fille de Douglas Rose, le banquier d'Aberdeen ?

Le visage blême, elle lui fit face.

— Qu'avez-vous dit ?

— Je vous ai simplement demandé si vous étiez Margaret Rose. J'ai entendu Agnès vous appeler par votre prénom et j'en ai déduit votre nom de famille, bien que nous n'ayons pas été présentés. Douglas Rose m'a demandé de retrouver sa fille, ajouta-t-il, à bout de souffle.

Elle ouvrit le portail et un poulet s'enfuit sur son passage.

— Dans ce cas, vous pouvez lui dire que sa fille est morte.

— Morte ! Vous plaisantez...

— Elle s'est suicidée. Comme personne ne la connaissait vraiment, on ne l'a pas pleurée.

Un sourire lugubre aux lèvres, Margaret gagna la

cuisine où l'attendait Agnès, le gros matou borgne dans les bras.

— J'allais partir à ta recherche avec la carriole. Heureusement qu'il n'est pas tombé dans une tourbière !

Margaret se pencha pour retirer ses bottines.

— Cela aurait peut-être mieux valu, dit-elle d'une voix tremblante. Il prétend que mon père l'a envoyé me retrouver. Je t'avais bien dit qu'il nous créerait des problèmes ; je l'avais deviné au premier coup d'œil sur la plage.

9

La fièvre de Duncan tomba le lendemain après-midi, et le soir même il fut invité à dîner avec ses hôtesses. Au menu, il y avait un rôti de mouton, des œufs sur le plat, des pommes de terre en robe des champs et des galettes d'avoine, le tout agrémenté de whisky et de thé. Il dévora avec un bel appétit, trop affamé pour prêter attention au silence de Margaret ou aux bavardages polis d'Agnès. Quand il eut terminé, réconforté par l'alcool et la bonne chère, il se sentit assez détendu pour affronter Margaret.

C'était la première fois, depuis le naufrage, qu'il avait recouvré toute sa lucidité, et la jeune femme lui paraissait plus belle que jamais.

Il la contempla longuement à la lumière des chandeliers en bronze posés sur la cheminée, le cœur serré, comme s'il était au bord d'une falaise et qu'il eût fait un pas en avant. Mais quelle chute grisante ! Ses cheveux avaient la même teinte de chaud ébène que dans ses souvenirs. Le visage ovale aux traits classiques avait mûri et aucun peintre n'aurait pu traduire dans une miniature tous les secrets que dissimulait le regard bleu-gris.

Il fit un effort pour se rappeler la question qu'Agnès lui avait déjà posée deux fois.

— Encore un peu de whisky, docteur MacNeill ?

— Je ne devrais pas, mais il est délicieux...

Margaret grommela que la pièce était froide et les quitta.

— Je présume qu'elle vous a raconté ce qui s'est passé, dit-il à Agnès en qui il espérait trouver une alliée. Je lui ai demandé si elle était bien la Margaret Rose de la célèbre famille de financiers.

— Margaret et Douglas Rose ne sont pas... commença Agnès en baissant les yeux sur le livre posé sur ses genoux.

Elle se tut. Margaret venait de réapparaître avec un panier en osier rempli de tourbe sèche.

— Je lui ai dit que la fille de Douglas Rose était morte, déclara Margaret, son ton de voix indiquant à sa cousine qu'elle ferait bien de ne pas la contredire. Un suicide, n'est-ce pas, Agnès ?

— Comment ? glapit Agnès, horrifiée.

— Ce fut un choc pour nous tous. La malheureuse avait un si brillant avenir, ajouta Margaret d'un air désolé.

Amusé, Duncan décida de jouer le jeu :

— Un brillant avenir ?

— Comme actrice, lança Agnès sèchement. J'ai appris récemment qu'elle avait un remarquable talent pour la comédie dramatique.

— Dommage que je n'aie jamais pu la voir sur scène. Je me réjouissais de renouer connaissance avec elle, soupira Duncan, se retenant de rire.

— Vous la connaissiez ? demanda Margaret, la mine soupçonneuse.

Il la regarda droit dans les yeux.

— Je l'ai rencontrée deux fois, à Aberdeen, mais je n'ai pas dû lui faire une forte impression.

Il crut discerner l'ombre d'un sourire ; Margaret se détourna aussitôt pour alimenter le feu.

— Son père m'a demandé de lui rendre un service et de la retrouver, continua-t-il en parlant à Agnès. Sa santé est fragile, mais il s'inquiète de la savoir sur cette île isolée depuis la mort de ses tuteurs.

Il y eut un long silence pesant. Pas un trait du visage de Margaret ne trahissait ses pensées, or Duncan devinait qu'elle ne le croyait pas.

— J'ai cru comprendre que Margaret Rose s'était brouillée avec sa famille, dit-elle en prenant une gorgée de thé.

Combien de temps va-t-elle continuer ce jeu stupide ? se demanda-t-il.

— En effet, mais son père le regrette et souhaiterait la revoir.

— Pourquoi, après toutes ces années ?

— Cela, je ne le dirai qu'à Mlle Rose en personne.

Ayant reposé sa tasse, Margaret attisa le feu avec un tisonnier, libérant une agréable odeur dans la pièce. Le cœur battant, elle était partagée entre la colère et des souvenirs douloureux. Pourquoi ce maudit bonhomme ne pouvait-il pas la laisser en paix ?

— Je sais que son père est un banquier réputé. Ne pouvait-il pas prendre le temps de venir lui-même la chercher ?

— Comme je vous l'ai dit, il n'est plus tout jeune et sa santé décline. Ce froid polaire n'arrangerait pas sa maladie pulmonaire.

Margaret se leva, mettant un terme à la conversation. Duncan aurait voulu poursuivre leur entretien, mais elle semblait déterminée à l'exiler dans sa chambre sous les combles.

— Je suis désolée de ne pas pouvoir vous aider, docteur MacNeill. J'espère que vous n'avez pas fait ce long voyage pour rendre service à Douglas Rose.

A regret, car il aurait apprécié un autre verre de l'excellent whisky, il se leva à son tour.

— Certes non. Le gouvernement m'a chargé d'étudier la possibilité d'ouvrir un hôpital sur l'île.

— Vous devez être très dévoué pour sacrifier ainsi vos talents à notre malheureuse île.

— Dévoué ou naïf.

Margaret se mit à empiler les assiettes sur un plateau. Dans la chambre solitaire, qu'est-ce qui l'attendait, excepté son journal et une nouvelle nuit agitée ? Duncan préférait rester auprès du feu à bavarder avec elle. Dans un coin, Agnès écrivait sans plus les écouter.

— Laissez-moi vous aider, proposa-t-il en sauvant in extremis son verre où il restait une gorgée de whisky.

— Si vous insistez... Mais méfiez-vous du chat dans l'entrée. Il aime surprendre les gens en leur sautant dessus.

Il suivit Margaret dans le couloir sombre, portant le plateau avec les assiettes et la carafe de whisky en cristal.

— Où est-elle enterrée, à propos ? Son père voudra une preuve de sa mort.

Margaret parut sur le point de le gifler.

— Je vous ai dit qu'elle s'était suicidée. Ces gens-là, on les enterre dans des tombes anonymes, aux croisements sur la lande.

— Quelles mœurs païennes ! s'écria-t-il d'un ton dégoûté. Il ne sera donc pas nécessaire de demander une autorisation avant de la faire exhumer ?

— Pardon ?

— Excusez-moi, dit-il, une lueur espiègle dans les yeux, mais mon métier incite à la franchise. Je ne voudrais pas vous bouleverser par des détails aussi macabres, mais…

— Malappris ! s'écria-t-elle, à la fois furieuse et amusée. Vous n'êtes qu'un goujat. Vous savez depuis le début qui je suis, n'est-ce pas ?

— J'avais des soupçons. Cela dit, si vous préférez ne pas parler de votre passé, libre à vous. Cependant, sachez que votre père…

— Allez-vous-en, je vous en prie, murmura-t-elle.

— Pas avant demain matin. Comment pourrais-je retrouver mon chemin dans la lande obscure ? Croyez-moi, je ne voulais pas vous faire de la peine. En vérité, j'espérais que vous m'accorderiez votre confiance.

— Comment le pourrais-je alors que vous venez de me mentir ?

— Je ne vous ai jamais menti, répliqua-t-il, vexé.

— Ah oui ? Vous avez prétendu que nous nous étions déjà rencontrés.

— C'est la vérité. Vous ne vous souvenez pas de votre visite à l'Institut de vaccination à Aberdeen ? Votre oncle est venu vous chercher avant que vous n'ayez eu votre vaccin. Je suis le médecin qui s'était occupé de vous.

— Votre visage ne me rappelle rien, mais il est vrai que j'ai préféré tout oublier de cette dernière semaine à Aberdeen.

— Moi, je me souviens que vous portiez une robe en velours et qu'un fiacre noir vous a emmenée sous la pluie.

Elle eut un sourire triste.

— Et nous voici tous les deux à Maryhead, au bout du monde, comme ils disent.

Tout à coup, Duncan eut envie qu'elle se souvienne de lui, pour se persuader qu'il avait joué un rôle dans son passé, si modeste fût-il.

— Nous nous sommes vus, la toute première fois,

sur Union Street, dit-il, le souvenir encore si vif dans son esprit qu'il ne parvenait pas à croire qu'elle l'eût oublié. Vous étiez dans une calèche qui a failli me renverser. Daniel Munro était votre cavalier.

Elle rougit.

— Mon Dieu, vous avez raison ! J'ai dû vous faire très mauvaise impression.

— Vous étiez un peu jeune pour sortir avec un homme aussi blasé que Daniel Munro, non ?

— Jeune, indisciplinée, et sur le chemin de la perdition, comme aurait dit oncle Angus, répondit-elle avec un rire nostalgique.

Duncan posa le plateau sur la table de la cuisine et patienta, quelque peu mal à l'aise, pendant qu'elle allumait une lampe à huile.

Sans lui prêter plus d'attention que s'il était devenu invisible, elle noua un tablier autour de sa taille et empila les assiettes dans l'évier en pierre. Avec des pincettes de cuivre, elle retira du feu plusieurs *dornagan* brûlants, des galets lisses ramassés sur la plage. Elle les laissa tomber un à un dans l'évier ; bientôt, l'eau se mit à fumer.

— Je peux vous aider ? demanda-t-il.

— Vous pouvez me passer la vaisselle qui reste.

Jusqu'à aujourd'hui, une cuisine ne lui avait pas semblé un lieu très romantique, mais il y avait quelque chose d'intime à l'aider dans cette corvée domestique. Quand elle se pencha devant lui pour saisir la brosse, il fut pris d'une envie soudaine de l'embrasser, envie qui ne s'apaisa que lorsqu'il s'éloigna vers la fenêtre pour respirer un grand coup. Il n'osait pas l'approcher davantage. A la fois forte, fragile et sensuelle, elle exerçait sur lui une séduction quasi irréversible.

Margaret ne remarqua pas son trouble.

— Pouvez-vous me dire s'il y a des lumières

dans le presbytère ? C'est la petite maison au toit en ardoises au sommet de la colline.

— Je crois que j'aperçois une lumière. Comme le paysage est lugubre la nuit ! Mais j'imagine qu'il ne doit pas être plus gai dans la journée.

— En effet. Vous étiez sur le même schooner qui a amené l'invité de Stephen. Vous souvenez-vous de lui ?

— A bord, il y avait un ecclésiastique d'Edimbourg, mais je ne lui ai pas parlé. Son arrivée a-t-elle une signification particulière ?

— Je n'en suis pas certaine. (Elle ôta son tablier, laissant la moitié de la vaisselle sale dans l'évier.) Mais il est déjà minuit et vous devez vous reposer avant votre départ.

— Mon départ ?

Après avoir baissé la lumière, Margaret fit sortir le chat.

— Jamie Shaw va vous conduire à votre cottage de l'autre côté de l'île.

— J'espère que ce n'est pas trop loin d'ici. Ces deux derniers jours, j'ai apprécié votre compagnie et votre gentillesse.

— Je n'ai rien fait d'extraordinaire. Peut-être souffrez-vous du mal du pays ? Avez-vous des nouvelles de mon frère et de ma sœur ?

Ainsi, depuis le début de la conversation, elle rongeait son frein, pensa Duncan. Au fond, le sort de sa famille l'indifférait moins qu'elle ne le prétendait.

— Je crois que Gareth travaille pour votre père. Je n'en sais pas plus.

Excepté qu'ils ne méritent pas que vous vous souciiez d'eux un seul instant.

— Leur avez-vous parlé ? M'ont-ils mentionnée ?

— Gareth m'a assuré que vous seriez reçue à bras ouverts à votre retour à Aberdeen.

— Aberdeen ? Je n'y retournerai jamais, affirma-t-elle avec horreur.

— Votre père va m'envoyer une coquette somme d'argent pour votre retour, et j'ai cru comprendre que vous alliez recevoir bien davantage à votre majorité.

— Gardez tout ce que mon père vous donnera et faites-en ce qu'il vous plaira.

— Mais c'est votre argent.

— C'est trop tard ! s'emporta-t-elle. Rien ne peut plus combler le fossé qui s'est creusé entre nous.

— En tant que médecin, je dois vous prévenir que votre père peut aussi bien vivre encore quelques années que mourir avant même que vous n'entrepreniez la traversée pour lui rendre visite.

Un instant, il décela dans son regard une lueur indécise, une émotion à vif. Il s'en voulait de lui rappeler ce passé douloureux, et lui-même n'était pas convaincu qu'elle dût rentrer à Aberdeen. Mais s'il le lui avouait, il n'aurait plus aucune raison de la revoir, et déjà, elle lui était devenue indispensable.

Margaret détourna la tête et toussa.

— Je suis fatiguée, et je serai déjà partie quand vous vous lèverez. Je ne veille jamais si tard.

— Vous avez une mauvaise toux, mademoiselle Rose, s'inquiéta-t-il.

— Ce n'est rien : un chat dans la gorge. Pouvez-vous monter seul dans votre chambre ?

— Je pense que oui.

— Alors, bonne nuit.

— Pourrais-je vous rendre visite de temps en temps pour vous demander conseil afin de mieux m'intégrer à la vie sur l'île ?

Sans répondre, Margaret hocha la tête d'un air absent, l'incitant à rejoindre son grenier.

— Si votre toux n'allait pas mieux, il faudrait m'envoyer chercher dans un jour ou deux.

— On verra.

Elle s'éloigna d'un pas décidé qui lui fit comprendre qu'elle l'avait déjà oublié. Duncan monta dans sa chambre. Dehors, le vent hurlait. Quelques instants plus tard, alors qu'il passait devant la fenêtre pour allumer une bougie, il la vit quitter le jardin, sa houppelande gonflée par le vent.

Un rendez-vous amoureux avec le cousin Stephen ? Ce serait compréhensible, et cependant, à la pensée qu'elle se dépêchait de rejoindre un homme au milieu de la nuit, il éprouva une certaine déception. Voilà pourquoi elle était pressée de se débarrasser de lui. Après tout, un pasteur mangeait, buvait et succombait à la tentation comme tout le monde. Il refusait de les juger, mais ne pouvait s'empêcher de leur envier leur bonheur, si fugace fût-il.

Il ouvrit son journal pour y inscrire ses pensées du jour, comme à son habitude. Impossible de se concentrer ! Il regardait la porte, le lit, dans l'espoir que Margaret viendrait l'interrompre. Quand il eut fini d'écrire, l'espoir s'était transformé en une douleur presque physique ; il la désirait, et cette passion irrationnelle l'effrayait par son intensité. A moins que ce désir n'eût sommeillé en lui depuis cinq ans, et que ces retrouvailles n'eussent suffi pour l'enflammer.

Margaret retira sa houppelande et la jeta sur la table de la cuisine, tendant l'oreille. Pourvu que le docteur ne se lève pas de son lit pour réclamer à manger ! Ou, pis encore, pourvu qu'Agnès ne vienne pas la sermonner sur sa conduite inconvenante : se rendre au presbytère en pleine nuit, et pour rien, par-dessus le marché ! Margaret n'avait réussi qu'à apercevoir Stephen à travers la fenêtre de son salon, où il conversait avec un inconnu.

Malgré sa curiosité, elle n'avait pas voulu espionner et elle était revenue tristement à la maison. Pendant le court trajet parmi les collines sombres, elle avait eu le sentiment qu'on l'observait.

Soudain, un grondement épouvantable retentit dans le jardin, glaçant le sang de Margaret jusqu'à ce qu'elle en devine la cause : Cyclope, son chat, avait probablement grimpé à un arbre dont il avait peur de redescendre. Si elle n'allait pas le chercher, l'animal hurlerait toute la nuit et réveillerait le docteur.

Cherchant avant tout à éviter une nouvelle confrontation avec son hôte, Margaret sortit dans le verger baigné par le clair de lune.

— Cesse ce tapage infernal ! Tu vas réveiller...

Elle s'immobilisa sous le chêne. Les griffes plantées dans l'écorce, le chat était en équilibre sur une branche, le dos rond, la queue ébouriffée. Pivotant sur elle-même, Margaret écarquilla les yeux à la vue d'une silhouette blanche, immobile sur le sentier des bergers. Un bras décharné se tendait vers elle et la main lui faisait signe d'approcher.

Sifflant et crachant, le chat rampa sur la branche.

Le cœur de Margaret battait la chamade. Une Banshee... Non, elle refusait d'y croire ! L'apparition similaire qu'elle avait vue au moment de la noyade de sa mère et de son petit frère n'avait été qu'une hallucination, née de la brume trompeuse et de sa terreur de petite fille, ainsi que lui avait maintes fois répété Agnès afin de la rassurer.

Mais Margaret n'en avait jamais été convaincue. D'après Morag Strong, ces visions surnaturelles étaient bien réelles, et le vieux Simon MacTear, le berger qui habitait le village de Meirneal à l'époque de l'accident, avait juré avoir vu un spectre dans les bois qui surplombaient le loch.

Or, cette fois-ci, Margaret éprouva une certitude

d'adulte. Il lui fallait découvrir la vérité par elle-même.

Empoignant une pelle appuyée contre l'arbre, elle se mit à grimper la colline, trébuchant quand l'apparition poussa un cri funèbre, comme un avertissement. Le visage, dissimulé par un capuchon, semblait sombre et sans traits. Seule brillait une dent, tel un croc.

Margaret leva la pelle. Le spectre se jeta en avant, la frappant avec le manche en bois en pleine poitrine, avant de lui arracher la pelle et de disparaître dans la brume. Elle recula en vacillant et tomba à la renverse dans son potager.

Pendant quelques secondes, elle fut trop abasourdie pour réagir. Lorsqu'elle se dépêtra du romarin, rien ne bougeait autour d'elle. D'un seul coup, une chose pâle atterrit sur son épaule, des griffes lacérant sa houppelande.

Margaret cria de douleur et de terreur, repoussant l'animal de toutes ses forces ; celui-ci s'agrippa à elle avant de se laisser tomber par terre.

— Margaret, c'est toi ? appela Agnès d'une voix inquiète.

— Viens ici, tout de suite !

Alors que sa cousine accourait, le chat se frotta contre la cheville de sa maîtresse comme s'il ne s'était rien passé.

— Qu'est-ce qu'il y a ?

— Quelque chose m'a attaqué, expliqua Margaret en montrant la colline du doigt.

Agnès la regarda, incrédule.

— C'est peut-être le docteur que la fièvre fait encore délirer.

Margaret étouffa un rire.

— C'était une espèce de sorcière blanche dans des draps ou un robe.

— Justement, tes draps sont blancs, ma chère,

insista Agnès en levant les yeux vers la fenêtre du docteur.

— Pour l'amour de Dieu, Agnès! Cette chose avait un croc blanc luisant... et pas de visage, conclut-elle d'une voix tremblante.

— Allons voir, je suis sûre que ce n'est rien.

Quand elles eurent atteint le chemin, Agnès avait convaincu Margaret qu'un des garçons du village lui avait joué un tour. A moins qu'elle n'ait vu l'une de ces pauvres filles perdues qui revenait d'une célébration païenne comme en organisait parfois Morag le dimanche. Une idiote qui n'avait pas voulu être reconnue.

Agnès cherchait à tout prix une explication rationnelle et elle se moqua de Margaret quand celle-ci l'assura que c'était une Banshee venue annoncer une mort imminente.

10

Si cela avait été un jour normal, Margaret aurait apprécié la longue promenade à travers la lande, son panier rempli de varech attaché sur le dos. La tempête de la veille en avait rejeté une provision fraîche, et dès l'aube la crique avait été envahie par les femmes venues ramasser les algues noires et collantes qui fertiliseraient les champs au printemps. Or, ce matin, le froid lui semblait plus mordant que d'habitude, et elle regretta de ne pas avoir pris la carriole pour le retour. Lorsqu'elle aperçut enfin la ferme, elle était à bout de souffle et ses muscles tremblaient de fatigue.

Sur la colline qu'elle avait gravie avec Duncan la veille, elle ralentit le pas. A cause de lui, il avaient glissé dans la boue. Elle éclata de rire : quel grand benêt ! Grâce à lui, les commères de Maryhead avaient fait provision de ragots pour les mois à venir.

Elle espérait de tout cœur qu'il était déjà parti. Cela lui était désagréable qu'un étranger dorme dans sa chambre, et elle n'aimait pas cette excitation fébrile qu'elle ressentait quand il l'observait de son regard pénétrant.

Attablé dans la cuisine, Stephen l'attendait. A regarder son visage mince et hâlé, encadré par des cheveux coupés d'une main maladroite, elle éprouva cet élan de tendresse confuse qui, depuis quelque temps, la rendait mal à l'aise en présence de son cousin.

Elle s'approcha du feu pour se réchauffer les mains.

— Quand je t'ai apporté ton dîner hier soir, ton invité était encore là. Je n'ai pas osé vous déranger.

— Il doit repartir demain et il restait beaucoup de détails à régler, expliqua-t-il, et son enthousiasme inquiéta Margaret.

— Qui est-ce ?

— Anthony Phillips, le représentant de l'évêché d'Edimbourg. J'ai été choisi pour fonder une mission étrangère dans la jungle... Ma mission, tu imagines !

— Je suppose que tu lui as dit qu'il était fou.

Il ne répondit pas.

— Tu as refusé, n'est-ce pas ?

— Pas vraiment.

Je ne le connais pas du tout, pensa Margaret, éberluée. Comment avons-nous pu être si proches et pourtant si éloignés ?

— Il paraît que le nouveau médecin vient d'Aberdeen, dit Stephen. Agnès m'a appris qu'il avait parlé à ton père. N'as-tu jamais pensé qu'il était peut-être temps de rentrer à la maison ?

— Afin que tu aies la conscience tranquille pour suivre ton caprice ?

— Les religions d'Extrême-Orient, et surtout l'humanisme du bouddhisme, m'ont toujours fasciné.

Margaret n'en croyait pas ses oreilles.

— Le bouddhisme ? répéta une voix amusée depuis l'entrée. Quelle conversation fascinante pour un petit déjeuner ! Puis-je me permettre de prêter l'oreille ?

Si elle avait pu, Margaret aurait expédié Duncan MacNeill dans une jungle lointaine, si possible entre les crocs d'un tigre mangeur d'hommes. Elle se contenta de le présenter à Stephen et, à contrecœur, elle l'invita à prendre une tasse de thé avec eux.

Duncan s'empressa d'accepter. Il aurait pourtant dû comprendre, par le long silence qui avait ponctué son arrivée, qu'il interrompait une conversation sérieuse, mais ce malotru semblait se satisfaire de cette hospitalité mesurée. Agacée, Margaret essaya de découvrir ce qu'insinuait son cousin.

Stephen allait partir... C'était inconcevable. Sans s'en rendre compte, elle porta la main à son col de dentelle. Plus tôt, elle avait eu très froid, et voilà qu'elle avait l'impression de brûler vive, la gorge serrée, en proie à une violente migraine.

— Vous êtes souffrante, mademoiselle Rose ? s'enquit Duncan. Votre malaise d'hier soir ne s'est pas dissipé ?

— Je vais très bien, rétorqua-t-elle, gênée. Ce n'est qu'un léger mal de tête, un refroidissement.

Elle se leva pour prendre une boîte de galettes dans le garde-manger. Ses cheveux, retenus par un peigne en argent, avaient glissé et cascadaient sur ses épaules. Malgré lui, Duncan remarqua la grâce naturelle de ses mouvements lorsqu'elle revint s'asseoir. Elle posa la boîte sur la table, ainsi qu'un pot de marmelade et du beurre doux.

Duncan se savait de trop mais, curieux de la relation entre Margaret et son cousin, il n'arrivait pas à partir.

— Pardonnez-moi de ne pas rester plus longtemps, docteur MacNeill, mais j'ai moi-même de la visite au presbytère, dit Stephen. A l'occasion, j'aimerais m'entretenir avec vous des maladies tropicales.

— De la malaria et du choléra, je présume ?

— Les connaissances exotiques du Dr MacNeill seront gaspillées sur notre malheureuse petite île, ironisa Margaret.

— L'un et l'autre, quand avez-vous consulté un médecin pour la dernière fois ? demanda Duncan.

— Pour ma part, jamais. Je te verrai ce soir à dîner, n'est-ce pas, Margaret ? Bonne chance, docteur.

Lorsque Stephen referma la porte derrière lui, un courant d'air froid et humide s'engouffra dans la cuisine. Margaret avala une gorgée de thé et frissonna.

— Je fais pousser des herbes médicinales dans mon potager. Jusqu'à maintenant, mes tisanes et mes cataplasmes ont suffi pour soigner les rares maladies de l'île.

— Les gens sont sans doute terrifiés à l'idée de tomber malades et de devoir ingurgiter cette infâme mixture que vous m'avez forcé à avaler !

— C'est une question d'habitude, tout simplement. Savez-vous comment guérir le choléra, docteur MacNeill ? ajouta-t-elle avec un petit air innocent.

— J'y suis arrivé, parfois, en empêchant le malade de se déshydrater et en lui administrant des injections hypodermiques de solutions salines.

Margaret n'avait rien compris à ce que Duncan venait de lui expliquer et elle devinait qu'il le savait.

— Mais vous ne guérissez pas tous les patients, n'est-ce pas? insista-t-elle, contente lorsqu'il fut obligé de hausser les épaules pour lui donner raison. Au moins, les herboristes n'épuisent pas leurs patients en les saignant à blanc ni ne les assassinent lors d'opérations aussi barbares que douloureuses.

Duncan rougit. En dépit de son air candide, elle argumentait avec une perspicacité machiavélique.

— Depuis que vous avez quitté la civilisation, il y a eu quelques progrès.

— Lesquels? s'enquit-elle, les coudes sur la table, le provoquant, l'air taquin.

— Nous avons maintenant la possibilité de rendre les patients insensibles à la douleur pendant une intervention chirurgicale...

— En les assommant à coups de marteau?

Il faillit éclater de rire.

— Nous employons des vapeurs, jeune femme. Désormais, il y a aussi des désinfectants dans les salles d'opération pour éviter les fièvres puerpérales, mais j'avoue qu'aucune de ces pratiques n'est encore très développée.

— Et pourquoi?

— Parce que la plupart de mes confrères sont encore en plein Moyen Âge.

— Vous semblez très sûr de vous. Prendrez-vous encore un peu de thé?

— Je suis certain que c'est la science, et non la sorcellerie, qui permettra de guérir les maux de l'humanité.

Elle lui remplit la tasse, l'étudiant du coin de l'œil.

— Je ne suis pas une sorcière. Les médecins n'utilisent-ils pas des herbes dans leurs composés?

— Certes oui, mais nous avons un siècle d'avance sur les décoctions de vers de terre pilés et les tisanes à base de crottin de cheval pour soigner une pleurésie. Sans parler des vipères présentées dans un crâne humain ou des coquilles d'escargots carbonisées...

— Je crains que vous n'ayez quelques surprises en habitant ici. Notre dernier médecin se rendait en cachette la nuit chez la guérisseuse parce qu'il n'avait pas le courage de percer lui-même ses propres furoncles.

Un court instant, Duncan fut ébloui par la vivacité de Margaret, son ravissant visage rosi, ses yeux brillants.

— Quant à moi, mademoiselle Rose, l'une de mes premières patientes était une vieille guérisseuse de St. Kit's Hill qui était descendue en ville pour se faire retirer une verrue sur le nez parce qu'elle n'était pas assez douée pour la faire disparaître d'un coup de baguette magique.

Margaret éclata de rire.

— Bientôt vous allez prétendre pouvoir réveiller les morts avec votre science.

— Ah, mais je l'ai déjà fait ! J'ai ramené à la vie une jeune femme nommée Margaret Rose. Figurez-vous qu'elle s'était suicidée, et pourtant, elle est assise devant moi ce matin...

— ... à discuter avec un homme très sot et très arrogant, conclut-elle, redevenue sérieuse.

Ils s'observèrent en silence, mécontents l'un de l'autre, plus en raison de leurs ressemblances que de leurs différences, songea Duncan. Fort heureusement, avant que la discussion ne dégénère en querelle, Agnès apparut à la porte.

— M. Shaw est là, docteur MacNeill. Il fulmine d'être dehors par ce froid. Vous devriez aller le rejoindre immédiatement.

Manifestement tirée du lit, les cheveux en bataille, son corsage boutonné de travers, Agnès portait de grosses chaussures de son mari qui claquèrent sur le sol en pierre quand elle alla remplir la bouilloire.

— Je vois que vous avez trouvé vos vêtements, dit-elle. Je vous les ai lavés dans l'eau de pluie bouillante. Vous ne trouvez pas que cela assouplit l'étoffe ?

— Oh si, tout à fait. Je vous en remercie.

Duncan prit son veston posé sur la chaise. Sans le faire exprès, Agnès avait fait rétrécir la laine et, lorsqu'il avait essayé de l'enfiler dans sa chambre, il avait eu l'allure d'un gamin monté en graine avec des bras simiesques.

— J'espère pouvoir un jour vous remercier pour votre hospitalité. N'hésitez pas à venir me voir.

Agnès étouffa un bâillement.

— Vous êtes toujours le bienvenu, docteur MacNeill, mais je crains que nous ne soyons pas d'une compagnie très joyeuse dans cette maison.

— Pas du tout, protesta-t-il poliment.

— Au revoir, docteur MacNeill.

Dans le vestibule, il s'arrêta pour essayer de mettre son veston aux manches trop étroites. Le croyant probablement parti, Margaret demanda :

— Pourquoi diable l'as-tu invité à revenir ? Il est tellement agaçant ; il nous a interrompus pendant que Stephen m'expliquait sa dernière mésaventure. On veut l'envoyer fonder une mission dans un pays de sauvages !

— Au Siam, murmura Agnès. Moi-même, j'ai été bouleversée quand je l'ai entendu se renseigner il y a des mois.

— Tu savais... C'était donc l'idée de Stephen ?

— Oui, ma chérie. Je pensais qu'il te l'avait dit.

Duncan entendit claquer la porte de la cuisine. Gêné d'avoir joué les espions, il se dépêcha de rejoindre la carriole. L'air vif était piquant. Le cocher, emmitouflé dans un plaid de berger, hocha la tête. Tirant sur les manches de son veston, Duncan s'excusa de son retard.

— J'aurais dû accepter l'invitation de Mme Alcock

et prendre une goutte de whisky, dit l'homme en lui tendant une main calleuse. Je suis Jamie Shaw, l'intendant de lord Macpherson. Nous nous sommes vus lors du naufrage, mais vous ne devez pas vous en souvenir. Vos domestiques, M. et Mme Armstrong, sont arrivés.

Margaret se dirigeait vers le colombier vide.

— Accordez-moi encore une minute pour rassembler mes affaires, dit soudain Duncan. Pourquoi n'acceptez-vous pas l'offre de Mme Alcock ?

— Bonne idée. On a une longue route à faire et elle a un sacré bon whisky.

La veille, Duncan s'était fait la même réflexion, mais il n'écoutait déjà plus l'intendant, trop intrigué par la fuite de Margaret vers le colombier qui se dressait telle une sentinelle isolée entre la ferme et les collines.

— Si jamais des choses qui m'appartiennent s'échouaient sur la plage, je voudrais que Mlle Rose me les fasse envoyer. Je vais juste le lui rappeler.

— Très bien, docteur, acquiesça Shaw, mais l'éclat de son regard montrait qu'il n'était pas dupe de ce piètre mensonge.

Il est peut-être temps pour toi de rentrer à la maison.

Laissant échapper un long soupir, Margaret appuya le balai contre le mur. Quelle amertume de découvrir que Stephen échafaudait en secret des plans pour un avenir qui ne la concernait pas, alors qu'elle supposait depuis des années qu'ils continueraient à mener ensemble cette existence paisible !

Seul Stephen pouvait comprendre ce qu'elle éprouverait à revoir un homme qui l'avait rejetée jeune fille et qui, sur un coup de tête, espérait renouer avec elle une relation normale. Comme si ces douloureuses années de séparation n'avaient jamais existé, ni ces mois terribles où elle avait attendu qu'il la rappelle à la maison.

Elle ne pourrait jamais plus évoluer à l'aise dans le cercle étroit de la bonne société d'Aberdeen, elle, la jeune rebelle exilée par sa famille, et dont les talents mondains se résumaient à faire la critique de pièces de théâtre paillardes écrites par sa cousine et à soigner les insulaires avec des plantes médicinales. Quel homme voudrait d'une femme qui préférait marcher seule sur la plage plutôt que d'assister à des bals ? Quel père sain d'esprit l'engagerait comme gouvernante pour ses enfants, en apprenant sa mauvaise conduite et l'accident survenu au loch Meirneal ?

Et maintenant, Stephen, son meilleur ami, l'abandonnait pour une jungle lointaine. Aveuglé par son ambition, assoiffé d'aventures mystiques, il n'attachait peut-être plus aucune importance à leur amitié.

S'adossant au mur pour reprendre son souffle, elle attendit que la souffrance reflue, petite boule de douleur diffuse enfouie dans un recoin sombre de son cœur. Elle avait appris à dissimuler ses sentiments avec une grande habileté.

— Mademoiselle Rose ? appela Duncan, clignant des yeux dans la pénombre. Pourquoi vous cachez-vous dans un endroit aussi humide ?

— Je ne me cache pas. J'avais besoin d'être seule… Mais cela ne vous regarde pas.

Margaret n'appréciait pas cette intrusion. A son goût, MacNeill la devinait déjà trop bien.

— Je vois, déclara-t-il en feignant de s'intéresser aux perchoirs poussiéreux.

Elle n'avait pas pleuré mais, bien qu'elle se montrât impassible, Duncan sentait que l'univers de Margaret venait de voler en éclats.

— Je tenais seulement à vous rappeler qu'il me

manque encore une malle depuis le naufrage. Si jamais la mer rejetait...

— Elle vous sera aussitôt envoyée, docteur MacNeill, s'impatienta Margaret.

— Dans ce cas... Si j'étais vous, je ne resterais pas trop longtemps dans cet endroit. Il empeste la poussière et la moisissure, et regardez-moi ces toiles d'araignées ! Il doit y avoir des dizaines de ces bestioles... Ne craignez-vous pas les araignées, jeune femme ?

— Ne prenez pas ce ton condescendant !

Visiblement, il avait l'habitude de se faire obéir, mais elle ne succomberait pas à son charme dangereux ni à la sensualité redoutable qui perçait derrière le regard bleu. Sous le vernis des bonnes manières affleurait une virilité à l'état brut.

Le visage tendu, elle croisa les bras.

— Je regrette que vous soyez venu ici. J'aimerais que vous partiez.

— Cela vous fera-t-il vraiment du bien ?

— Peut-être, dit-elle en haussant les épaules. En tout cas, cela ne pourra pas me faire de mal.

Il réprima un sourire attendri. Depuis son enfance, elle n'avait guère connu d'affection et il se demanda s'il pouvait y remédier. La voir si malheureuse éveillait en lui un instinct protecteur ; il mourait d'envie de la prendre dans ses bras, ne serait-ce qu'une fois.

— Non, Margaret, dit-il. Je ne crois pas que mon départ puisse arranger les choses. Mais peut-être que ceci...

Lorsqu'il l'enlaça, Margaret n'en fut pas surprise — le geste avait semblé si naturel. Quand sa joue se posa sur son torse, elle entendit les battements de son cœur. Le corps puissant de Duncan semblait vibrer d'un feu intérieur.

— Lâchez-moi, murmura-t-elle sans conviction.

— Chut, Margaret ! Laissons-nous guider par cet instant.

Duncan lui caressa le dos avec douceur, puis lui massa la nuque. Peu à peu, Margaret sentit sa tension s'envoler et, sa sensibilité accrue, elle éprouva une impression de chaleur et de légèreté. Elle rejeta la tête en arrière. Du pouce, Duncan suivit le modelé délicat de ses joues. A la fois fascinée et affolée, elle scruta son visage grave, déconcertée par la tendresse qu'elle y découvrait.

Les sourcils froncés, Duncan baissa la tête. D'instinct, Margaret ferma les yeux, et son cœur s'emballa quand les lèvres fraîches de Duncan frôlèrent les siennes. Inattendue, une onde de plaisir pur lui vrilla le corps.

— Non, murmura-t-elle.

— Non ? répéta-t-il, déçu car ce baiser avait déchaîné en lui un flot de désir, un torrent d'images charnelles.

Sans doute avait-elle raison de l'arrêter avant qu'il ne se maîtrise plus.

— Vous avez suffisamment fait attendre M. Shaw, déclara-t-elle d'une voix tendue.

Duncan se détourna. Il avait seulement voulu la réconforter mais, dès qu'il l'avait touchée, ses bonnes intentions s'étaient envolées.

Quelques minutes plus tard, Margaret quitta à son tour le colombier. La carriole avait déjà entamé la traversée de la lande. Malgré elle, elle porta les doigts à ses lèvres. Jamais elle n'aurait imaginé qu'un baiser aussi fugace pût l'émouvoir à ce point. Son sang continuait à bouillir dans ses veines et ce ne fut qu'à la tombée de la nuit qu'elle comprit que cette griserie fiévreuse était moins due au baiser de Duncan qu'à la grippe.

11

Une semaine à peine après être tombée malade, Margaret dut rendre visite à une vieille femme souffrante qui habitait de l'autre côté de l'île. Agacée, elle s'aperçut qu'elle espérait autant qu'elle redoutait rencontrer Duncan MacNeill lors de sa traversée solitaire de la lande. L'incident dans le colombier l'avait laissée étrangement insatisfaite. Pourrait-elle encore le regarder en face sans éprouver ce désir fulgurant qui s'était emparé d'elle pendant leur baiser ?

Alors qu'elle croyait être guérie, la longue chevauchée lui fit comprendre que son état s'était aggravé. A son retour, elle s'aliterait encore une journée et boirait de la tisane de thym pour décongestionner ses bronches.

La vieille dame habitait l'une de ces huttes noires au toit de gazon éparpillées sur la lande et entourées de mares d'eau de pluie où s'ébattaient des canards. Le panier à son bras, Margaret mit pied à terre derrière la cabane. Comme toujours, elle confia son poney à l'un des nombreux enfants qui couraient l'accueillir pieds nus dans la boue glacée.

— Grand-mère vous attend, mademoiselle Rose !

— Où sont tes chaussures, Nora ?

— C'est la chèvre qui les a encore mangées, expliqua la petite avec un sourire espiègle.

A l'intérieur, la vieille Alice Fergusson fumait sa pipe devant l'âtre.

— Vous êtes bien pâlotte, mademoiselle Rose, commenta la vieille. J'aurais pas envoyé le Robbie vous chercher si j'avais su que vous étiez souffrante, vous aussi.

— Il m'est arrivé de me sentir mieux, avoua Margaret, essayant de ne pas tousser quand elle fut enveloppée dans un nuage de fumée malodorante. Bonjour, Robbie, dit-elle en saluant l'adolescent aux cheveux roux, le petit-fils d'Alice, qui venait d'entrer derrière elle.

— A nouveau le bonjour, mademoiselle Rose.

— Il vous faut un médecin, ma fille, dit Alice. Il paraît que le nouveau est resté quelque temps chez vous, à la ferme.

— Dieu soit loué, il est reparti ! Qui sait, il fera peut-être du bien sur cette île.

— Mme Strong pense qu'il a une mauvaise influence, dit Robbie.

Margaret posa son panier sur la table.

— En dépit des prédictions de Morag, je trouve que nous devons lui donner une chance, rien que pour faire plaisir au laird. Macpherson se trompe souvent, mais il cherche seulement à nous aider.

— Ben oui, répondit Robbie, son petit visage rusé plissé par un sourire. C'est pourquoi je suis allé chercher le docteur... Pour faire plaisir au laird.

— Il ne va pas venir maintenant ? s'écria Margaret d'une voix horrifiée.

— Il va sûrement pas tarder.

— Dans ce cas, je n'aurais pas dû venir ! (Elle remit à la hâte ses fioles et ses herbes dans son panier.) Pourquoi auriez-vous encore besoin de moi, maintenant que vous avez un *vrai* docteur pour vous soigner ?

— Grand-mère et moi, on ne voulait pas le voir, mademoiselle Rose, déclara Robbie, contrit. Mais le laird a promis de donner une livre de thé à chaque famille qui ferait appel au docteur.

— Une livre de thé ? L'offre est si alléchante que je serais tentée de le consulter moi-même, mais tu comprends bien que cette hutte est trop petite pour nous contenir tous les deux, n'est-ce pas, Robbie ? Il est trop imbu de ses traitements appris à l'université...

Une quinte de toux l'interrompit. Robbie secoua la tête avec commisération.

C'est la toux de l'étranger, hein ? Elle a pas l'air bonne.

— J'avoue que c'est plutôt sérieux, mais il faut laisser la maladie suivre son cours. Bon, je m'en vais avant l'arrivée du Dr MacNeill. Je n'ai pas envie qu'il m'accuse d'empiéter sur ses plates-bandes.

— Trop tard ! s'exclama Robbie en réveillant le bébé qui dormait dans le berceau près de la cheminée. Le voilà qui descend la colline. Si vous partez maintenant, vous allez sûrement le croiser.

— Je vais m'éclipser par la porte de derrière.

— Impossible, mademoiselle Rose, Papa l'a clouée à cause du froid.

— Cachez-vous dans l'étable, ma petite, conseilla Alice Fergusson. Je vais expédier l'importun.

Duncan avait passé plusieurs nuits intolérables dans le cottage sis en bord de mer, non loin du hameau de pêcheurs qui formait le cœur du « centre social » de Maryhead. Durant le long trajet cahoteux, Jamie Shaw s'était bien gardé de lui annoncer que la tempête avait infligé de gros dégâts au cottage passé au lait de chaux où le médecin était censé habiter et travailler.

A son arrivée, il avait eu la mauvaise surprise de découvrir qu'un torrent de boue, dévalant les collines arides, avait envahi le petit salon qui devait servir de dispensaire et de salle de consultation. Le toit en bardeaux s'affaissait en son milieu comme un soufflé retombé. Plusieurs carreaux avaient été brisés et, en dépit des efforts répétés de sa gouvernante, Sybil Armstrong, qui avait essayé de colmater les brèches avec du papier soufré, un courant d'air glacé s'infiltrait dans la maison.

Jusqu'à aujourd'hui, personne n'avait encore fait appel à Duncan, et les rares fermiers et pêcheurs qui étaient passés devant le cottage l'avaient même regardé d'un air suspicieux.

Duncan avait espéré une visite ou un message de Margaret, ou tout du moins un pigeon voyageur, histoire de vérifier s'il avait survécu à ses soins peu orthodoxes, mais il était resté sans nouvelles. Son comportement dans le colombier méritait peut-être d'être puni par une période de silence.

Il regrettait ce moment d'égarement, non pas parce que sa conscience le taraudait, mais parce que le baiser l'avait bouleversé. Il lui suffisait de fermer les yeux pour sentir le corps souple de la jeune femme contre le sien et retrouver le goût de ces lèvres qui s'étaient données aux siennes de si mauvaise grâce.

S'il avait éveillé semblable confusion chez Margaret, il était normal qu'elle lui en voulût, mais il devinait que son désarroi allait au-delà d'une attirance physique importune. Etait-elle toujours sous le choc d'avoir appris que son père espérait une réconciliation ou avait-elle deviné que son frère et sa sœur ne désiraient pas vraiment son retour? Le conciliabule avec Gareth et Lilian Rose hantait Duncan. Il pressentait qu'une aura de mystère enveloppait le passé de Margaret, et il brûlait à présent de connaître le fin mot de l'histoire.

Pour l'instant, toutefois, il devait se consacrer à des tâches plus prosaïques. Alors qu'il prenait son petit déjeuner, hésitant à se rendre au château de lord Thomas Macpherson, le laird de Maryhead, on était venu requérir ses services. Hors d'haleine, un gamin débraillé avait déclaré que sa grand-mère avait mal au ventre. Le cas ne semblait pas grave mais Duncan se réjouissait de guérir sa première patiente afin que celle-ci chante ensuite les louanges du nouveau médecin.

Encore fallait-il trouver la maison de cette femme et ne pas se ridiculiser en s'égarant en chemin !

Il entendit quelqu'un l'appeler. Faisant pivoter la jument alezane que Shaw lui avait laissée, Duncan vit Robbie lui faire signe de son cottage. En approchant de la hutte misérable, il remarqua un fer à cheval cloué sur la porte de l'étable. Cette protection aurait dû l'avertir : on allait le recevoir de mauvaise grâce.

Dans la petite pièce noircie par la suie, une femme, ses cheveux gris tressés en une longue natte, berçait un enfant près de l'âtre. Les murs, isolés avec de la tourbe, empestaient la fumée qui montait en un filet bleuâtre jusqu'à un trou dans le toit.

Robbie prit le bébé.

— Voilà le docteur, grand-mère.

Les lèvres pincées, elle ramena devant elle les pans de son châle, attaché à sa robe par des hameçons, puis eut un reniflement de mépris.

— C'était pas la peine d'aller chercher un homme comme lui, lança-t-elle. Les potions de Mlle Rose ou une petite visite chez la guérisseuse m'auraient fait plus de bien que les remèdes farfelus d'un charlatan de Londres.

— Je viens d'Aberdeen, en Ecosse, madame, rectifia Duncan en approchant un tabouret.

— On dirait pas.

— C'est pourtant la vérité.

— Vous avez pas l'accent non plus.

— Pouvez-vous m'indiquer le siège de vos douleurs et me dire depuis combien de temps vous souffrez de coliques ?

— D'après vous, jeune homme, où siègent donc les coliques ? On ne vous apprend pas ce genre de choses, à Londres ?

Duncan soupira.

— J'ai besoin d'examiner votre abdomen, madame... je veux dire, votre estomac.

— Ah ! je m'en doutais !

En retroussant ses manches, Duncan entendit une sorte de rire étouffé qui provenait de l'étable. Brusquement, la porte du cottage s'ouvrit et une bouffée d'air frais et de lumière pénétra dans la pénombre fuligineuse. Un fermier entre deux âges lui jeta un regard soupçonneux.

— Ce matin, grand-mère a vu une femme qui lavait un linceul dans le puits, docteur, déclara-t-il sans préambule. Un linceul blanc.

Dans un silence empli d'expectative, tous le contemplèrent : le fermier, le jeune garçon qui tenait l'enfant, et la vieille femme sur sa chaise en bois rustique.

— Y a-t-il là une signification particulière ? s'enquit enfin Duncan.

— Ça veux dire qu'il y aura un décès dans la famille, expliqua l'homme. Grand-mère craint que ce ne soit le sien.

— Les coliques sont rarement fatales. Cependant, ce genre de préoccupations morbides n'a jamais aidé quiconque. Je veux que votre grand-mère prenne de l'huile de ricin trois fois par jour. Pour combattre la douleur, je peux lui faire une piqûre de morphine...

En le voyant sortir une aiguille hypodermique de sa trousse, l'homme écarquilla les yeux d'horreur.

— Par le Seigneur ! Vous n'utiliserez pas ça sur grand-mère !

— Cela soulagera ses crampes...

— Pas question! marmonna la vieille. Je préfère encore prendre la soupe au macareux de Mlle Rose et en subir les conséquences.

— Qu'est-ce qu'un macareux? demanda Duncan, certain qu'il n'apprécierait pas la réponse.

— C'est un oiseau des mers, expliqua Robbie. Vous n'en avez pas, sur le continent?

— Nous n'en faisons certainement pas des soupes.

Un autre gloussement s'éleva de derrière la cloison en bois qui séparait la pièce de l'étable.

— Des enfants jouent-ils à côté? demanda Duncan à Robbie.

— C'est là qu'on garde notre vache, docteur, pas les enfants! s'indigna le gamin.

— Je m'en doute, mais...

— La guérisseuse avait prédit que vous nous causeriez des misères, grommela la grand-mère.

— Qui est cette femme dont tout le monde parle? s'exclama Duncan, à bout de patience.

— Morag Strong. Elle nous a prévenus que votre arrivée sèmerait le désordre sur l'île.

Duncan maîtrisa sa colère. Tôt ou tard, il serait obligé d'affronter cette femme et d'opposer sa science à ses pouvoirs.

— Revenons-en à votre indigestion, madame...

— Faites revenir Mlle Rose, se lamenta la grand-mère.

— Que voulez-vous dire? demanda Duncan, interloqué.

— Mlle Rose est souffrante, grand-mère, tu ne t'en souviens pas? lui rappela aussitôt Robbie.

Duncan était désormais certain qu'il y avait une conspiration autour de Margaret Rose.

— Qu'est-ce qu'elle a?

— La toux de l'étranger. C'est une maladie apportée sur l'île par les...

— ... étrangers, conclut Duncan avec une ironie désabusée. J'irai la voir plus tard dans la matinée. Quant à vous, madame, vous devez éviter les concombres et les boissons fermentées, ainsi que l'humidité. Pas de repas copieux avant de vous coucher ; lors des crises, appliquez des linges chauds sur l'abdomen. Si le temps le permet, vous pouvez vous baigner rapidement dans l'océan.

— Vous venez de me dire d'éviter l'humidité, non ? Je vais attraper la mort dans la mer, ou pis, je risque de me noyer.

— Un bain de siège suffira.

— J'vois pas en quoi mon siège a quelque chose à faire avec mes coliques.

A ces paroles, un éclat de rire, féminin et vaguement familier, retentit dans l'étable. Se levant d'un bond, Duncan traversa la pièce d'un pas décidé.

— Tiens, tiens, dit-il en trouvant Margaret accroupie derrière la vache. La petite bergère s'amuse du docteur en cachette ?

— Quelle idée !

Honteuse d'avoir été surprise dans une situation qui manquait de dignité, Margaret se dépêcha de se lever, ôtant des brins de paille de son châle et de sa jupe.

— Jouez-vous à la laitière ou espionnez-vous mes secrets professionnels, mademoiselle Rose ? Si vous désirez apprendre la vraie médecine, je serais heureux de vous donner quelques leçons dans des conditions plus hygiéniques, conclut-il en feignant de chasser une mouche.

— Docteur MacNeill, commença-t-elle avec toute la hauteur qu'elle pouvait se permettre avec la vache mordillant son panier, puisque vous insistez, sachez que j'ai été appelée par Alice en consultation.

— Vous ? s'étonna-t-il. Ils vous ont appelée avant moi ?

— Si fait.

Au lieu d'être agacé par la méfiance des insulaires envers lui, il s'émerveilla que Margaret ait su se faire accepter. Comme cela devait lui tenir à cœur d'avoir gagné leur respect et leur affection, alors que sa vie privée ne lui avait apporté que de la détresse ! Pourquoi quitterait-elle Maryhead pour la solitude cruelle d'Aberdeen ?

— Qu'avez-vous prescrit à la vieille dame ?

Malgré elle, Margaret avait envie de discuter avec lui de leurs traitements respectifs. Elle avait été impressionnée par ses suggestions intelligentes et sa gentillesse envers l'acariâtre vieille femme.

— Pour apaiser l'estomac, du basilic trempé dans de l'orgeat, des graines de livèche macérées dans un pot en argent et un sachet de feuilles de molène à mettre sous son oreiller chaque nuit.

— Un pot en *argent*, vous êtes sûr ? la taquina-t-il.

— Il est certain que le thé à la menthe est le remède souverain contre l'indigestion.

— Bien entendu.

En levant les yeux, Margaret s'aperçut qu'il n'examinait pas le contenu de son panier mais qu'il l'observait avec attention, le visage soudain grave.

— Quelque chose ne va pas, docteur MacNeill ?

— Vous êtes anormalement pâle, votre voix est enrouée. Robbie m'a dit que vous étiez souffrante.

— J'ai un rhume.

En vérité, elle craignait de ne pas avoir la force de retourner jusque chez elle, mais Duncan n'avait pas besoin de le savoir.

— Selon moi, une infusion d'angélique soulage les crampes, poursuivit-elle, cherchant à détourner son attention.

— Laissez-moi vous examiner à la lumière.

— Voyons, ne soyez pas ridicule ! Je n'ai pas

besoin de votre aide, ni de vos seringues hypodermiques ou de vos bains de siège ; je vous souhaite néanmoins bonne chance.

— Craignez-vous que je ne risque de vous apprendre quelque chose, mademoiselle Rose ?

Elle s'arrêta net, avec un léger sourire crispé.

— Dans la comptine, docteur, la petite bergère avait perdu un agneau, pas une vache. Et comme vous ne semblez pas connaître la différence, je doute que vous soyez qualifié pour me donner des leçons.

Duncan eut un sourire radieux. Ainsi, l'exil n'avait pas tué sa fougue : la vraie Margaret Rose pouvait ressusciter.

Empoignant sa sacoche, il rejoignit Margaret dehors. Il rougit en entendant les ricanements derrière son dos. Lorsqu'il avait été médecin dans les Highlands, son père avait eu fort à faire avec l'ignorance et les superstitions qui empêchaient les gens de se laisser soigner, mais avait-il trouvé cela aussi frustrant ?

Quand il se fut dépêtré des canards, des enfants et des chèvres, Margaret et son poney étaient déjà loin. Très bien ! Il n'allait pas lui courir après pour s'excuser, d'autant qu'il se considérait comme l'insulté.

Il s'approcha de son cheval.

— Attendez, docteur ! cria Robbie. Vous avez oublié vos honoraires.

Le gamin, pataugeant dans la boue, lui fourra un sac de tapisserie sale dans la main.

— Ne vous inquiétez pas. Le laird s'en occupe.

— Papa insiste.

— Qu'est-ce que c'est ? s'inquiéta Duncan en reniflant l'odeur de poisson qui émanait du sac.

— Des puffins, monsieur. Mon père les a pris il y

a cinq jours. Il m'a dit de vous dire qu'ils ont des vertus médicinales.

Malgré son dégoût, Duncan accrocha le sac à la selle de sa jument. La chance aidant, il pourrait « perdre » le cadeau malodorant quelque part sur la lande, s'il rendait visite à Margaret pour l'examiner. Mais ce serait probablement s'infliger des heures de cheval en pure perte — il essuierait sans doute un refus.

Subitement, il décida de ne pas se déplacer, à moins qu'elle ne l'envoie chercher.

Dix minutes plus tard, sur le chemin de l'ouest, bercé par le trot monotone de sa jument, il vit soudain apparaître Robbie monté sur son robuste poney.

— Docteur MacNeill ! On a besoin de vous, monsieur.

— Ce n'est tout de même pas ta grand-mère...

— Non, monsieur. On vous demande à Cape Rue.

— Cape Rue ?

— L'endroit où il y a eu le naufrage. Mon frère est venu chercher de l'aide. William le Noir est tombé de la falaise et il s'est fait mal à la jambe. Il souffre affreusement, monsieur, et la famille a besoin des sous qu'il rapporte !

Cape Rue... Il allait revoir Margaret, qu'il le veuille ou non.

Cependant, arrivé au cap, le visage fouetté par le vent salé, ce furent Agnès et son frère, le révérend Rose, qu'il aperçut discutant sur le promontoire qui dominait la mer.

— Bonjour, docteur MacNeill, le salua Stephen, sa soutane bleue soulevée par le vent. J'espère que vous avez apprécié votre première semaine sur Maryhead.

— C'est à la fois un défi et une aventure passionnante.

Agnès repoussa une mèche de cheveux qui lui barrait le visage.

— Qu'est-ce qui vous amène de notre côté de l'île, docteur ?

— Je suis à la recherche d'un berger appelé William le Noir qui est tombé de la falaise.

— Nous n'avons rien remarqué en revenant de la plage, s'étonna Stephen, excepté un bélier coincé sur une saillie et qui faisait un boucan du diable. Il avait dû se casser la patte. Les grimpeurs vont venir le sortir de là.

— Veuillez m'excuser un instant, dit Duncan en se tournant vers Robbie, toujours monté sur son poney. William le Noir est un bélier ? Tu m'as fait traverser toute l'île pour un maudit mouton ?

— Ce n'est pas n'importe quel mouton, docteur. C'est le meilleur reproducteur de mon oncle et il a très mal.

— Avez-vous trouvé votre patient ? s'amusa Agnès.

— Je crois que oui. Il s'agit d'un mouton.

— Quand vous en aurez terminé avec lui, vous pourrez rendre visite à Margaret.

— Est-elle très malade ?

— Sa grippe s'en va, mais sa toux est loin d'être guérie. Elle ne vous attend pas, bien entendu. Je crains que vous ne soyez pas reçu à bras ouverts.

Duncan sourit.

— Vous avez sûrement raison. Cependant, j'irai à la ferme dès que j'aurai examiné ce brave William.

12

Immobile à l'entrée du salon, Margaret observait l'homme élancé qui marchait de long en large. Le crépuscule accentuait sa peau mate et ses cheveux noirs. Encore lui ! pensa-t-elle. Si elle n'avait pas été victime d'une nouvelle quinte de toux, elle se serait esquivée pour aller se recoucher.

Les mains dans le dos, Duncan se retourna.

— Cette toux m'inquiète, mademoiselle Rose. Ayez l'amabilité de vous déshabiller pour que j'ausculte votre poitrine. Comme nous n'avons pas de table d'examen, nous allons utiliser le canapé. Mme Alcock a eu la bonté de prévoir une couverture pour respecter votre pudeur. Auriez-vous un mortier et un pilon dont je puisse me servir pour préparer des pilules ?

Gênée qu'il exigeât d'une manière aussi désinvolte qu'elle se déshabille et furieuse qu'Agnès lui eût permis de revenir à la maison, Margaret se révolta.

— Je n'ai pas besoin d'être examinée.

— Je ne suis pas d'accord. Dans des populations peu habituées à ses ravages, la grippe peut être fatale. Et si la première femme que j'ai rencontrée à Maryhead meurt par manque de soins médicaux, ma réputation en sera ternie. (Il s'approcha d'elle, en fronçant les sourcils.) Vos traits sont tirés et vos joues empourprées. Avez-vous jamais été examinée à fond par un médecin ?

— Non rétorqua-t-elle sèchement. Oncle Angus les détestait ; selon lui, c'était une bande de menteurs, de fripouilles…

— … de charlatans, de fumistes et d'escrocs,

poursuivit Duncan, insensible aux insultes. Inutile de vous déshabiller entièrement. Déboutonnez seulement votre corsage et je me débrouillerai.

Duncan prit un long cylindre en bois qui se terminait par un tube. Si elle ne s'était pas sentie aussi faible, si elle n'avait pas vu plusieurs personnes mourir de la grippe et si Duncan n'avait pas été aussi déterminé, elle aurait exigé qu'il partît sur-le-champ.

— C'est un stéthoscope. Il me permet d'examiner l'état de vos poumons. Mon thermomètre, hélas, s'est brisé pendant le naufrage, mais si vous me permettez de toucher votre front... En effet, vous avez de la fièvre. A moins que ce ne soit votre colère qui gronde, mademoiselle Rose ? fit-il pour la taquiner.

Margaret s'assit sur le bord du canapé, fixant les ombres qui grandissaient dans le jardin afin de ne plus avoir à le regarder. A contrecœur, elle commença à déboutonner le haut de sa robe, puis replaça la couverture rugueuse devant elle.

— C'est stupide, je doute qu'une toux puisse me tuer, grommela-t-elle alors qu'il approchait un tabouret.

— Détrompez-vous. Vous pouvez vous effondrer à tout instant.

Elle devinait qu'il la taquinait, mais elle n'en était que plus agitée. Une auscultation était sûrement chose douloureuse et humiliante. Mieux valait mourir mille fois d'une pneumonie que de s'y soumettre !

Duncan enfila un gant en cuir noir sur sa main gauche, puis glissa le stéthoscope sous la couverture, détournant le visage pour mieux se concentrer. Margaret se sentit soudain envahie d'une vague chaleur. Les doigts recouverts de cuir étaient doux, mais étranges contre sa peau. Les sensations que suscitait Duncan en lui effleurant les seins la mortifiaient ; elle avait l'impression d'être hypnotisée. Le cœur palpitant, elle se figea.

— Inspirez, puis expirez lentement, mademoiselle Rose. Encore une fois, mais pas aussi vite. Il n'y a pas lieu d'avoir peur.

Leurs visages étaient si proches qu'elle voyait les reflets bleutés dans ses cheveux, humait une senteur agréable d'herbes et de mousse à raser.

Il s'écarta et, après avoir retiré son gant, lui palpa le cou. La seule fois où il la regarda dans les yeux, ce fut avec le regard impersonnel du médecin qui évalue la luminosité des pupilles. L'œil rivé sur sa montre de gousset, il lui prit le pouls. Enfin, avec un froncement de sourcils, il posa la main sur son front.

— La fièvre et votre toux m'inquiètent.

— Il a fallu tout ce tralala — le gant, ce drôle d'instrument et les effleurements — pour me dire ça ?

— Vous avez une bronchite, poursuivit-il en se levant. Estimez-vous heureuse qu'elle n'ait pas dégénéré en pneumonie.

— Avant d'en attraper une, puis-je me rhabiller ?

— Non. Allongez-vous sur le sofa, je vous prie.

— Pourquoi ? s'affola-t-elle.

— Je n'ai pas encore terminé.

Elle remonta la couverture sous son menton. Décidément, il était vraiment trop sûr de lui !

— Je n'ai pas oublié votre baiser, dit-elle.

— Moi non plus.

— Je ne permettrai pas que cela se reproduise.

— Qu'est-ce qui vous fait croire que j'ai l'intention de réitérer cette malheureuse expérience ?

Margaret en resta interdite. A vrai dire, au lieu de la rassurer, la réflexion de Duncan la piqua.

Non sans inquiétude, elle le regarda sortir de sa

sacoche un anneau en étain à trois dents, des bandelettes de tissu et trois bâtonnets gris qui ressemblaient à du charbon de bois. Il embrasa ces derniers avec une allumette et les agita au-dessus de lui pour en dégager une fumée âcre.

— C'est du moxa, le peu qui n'a pas été abîmé par l'eau de mer. Je vais le brûler près de votre poitrine.

— Je sais. Il s'agit d'une herbe très ancienne, efficace pour guérir les poumons. On en parle dans un des livres de Stephen sur la médecine orientale. Je m'étonne que vous ayez confiance en une méthode aussi primitive.

— Si vous préférez, je peux utiliser les sangsues. Ma collection de petits vampires a bien survécu au naufrage. Dans des cas comme le vôtre, on préconise de retirer au moins trois palettes de sang. Ce qui équivaut à douze onces, ou encore deux douzaines de sangsues.

Devant l'expression horrifiée de Margaret, il réussit à ne pas éclater de rire.

— Vous n'oseriez pas... ! s'écria-t-elle en se redressant d'un bond pour rajuster son corsage.

Brusquement, Duncan aperçut Stephen à la porte. Le jeune homme sembla hésiter à entrer jusqu'à ce qu'il voie les instruments sur la table. Il s'empressa d'allumer les lampes accrochées au mur. Une douce lumière dorée éclaira le salon et le beau visage de Stephen.

— Alors, docteur MacNeill, ma cousine est-elle une patiente soumise ?

— C'est une enquiquineuse. Et vous, n'avez-vous pas eu des symptômes de grippe ?

— Pas pour l'instant, mais je suis rarement malade. J'aimerais bien vous parler en privé, docteur MacNeill.

— Bien sûr, à condition que Mlle Rose s'engage

à rester tranquille pendant que le moxa finit de se consumer.

— Seulement si vous me promettez de me dire ensuite le sujet de cette conversation privée, répliqua-t-elle avec une grimace.

— Cela ne te regarde pas, Margaret, répliqua doucement Stephen. Affaires insulaires, c'est tout.

Le jeune révérend avait menti.

Debout sur le promontoire qui surplombait la mer, Duncan était glacé jusqu'aux os dans sa redingote en cachemire. Se frottant les mains de plaisir, Stephen offrait son visage aux rafales polaires.

— Vous vouliez me parler... des problèmes de l'île ?

— En fait, cela concerne Margaret. Ma sœur m'a dit que Douglas Rose vous avait demandé de la renvoyer à la maison.

— C'est vrai, mais Margaret y est violemment opposée.

— Vous pourriez peut-être la faire changer d'avis et la convaincre que sa place n'est pas sur Maryhead.

— Au vrai, tout cela ne me regarde pas. Sans compter que Margaret se moque pas mal de mon opinion...

— Ici, elle ne mènera jamais une vie normale. Nous qui habitons sur l'île appartenons à un monde à part. C'est une des raisons pour lesquelles j'ai choisi de partir.

— Pour devenir missionnaire dans la jungle ?

— Oui. L'Orient m'attire. J'ai échoué ici, dans mon ministère et dans ma vie privée.

Duncan se retourna, regardant la petite ferme. Le moxa avait dû se consumer. Il devait laisser des médicaments à Margaret. La crainte qu'elle ne succombe à une pneumonie, ce qui était fréquent dans des cas semblables, l'effrayait, et pas seulement par conscience professionnelle.

— Je ne crois pas qu'elle m'apprécie beaucoup, et j'ignore pourquoi.

— Je suis étonné qu'elle vous ait permis de l'examiner, rétorqua Stephen en riant. D'habitude, ma Margaret est beaucoup plus réservée. Venez, mon ami, vous êtes transi, et j'ai dit ce que j'avais à dire. Est-ce que vous vous habituez à votre nouvelle maison, au fait ?

— A ce qu'il en reste. Depuis la tempête, elle est dans un état épouvantable.

— En attendant que les réparations soient terminées, aimeriez-vous habiter le presbytère ? Je vais passer un ou deux mois à Edimbourg pour organiser mon départ et la maison restera vide jusqu'à l'arrivée d'un nouveau révérend.

— Je...

— Il faudra bien sûr vous accommoder du voisinage de Margaret et d'Agnès. Réfléchissez-y, vous n'avez pas besoin de donner une réponse ce soir.

— Entendu. Je vous en parlerai demain.

Mais Duncan avait déjà décidé d'accepter, et son choix n'avait rien à voir avec l'inconfort du cottage délabré qui reflétait si bien la grisaille de sa vie solitaire.

13

Elle pensait que ses cauchemars ne reviendraient plus. Depuis son arrivée sur Maryhead, ils s'étaient espacés. Près de onze mois s'étaient écoulés depuis le dernier.

C'était toujours le même songe : elle avançait sur la passerelle d'un bateau à vapeur, quelqu'un la bousculait, elle tombait à l'eau. Elle voyait une main tendue, une main d'homme, et croyait d'abord qu'il voulait la sauver. Mais il s'éloignait, son visage perdait de sa netteté, et elle continuait à tomber, inexorablement, vers les ténèbres et la damnation, comprenant alors que c'était son père qui l'avait poussée.

Comme toujours, une silhouette l'attendait dans ces ténèbres, une créature vêtue de blanc, sa main, telle une griffe, tendue vers elle comme pour l'inviter à mourir.

Une Banshee.

Cette fois, une autre personne était apparue dans le rêve… l'inconnu à qui elle avait porté secours sur la plage. Alors qu'elle glissait vers l'infini, il la rattrapait. Horrifiée, elle s'apercevait qu'ils étaient nus, dans son lit de jeune fille. « Reste avec moi… », murmurait-il, et au lieu de le repousser elle s'offrait à lui comme une dévoyée. Sa bouche lui effleurait le cou, l'épaule, s'égarait entre ses seins, et elle gémissait, en proie à un tremblement incontrôlé, puis il lui saisissait les hanches.

Elle gémissait, égarée par le plaisir ; une parcelle indistincte de son esprit cherchait à l'éveiller avant qu'il ne fût trop tard, mais les émotions étaient trop intenses, trop forte l'envie de l'attirer en elle…

— Maudit soit-il ! chuchota Margaret, repoussant la couverture qui tomba par terre.

Elle transpirait et frissonnait, de froid mais aussi de colère et de mépris de soi, avec cette angoisse d'être toujours hantée par son passé.

Duncan MacNeill avait rouvert ses anciennes blessures.

Elle le rendait responsable de ce rêve, d'avoir ravivé les souvenirs de sa maison et de sa famille.

Bien sûr, Duncan ne lui voulait aucun mal, mais elle ne lui pardonnait pas d'être venu la trouver sur l'ordre de son père.

Elle s'habilla à la hâte. L'aube pointait derrière les rideaux. Chaque inspiration lui faisait mal ; elle avait une migraine épouvantable. Si elle n'avait pas tenu à voir Stephen avant son départ, elle aurait dormi toute la journée.

Elle l'accompagna jusqu'au promontoire. Stephen était trop absorbé par ses projets pour remarquer son malaise. Il parlait d'établir une mission au Siam, dans la province de Chiangmai, évoquait des saints hommes et des lieux de pèlerinage perdus dans des collines habitées par des géants et des génies.

— Toi aussi, tu devrais quitter Maryhead. Ici, il n'y a rien d'intéressant pour une belle jeune femme comme toi.

— Je pourrais aller avec toi au Siam, proposa-t-elle, sachant que c'était un rêve irréalisable.

Elle était aussi attachée à Maryhead que Stephen l'était à son ministère — elle avait peur de partir.

— Margaret, jamais je ne t'imposerais une vie aussi rude, soupira-t-il, tandis qu'un berger levait son bâton en signe de salut. Sois raisonnable, et réfléchis à la proposition du Dr MacNeill.

— Si quelqu'un n'a pas sa place sur Maryhead, c'est bien lui ! s'écria-t-elle.

— Je l'ai trouvé sincère et plein de bon sens. Pourquoi te met-il dans un état pareil ? De toute façon, par charité chrétienne, tu dois l'accueillir au presbytère. Il est censé s'installer cet après-midi et le garde-manger est vide.

— Il est capable de se nourrir tout seul.

— Allons, Margaret, que risques-tu à lui offrir ton amitié ? Vous êtes tous deux des guérisseurs.

— Nos méthodes diffèrent radicalement.

— Pas tant que ça. Vous vous ressemblez plus que tu ne l'imagines.

— Quelle horreur ! s'exclama Margaret avec une telle conviction qu'ils éclatèrent de rire.

— Maintenant que nous avons de nouveau ri ensemble, je suppose qu'il est l'heure que je m'en aille, dit Stephen d'un ton faussement désinvolte.

— Dis-moi où faire envoyer tes affaires.

— Je reviendrai au moins une fois avant de partir pour le Siam. Je te promets de passer Noël ici.

— Bon vent, Stephen, murmura-t-elle.

Impatient de partir, il lui sourit.

— Tu iras faire un tour au presbytère ?

— Oui, dit-elle à contrecœur.

Il dévala le chemin tortueux qui menait à la plage. Margaret ne le quitta pas des yeux jusqu'à ce qu'il eût atteint le pied de la falaise d'où il lui adressa un signe de la main. Lentement, elle leva le bras pour lui répondre, réprimant l'envie de courir à sa suite.

La gorge nouée, elle se retourna et contempla le presbytère. Te voilà seule, seule, seule... murmuraient les vagues qui se brisaient contre les rochers.

Margaret décida de se rendre le matin même au presbytère pour garnir le garde-manger et laisser du linge propre. Le docteur n'aurait qu'à prendre lui-même sa provision de tourbe dans la petite grange en pierre à flanc de colline ; elle souhaitait être loin du presbytère quand Duncan arriverait dans l'après-midi.

Cependant, lorsqu'elle pénétra dans le salon, un feu joyeux craquait dans l'âtre. Des livres séchaient devant.

Elle embrassa du regard la pièce peu meublée.

Les lieux semblaient déjà vibrer de l'énergique présence du sombre Ecossais.

— Docteur MacNeill ? cria-t-elle de la porte.

Pas de réponse. Brusquement épuisée et émue par le départ de Stephen, elle regagna le salon.

Quelques minutes plus tard, Duncan la surprit en train d'examiner des planches d'anatomie.

— Mademoiselle Rose, j'espère que vous êtes venue me rendre visite pour le plaisir et non parce que votre état de santé a empiré.

Troublée par cet homme au visage si masculin qu'il semblait taillé dans du marbre, elle fronça les sourcils. D'une main tremblante, elle reposa les dessins d'artères et de veines.

— Je ne pensais pas vous trouver ici.

— Le croquis réaliste du cœur humain semble vous émouvoir.

— Ah, c'était un cœur ! C'est tout à fait fascinant et je ne suis pas facilement effarouchée.

— Mais votre main tremblait.

Bon sang, rien ne lui échappait !

— Comme vous le savez, mon cousin est parti ce matin.

— Prenez-vous les médicaments que je vous ai prescrits ?

— Non, répliqua-t-elle, irritée.

— Au moins, vous êtes honnête. Il y avait une bible ouverte et une assiette de biscuits sur la table de la cuisine quand je suis revenu de l'écurie. Je sais que c'est le geste de bienvenue gaélique traditionnel. Est-ce vous qui les avez apportées ?

— Oui.

Il retira une fiole de camphre de sa poche.

— Puis-je en déduire que vous m'accueillez personnellement sur Maryhead ?

— Vous pouvez en déduire que je respecte les traditions.

— Voilà une réponse évasive et peu satisfaisante, conclut-il en examinant la petite bouteille verte. Je me souviens que vous m'aviez parlé de votre potager médicinal. Peut-être seriez-vous intéressée par une pharmacopée plus orthodoxe ?

— Peut-être, si je comprenais de quoi vous parlez.

Il éclata de rire.

— Il s'agit de mes médicaments. J'ai décidé d'utiliser le bureau de Stephen comme dispensaire et peut-être, plus tard, de le transformer en laboratoire. Croyez-vous qu'il y verrait une objection ?

— Non, je ne pense pas, avoua-t-elle, pensant que le départ de son cousin allait créer un terrible vide dans sa vie.

— Quelque chose ne va pas, mademoiselle Rose ?

— Tout va très bien. Montrez-moi ce dispensaire. Que j'admire la science moderne que vous avez décidé d'imposer à Maryhead.

Quittant la chaleur réconfortante du salon, ils se dirigèrent vers le petit bureau froid et austère où Margaret aidait autrefois Stephen à préparer ses sermons. Excepté quelques livres sur le folklore et les philosophies orientaux, il ne restait pas grand-chose pour lui rappeler son cousin. Désormais, des flacons s'alignaient sur les étagères : ARGENTI NITRATIS, TINCT. CASCARILLAE, INF. DIGITALIS, MÉLASSE.

— Qu'en pensez-vous ? Stephen aura-t-il un choc à son retour ?

Duncan se pencha pour prendre un carton de brochures qui était posé derrière le bureau. Avec sa chemise blanche amidonnée, son veston noir et son pantalon de nankin, il semblait trop viril pour la modeste petite pièce.

— Stephen ne reviendra pas habiter ici, murmura-t-elle.

— Ainsi, c'est bien là que le bât blesse. Je m'en doutais.

Agacée par cet inconnu si intuitif qui n'avait pas de place dans sa vie, elle s'emporta :

— Comment pouvez-vous comprendre ?

— J'aimerais vous comprendre, vous.

— Vous perdez votre temps, dit-elle en effleurant le buste en plâtre d'Hippocrate.

— Comme d'habitude.

La réponse de Duncan prit Margaret par surprise. Ses yeux bleus, qui décelaient si bien les secrets de la jeune fille, ne trahissaient pas ses pensées intimes. Pendant quelques instants, il la dévisagea sans ciller puis il ramassa une pile de livres.

— J'ai été invité par le laird et je dois ranger ces livres au premier avant de partir. Vous trouverez un sirop dans le tiroir du haut dont vous devez prendre trois onces toutes les quatre heures pendant la journée.

Il évitait d'utiliser son bras droit et elle se rappela qu'il s'était blessé à l'épaule pendant le naufrage. Elle s'en voulut d'avoir réussi à le heurter.

— Voulez-vous que je vous aide à monter ces autres livres ?

— Pourriez-vous me donner un coup de main avec ce cageot ? Ce n'est que du papier et des brochures... Pas très lourd à soulever. Si vous en avez la force...

— J'ai l'habitude de porter de la tourbe.

Saisissant le cageot, elle le suivit dans l'escalier étroit, se rappelant la dernière fois qu'elle avait monté ces marches, quand sa tante se mourait. Stephen devait maintenant être en pleine mer. Te voilà seule, seule, seule... Quel sinistre refrain !

Duncan se retourna pour voir pourquoi elle avait ralenti.

— Dois-je vous porter le reste du chemin, mademoiselle Rose ? la taquina-t-il. Lorsque vous l'avez fait pour moi, vous avez failli nous tuer.

Elle sourit. Elle n'avait pas le temps de s'appesantir sur son triste sort. Cet homme imprévisible la déconcertait toujours.

— J'espère que je peux utiliser le grenier, dit-il en ouvrant la porte sur une mansarde qui sentait le renfermé. J'y ai remisé des objets de famille laissés par Stephen, ainsi que les provisions apportées par les Armstrong que je n'ai pas encore déballées.

— Les Armstrong ?

— C'est un couple de domestiques que j'ai engagé à Aberdeen. Walter et sa femme sont un peu étranges, mais je n'ai pas eu le choix. Personne ne voulait venir dans cette île perdue. En outre, ils ont déjà travaillé pour un médecin.

— Je m'étonne que *vous* soyez venu. Avez-vous un scandale dans votre passé ?

— En fait, je suis ici parce que j'ai signé un engagement. Vous aimeriez peut-être trier les affaires de votre tante ?...

Comprenant qu'il ne voulait pas lui répondre, Margaret s'approcha de la fenêtre dont elle essuya le carreau.

— On n'y voit pas grand-chose mais je suppose que c'est une tâche nécessaire, soupira-t-elle. Agnès ne trouvera jamais le temps de s'en occuper.

— Je vais allumer cette lampe et vous apporter un fauteuil afin que vous soyez confortablement installée.

Il passa près d'elle au moment ou Margaret se détournait de la fenêtre. Leurs corps se heurtèrent et l'étreinte imprévue coupa le souffle à la jeune fille. Un court instant, lorsque Duncan l'enlaça, elle eut envie de s'abandonner à la chaleur de son contact. Puis, riant pour cacher son embarras, elle s'écarta.

— Je vais chercher un fauteuil, insista-t-il.
— Non…
Mais il était déjà sorti et il revint avec un énorme siège en brocart doré. Margaret repoussa quelques livres afin qu'il pût le poser.
— Voilà ! Maintenant, un peu de lumière et je vous laisse.
La chemise et le pantalon soulignaient ses larges épaules et sa longue silhouette. Comme il se penchait pour allumer la lampe, la flamme éclaira ses traits anguleux. Sans avoir la beauté distinguée de Stephen, il possédait une sensualité virile, un magnétisme à la fois puissant et subtil. Margaret fut choquée de le trouver aussi séduisant. Pourquoi ne s'en apercevait-elle que maintenant ?
— Si nous étions à Aberdeen, ma réputation ne survivrait pas à cette rencontre innocente, dit-elle. Je me demande si je suis en sécurité avec vous.
— Une pauvre jeune femme sans défense, attirée dans une mansarde par un homme plus âgé et rongé par les soucis, où il prévoit de la séduire… ?
— C'est à peu près cela.
— Ne vous inquiétez pas. Je choisis le moment, le lieu et l'objet de mes amours avec discernement et discrétion, et c'est rarement une circonstance fortuite. D'ailleurs, ces rencontres sont plutôt rares.
Margaret rougit, se sentant ridicule. Comme si c'était elle qui l'avait attiré au grenier pour un rendez-vous intime !
— Asseyez-vous, ordonna-t-il gentiment. Je vais vous apporter votre médicament.
— Je n'en ai pas besoin.
— Vous le prendrez de toute façon et j'en profiterai pour me servir une petite gorgée du whisky de votre cousin.
— Mon Dieu ! s'écria-t-elle lorsqu'il mentionna

l'alcool. Comment ai-je pu oublier qu'on était vendredi ?

— Que se passe-t-il le vendredi ? Serait-ce un jour férié ? Le jour des macareux, peut-être ?

— J'ai oublié de faire une commission. Soyez gentil de garder les affaires de ma tante jusqu'à ce que j'aie le temps de les trier.

— J'ai préparé une ordonnance pour votre toux, dit-il, surpris par son attitude étrange. Et pourquoi ne portez-vous pas quelque chose de plus chaud qu'un châle par ce temps ?

— J'ai presque vingt et un ans, docteur MacNeill, et vous n'êtes pas mon tuteur, en dépit des instructions de mon père ou de ses promesses de récompense.

— Très bien. Reprenez froid si cela vous chante, rétorqua-t-il d'un air agacé en ramassant un carton à chapeaux rempli de lettres et de paperasserie. Emportez ça ! C'est un risque d'incendie.

En soupirant, Margaret tendit les bras, mais recula vivement lorsqu'une coupure de journal jaunie tomba par terre.

Le titre en gros caractères lui glaça le sang : L'ÉPOUSE ET LE JEUNE FILS DE L'ÉMINENT BANQUIER DOUGLAS ROSE SE NOIENT SUR LA PROPRIÉTÉ DE FAMILLE.

C'était un article d'un des journaux à scandale qui avaient circulé à Aberdeen lors du drame du loch Meirneal et qui continuait à prospérer grâce à une populace friande de ragots. Margaret se souvint que son père avait interdit qu'on les achète, mais les domestiques ne s'étaient pas privés de les lire.

Elle s'agenouilla pour ramasser l'article.

— Je suppose que vous l'avez lu ? dit-elle d'une voix tremblante.

— C'est la première fois que je le vois, fit-il,

étonné. C'est un article d'un vieux journal, n'est-ce pas ?

Le visage blême, les yeux sombres et terrifiés, elle se redressa.

— On y parle de moi... et de l'accident, il y a douze ans, quand ma mère et mon petit frère se sont noyés.

— Voulez-vous que je le déchire ?

— Non ! Je vais le faire moi-même. Ce ne sont que des demi-vérités et d'affreux mensonges. Je ne comprends pas ce qu'il fait dans la maison.

— C'était avec les papiers de votre tante.

— Sur le dessus de la pile. Comme si quelqu'un l'avait lu récemment.

— Je vous assure que ce n'est pas moi. Et, si cela peut vous consoler, moi aussi, j'ai été la proie de ces journaux malveillants qui ont ruiné ma réputation.

Elle se dit qu'il cherchait à lui remonter le moral, mais comment pouvait-il comprendre la honte et les accusations non formulées qui la poursuivaient depuis si longtemps ? Elle regretta que Duncan fût désormais au courant de l'accident, mais son père lui avait probablement déjà parlé du drame familial.

L'article serré dans la main, elle recula jusqu'à la porte, ayant désespérément besoin d'air frais.

— Je vous laisse à votre travail... Le garde-manger est plein, et si vous avez besoin de tourbe...

Il la rattrapa à la porte, ne voulant pas la laisser partir dans cet état.

— Quoi qu'il y ait dans ce papier, c'est du passé. Il faut l'oublier.

Bouleversée, les lèvres exsangues, elle secoua la tête.

— Jamais je n'oublierai ma mère ni Alan, et parfois, quand je cherche des explications, je commence à croire aux rumeurs.

— Des rumeurs ? Mais personne n'est responsable d'un accident.

— Moi, je l'étais. Ne voulez-vous pas lire l'article ?

Il ne voulait qu'une seule chose, la serrer dans ses bras et retrouver cette complicité qu'ils avaient eue quelques minutes auparavant.

— Je le lirai seulement si cela me permet de mieux vous comprendre.

— Je n'ai pas besoin que vous me compreniez, docteur MacNeill, répliqua-t-elle froidement. Et d'ailleurs, vous avez raison, il vaut mieux oublier le passé...

— J'espérais devenir votre ami, mademoiselle Rose. J'espérais surmonter l'animosité de notre première rencontre, mais on dirait que je me suis trompé. Partez ! Vous avez des choses à faire.

Il attendit qu'elle ait quitté la maison pour descendre. Dans le bureau, il ouvrit son journal, mais Margaret l'obsédait. Elle avait eu raison de le craindre : il avait failli la séduire. Il se maîtrisait, mais à quel prix ! Dépité non seulement parce qu'elle l'évitait, mais aussi parce qu'il voulait à toute force lui faire bonne impression, il remerciait le ciel d'avoir son travail pour se distraire.

Il avait voulu être médecin depuis toujours. Petit garçon timide dont le physique imposant masquait la curiosité intellectuelle, il avait souvent accompagné son père lors de ses tournées dans son village natal.

Son frère cadet Andrew, au charme ravageur, était différent. L'armée lui étant interdite pour cause de boiterie congénitale de la jambe gauche, après avoir échoué à ses études de droit, Andrew avait reconnu sans aucune honte qu'il n'avait aucune aptitude intellectuelle. « J'aime la chasse, la pêche, trinquer avec les vieux bergers et m'occuper avec eux des agneaux. Dans le fond, je suis un fermier », se plaisait-il à dire.

Cette conversation avait convaincu Duncan de proposer à son frère le poste de régisseur à Taynaross, la propriété qu'il possédait dans les Highlands. Débordé par le développement de son cabinet d'Aberdeen, Duncan n'avait plus le temps de gérer son domaine, et il refusait de vendre cet endroit qu'il aimait tant, où il passait parfois des vacances en famille et où il avait espéré s'installer un jour avec Alice.

Désormais, Andrew et Alice vivaient dans la grande maison en pierre, en attendant la naissance du bébé, parce que Duncan avait été trop consterné par leur mariage pour chercher un autre régisseur.

Brusquement, ils lui manquèrent tous, ses parents, et ses sœurs, leurs chamailleries et la tendresse inquiète de leurs critiques bien intentionnées. La trahison d'Andrew avait effacé des années de complicité pendant lesquelles les deux garçons s'étaient alliés contre la féminité agressive des quatre sœurs MacNeill, mais aujourd'hui, Duncan regrettait leur querelle.

Un morceau de tourbe s'effondra dans l'âtre, le tirant de ses pensées moroses. L'article de journal que Margaret avait eu l'intention de brûler avant de partir ne s'était pas encore consumé. Il hésita. De quel droit pouvait-il fouiller dans le passé de Margaret Rose, un passé encore plus douloureux que le sien ?

Avec le sentiment d'être un voleur, un imposteur, un menteur, il sauva du feu ce qu'il restait de l'article, dans l'espoir d'y découvrir la clé de la personnalité de Margaret. Si elle le voyait maintenant, elle le mépriserait. N'avait-il pas proclamé fièrement qu'il ne lisait jamais ce genre d'inepties ? Il s'étonnait lui-même. Aucune servante n'aurait eu cette attitude détestable.

Les doigts légèrement brûlés, il posa le papier roussi sur la pierre du foyer. Seul le dernier paragraphe de l'article était encore lisible. On avait dû arracher un dessin des deux victimes, à moins qu'il ne se fût abîmé avec le temps, car il ne restait qu'une partie du beau visage de Susan Rose.

Lorsqu'il commença à lire, Duncan éprouva une grande tristesse en pensant à la mort d'une femme si jeune, et à sa fille qui avait été témoin du drame.

« S'agit-il vraiment d'un accident ou, malgré les dénégations d'un vieux berger, serait-ce un acte criminel ? A moins qu'un témoin oculaire ne se présente, il semble peu probable que la vérité sur la tragédie de loch Meirneal soit jamais révélée. Au village de Meirneal, on soupçonne une intervention surnaturelle. Le château qui surplombe le loch a un lourd passé de meurtres et de violences, et des fantômes ont souvent été vus dans ce domaine. Hélas, la vérité semble devoir rester à jamais enfermée dans le cerveau d'une fillette de huit ans, Margaret Rose. »

14

Ce jour-là, Margaret n'était pas disposée à distiller du whisky. En dépit de ses thés à l'achillée soigneusement dosés, des cataplasmes à la cire d'abeille et au poivre noir, elle n'était pas encore remise de sa maladie. Stephen lui manquait déjà et elle n'osait pas envisager les interminables journées à venir. Pis encore, elle repensait sans cesse à sa rencontre avec Duncan, à l'article de journal qui la marquait au fer rouge : elle était une personne indigne, honnie par les gens normaux, une meurtrière aux yeux de son père, alors qu'elle était innocente.

Elle mesura avec soin une dose de levure qui serait ajoutée à l'orge contenue dans des sacs en toile de jute entassés contre le mur de la grange. L'eau qui venait d'un ruisseau voisin gargouillait dans les tuyaux de l'alambic et une forte senteur de malt emplissait l'air. Dehors, les fermiers chargeaient sur les carrioles des tonneaux qu'on dissimulerait dans les grottes en attendant qu'ils soient embarqués sur des navires.

Sur Maryhead, tout le monde, aussi bien le laird que l'aubergiste local, buvait ou produisait du whisky de contrebande. Sans ce revenu supplémentaire, la famine aurait chassé ce qui restait de la population.

— T'as mauvaise mine, Margaret, sors donc prendre un bol d'air, fit remarquer une épouse de fermier.

Reconnaissante, la jeune fille retira son tablier et se faufila parmi les chiens, les enfants et les distilleurs rassemblés dans le petit vallon. Elle s'agenouilla près du ruisseau et se rinça les mains. Sans crier gare, le titre de l'article lui traversa l'esprit. Douze ans s'étaient écoulés depuis ce matin sur le loch Meirneal. Serait-elle un jour libérée du passé ?

Que le diable emporte Duncan MacNeill ! Depuis le début, il la menaçait d'une façon détournée, cherchant à créer entre eux une complicité dangereuse qui réveillait trop d'aspirations enfouies. Il n'aurait pas dû en savoir aussi long sur sa vie privée. Sa présence lui rappelait l'époque où elle se compromettait avec des gens peu fréquentables et la nuit où elle l'avait insulté dans la rue, habillée comme une catin prête à tout pour un peu d'attention. Il l'avait aussi vue dans les jours qui avaient suivi l'exil imposé par son père. Il était au courant de l'accident sur le loch et il savait qu'elle était responsable des noyades.

Pourtant, ce passé scandaleux n'avait pas dégoûté Duncan. Au contraire, il semblait s'intéresser à elle. Etait-ce seulement parce qu'un médecin, par nature, est un homme compatissant ?

S'il ne l'avait pas embrassée, elle aurait pu y voir plus clair. Comme elle avait répondu à son baiser avec fougue, assoiffée de la moindre parcelle de tendresse !

— Ne reste pas trop longtemps dehors, Margaret, lui conseilla en riant un fermier. Une jolie fille comme toi ne doit pas prendre de risques !

Elle aspergea son visage d'eau glacée. Non, elle ne voulait plus prendre de risques. Plus jamais. Pas lorsque son cœur et Duncan MacNeill étaient en jeu.

Alors qu'il chevauchait sur l'ancien chemin côtier en direction du château, Duncan passa devant une rangée de sorbiers nains, tordus par le vent, et parés de morceaux de tartan colorés, offrandes aux anciens dieux. Ces superstitions l'auraient amusé s'il n'avait pas compris que des croyances aussi enracinées nuiraient à son travail sur l'île.

Apercevant un attroupement d'hommes, de femmes et d'enfants, il ralentit son cheval. Tous contemplaient quelque chose sur les rochers. Il reconnut Robbie.

— Ce n'est pas encore William le Noir, j'espère ?

— Oh non, docteur ! C'est le fiancé de ma cousine... Il est sur le Rebord des Mariés.

— Est-il encore conscient ? s'affola Duncan.

— J'espère bien ! Il doit marcher les yeux bandés.

Mettant pied à terre, Duncan se poussa au premier rang des spectateurs. Un homme, pieds nus, avançait prudemment sur une étroite saillie de rocher ; un faux pas ou une rafale de vent, et il serait précipité tête la première dans la mer.

— Pourquoi personne n'a-t-il essayé de le retenir ? Il doit être fou !

— Fou amoureux, répliqua en riant une femme au bonnet de dentelle blanche. Il veut prouver son courage de grimpeur afin d'épouser Mary Hay. C'est une coutume, ici, à Maryhead.

— Que Dieu me préserve du mariage ! frémit Duncan.

Pris de vertige, il rejoignit son cheval. Pourvu que le malheureux ne tombe pas et qu'on ne vienne pas lui demander de pratiquer l'autopsie !

— Dans un mois ou deux, ce sera votre tour, docteur, lança la paysanne au bonnet blanc. Je parie que vous aurez les yeux bandés pour gagner le cœur de Mlle Rose.

— J'en doute fort, madame, je tiens à la vie, répondit-il poliment.

Une demi-heure plus tard, à son grand étonnement, il aperçut un cutter ancré dans une crique déserte. Quel intérêt la Couronne pouvait-elle avoir dans cette curieuse petite île ?

Plus bas sur la côte, une douzaine d'employés de la régie se dispersaient sur la plage, leurs uniformes bleus formant autant de taches de couleur dans la lumière grise de l'après-midi. Poussé par la curiosité, il mit son cheval au pas tandis que les officiers gravissaient la falaise. On aurait dit des soldats de plomb avec leurs casques et leurs baïonnettes. Le capitaine, rondouillard, tout essoufflé, parut le premier.

— Bonjour ! Vous patrouillez pour le gouvernement, je présume ?

— Oui, monsieur. Nous faisons notre tournée mensuelle des petites îles. Comme toujours, nous sommes à la recherche des distillateurs de whisky de contrebande.

— Bien sûr, murmura Duncan qui éprouva d'emblée un élan de sympathie pour les victimes potentielles du capitaine. Mais je ne comprends pas pourquoi cette recherche intéresse un homme de votre importance.

— Vous encouragez une activité criminelle, monsieur ? demanda le capitaine d'un air rusé.

— Non, mais je condamne la pauvreté qui oblige un homme à s'y prêter. Je vous souhaite une bonne journée, capitaine. Malheureusement, je ne suis pas assez hypocrite pour vous souhaiter bonne chance dans vos recherches.

Troublé par cette rencontre, Duncan décida de prendre un raccourci et de couper à travers la lande. Il ne fut pas long à le regretter. Le paysage désolé renforçait son sentiment de solitude. Bientôt, ce serait Noël, puis les jours joyeux qui menaient à la Saint-Sylvestre. Pour la première fois, il passerait les fêtes de fin d'année sans sa famille ni ses amis.

Reverrait-il Margaret ? Pourquoi avait-elle été si pressée de partir ? Il se reprocha de s'en préoccuper, au lieu de remercier le ciel de sa vie de célibataire qui le protégeait de toute affaire sentimentale. Malgré lui, la vivacité de leurs discussions le stimulait et c'était devenu un défi de la faire rire. Bien qu'il se répétât que cette obsession n'était qu'un reflet de son esprit analytique, un simple exercice intellectuel, Duncan devait s'avouer qu'il la désirait, tout simplement !

Un lièvre s'élança sur le chemin, effrayant son cheval. Comme il se penchait pour lui caresser l'encolure, il décela une odeur familière de noisette. Le délicieux arôme lui rappela les distilleries d'Aberdeen devant lesquelles il passait tous les jours.

Brusquement, tout s'éclaira dans son esprit : les douaniers et la mystérieuse course que Margaret avait oubliée, jusqu'à ce qu'il parlât de whisky. Ainsi, la fille du banquier, cousine du révérend, ravissante apprentie de la sorcière insulaire, distillait du whisky de contrebande pour des raisons encore inexpliquées. Mais il était certain d'une chose : à moins qu'il ne la prévienne à temps, Margaret allait être arrêtée et jetée en prison.

15

Deux des colleys de Liam filèrent vers le haut de la colline en aboyant furieusement parce qu'un cavalier venait d'apparaître. Aussitôt, une panique générale s'empara du vallon. Margaret se releva d'un bond ; des carrioles partirent au grand trot vers la lande, tandis que des femmes et des enfants les suivaient en courant, essayant de cacher les tonneaux de whisky sous de la tourbe et des couvertures.

Feignant d'ignorer le chaos qu'il avait déclenché, Duncan arrêta sa monture.

— Quelqu'un pourrait-il rappeler ces chiens ? Ils effraient mon cheval.

Amusée par son flegme, Margaret s'approcha au moment ou Liam surgissait de la distillerie comme un diable de sa boîte.

— Parbleu, qui est ce nigaud ? demanda Liam. Les douaniers ne sont attendus que la semaine prochaine. Je lui ferai sa fête, à l'aubergiste, s'il m'a donné de mauvaises informations.

— Ce nigaud n'est pas un employé de la régie. C'est le Dr MacNeill.

— Le médecin ? s'exclama Liam. Il a perdu la tête, à nous faire des frayeurs pareilles ! Ils sont en train de vider des tonneaux dans le ruisseau.

La femme de Liam, ayant entendu la conversation, rappela les chiens et passa le mot que ce n'était pas un douanier, mais le docteur. Un à un, les distillateurs s'arrêtèrent pour l'observer. Imperturbable, Duncan finit de descendre la colline et mit pied à terre dans un silence réprobateur.

— Que faites-vous ici ? demanda Margaret.

— Je voulais vous prévenir que les douaniers sont sur le point de venir inspecter votre charmante petite installation, dit-il, passant une main gantée dans ses cheveux noirs.

— Comment le savez-vous ?

— J'ai vu le cutter ancré au large et j'ai parlé aux douaniers.

— Je vais étrangler l'aubergiste, déclara posément Liam. Aux grottes ! Sauvez ce que vous pouvez ! ajouta-t-il en criant.

Duncan retint Margaret.

— Où allez-vous ?

— Je dois les aider, lança-t-elle d'un air de défi. Allez-vous vous rendre utile, oui ou non ?

— Dois-je risquer ma peau afin de m'attirer vos bonnes grâces ?

— Faites comme bon vous semble.

— Ecoutez-moi. Votre père ne m'a pas donné cet article de journal et je ne l'ai pas apporté au presbytère.

Elle le scruta un court instant.

— Si vous voulez nous aider, attelez votre jument à ce chariot et chargez les tonneaux qui sont devant la grange.

— Nous allons croiser les douaniers si nous prenons le chemin de la côte.

— Nous les éviterons en coupant à travers le vallon.

— Sachez que je fais ceci seulement pour vous impressionner, Margaret.

Quand ils furent assis côte à côte sur le chariot, elle pensa à sa remarque. On n'entendait que les cris des corneilles et, de temps à autre, le gargouillis d'un ruisseau. Ils dépassèrent les enfants qui récoltaient sur des rochers le lichen vert-de-gris dont on se servait pour teindre le tweed. Des moutons noirs s'éloignaient à leur approche. Margaret voulait bien croire Duncan, mais sa tante ou Stephen auraient-ils gardé cet article après tant d'années ? C'était étrange comme il avait soudain réapparu. Il semblait confirmer sa théorie : Duncan était un semeur de trouble.

— Margaret, ce qui s'est passé ce matin...

— Je ne veux plus en parler, rétorqua-t-elle. Votre jument peut-elle accélérer l'allure ?

— Bien sûr, le temps que je dételle le chariot et que je me débarrasse de votre marchandise illégale ! Ce capitaine se ferait probablement une joie d'arrêter un docteur complice.

— Sans parler de la fille du célèbre Douglas Rose, dit-elle avec un sourire amer. Ce qui ruinerait tout espoir de réconciliation en prouvant à mon père qu'il avait raison depuis le début.

— Il vous a vraiment fait du mal, n'est-ce pas ?

Elle se contenta de hausser les épaules. Pendant le reste du voyage, elle feignit de l'ignorer jusqu'à ce qu'ils arrivent à une petite grotte dissimulée dans un fouillis de ronces.

Liam sortit les accueillir, amusé de voir Duncan porter une barrique sur l'épaule.

— Tiens, tiens... C'est une chance qu'on n'ait pas laissé les chiens vous dévorer, docteur !

Duncan confia la barrique à un autre distillateur clandestin.

— J'agis sous la menace, vous le comprenez bien.

— Bien sûr, dit Liam avec un clin d'œil pour Margaret. Laissez tout ça, les hommes vont s'en occuper et nous cacherons le chariot dans la grotte. Il vaut mieux que vous continuiez votre chemin en emmenant Margaret avant l'arrivée des douaniers. La dernière fois, elle a insulté le capitaine.

— Je vais retourner à la distillerie avec vous, Liam, dit Margaret.

— Je vous le déconseille.

— Mais le docteur avait un autre rendez-vous, insista-t-elle.

— J'allais voir le laird, intervint Duncan. Mlle Rose est la bienvenue si elle veut m'accompagner... Pour des raisons de sécurité, bien entendu. De toute façon, je suis bel et bien perdu. Quelqu'un doit me montrer le chemin.

— On ne peut pas le laisser errer sur la lande, déclara Liam. Il risque de les guider jusqu'ici par erreur.

Margaret se retenait de sourire. Duncan semblait si satisfait d'avoir joué le héros trouble-fête. Elle se demandait s'il n'avait pas tout inventé quand une petite fille avec des nattes arriva au grand galop en criant à tue-tête :

— Les douaniers ! Ils viennent de quitter la distillerie et avancent dans la lande !

D'un air chagriné, Liam saisit le licol du poney en sueur.

— Après cette annonce tonitruante, ils ne manqueront pas de nous trouver. Filez, ma petite Margaret. Vous et le docteur, vous êtes plus précieux à ce salaud de capitaine que nous tous réunis, et emportez de quoi rafraîchir le gosier du laird. Fergus, attache un tonnelet au cheval du docteur.

— Un instant, je vous prie, protesta Duncan.

— Taisez-vous et faites ce qu'on vous dit ! ordonna Margaret.

Mais quand il lui adressa un sourire radieux, Margaret en oublia où elle se trouvait. Embarrassée, elle monta à cheval. Duncan grimpa devant elle et Margaret recula pour éviter de le toucher, mais dès que la jument avança de quelques pas, elle fut obligée de s'agripper à lui pour ne pas tomber. Espérant qu'il ne le remarquerait pas, elle glissa les mains autour de sa taille. La texture rugueuse de son veston en tweed irritait sa joue ; elle respirait une bonne odeur de la mousse et de la bruyère qu'on utilisait pour teindre le tissu.

— C'est parfait, mademoiselle Rose. Une façon bien plus agréable de réchauffer un homme qu'une vieille couverture qui sent la tourbe.

— Vous auriez peut-être préféré que je vous laisse sur la plage ce jour-là.

— Jamais de la vie ! Pour rien au monde je n'aurais voulu manquer votre bouillon ! Est-ce que nous allons dans la bonne direction ? ajouta-t-il en lui effleurant la main. Je ne voudrais pas tomber nez à nez avec les douaniers.

— Voyez-vous ce cercle de pierres dans le lointain ? demanda-t-elle, alors qu'ils trottaient à travers la lande dénudée.

— C'est ce qui reste d'un ancien lieu de culte, n'est-ce pas ? J'espère que personne n'a rétabli les vieilles coutumes qui consistent à honorer les serpents et à faire frire la tête d'un homme dans de l'huile.

— Pas que je sache, docteur MacNeill. Pourtant, en cas de grave provocation, je suis certaine que l'on pourrait voir renaître la deuxième partie de la cérémonie.

Il rit doucement.

— Il est pourtant vrai que certaines croyances païennes subsistent, n'est-ce pas ?

Se moquait-il d'elle ? se demanda Margaret. Lui qui était bardé de diplômes de médecine et de phrases latines qui ridiculisaient les maigres connaissances qu'elle avait acquises au pensionnat. A moins que l'intonation chaleureuse de sa voix ne signifiât autre chose ?

— Ce chemin descend vers le hameau de Maryhead avant de remonter le long des falaises jusqu'au château. Nous allons passer à côté d'un loch.

— Est-ce que vous ne vous sentez jamais seule, Margaret ?

Elle éprouva un certain plaisir à l'entendre l'appeler par son prénom.

— Au début, cela m'arrivait, mais on prend goût à la solitude.

— J'en serais incapable. Je suis trop habitué à avoir des gens autour de moi et ma propre compagnie me semble un peu fastidieuse. Quand j'ai le temps de trop réfléchir, j'ai des tendances mélancoliques qui me déplaisent.

— Je suis désolée que vous nous trouviez aussi ennuyeux à Maryhead.

— Vous appelez « ennuyeux » un naufrage, puis une course-poursuite avec les douaniers en compagnie d'une belle jeune fille ? Voyons, ma chère, pour un médecin de campagne comme moi, tout ceci est une grande aventure.

Il descendit et glissa les rênes par-dessus la tête de la jument.

— Je vais marcher un peu pour la laisser souffler ; au cas où nous aurions soudain à prendre la fuite, ajouta-t-il d'un air taquin.

Margaret se laissa guider pendant quelques pas avant de descendre elle aussi. Il la souleva par la taille pour l'aider à poser pied à terre.

— Ce n'était pas nécessaire, rougit-elle.

— J'aime jouer au parfait gentleman. Malheureusement, sur Maryhead, je n'en ai pas souvent l'occasion.

— Un avocat qui habite sur l'île a deux filles en âge de se marier, et nous avons aussi la veuve d'un capitaine qui possède une jolie rente et a un penchant pour les jeunes gens séduisants.

— Je ne suis pas séduisant, et certaines personnes me considèrent déjà comme vieux. Vous souvenez-vous de notre première rencontre, Margaret ? Vous aviez dit que j'étais déjà assez âgé pour être votre père.

— J'avais oublié…

— Quand je pense que chaque douleur dans mes articulations a été décuplée pendant des mois, alors que vous ne vous souveniez même pas de moi, soupira-t-il, posant les mains sur ses épaules.

Margaret remarqua que la jument s'était éloignée pour brouter.

— Docteur MacNeill… les douaniers risquent de nous voir… nous sommes sur la lande découverte…

— Qu'ils aillent se faire pendre !

— En général, c'est l'inverse qui se produit.

Elle redevint sérieuse en voyant l'expression intense de son regard bleu sombre : il allait l'embrasser. Partagée entre la crainte et le désir, elle sentit son cœur s'affoler. Comme manipulé par des fils invisibles, son corps se pencha vers celui de Duncan.

— Fermez les yeux. Margaret, j'ai tellement envie de vous ! murmura-t-il.

Elle soupira, les lèvres entrouvertes. A l'image de ses sentiments perturbés, le ciel gris strié de violet vacilla comme dans un kaléidoscope. Il l'embrassa, sa langue suivant le tracé de sa lèvre inférieure avant de pénétrer dans sa bouche. Saisie d'une délicieuse langueur, elle se sentit dériver sur des vagues de velours. Elle aimait cette chute dans l'oubli et ces sensations douces-amères qui abolissaient toute pensée.

— Pourquoi maintenant et pas ce matin-là, dans le colombier ? demanda Duncan en lui effleurant la bouche du pouce.

— Je ne sais pas.

Il aurait voulu réveiller chez elle cette passion à laquelle elle tentait de résister, mais elle s'écarta, la brise jouant avec les franges de son châle. La jument vint lui donner une bourrade dans l'épaule et Margaret la caressa comme s'il ne s'était rien passé.

— On dirait qu'il va pleuvoir, dit-il, son désir insatisfait se rappelant douloureusement à lui. Nous devrions peut-être remonter. Et si vous voulez mon avis...

— Je ne veux pas votre avis ! Je ne suis plus une enfant égarée qui a besoin d'un sermon !

— Il me semble évident que vous avez besoin de conseils. Vous distillez du whisky illégalement et vous permettez à des hommes de vous embrasser contre votre volonté : quelqu'un doit vous prendre en main.

— Vous auriez pu vous maîtriser ! s'indigna-t-elle.

— Je me dominais parfaitement, rétorqua-t-il en dénouant les rênes. Je voulais vous embrasser... J'en ai envie depuis que je me suis réveillé dans votre lit et que vous m'avez donné votre affreux breuvage.

Consterné d'en avoir trop dit, Duncan fut soulagé lorsqu'elle sourit. Elle détaillait son profil anguleux, ses cheveux de gitan, heureuse qu'il ait eu envie de l'embrasser.

— Vous savez bien tourner vos phrases, dit-elle en prenant la direction du loch.

— Ma mère disait que c'était une façon pour le Seigneur de se faire pardonner mon physique ingrat.

Margaret ne trouvait plus Duncan austère, mais étrangement séduisant. Elle s'arrêta pour contempler le petit lac tranquille, ses vaguelettes qui léchaient la rive caillouteuse, et goûta le vent humide sur son visage empourpré. Elle rêva que Duncan l'embrassait de nouveau...

— Flûte, Margaret, regardez derrière vous !

La silhouette des douaniers, baïonnette sur l'épaule, se dessinait sur la crête des collines qu'ils venaient de traverser.

— Ils sont armés, mais ils n'oseront pas nous prendre pour cible, dit Duncan comme pour se convaincre lui-même.

— Ces goujats ont tué deux fermiers l'année dernière avant de prétendre que c'était une erreur.

— Comment avez-vous insulté le capitaine ?

— Il m'a dit qu'une jeune fille bien née comme moi devrait avoir honte de se compromettre avec des criminels. Et je lui ai répondu qu'un gros porc assassin comme lui devrait avoir honte de terroriser des innocents.

— Ça ne m'étonne pas qu'ils nous aient suivis ! s'exclama Duncan, entraînant le cheval vers des buissons. Aidez-moi à faire rouler le whisky dans le lac.

— Pas question ! Je ne vois pas pourquoi il faudrait prendre une mesure aussi drastique.

— Ils ont des armes, alors que nous n'avons que de l'alcool, et que nous venons d'enfreindre la loi, répliqua-t-il sur un ton ironique. S'ils ne nous ont pas déjà remarqués, ils ne manqueront pas de le faire avec leurs longues-vues.

— L'abri à bateaux du laird se trouve de ce côté du loch, dit Margaret en relevant sa jupe et en se frayant un passage parmi les broussailles. Nous allons nous y cacher en attendant qu'ils passent leur chemin.

— Avec le cheval ? lança-t-il, incrédule.

Ils descendirent la pente vers la rive. Ignorant les protestations de Duncan, Margaret poussa la monture dans la cabane et y dissimula le whisky sous une bâche. Coincés entre la jument, le bateau à rames du laird et l'équipement de pêche, ils avaient à peine la place pour se retourner.

— Qu'est-ce qu'on fait, maintenant ? demanda Duncan, le cou tordu pour ne pas se cogner la tête contre le plafond.

— Nous attendons leur départ. Auriez-vous quelque chose à manger dans votre petite sacoche noire ? demanda-t-elle en décrochant une couverture poussiéreuse.

— Non, mais j'ai un médicament pour vous.

— Non, merci.

— Si vous ne le prenez pas, je vous dénonce.

Il l'aida à étendre la couverture dans la barque pour qu'ils puissent s'y asseoir. Nerveuse, la jument s'approcha de la porte que Duncan avait laissée entrouverte pour voir les collines.

— Quelle vie excitante pour une jeune fille de bonne famille d'Aberdeen ! dit-il en étendant ses jambes. Je ne pense pas que le laird serait heureux de savoir que nous utilisons sa propriété pour dissimuler des biens volés.

— Macpherson est la tête pensante derrière le réseau. C'est lui qui a eu l'idée de distiller du whisky pour sauver l'île de la famine.

— Les choses allaient-elles si mal ?

— Trop de mauvaises récoltes, de pêches misérables et d'hommes robustes émigrant vers le Canada et l'Australie... Les plus vieux ne peuvent pas survivre avec ce que donnent les moissons, et Macpherson n'a pas les moyens de nous nourrir de sa poche.

— Et les comités d'assistance ?

— Leur aide est insuffisante.

— Malheureusement, il est vrai que ça ne suffit jamais.

Il se mit à pleuvoir. La petite cabane devint chaude et inconfortable, des gouttes de pluie s'insinuaient par le toit où la mousse commençait à se désagréger. A cause de sa haute taille, Duncan souffrait le martyre.

— Margaret, quant à ce baiser...

— Je vous interdis de mentionner ces bêtises, dit-elle en se recroquevillant à la proue du bateau, mais des gouttelettes glacées l'obligèrent à revenir à sa place auprès de lui.

— Belle journée pour devenir des hors-la-loi, n'est-ce pas ? On aurait été aussi mouillés à ramer sur le loch au risque de nous noyer.

Blême, Margaret mit sa tête entre ses genoux.

— Dieu du ciel, je suis désolé ! s'exclama Duncan avec horreur. Je n'ai pas réfléchi avant de faire cette blague stupide.

— Vous avez lu l'article, répliqua-t-elle, blessée et furieuse.

— L'histoire ne m'était pas inconnue. Pardonnez-moi d'être un pareil imbécile.

— Je n'ai plus peur de l'eau comme autrefois. A force de vivre sur l'île, j'ai dû surmonter mon angoisse, mais j'évite de sortir sur un bateau, à moins que ce ne soit indispensable, et ensuite j'ai des cauchemars pendant des jours. Quand j'ai vu le naufrage...

— Chut !

Il entrebâilla la porte. Une rafale de pluie le cingla.

— C'est eux ? demanda Margaret.

Refermant la porte, il hocha la tête.

— Deux hommes descendent. Heureusement, la pluie a effacé nos traces.

— Docteur MacNeill, je dois tousser.

— Pas question ! dit-il en fouillant dans la sacoche de selle. Mâchez ces biscuits, mais je vous préviens : ils sont soporifiques.

— C'est très puissant ? s'inquiéta-t-elle.

— Il n'y a pas de quoi vous effrayer.

— Ce n'est pas ce produit dont vous avez parlé... qui rend les gens inconscients ?

— C'est moins dangereux qu'un potage de macareux.

— Vous êtes un homme diabolique, Duncan MacNeill !

Et c'était là son charme redoutable, car il parvenait à la faire sourire même dans un moment de désespoir.

— Et vous, Margaret Rose...

En entendant des voix masculines, il la serra contre lui. Retenant son souffle, Margaret mâcha les biscuits à contrecœur. Leur amertume lui fit monter les larmes aux yeux. Les voix s'éloignèrent ; bientôt, il n'y eut plus que le crépitement de la pluie.

— Pensez-vous qu'ils soient partis ? demanda-t-elle.

Secouant la tête, il dressa l'oreille pendant si longtemps que Margaret eut envie de crier pour mettre fin au suspense. Puis, sans un mot, il sortit. Lorsqu'il revint une minute plus tard, la lumière blafarde de l'après-midi l'entourait comme un halo. Il grimpa dans le bateau.

— Tous ces fichus ennuis pour une boisson qu'on ne peut même pas prendre pour nous réchauffer !

— On nous en donnera au château, fit-elle en bâillant. Autant attendre que l'averse s'arrête.

Les yeux fermés pour ne pas penser à ce corps pressé contre le sien, elle se laissa bercer par le tambourinement de la pluie. La force de Duncan, sa chaleur et l'odeur de sa peau lui donnaient le sentiment d'être en sécurité. Elle aurait dû se pousser pour que leurs corps ne se touchent plus, mais l'excitation de la journée et la chaude humidité de l'abri l'engourdissaient. Lorsque Duncan commença à chantonner, elle était presque endormie.

— « Je lèverai mes yeux vers les collines », entonna-t-il d'une voix de basse.

Heureuse, Margaret écouta le psaume préféré de sa mère qui lui rappelait les collines de bruyère blanche où elle avait grandi. Parfois, elle se disait que l'époque qui avait précédé la mort de sa mère et d'Alan n'avait pas pu être aussi merveilleuse, ni les sombres années qui l'avaient suivie aussi déchirantes. Cependant, il y avait des journées gravées dans sa mémoire dont le souvenir était si douloureux qu'elle ne les oublierait jamais.

16

Le jour de ses huit ans, Margaret avait reçu de son père un pendentif en diamants. « C'est un cadeau exorbitant pour une enfant ! » avait protesté sa mère, mais Douglas avait rétorqué qu'il pouvait se le permettre : « Ma fille adorée n'a pas de prix. »

Ce pendentif, elle le portait au cou quand, après le petit déjeuner, elle avait supplié sa mère d'emmener les enfants en bateau jusqu'à l'île qui se trouvait au milieu du loch Meirneal. C'était un endroit magique, avec des bois de sorbiers nains, des rochers où nichaient des cygnes et des émerillons. Selon la légende, l'île était habitée par les *sith*, des petites fées qui se montraient aux enfants très sages et qui leur apportaient un cadeau.

Lilian avait pleuré parce qu'elle n'avait pas eu le droit de les accompagner à cause de son rhume. Gareth était resté à la maison à bouder parce que ce n'était pas son anniversaire, qu'il voulait jouer aux pirates et qu'il se fichait éperdument de ces fées stupides.

Ainsi, seuls Margaret, sa jolie maman brune et Alan Rose, le petit garçon de deux ans, s'étaient embarqués ce matin-là, chantant des chansonnettes, avec un panier de pique-nique à partager avec les cygnes.

Margaret entendait encore la voix de sa mère, alors qu'ils descendaient le chemin vers le loch perdu dans la brume.

— Quelle triste journée pour une partie de canotage, Margaret ! D'ici, on voit à peine ta petite île. Es-tu vraiment décidée à faire cette folie ?

Silencieuse, Margaret examinait l'étendue d'eau

inquiétante qu'il fallait traverser pour atteindre l'île. Même les ruines du vieux château de Meirneal, perchées sur la colline où elle aimait jouer avec Gareth, avaient perdu leur attrait sans l'écrin joyeux d'un ciel bleu.

Ce matin-là, l'atmosphère étrange des lieux lui nouait l'estomac. Se sentait-elle coupable de voir sa mère si désireuse de lui faire plaisir, alors qu'elle n'était pas complètement remise d'une pneumonie qui l'avait terrassée le printemps précédent ? Ou peut-être pressentait-elle que les *each uisge,* ces méchants démons des eaux pleins de malice, étaient tapis au fond du lac ?

— Tant pis, maman. On ira l'année prochaine.

Amusée, sa mère lui ébouriffa les cheveux d'une main affectueuse.

— Comment puis-je envisager de passer toute une année à regarder ta tête d'enterrement, alors que tu restes parfois debout jusqu'à minuit pour apercevoir les fées dans le jardin ? Je ne le supporterai pas.

— Croyez-vous qu'on va les voir aujourd'hui ? demanda Margaret, toute appréhension envolée. J'ai apporté des glands pour leur thé et de l'herbe fraîche pour leurs lits.

— Nous verrons bien. Surveille ton frère pendant que je rame.

— Bateau ! s'enthousiasma Alan, tandis que Margaret le soulevait pour monter dans le canot.

Pour fêter l'occasion, sa nurse l'avait habillé comme un petit prince, avec un bonnet vert et un pourpoint en velours noir drapé d'un plaid.

— Tiens-toi tranquille, petit chenapan, l'admonesta Margaret. Sinon, je te donnerai à la *Gille Dubh*, la Sorcière Noire, en guise de petit déjeuner.

— On n'aurait pas dû l'amener, s'inquiéta sa mère.

— Je veille sur lui, maman.

Pour distraire son petit frère, elle lui chanta des berceuses et inventa des jeux jusqu'à ce que leur mère la supplie d'arrêter afin de profiter du silence reposant du lac.

— Maman, est-ce que vous faites parfois semblant d'être la princesse du lac, l'enchanteresse qu'aimait Merlin ? Ou lady Forbes, du château de Meirneal, dont le mari s'est pendu quand elle s'est noyée ?

— Quelle imagination ! s'exclama sa mère en tirant sur les rames. Nous sommes presque arrivées aux bouleaux, prends les gilets de sauvetage sous la bâche.

Elle parlait du bosquet près de la rive à sa droite. La famille utilisait ces arbres en été pour indiquer aux enfants plus âgés jusqu'où ils pouvaient barboter. A cet endroit-là, le lac devenait beaucoup plus profond.

Margaret souleva la toile cirée qui était pliée sur la poupe, son attention partagée entre Alan, l'île et les gilets en liège que son père avait insisté pour qu'ils les portent depuis que l'enfant d'un pêcheur de truites s'était noyé l'été précédent.

— Il n'y a qu'un gilet.

— Tiens, c'est curieux. Mets-le à ton frère en faisant très attention.

— Poithon, Maggie, dit Alan en agitant sa canne à pêche en direction des éclats argentés dans les eaux foncées.

— Assieds-toi, Alan ! Margaret, ne le laisse pas jouer si près du bord.

— J'essaie de défaire cette maudite ceinture. Quelqu'un a fait un nœud de marin.

— Si tu parles de cette façon, Margaret Anne, je te renvoie à la maison, anniversaire ou pas. Désormais, tu ne joueras plus avec les enfants du village.

— Je n'arrive pas à défaire le nœud, maman.
— Donne-le-moi.
— Voilà...
— Surveille ton frère !

Margaret se retourna à l'instant où Alan se penchait pour plonger sa canne à pêche dans l'eau.

— Non, Alan !

Elle se jeta vers lui alors qu'il tombait en poussant un cri furieux.

Déséquilibré, le canot tournoya. Alan coula, hors de portée, la plume blanche de son bonnet flottant sur le lac.

— Mon Dieu, aidez-nous ! s'écria Susan, lâchant les rames.

Tremblante, Margaret se prépara à plonger, mais sa mère fut plus rapide. Pourtant, dans l'eau, elle fut gênée par sa lourde cape en laine.

— Appelle au secours, Margaret ! Hèle le vieux Simon sur la colline. Regarde, on le voit près du château...

Margaret cria jusqu'à devenir aphone, alors que sa mère plongeait et replongeait ; mais les collines brumeuses restèrent muettes et elle pensa que sa mère avait rêvé. De toute façon, le vieux berger avait de mauvais yeux et commençait à devenir sourd.

Le bateau avait dérivé vers l'île. Horrifiée, Margaret se rendit compte que sa mère et Alan avaient disparu dans le lac depuis longtemps. Elle scruta la surface plane à la recherche du moindre mouvement, puis sauta à l'eau. Le froid lui donna une convulsion. Elle avala une gorgée d'eau, étouffant et crachant. Elle était si hébétée qu'elle ne savait pas si la silhouette dans une cape blanche debout sur le rivage était réelle ou une illusion créée par la brume. On aurait dit un fantôme, les bras tendus en une supplique silencieuse. Ou était-ce une branche qui sortait de la pénombre ?

Elle plongea et nagea de toutes ses forces vers les profondeurs. Le froid lui piquait les yeux. Cet objet indistinct qui s'agitait, était-ce la cape de sa mère ? Elle l'agrippa avec l'énergie du désespoir, mais ses doigts se refermèrent sur des algues. On racontait qu'un monstre vivait dans les profondeurs du lac, ainsi que des petits démons cruels et carnivores...

Ensuite, elle ne se rappela plus grand-chose. D'une façon ou d'une autre, elle était remontée à la surface, s'était accrochée à la barque, trop lasse pour y remonter, et le courant l'avait emportée vers la rive où Simon Mactear l'avait trouvée étendue sur le sable, une heure plus tard, en état de choc.

Elle se souvenait des villageois qui étaient venus nombreux pour draguer le loch, obéissant aux ordres de son père, dont le teint était cendreux.

Il l'avait renvoyée à la maison avec sa nurse, mais, à la tombée de la nuit, elle était revenue jusqu'au loch et s'était cachée dans un taillis pour regarder, à la lumière des feux de bois, les efforts entrepris pour retrouver les deux corps.

L'un des villageois avait poussé un cri rauque. Margaret avait fermé les yeux quand on avait repêché sa mère.

Personne ne l'avait remarquée. Personne n'avait vu la petite fille revenir en trébuchant vers la maison, pleurant toutes les larmes de son corps.

C'est en gravissant l'escalier de la maison silencieuse qu'elle s'était souvenue de la forme menaçante, dressée sur la rive, qui avait regardé l'accident sans bouger. Une peur terrible s'était emparée de Margaret qui faillit s'évanouir. La silhouette devait être celle d'une Banshee attendant patiemment d'emporter les âmes de sa mère et de l'enfant qui venaient de périr noyés dans le loch.

17

Duncan était sur le point de s'assoupir lorsque Margaret s'agita et repoussa la couverture dont il l'avait enveloppée.

— Vous avez fait un mauvais rêve, Margaret, j'aurais dû vous prévenir que les biscuits avaient cet effet.

Elle le contempla quelques instants avant de s'écrier d'un air outré :

— Votre bras entoure mes épaules !

— Vous vous êtes endormie avec votre tête sur la mienne. C'était la seule façon pour que je sois à l'aise. A quoi rêviez-vous ?

— Malheureusement, ce n'était pas un rêve, frémit-elle, encore bouleversée par le souvenir terrifiant du drame.

Elle gigota, dans l'espoir de repousser son bras, mais il la serra plus fermement contre lui.

— Cessez de vous agiter et laissez-moi vous tenir.

Elle se détendit peu à peu, la joue posée sur sa poitrine.

Par pitié, mon Dieu, implora Duncan en silence, faites que je ne tombe pas amoureux d'une femme qui va me créer des ennuis ! Pas encore !

Immobiles, ils savourèrent la joie de ressentir une attirance mutuelle, sinon acceptée, du moins admise.

— On dirait qu'il ne pleut plus, murmura Margaret.

Duncan se fichait éperdument du temps. Son cœur battait à se rompre. S'il l'embrassait, il savait que Margaret ne le repousserait pas, mais son détachement cachait une jeune fille vulnérable. Bien qu'elle reposât contre lui dans une position peu confortable, les bras coincés entre leurs deux corps comme pour se protéger, les cheveux emmêlés autour de son poignet, elle n'était pas dépourvue de grâce. Six boutons de nacre de son corsage étaient déboutonnés et il apercevait son mollet sous la dentelle de sa culotte bouffante brodée de roses et maculée par la boue rouge de la lande.

Ces centimètres de dentelle l'intriguaient, le tourmentaient et l'emplissaient d'envies interdites. Il s'imagina explorant les secrets cachés sous ces vêtements. La fulgurance de son désir le prit par surprise. Sa main se referma sur la hanche de Margaret. Frustré de ne pas pouvoir la toucher, il écrasa entre ses doigts le tissu de sa jupe.

Elle le regarda et retint son souffle, comme si elle comprenait ses rêveries violentes et la bataille qu'il menait pour les maîtriser. Luttant contre lui-même, Duncan coinça un genou entre les jambes de Margaret.

Les joues roses comme celles d'une enfant, elle semblait douce, sensuelle et sans défense. Ses propres vêtements l'étouffaient, il n'arrivait plus à respirer. Sans prévenir, elle baissa le bras gauche et effleura son pantalon.

— Dieu, Margaret...

Elle s'appuya contre lui, dans une pose languide... provocante. Elle repoussa ses cheveux d'un geste agacé, et ses seins tendirent l'étoffe. Fasciné, Duncan sentit sa gorge se nouer.

L'expression de son visage devait le trahir car le regard de Margaret s'assombrit. Les poings serrés, elle inhala vivement une bouffée d'air. Partagée entre la tendresse et son orgueil de mâle, il sourit.

— Duncan ? chuchota-t-elle.

Il baisa le creux de son cou où palpitait une veine sur la peau pâle. Elle resta parfaitement immobile.

Il écarta son corsage et sa chemise, enfouissant son visage entre ses seins, respirant l'odeur de sa peau satinée. Elle gémit et voulut se dégager. Il savait qu'il devait s'arrêter. Un moment d'égarement suffisait pour bouleverser le cours d'une existence, mais il refusait d'y songer. Délicatement, il saisit un de ses mamelons entre ses lèvres.

— *Duncan*...

Sa voix paniquée le ramena à la raison. Il se redressa, choqué d'avoir été aussi près de perdre la tête. Des vagues brûlantes lui secouaient le corps. Déconcertée, Margaret le regardait sans comprendre.

— A quoi rêviez-vous ? demanda-t-il, histoire de ne plus penser au désir qui l'obsédait.

— A ma famille. Aux jours anciens, répondit-elle en se redressant à son tour.

Soulagé, il comprit qu'ils feraient comme s'il ne s'était rien passé, qu'ils enterreraient l'étincelle de passion sous une conversation polie. Mais comment pourrait-il le supporter ? Il avait envie de se jeter dans l'eau glacée du loch.

— De tristes souvenirs ?

— Oui, dit-elle d'une voix désagréablement lointaine et détachée. Avez-vous déjà entendu parler de Meirneal, le château de Merlin, dans l'Aberdeenshire, où l'infâme lord Forbes avait caché Charles II qui était poursuivi par Cromwell, avant de se suicider après que sa femme se fut noyée ?

— Non. C'est un endroit qui vous tient à cœur ?

— Il domine le loch.

— Le même...

— Oui. Avant que ma mère et Alan ne se noient, Gareth et moi y jouions presque tous les jours... Le roi Charles et les hommes de Cromwell, lord et lady Forbes ; nous passions notre temps à couper la tête de Lilian ou à la pendre aux poutres du plafond.

Non sans amusement, Duncan se rappela sa propre enfance et les horreurs qu'il avait infligées à Andrew et à ses sœurs quand il jouait au médecin et soignait leurs maladies imaginaires. Comme il avait eu de la chance dans sa vie jusqu'à récemment ! La famille de Margaret ne l'avait pas épargnée, ni son père avec ses reproches, ni son oncle Angus dont l'inflexible moralité avait dû surpasser les codes déjà rigides de la société victorienne.

— Il y avait sûrement d'autres bons souvenirs, dit-il pour l'encourager à poursuivre.

— Au début, c'était un endroit magique, un château de conte de fées dans les nuages. Puis tout a changé. La dernière fois que je l'ai vu, c'était un tas de ruines solitaires, une sentinelle de la mort et du désespoir. C'est le jour où nous avons quitté notre propriété de campagne pour nous installer à Aberdeen.

— Nos impressions changent avec le temps. Qui sait ce que vous éprouveriez en y retournant maintenant ?

Elle secoua la tête.

— Jamais ! Le château a toujours eu une triste histoire ; on raconte que la bruyère ne pousse pas sur une terre où le sang a été versé de façon violente. Curieusement, lorsque nous étions enfants, nous n'avons jamais remarqué l'absence de bruyère sur les remparts où nous jouions.

Avec un sourire, elle plia la couverture.

— Vous savez provoquer les confidences, docteur MacNeill.

Le compliment le flatta, mais déjà Margaret se retirait en elle-même, regrettant sans doute de s'être confiée. Il en conçut une cruelle amertume. A peine s'était-elle livrée qu'elle l'avait repoussé, refusant son aide. Et cela était pire, bien pire, qu'un rejet physique.

— L'heure est peut-être venue d'oublier ces souvenirs douloureux, Margaret, et de cesser de s'appesantir sur le passé.

Aussitôt, il comprit qu'il avait eu tort de parler ainsi. Elle contourna la jument pour s'approcher de la porte.

— Il ne pleut plus, nous pouvons partir, dit-elle fermement.

Troublé, Duncan attacha le whisky à la selle pendant que Margaret reboutonnait son corsage. Sa fascination pour elle lui semblait pathétique. Etrange perversité de la nature humaine, qui permettait à Margaret de se remettre aussi vite d'une expérience qui l'avait marqué, lui, de façon indélébile !

Quand il sortit dans l'humidité froide, il respira une odeur de bruyère fanée et de sable mouillé. L'air coupable, Margaret se figea.

Une ombre se dessinait sur le chemin, l'ombre d'un homme, mais ce n'était pas Stephen. Instinctivement, Duncan se plaça devant Margaret, remarqua un peu tard le fusil pointé sur sa poitrine.

18

— Je n'aurais certes pas tiré sur vous, Margaret ! Je venais de tuer une grouse sur la lande quand j'ai remarqué que la porte de l'abri à bateaux était entrouverte.

Thomas Macpherson, natif d'Edimbourg, diplômé de l'université, aux manières quelque peu efféminées, ne correspondait pas à l'idée que se faisait

Duncan d'un laird. A force de l'entendre bafouiller des excuses — visiblement, il pensait avoir interrompu un rendez-vous d'amoureux —, Margaret se mit à rougir et Duncan finit par se demander s'il s'était réellement passé quelque chose dans la cabane. La remarque cinglante que lui fit Margaret alors qu'il l'aidait à monter dans la carriole du laird le ramena à la raison :

— Cessez d'être aussi attentionné envers moi, docteur MacNeill ! Thomas est une vraie pipelette ; il va croire que nous entretenons une liaison.

Dépité, Duncan suivit la carriole à cheval. Ils empruntèrent le chemin côtier sinueux jusqu'au château. Ici, le terrain était plus accueillant, des sorbes aux vives couleurs égayaient les haies et des volutes de fumée montaient joyeusement des cheminées vers le ciel sombre de novembre. Margaret s'entendait à merveille avec le jeune laird, riant quand il lui racontait une fête au château, le réprimandant lorsqu'il mentionnait la chasse au cerf qu'il projetait pour attirer des touristes dans l'île. Sans aucun doute, ils étaient bons amis. Au château, elle se comportait comme chez elle, s'agenouillant pour jouer avec les chiens de chasse venus l'accueillir.

— Au pied, gros bêtas ! ordonna Macpherson.

Les chiens l'ignorèrent. Avec un soupir résigné, Thomas s'approcha de la vaste cheminée du hall, s'arrêtant sans y songer sous un portrait de lui en seigneur des îles, revêtu d'une cotte de mailles et adossé à un cairn au milieu de ses chiens désobéissants.

Duncan dissimula un sourire. Il semblait que Macpherson, qui n'avait pas hérité de Maryhead mais l'avait achetée, fût décidé à jouer à fond son rôle.

— En ne vous voyant pas arriver, je me suis

inquiété, docteur MacNeill, expliqua-t-il en allumant sa pipe. Je ne me serais pas fait de souci si j'avais su que Mlle Rose vous accompagnait.

Les joues empourprées par la chaleur du feu, Margaret releva la tête.

— Je ne peux pas rester. Agnès doit se faire du mauvais sang.

— Vous allez dîner avec moi. Il y a du potage aux poireaux, des coquilles Saint-Jacques et, comme dessert, une tarte aux pommes.

Avec un sourire, elle accepta l'invitation.

Tout en feignant d'admirer une armure rouillée, Duncan observait le comportement de Margaret. Surpris de cette soudaine spontanéité, il comprit qu'elle gardait ses distances avec lui alors qu'elle pouvait parfaitement se montrer détendue avec un autre homme. Sa jalousie gâcha ce qui aurait été un excellent repas servi dans le hall traversé de courants d'air.

— Eh bien, docteur MacNeill, que pensez-vous de Maryhead ? demanda le laird au dessert. Les insulaires vous ont-ils accueilli avec leur hospitalité gaélique légendaire ?

— Pas exactement, répondit Duncan en retirant un poil de chien de son verre de sherry.

— Leur accueil est aussi chaud qu'un vent arctique qui souffle de l'Atlantique, s'amusa Macpherson. Je le sais, je suis moi aussi un étranger. Ils ne nous accepteront jamais, même si moi, je les nourris, et vous, vous les soignez. Ils ne tolèrent Margaret que parce qu'elle est jeune et jolie… et extralucide. Elle comprend leurs superstitions.

Margaret glissa du pain aux chiens qui salivaient sous la table.

— Ils ne m'ont pas tous acceptée.

— J'espérais bâtir un hôpital, continua Duncan.

Le médecin qui m'a précédé l'avait envisagé dans ses rapports.

— A l'époque, Maryhead avait encore une population, mais l'attrait de l'élevage de moutons en Australie et en Nouvelle-Zélande a séduit beaucoup de jeunes. Nous autres insulaires sommes une race en voie de disparition. C'est pourquoi je ferme les yeux sur les distilleries clandestines ; les fermiers doivent manger. C'est aussi pourquoi, en dépit de la charmante moue de Margaret, j'ai décidé de transformer l'île en lieu de séjour pour les vacanciers du continent.

— Je ne fais pas la moue, protesta Margaret.

— Des vacanciers, ici ? s'exclama Duncan. Mais une personne saine d'esprit ne viendrait jamais visiter Maryhead pour le plaisir !

Brusquement, les portes en chêne sculpté s'ouvrirent avec fracas, et Jamie Shaw, si affolé qu'il en oublia de retirer son chapeau, se rua vers eux comme un boulet de canon.

— Pardonnez l'intrusion, monseigneur, mais on a encore eu des problèmes aux falaises.

— Quel genre de problèmes ? demanda Macpherson en se tapotant la bouche avec sa serviette.

— Ces satanés maraudeurs de l'autre côté du bras de mer ont emporté une demi-douzaine de brebis. Euan Bruce a essayé de les en empêcher avec sa houlette de berger, mais ces brutes l'ont frappé sauvagement à la tête et l'ont jeté par-dessus la falaise.

— Il est mort ? s'enquit Macpherson, livide.

— Non, monseigneur. Il a atterri sur une saillie et sa femme a envoyé des grimpeurs pour le sauver. Ils l'ont amené ici dans une carriole...

— Où est-il, maintenant ? demanda Duncan en se levant.

— Sa femme l'a fait porter aux cuisines. Elle ne voulait pas qu'il saigne sur les tapis du laird.

— Dieu du ciel, la petite sotte ! s'écria Macpherson. Docteur MacNeill, que vous faut-il ?

— De la paille fraîche et des draps. Mademoiselle Rose, pourriez-vous faire bouillir de l'eau et préparer quelques linges ?

— Bien sûr. Je vais vous emmener aux cuisines.

A la porte, Macpherson l'arrêta.

— Saisissez votre chance, docteur MacNeill. Euan est un homme très apprécié. Si vous lui sauvez la vie, vous serez un héros sur Maryhead pour toujours. Dans le cas contraire…

Ce n'était pas aussi terrible que Duncan l'avait craint. Bruce avait le tibia et le fémur droits cassés, une cheville foulée et une contusion cérébrale, mais pas de fracture compliquée qui aurait entraîné une infection sans doute fatale. Duncan fit sortir tout le monde, à l'exception de Macpherson et de la femme d'Euan, une paysanne silencieuse au visage renfrogné.

Du coin de l'œil, il vit Margaret gagner la porte.

— Je vais avoir besoin de votre aide, mademoiselle Rose.

— Je ne voulais pas vous déranger. Que puis-je faire ?

Allongé sur la table, Euan gémissait de douleur. Duncan montra à Margaret la boîte de chloroforme.

— Il vous suffit de remplir l'inhalateur jusqu'à ce que je cesse de compter. Le masque de velours se pose comme ceci sur le nez et le tube est placé dans la bouche.

— Quel curieux appareil ! A quoi sert-il ?

— Il le rendra inconscient pendant que je cautériserai ses plaies et que je réduirai ses fractures.

— Inconscient ? s'affola Mme Bruce. Euan, dois-je faire appeler la guérisseuse pour avoir son avis ?

— Pour quoi faire ? s'irrita son mari. Elle a donné des saletés contre la dysenterie à l'enfant de mon cousin ; il en est mort.

— Mais elle nous a mis en garde contre *lui*... insista-t-elle à voix basse.

— Bah, ce ne sont que les élucubrations de Morag avec ses histoires de fantômes et de mauvais esprits ! reprit Euan, la douleur le rendant impatient. Docteur, pendant combien de temps cet étrange appareil va-t-il me rendre inconscient ?

— Pendant quelques minutes. Dans quel état est votre cœur ?

— Il continue à battre, pourquoi ? plaisanta Euan.

— L'inhalation peut être dangereuse si le patient a le cœur malade, dit Duncan en retirant un carré de gaze de sa sacoche. Margaret, je dois le saigner sans l'aide des sangsues. Que Macpherson fasse sortir sa femme, et apportez-moi une aiguille et du fil.

Lorsqu'elle regarda les déchirures sur le visage et les bras d'Euan, Margaret commença à transpirer. D'expérience, elle savait que même la manipulation d'une cheville disloquée pouvait causer de terribles douleurs.

— Dois-je recoudre ses plaies ? demanda-t-elle, angoissée.

— C'est moi qui m'en occuperai, mais vous pouvez coudre le drap autour de l'étrier qui soutiendra sa jambe.

Elle récita une prière pour que Duncan réussisse, non seulement pour Euan, mais aussi pour lui.

— Comment saurez-vous qu'il aura perdu connaissance ?

— En observant les yeux. La pupille se contracte. Dans le doute, je tirerai un poil des sourcils ou de la barbe et je noterai la réaction, ajouta-t-il pour détendre l'atmosphère.

Impressionnée par sa confiance en lui, Margaret sourit à son tour.

Très concentré, Duncan cautérisa les blessures, puis réduisit les fractures et plaça des attelles. Pas une fois Margaret n'évoqua les amulettes ou les remèdes de bonne femme qui auraient pu rivaliser avec sa médecine, mais quelques instants après l'anesthésie, Duncan avait remarqué sur la table une branche de sorbier en forme de croix, le fétiche écossais contre le mauvais œil. Margaret lui avait fait comprendre qu'elle n'y était pour rien, et qu'elle lui faisait davantage confiance qu'à sa magie. Duncan en avait été transporté de joie.

Quand tout fut terminé, la nuit était tombée. Duncan s'affala près du feu pendant que les domestiques nettoyaient le sol en pierre. Euan Bruce dormait. Margaret examinait l'inhalateur dessiné par Duncan.

— Il n'a pas eu mal ! s'émerveilla Mme Bruce. Je n'arrive pas à croire que cet instrument du diable...

— C'est un don de Dieu, le plus merveilleux bienfait qui ait jamais été donné à l'humanité, l'interrompit Margaret, émue.

— On verra.

— Que voulez-vous dire ? s'indigna la jeune fille.

— Euan n'est pas encore réveillé. Qui sait s'il a reçu une bénédiction ou une malédiction ?

Margaret jeta un coup d'œil à Duncan, en proie à un mélange d'émotions : admiration, envie, respect. Après ce qu'elle venait de vivre, elle ne pourrait plus jamais considérer Duncan de la même façon. Pour la première fois, elle ne s'arrêtait pas à son arrogance superficielle, et elle découvrait la personne la plus fascinante qu'elle eût jamais rencontrée.

Enthousiaste, lord Macpherson apporta à Duncan un verre de whisky.

— C'est fantastique, ce que vous lui avez donné pour l'endormir ! Si cela avait existé il y a quelques années, mon père n'aurait pas eu peur de l'opération qui aurait pu lui sauver la vie. Il souffrait de calculs, mais il craignait de se laisser charcuter.

— L'anesthésie a des bienfaits encore insoupçonnés, soupira Duncan.

— Et des dangers, j'imagine.

Duncan pensa à son ami Roger. Il était attristé que le souvenir de leur amitié ait été éclipsé par la colère et les accusations injustes de Lucy Patton quand Duncan lui avait décrit l'expérience fatale dans son laboratoire. Le sacrifice de Roger allait peut-être sauver d'innombrables vies.

— Des dangers existent, c'est vrai, parce que c'est une science encore nouvelle, admit-il en se massant la nuque. Où est Mlle Rose ?

— Margaret a demandé qu'on la ramène en carriole chez elle. Rien n'aurait pu la convaincre de passer la nuit au château.

— Ah, la respectable Mlle Rose !

— Certes, mais ce n'est pas pour cette raison qu'elle refuse mon hospitalité, répliqua Macpherson, amusé. Elle croit que le château est hanté par les guerriers d'un clan assoiffé de sang qui aimait terroriser les îles voisines. Heureusement, vous et moi sommes si épuisés que nous dormirons à poings fermés en dépit de ces apparitions surnaturelles. On vous prépare en ce moment un bain et un lit.

Duncan resta silencieux. Comment avait-elle pu

partir sans un mot, après tout ce qu'ils avaient vécu pendant cette journée ? Agacé, il vida son verre d'un trait.

— Au fait, je donne toujours un bal au château pour la Saint-Sylvestre. Vous aurez peut-être envie d'escorter Agnès et Margaret.

— Mlle Rose a-t-elle suggéré que vous m'invitiez ?

— Pas du tout, mon cher, c'est mon idée. Le héros du jour ne peut pas rester à l'écart pour la nouvelle année, n'est-ce pas ?

Duncan regarda Euan Bruce qui dormait sur un lit improvisé.

— Qu'allez-vous faire au sujet du vol des brebis ?

— Comment lutter contre des bandits ? Le substitut du shérif a promis d'enquêter, mais nous sommes aussi vulnérables que l'étaient les premiers habitants de Maryhead en face des Vikings. Il faut savoir accepter certaines choses.

— Refuser l'adversité, c'est ma devise personnelle.

— Ce genre de paroles entraîne souvent la mort, mon ami. On peut aussi dépérir à attendre en vain les faveurs de Mlle Rose, par exemple.

— Parlez-vous d'expérience ?

— Non. Nous apprécions tous deux notre solitude et je suis trop attaché à son amitié pour risquer de la transformer en amour. Malheureuse Margaret ! Malheureuse sirène blessée ! Je ne voudrais pas vous voir meurtris, l'un ou l'autre. Méfiez-vous de vos sentiments, s'il n'est pas trop tard.

Impassible, Duncan reboutonna les manches de sa chemise.

— Bien sûr que non. Je la connais à peine.

Mais c'était un piètre mensonge. A Aberdeen déjà, le premier soir, il avait été trop tard.

Duncan s'endormit, sachant qu'il cherchait à se tromper lui-même ; quand il se réveilla, une heure plus tard, il se sentit en proie à une peur panique car sa vie lui échappait.

Nerveux, il se leva de son lit et ouvrit les volets pour respirer l'air revigorant de la mer. De la tour, il apercevait le chemin côtier. La carriole d'Euan Bruce s'éloignait des grilles du château. Duncan discernait le blessé avec le drap blanc autour de sa jambe et la silhouette massive de son épouse. A côté d'elle, découpée contre le clair de lune, se trouvait une femme qu'il ne reconnut pas, une silhouette menue avec des cheveux de jais. Au croisement du chemin et de la lande, celle-ci se retourna et regarda en direction de sa fenêtre, levant la main dans un salut triomphal ou de reconnaissance.

Morag Strong, évidemment. La guérisseuse pour qui sa présence sur l'île relevait d'un défi à son propre pouvoir. Lui disputerait-elle aussi Margaret ? se demanda Duncan.

La guerre était déclarée.

Depuis l'incident dans la chaumière de la vieille Alice Fergusson, il était de notoriété publique que Margaret Rose et le nouveau docteur se livraient une guerre professionnelle. La trêve consentie autour d'Euan Bruce avait fait long feu.

Une semaine avant Noël eut lieu leur deuxième confrontation, quand Duncan fut appelé auprès d'un jeune fermier qui s'était brûlé la main. Affolée, sa femme avait d'abord fait venir Margaret mais, après réflexion, elle avait demandé la présence du Dr MacNeill.

Duncan recommanda des chiffons imbibés d'eau froide pour atténuer la douleur, puis un pansement avec un onguent à base de zinc.

Margaret suggéra de tremper la main blessée dans

le puits de sainte Bridget pendant sept minutes, avant d'appliquer une compresse de miel et d'écorce de tilleul.

— Dois-je me brûler l'autre main, mademoiselle Rose, pour vous obéir à tous les deux ? s'enquit, perplexe, le jeune fermier.

— Voilà une interprétation originale du jugement de Salomon, dit Duncan en souriant. Il suffit de suivre mon conseil, mon garçon, et tout ira bien. Le puits de sainte Bridget, sept minutes... tout cela, ce ne sont que des bêtises, pour ne pas dire autre chose devant ces dames.

Dehors, Margaret marcha jusqu'à la charrette, le nez en l'air. Le cheval de Duncan était attaché à la barrière.

— Si vous ne regardez pas où vous mettez les pieds, vous allez marcher dans une bouse. Par ailleurs, vous risquez de vous faire mal et d'avoir besoin d'un médecin, lui cria-t-il, admirant l'esquisse d'un mollet alors qu'elle grimpait dans l'attelage.

Lui ayant décoché un regard glacial, elle fit avancer ses poneys. A sa grande stupéfaction, l'insolent la suivit ! Feignant de l'ignorer, elle se rendit chez une autre patiente, une femme qui allaitait et dont le bébé ne se développait pas correctement. Margaret conseilla des tisanes de fenouil, une amulette de pierres de lune, et d'allaiter plus souvent le bébé pendant la nuit. Duncan prescrivit du sulfate de fer pour l'enfant et un remontant à base de gingembre pour la mère. La femme choisit de porter les pierres de lune, de boire le tonique et de sevrer le nourrisson.

— Elle n'a pas eu confiance en vous, dit Margaret d'un air satisfait alors qu'ils quittaient le cottage.

— C'est à cause de vous et de ce stupide collier.

Soigner une brûlure avec de l'eau de sainte Bridget, on aura tout entendu !

— Ce puits est le plus froid de toute l'île. L'eau en est aussi glacée que...

— ... que votre lit pendant la nuit ?

— Pas du tout, dit-elle en pointant l'index sur son torse. Elle est aussi froide que le cœur d'un médecin qui soigne des patients et non des personnes. Bonne journée, docteur MacNeill ! Je vais voir mon prochain client ! s'écria-t-elle d'un air enjoué, ravie de voir qu'elle avait fait mouche.

— Et l'on ne m'a pas appelé ?

— Une vache a le mauvais œil. Ce n'est pas de votre ressort, je le crains.

— C'est plutôt celui de Morag Strong.

Duncan la regarda s'éloigner, résistant à l'envie de la rejoindre pour profiter du plaisir de sa compagnie et goûter l'ivresse dangereuse qu'il ressentait en sa présence. Mais il pouvait se permettre d'attendre. L'île n'était pas grande ; dans cet univers intime et singulier, leurs chemins se croiseraient inévitablement.

19

Le jour de Noël se leva, gris et froid ; du givre bordait les avant-toits du presbytère. Sur le pas de la porte, Duncan gratta la boue glacée de ses bottes avant d'entrer dans la maison. La pendule tictaquait dans le silence.

Retirant ses gants, il les posa dans le vestibule.

Walter Armstrong l'entendit arriver. Avec son ventre bedonnant, ses jambes arquées, son pantalon ample en tartan bleu et sa casquette de laine,

Walter n'était pas un compagnon des plus joyeux avec qui passer les fêtes. Il prit la redingote et l'écharpe de Duncan.

— Désirez-vous votre thé, monsieur ? Nous avons des petits pains frais, des harengs et des œufs.

— Parfait. Mais je vous croyais à l'église, avec Mme Armstrong ?

Bien qu'il n'eût aucune envie de passer Noël tout seul, Duncan préférait la solitude à la présence renfrognée de Walter et de son épouse Sybil, une femme indiscrète et agaçante.

— Nous allons nous y rendre, monsieur, mais Sybil voulait savoir comment s'était passé l'accouchement. On raconte que le père est un alcoolique et la mère une traînée. J'ai pitié du pauvre nouveau-né, monsieur.

— Quelqu'un de la famille est-il de vos amis ?

— Non, monsieur.

— Dans ce cas, pourquoi votre femme s'intéresse-t-elle aux détails de la naissance de cet enfant, ainsi qu'à son entourage ?

Sans attendre de réponse, Duncan monta se raser. Apaisé par les gestes quotidiens, il regretta de s'être emporté. Il n'avait pas l'habitude de passer ses colères sur ses subordonnés, mais Walter, le maître d'hôtel, était devenu superflu dans cette maison qui ne recevait jamais d'invités et Sybil déployait en pure perte ses talents domestiques chez un employeur qui passait son temps à rédiger des traités médicaux. Heureusement, tous deux comprenaient la vie chaotique d'un médecin.

Lorsqu'il entendit une porte claquer, il poussa un soupir soulagé. Sa chemise propre drapée sur une épaule, il se dépêcha de descendre pour savourer le petit déjeuner tardif de Sybil dont la délicieuse cuisine compensait la mauvaise langue.

Margaret se tenait dans l'entrée. Longiligne,

vibrante, Mlle Rose portait une robe de velours bleu nuit avec un boléro ajusté. Elle n'avait aucune idée de sa beauté ni de son pouvoir de séduction, ce qui la rendait encore plus attirante.

— Bonjour.

Elle se retourna, n'en revenant pas de le voir torse nu. Pendant qu'il boutonnait sa chemise, elle tritura son panier et sa houppelande. En cette matinée sainte de Noël, Duncan était pris d'un désir impérieux et interdit, un sentiment des moins religieux.

— Est-ce une visite mondaine, ou suis-je appelé pour ressusciter une chèvre qui aurait eu un accident ?

— Joyeux Noël à vous aussi, dit-elle avec un petit sourire en lui tendant un paquet enroulé dans un linge. Voici des biscuits pour votre thé. Vous avez encore du savon sur le menton.

Il essuya maladroitement son visage, à la fois gêné et heureux qu'elle fût aussi attentive.

— N'avez-vous pas froid ? dit-elle en lui prenant le linge pour le guider.

— Pas le moins du monde.

Quand sa main lui effleura la joue, il la saisit et attira Margaret à lui.

— Que faites-vous ?

Perdu dans les profondeurs bleutées de son regard, Duncan se demanda si l'allégresse, le désir et l'étonnement qu'il y lisait reflétaient les sentiments de Margaret ou seulement les siens. Leurs corps qui se frôlaient, les seins écrasés contre son torse, la chaleur et la fragilité de cette main dans la sienne... c'était presque une torture.

— Que faites-vous ? insista-t-elle.

A regret, il lui lâcha la main.

— Pourquoi êtes-vous venue ?

Chaque muscle de Margaret tremblait d'anticipation. Pourquoi avait-elle pensé qu'il l'embrasserait de nouveau ? Etait-ce parce que, dans son for intérieur, elle l'avait espéré ?

— Je suis venue vous inviter ce soir à dîner. Agnès se prépare à brûler une oie, et probablement toute la cuisine, et mon plum-pudding s'est affaissé. Bref, nous avons envie de faire la fête. Kenneth est revenu pour passer un mois avec nous.

— Kenneth ?

— Le mari d'Agnès. Après dîner, nous irons à pied jusqu'à Clootie Hill pour voir les feux de bois de Noël. C'est toujours amusant et nous emportons notre provision de brindilles. A moins que vous n'ayez d'autres projets...

— J'ai été invité à dîner chez Martin Twaddle et sa famille. Vous savez bien, l'avocat avec les deux filles qui sont de bons partis.

— Mary et Barbara, les deux jacasses, comme les surnomme Agnès. J'espère qu'elles ne souffrent plus de cette terrible dyspepsie.

— Comment cela ?

— Ce n'est pas assez grave pour inquiéter un médecin comme vous, rien qu'un petit rot de temps à autre. Elles usent et abusent de mon thé à la menthe. Mary pense que cela pourra aussi redresser ses jambes torses. Bien, j'ai fait mon invitation, conclut Margaret en ajustant sa houppelande sur ses épaules devant le miroir. Que dois-je dire à Agnès ?

— Je n'ai pas de cadeaux, à moins d'apporter des pilules. Pensez-vous que des médicaments soient un présent de mauvais goût ?

— Nous n'avons rien pour vous non plus. Au fait, Stephen est revenu faire ses adieux. Il passera probablement vous voir avant le dîner.

Encore Stephen ! Voilà pourquoi elle était de bonne humeur, se dit-il, agacé.

— Je suis désolé, mentit-il. Pour vous, je veux dire.

— Il aimerait trier les livres qu'il a laissés ici. Au cas où vous voudriez le savoir, il nie avoir eu connaissance de l'article de journal.

— Je me posais la question, en effet.

— Il ne pense pas qu'un révérend viendra sur l'île avant plusieurs mois, alors le presbytère est à votre disposition pour le moment.

— C'est très aimable à lui. J'ai déjà installé mon laboratoire.

Soudain, Duncan eut envie qu'elle s'en aille. La luminosité captivante de son regard, la jolie robe ne cherchaient pas à lui plaire. Agnès avait probablement dû insister pour qu'elle l'invite.

— J'ai vu Euan Bruce. Il semble bien rétabli, dit Margaret.

— La bagarre l'a déprimé.

— Ce n'est plus un jeune homme. Je passe maintenant voir Peggy Kerr pour lui apporter des biscuits et du lait frais. J'aimerais savoir comment se porte son bébé.

— La nourriture sera la bienvenue. Elle devrait se reposer. Quand je l'ai quittée, des femmes agitaient une herbe puante autour du berceau.

— C'est pour éviter que les fées n'enlèvent le bébé. Elles continueront jusqu'au baptême.

— Quelle coutume absurde ! Vous ne croyez tout de même pas à ces histoires d'enfants subtilisés par les fées ?

— Non. A plus tard, répondit-elle en ouvrant la porte. Si j'étais vous, je ne défierais pas les croyances des insulaires. Il se passe tant de choses que nous ne pouvons pas comprendre.

— Il y a toujours une explication rationnelle.

— Je n'en suis pas aussi certaine.

Après son départ, Duncan resta troublé par son

désir inassouvi. Pour le principe, il décida de refuser l'invitation. Il ne voulait pas être un invité de trop. Il préférait travailler dans son laboratoire et trouver ce qui avait raté dans l'expérience de Roger ; et tant mieux si, par la même occasion, il parvenait à anesthésier ses sentiments.

Les pas de Margaret s'éloignaient. Il se rappela son petit déjeuner qui devait désormais être froid, quand il l'entendit crier.

Margaret sauta de la carriole et atterrit dans une flaque de boue gelée. Lorsqu'elle vit Duncan courir vers elle en brandissant sa canne comme une arme, elle éclata de rire. Elle ne s'était même pas aperçue qu'elle avait crié.

— Que s'est-il passé ? s'écria-t-il, examinant les collines alentour comme si la réponse s'y dissimulait.

— Je suis désolée. Il y avait un rat sous la couverture où je m'assois. Une grosse bête affreuse, avec des griffes et des yeux noirs tout brillants.

— Un monstre, véritablement.

— Vous n'allez pas le frapper avec ce bâton ?

— Seulement s'il m'attaque le premier.

Quand il souleva un coin de la couverture avec sa canne, elle détourna les yeux. Elle n'était pas facilement effarouchée. Un rat dans la grange ne l'aurait même pas fait sursauter, mais celui-ci avait été tapi sous la couverture dans une position particulière, presque malfaisante…

— Il est parti ?

— Seulement en esprit, dit Duncan en soulevant le corps raidi par la queue. La rigidité cadavérique a déjà commencé son œuvre.

— Il est mort ?

— On ne peut plus mort.

— Dans ce cas, je suppose que mon chat, Cyclope, l'a caché sous le plaid. Il est dans mes jambes depuis ce matin, espérant un morceau de fromage.

Il sourit, heureux de la voir soulagée.

— Un cadeau de Noël pervers du félin.

— C'est peut-être un corbeau qui l'a lâché dans la carriole et il s'est enfoui sous la couverture pour y mourir.

— Il est mort depuis plusieurs heures.

— Mon Dieu !

Margaret s'aperçut qu'il semblait préoccupé. L'avait-elle dérangé avec cette stupide frayeur ? En ce matin de Noël, il avait probablement des visites à rendre.

— Merci, docteur MacNeill, je ne veux pas vous retenir plus longtemps.

— Je vais nous en débarrasser, n'est-ce pas ? ajouta-t-il en tenant le rat à bout de bras.

— S'il vous plaît ! frémit-elle. Et joyeux Noël !

D'un claquement de langue, elle encouragea les poneys à avancer. Il fallait une demi-heure pour atteindre la ferme où Peggy habitait avec ses parents. La petite communauté venait d'apparaître devant elle quand Margaret s'aperçut qu'elle avait oublié son panier de victuailles au presbytère, après avoir été distraite par le torse nu de Duncan.

Elle ferma les yeux, cherchant à dissiper l'image d'un Duncan visiblement heureux de la voir, impudiquement charmeur, prêt à la défendre avec sa canne.

Elle n'avait pas le choix : elle devait retourner au presbytère, même si cela l'obligeait à interrompre une nouvelle fois la matinée de Duncan, et semait le trouble dans son propre cœur.

Elle fit faire demi-tour aux poneys et repartit au grand trot. Arrivée au presbytère, elle hésita à la barrière, se rappelant avec dégoût sa mésaventure avec le rat. Elle frappa à la porte. Après avoir attendu cinq minutes dans le froid, elle se dit que Duncan ne lui en voudrait pas si elle entrait prendre son panier. Où était-il passé ? Elle avait tambouriné en vain en faisant un bruit de tous les diables. S'il avait été appelé en urgence par un malade, elle l'aurait croisé sur le chemin.

Dans le vestibule, elle fut assaillie par une odeur piquante de chlore et un curieux parfum fruité. Elle prit son panier, hésita. Il n'y avait aucun bruit, seulement ces odeurs déplaisantes.

Quelque chose l'inquiétait. Elle se dirigea d'un pas décidé vers l'ancien bureau de Stephen. Une vapeur condensée épaississait l'air et l'odeur se précisait ; dans la pièce, elle entendait de l'eau gargouiller.

— Duncan… Est-ce que vous… ?

Posé sur le bureau, dans un plat creux, se trouvait le rat, une étiquette attachée à la queue où Duncan avait gribouillé une inscription.

Ecœurée, elle marcha sur des éclats de verre disséminés sur le tapis. On aurait dit qu'un fou furieux avait dévasté la pièce : le microscope, les plaquettes en verre, des os séchés, des bouteilles, et le buste d'Hippocrate en morceaux gisaient par terre. Des copies du *Lancet* et de la *Gazette médicale de Londres* jonchaient le sol. Elle s'agenouilla pour ramasser une brochure intitulée : *Du chloroforme et de l'obstétrique* par Duncan MacNeill. Une coupure de presse annonçait en gros titre : MAGNÉTISME ANIMAL ! UN JEUNE MÉDECIN D'ABERDEEN PRATIQUE LA DANGEREUSE SCIENCE DE L'ANESTHÉSIE !

Quelqu'un gémit. En se relevant, elle vit Duncan, gisant sous la table, la tête et les bras emmêlés dans les rideaux. Il avait un inhalateur posé sur sa gorge, le tube en métal tordu encore attaché à sa bouche.

Il la regarda d'un air éperdu, puis retomba contre les coussins qui lui soutenaient les épaules. Le visage empourpré, il fut saisi de convulsions.

— Duncan ! s'écria Margaret, terrifiée.

— Prenez... mon... pouls, bégaya-t-il. Plume... papier... pour être... précis, ajouta-t-il avec un geste vague en direction de la table.

Il se pencha en avant, la tête entre les jambes. Sa respiration était laborieuse. Margaret lui obéit.

— Quatre drachmes de fluide... beaucoup trop...

Les yeux écarquillés, il remarqua soudain qu'une flasque d'huile continuait à bouillir au bain-marie. Elle émit un sifflement aigu ; une vapeur brûlante jaillit tel un volcan miniature.

— Sortez d'ici ! cria-t-il en se relevant avec difficulté.

Effrayée, elle courut vers la porte. Quand Duncan chancela et s'accrocha aux rideaux, elle revint vers lui pour l'aider. D'un seul coup, la flasque explosa, lâchant un geyser de verre cassé, d'eau bouillante et de gaz malodorants. Des flammes orange et violet couraient sur la table, embrasant les papiers de tournesol bleus. Des volutes de fumée envahirent la pièce.

Il retira son veston pour éteindre les flammes, mais ses mouvements étaient si lents et si maladroits qu'il ne réussit qu'à éventer le feu.

— Sauvez-vous... Prenez... mon journal.

L'incendie avait atteint le tapis. L'odeur de laine brûlée et les gaz piquaient les yeux de Margaret. Des larmes lui coulaient sur les joues. Affolée, elle saisit le premier flacon de liquide qu'elle trouva afin de le jeter sur les flammes.

— Arrêtez ! C'est du solvant ! hurla Duncan.

Il y avait un bol d'eau sur la commode ; un poisson rouge mort flottait à la surface. Elle allait saisir le bol quand elle vit Duncan étouffer les flammes qui menaçaient de détruire toute la maison avec le tapis.

Tremblante de peur et de colère, elle l'aida à ramasser ses papiers éparpillés.

— Vous... vous avez tué le poisson rouge avec vos horribles expériences...

— Il est mort ? demanda-t-il d'un air confus.

Elle l'aida à se relever et dut le retenir pour qu'il ne tombe pas à la renverse. Leurs corps se touchaient ; Margaret ressentit une impression de chaleur. Quand elle le saisit aux épaules, les muscles de Duncan se contractèrent. Comment pouvait-elle être aussi consciente de sa présence, alors qu'ils avaient failli mourir quelques instants plus tôt ?

En gémissant, il enfouit son visage dans le cou de la jeune femme. Incapable de bouger, coincée contre la table, Margaret se concentra sur la douleur de sa colonne vertébrale, préférant cet inconfort physique au trouble sans nom qui s'emparait d'elle. Lorsqu'il se redressa, elle put de nouveau respirer.

— Docteur MacNeill ! l'interpella-t-elle fermement en regardant la pièce sens dessus dessous.

Il taquinait le poisson rouge avec ses doigts. Margaret s'essuya les yeux du dos de la main et l'observa non sans agacement, comprenant qu'il l'avait oubliée, trop fasciné par son expérience. Un scintillement doré retint son attention : le poisson recommença à nager dans le bol.

— Nous avons tous les deux survécu, bien que ce fût de justesse ! soupira Duncan d'un air soulagé.

— Vous avez utilisé ce... ce...

— De l'éther nitrique.

— Vous en avez donné au poisson ?

— Nous en avons pris tous les deux, expliqua-t-il

en grimaçant. Dieu, quelle migraine ! Et mon estomac…

Il but un verre qu'il avait selon toute évidence préparé avant l'expérience.

— C'est de l'opium et du vin rouge. Pour combattre les effets secondaires de l'anesthésie.

— Et le malheureux poisson rouge n'y a pas droit ? C'est injuste.

Il s'assit.

— Très drôle. Je remarque que les poissons sont aussi intéressants que les canaris. Roger et moi avions l'habitude d'utiliser des oiseaux. De toute façon, vous ne comprendriez pas… Vous faites la même tête que mon ancienne gouvernante lorsqu'elle a trouvé les canaris dans la salle de bains. Même les journaux en ont parlé.

— Elle n'a pas dû apprécier de devoir nettoyer une pagaille pareille.

— Cela arrive rarement. Aujourd'hui, j'ai mis une trop forte dose. Expliquez-moi ce que vous avez remarqué, dit-il en prenant un papier et une plume. Oh, pardonnez-moi, Margaret ! Je n'ai pas pensé à vous demander comment vous vous sentiez. Vous ne vous êtes pas brûlée ? Les vapeurs ne vous ont pas donné la nausée ?

— Je vais parfaitement bien, mais le tapis est abîmé et le bureau de Stephen…

— … sera remplacé.

— Vous avez failli vous tuer ! s'emporta-t-elle.

— Mon confrère s'est tué en faisant une expérience avec de l'éther nitrique parce qu'il s'est trompé dans le dosage. Mais je le soupçonne d'avoir eu le cœur fragile, un état congénital qui lui a été fatal. Pauvre Roger !

Visiblement chagriné, il resta silencieux à retourner sa plume entre ses doigts ; Margaret eut pitié de lui.

— Je n'ai pas réussi à prendre votre pouls, mais votre comportement était inquiétant. Vous étiez parcouru de frissons et vous titubiez comme un ivrogne. Votre respiration…

— *Delirium cum tremore.* Et ma respiration, dites-vous ? demanda-t-il, très intéressé, en écrivant de la main gauche.

— Faible et irrégulière. Vous avez failli faire brûler cette maison, docteur MacNeill.

Il lui fit signe de se taire, tandis qu'il examinait l'inhalateur. Vexée, elle ramassa un morceau de verre. Elle n'arrivait pas à croire qu'il risquait sa vie au nom de la science. Au château, quand elle l'avait vu soigner Euan Bruce, elle l'avait trouvé plein de compassion et d'intelligence. A présent, après ce terrible incident au presbytère…

— Vous êtes un fieffé crétin ! lança-t-elle, se demandant ce qui serait arrivé si elle n'était pas revenue à temps.

— Comment ? demanda-t-il d'un ton distrait.

— Je m'en vais, docteur MacNeill. J'avais oublié mon panier.

— Quoi ? Ah oui, votre panier.

— C'est Noël, vous savez. Ce n'est pas le jour rêvé pour se tuer.

— Ah bon ?

— Je vais rentrer à la maison, me faire pousser des ailes et sauter du haut de la falaise, d'accord ?

Il la regarda, mais Margaret comprit qu'il ne l'avait pas écoutée. En ramassant son châle, elle frémit à la vue du rat mort, mais elle lut l'étiquette : « Faire une autopsie du rat de Mlle Rose. »

— Une autopsie ? Pourquoi…

Duncan ne répondit pas, trop occupé à sauver ce qui restait de son expérience. Elle se dit qu'elle ne voulait pas penser à des rats en ce matin de Noël. Avant de quitter la pièce, elle regarda une dernière fois l'animal, et le mauvais pressentiment qu'elle avait eu en le trouvant dans la carriole revint avec force, jetant une ombre sur la journée.

20

Lorsque Stephen arriva au presbytère, Duncan, vêtu d'un costume de laine noir, sirotait un whisky près du feu dans l'espoir d'y puiser la force d'affronter la soirée. Il emplit un autre verre et l'offrit à Stephen qui se tenait devant la fenêtre, raide comme un piquet, pareil à un invité dans sa propre maison.

— Je ne bois pas, murmura Stephen d'un air désapprobateur. Mon père non plus ne buvait pas, mais je comprends que vous ayez besoin d'un remontant après la frayeur de ce matin.

— Je vous prie de m'excuser pour les dommages infligés au tapis. Heureusement, le feu ne s'est pas propagé.

— C'est surtout heureux que ni vous ni Margaret n'ayez été blessés !

Sur le rebord extérieur de la fenêtre, un rouge-gorge picorait les miettes de biscuits laissées par Walter.

— J'ai oublié de la remercier pour son aide.

— Vous en aurez l'occasion ce soir. Agnès pense que vous éprouvez davantage que de l'amitié pour notre cousine. Je lui ai répondu que c'est son imagination d'écrivain.

— Ce que je ressens pour Margaret n'a guère d'importance, puisqu'elle semble me détester, répondit Duncan, surpris par la perspicacité d'Agnès.

— Ne le prenez pas personnellement. Je crois

qu'elle a peur de tomber amoureuse. Il y avait un jeune Anglais, officier de marine, qui venait souvent sur l'île. C'était un garçon raffiné, séduisant et enjoué. Il voulait l'épouser et je crois que mon père aurait approuvé, mais Margaret n'a rien voulu entendre. Elle a repoussé ses avances et un jour il n'est plus revenu. A mon avis, elle ne l'a jamais regretté.

Dans la cuisine, Walter et Sybil préparaient leur souper de Noël.

— Vous avez fait des recherches au sujet de ma cousine ?

— C'est vous qui avez parlé d'elle. Ma curiosité est plutôt une déformation professionnelle.

— Mais l'attirance que vous éprouvez pour Margaret n'a rien de professionnel, n'est-ce pas ?

Walter vint annoncer que le cheval du docteur était sellé. Soulagé de ne pas avoir à répondre à Stephen, Duncan s'empressa de se lever.

— Dites-moi, monsieur Rose, est-ce que Mme Alcock utilise parfois de l'arsenic à la ferme… pour tuer la vermine, par exemple ?

— Je ne pense pas qu'Agnès s'en donnerait la peine, s'étonna Stephen. Pourquoi ?

— Margaret a trouvé un rat mort dans sa carriole. Elle pense qu'il a échoué là tout seul. Je crains en revanche qu'il n'ait été empoisonné et j'ai remarqué d'étranges marques sur son ventre, comme des hiéroglyphes au charbon. Regardez…

Dans le hall d'entrée éclairé aux chandelles, Duncan sortit un papier de sa poche et le tendit à Stephen.

— Je les ai recopiés aussi fidèlement que possible et je me demande si ce ne sont pas des caractères orientaux. Moi-même, je ne connais que le latin et l'anglais mais, d'après votre bibliothèque, l'Extrême-Orient n'a pas de secret pour vous.

Stephen blêmit.

— C'est de la sorcellerie... les anciennes lettres runiques de l'alphabet wicca. J'ai un livre sur ce sujet écrit par un astrologue de l'époque élisabéthaine. Les origines sont grecques ou germaniques, peut-être même vikings, mais certainement pas orientales.

— Sauriez-vous les déchiffrer ?

— Je crains que non. Margaret les a-t-elle vues ?

Duncan replia soigneusement le papier.

— Elle a été tellement dégoûtée par l'animal qu'elle ne l'a pas examiné de près. Ce serait plausible qu'un rat empoisonné se réfugie sous une couverture pour mourir, et qu'on ne le découvre qu'après plusieurs heures, mais les inscriptions...

— Je crains que les dieux anciens ne soient aussi présents sur cette île que Notre Seigneur. Il est possible que le rat vous ait été destiné, Duncan. La sorcière a peut-être voulu vous donner une leçon. Elle n'aime pas la concurrence puisqu'elle vit des revenus de ses talents de guérisseuse.

— Il est temps que je lui rende une petite visite, décida Duncan en ouvrant la porte sur la nuit étoilée. Je n'aime pas ce genre de carte de visite. Agnès m'a donné son nom...

— Morag Strong, dit Stephen avec un frisson. Si j'étais vous, je me tiendrais à distance. Elle a une influence détestable sur les habitants. Et sur Margaret...

— Les tisanes aromatiques et les bouillons infects ?

— Son emprise est bien plus néfaste. Elle a convaincu Margaret qu'on peut communiquer avec les esprits de l'autre monde.

En se rappelant le triste passé de Margaret, Duncan fronça les sourcils.

— Je vous verrai ce soir à dîner, docteur Mac-

Neill. La soirée devrait être charmante, mais je vous serais très reconnaissant de ne pas évoquer Morag Strong. Lors de mon combat pour sauver les âmes sur cette île, elle a été ma Némésis.

— Je comprends.

Mais, en vérité, Duncan ne comprenait rien. L'heure était venue pour lui de rendre visite à la femme mystérieuse qui habitait sur la lande.

La soirée de Noël fut un fiasco. En dépit du sapin et du dîner exquis que Gareth avait fait préparer à l'intention de son père souffrant, Douglas Rose se retira dans ses appartements à neuf heures. Personne ne le regretta. Il avait passé la soirée à se lamenter auprès de Lilian, de son gendre et de Gareth, que la fête n'aurait un sens pour lui que si Margaret était présente. Douglas ne pensait plus qu'à son retour à Aberdeen, et son obsession était pénible à supporter.

Pour Gareth, le mot «obsession» n'avait pris toute sa valeur que depuis peu. Il dépeignait la sombre passion qui le guida, tard cette même nuit, vers la villa où habitait Lucy Patton. Ils s'étaient rencontrés quelques mois auparavant, lors d'une vente privée. Non seulement elle avait acheté toutes les œuvres qu'il avait exposées, mais elle lui avait demandé de venir peindre son portrait chez elle.

Elle avait séduit Gareth le jour même où il avait commencé son esquisse, et dans les semaines qui suivirent ils s'étaient confié leurs secrets les plus intimes. Son mari, un jeune médecin talentueux sur le point de bouleverser le monde médical, avait été assassiné par un rival envieux, Duncan MacNeill. Elle avait juré la perte de cet homme qui avait volé les notes professionnelles de son mari et dont le crime était resté impuni.

A son tour, Gareth lui avait raconté sa vie malheureuse, l'accident sur le loch, et les années passées à essayer de mériter l'amour de son père. Au début, il avait pensé que Lucy comprenait sa détresse et la raison pour laquelle il ne voulait pas que Margaret revienne mettre en péril la relation qu'il avait péniblement établie avec son père. Bientôt, il s'était rendu compte que Lucy n'était motivée que par la vengeance. Malheureusement, c'était déjà trop tard. Gareth lui avait confié des secrets trop douloureux. Son corps la réclamait et son âme torturée était tentée par la solution qu'elle avait proposée pour résoudre son dilemme.

— Je t'aiderai à éloigner ta sœur si tu m'aides à détruire MacNeill, lui avait-elle promis lors de leur deuxième nuit d'amour. Maintenant que le « Docteur diabolique » va être exilé à Maryhead, nous allons imaginer un plan.

Epuisé, les épaules griffées par ses ongles, Gareth s'était affalé sur le lit, rêvant d'un bain pour effacer le parfum de Lucy qui imprégnait sa peau.

— Je ne veux pas faire souffrir Margaret...

— Et si c'est le seul moyen ? avait-elle murmuré, saisissant son membre flasque entre ses doigts.

Il avait tressailli d'excitation et d'écœurement.

— Il faut que je sois très tôt à la banque demain matin...

— Tu hais la banque.

— Mon père a besoin de moi.

— Voilà ce dont tu as besoin...

Elle l'avait embrassé et, comme toujours lorsqu'ils faisaient l'amour, son désir avait balayé ses craintes et le dégoût qu'elle lui inspirait.

Plus tard, alors qu'il s'habillait, priant pour que son père n'apprenne jamais cette liaison, Lucy s'était assise sur le lit défait avec un scalpel et une pile de vieux journaux, découpant les articles qui parlaient de Duncan MacNeill et de ses folles expériences.

— Regarde, Gareth, c'est un article sur ta famille ! s'était-elle écriée en feuilletant l'une des vieilles publications qu'elle avait trouvées dans le salon que Gareth utilisait pour peindre.

Il lui avait arraché l'article des mains, déchirant un dessin qui représentait sa mère.

— Lâche ça ! Je t'avais demandé de ne pas fouiller dans mes affaires !

— C'est au sujet de l'accident, n'est-ce pas ? On y parle de ta sœur ?

La main tremblante, il s'était recoiffé. Enfilant sa robe de chambre chinoise, elle avait tiré le cordon pour appeler un domestique.

— C'est à cause de moi que MacNeill a été chassé d'Ecosse. Et je peux également faire en sorte que ta sœur reste en exil.

— Comment ? avait-il demandé, la regardant dans le miroir.

— Par la peur, Gareth. Nous allons lui flanquer une frousse bleue. Pars, maintenant. Walter va faire avancer ta calèche.

Avec le temps, le souvenir de cette conversation s'était estompé.

Le martèlement des sabots sur le gravier ramena Gareth au présent ; en cette nuit de Noël, il retournait à la villa de Lucy, devenue si familière. Depuis qu'elle avait décidé de l'aider, plusieurs mois auparavant, il ne se passait pas un jour sans que Gareth se demande avec effroi ce qu'il serait forcé de faire si les plans de Lucy échouaient et que Margaret revînt à Aberdeen.

21

Après le repas, ils jouèrent aux dominos dans le salon de la ferme, puis allèrent à Clootie Hill admirer les feux de joie. Depuis le début, l'atmosphère de la soirée avait été tendue. Agnès, d'une nervosité inhabituelle, avait fondu en larmes, s'excusant d'avoir fait brûler la dinde. Duncan, pour la consoler, avait dit qu'il était moins grave de brûler le plat de résistance que tout le presbytère. N'était-ce pas une chance que Margaret eût été là pour le sauver ?

— Sur le moment, vous n'avez guère semblé déborder de reconnaissance. A vrai dire, vous avez même été franchement odieux, avait rétorqué Margaret en versant de la crème anglaise trop cuite sur le plum-pudding effectivement raté.

— J'étais préoccupé.

Personne n'avait mentionné le rat. Ce n'était pas un sujet de conversation pour le dîner. Du point de vue de Margaret, il était inutile d'y revenir, et elle ne comprenait pas pourquoi Duncan avait gardé l'animal. Par ailleurs, elle voulait profiter des dernières heures de Noël qui restaient.

Mais l'énervement ne fit que croître pendant la promenade jusqu'à Clootie Hill, telle une menace subtile. Bien que Duncan parlât peu et restât toujours à quelques pas de Stephen et d'elle, Margaret ne pensait qu'à lui. Au début, Stephen avait refusé de les accompagner, sous prétexte que le nom de la colline évoquait le diable en personne, et qu'il était indigne qu'un révérend honore de sa présence une fête païenne, surtout le soir de Noël.

Mais Margaret avait insisté et Stephen s'était

laissé convaincre, allant jusqu'à porter la lanterne qui éclairait leur chemin dans le brouillard.

Agnès était à la traîne avec Kenneth, son imposant mari dont le sourire enfantin aux dents écartées cachait un esprit pénétrant. Margaret s'attendait que le couple s'éclipse pour la nuit ; cela faisait des heures qu'ils échangeaient des regards appuyés. Une attitude aussi embarrassante pouvait s'expliquer après une séparation de trois mois.

Devant eux, les flammes s'élançaient vers le ciel en des ondulations jaune et or, projetant des ombres sur la croix celtique en pierre qui couronnait la colline. Faisant cercle autour du feu, les habitants de l'île entassaient branchages, bruyère, ronces et barriques de harengs. Cette fête d'origine païenne, où les feux étaient censés brûler la mauvaise année et porter chance dans la nouvelle, marquait le commencement d'une semaine de réjouissances.

— Prenez garde où vous marchez, prévint Margaret alors que Duncan était à quelques mètres derrière elle.

Eclairé par les lueurs incertaines du feu, avec sa lourde redingote et sa canne qu'il tapait contre les rochers, Duncan semblait encore plus solennel que d'habitude. Elle était étonnée qu'il eût accepté son invitation à dîner, surtout après l'incident dans la bibliothèque. Elle avait espéré passer la soirée seule avec Stephen, à tenter une dernière fois de le décourager d'entreprendre son voyage. Cependant, lorsqu'elle avait ouvert la porte et découvert derrière son cousin une silhouette sombre, un sentiment de plaisir intense avait éclipsé un instant la tristesse que lui causait ce départ imminent.

Mais Stephen l'évitait. Il se tenait sur la colline avec ses anciens paroissiens. Tandis qu'Agnès et Kenneth s'abandonnaient à leur passion, elle avait seule la responsabilité de distraire le Dr MacNeill, qui ne la quittait pas d'une semelle.

— Pourquoi emportez-vous toujours cette canne ? Cela vous donne un air prétentieux.

— C'est une arme.

Margaret avait perdu Stephen de vue, mais elle reconnaissait nombre de visages.

— Les enfants ont adoré les biscuits, Margaret ! cria une voix. Où sont passés Agnès et son mari ? Ah ! Inutile de le demander !

— C'est le docteur que tu nous amènes, petite ? Est-ce qu'il va brûler sa jolie canne ?

Un vieil homme éclata de rire :

— Ne le taquinez pas, madame Leach, ou il nous endormira tous comme Euan Bruce. Sa femme dit que le malheureux n'a pas retrouvé toute sa tête.

Margaret regarda Duncan d'un air amusé. Les plaisanteries ne semblaient pas le gêner ; il jeta dans le feu les brindilles que lui avait données Agnès.

— Voilà mon sacrifice pour que Clootie reste silencieux pendant l'année, mais je ne sacrifierai pas ma canne d'ébène avec son pommeau en or.

Quelqu'un passa une flasque de whisky à la ronde. Duncan en prit une gorgée et la présenta à Margaret, levant un sourcil quand elle but longuement. Un homme la bouscula et Margaret secoua la tête d'un air agacé quand l'alcool se répandit sur sa cape.

— Voici une célébration en ton honneur, ô vénérable Océan ! chanta une voix. Que tu nous donnes pendant l'année les fruits de tes largesses !

— Par le soufre et le feu, par l'haleine du diable ! médita Duncan à mi-voix. Savent-ils pourquoi ils sont réunis pour brûler de la camelote sur une colline ?

— L'essentiel, c'est qu'ils s'amusent, répondit

Margaret qui avait décidé de rejoindre Stephen de l'autre côté du feu.

Elle s'éloigna de Duncan, mais elle sentait son regard dans son dos. Dans sa hâte, elle voulut couper à travers les broussailles au lieu de rester sur le chemin. Ce fut une erreur : son talon se prit dans une racine et elle glissa sur quelques mètres, atterrissant dans la lande obscure et silencieuse.

Ça m'apprendra à boire du whisky, se dit-elle. Or elle n'était pas ivre, seulement nerveuse, comme elle l'était depuis l'après-midi au presbytère, le rat mort et le début d'incendie. Elle se releva et épousseta sa cape, puis tourna lentement la tête afin de regarder les ombres brumeuses au pied de la colline.

Un frisson lui parcourut l'échine. Quelque chose avait bougé.

— Ma Maggie, murmura une voix d'enfant.

— Qui est là ? demanda Margaret, tendue.

Un jeune garçon de deux ou trois ans apparut, vêtu de culottes bouffantes, d'une chemise blanche à jabot et d'un pourpoint de velours noir. Il était trop bien vêtu pour être le fils d'un fermier, et sa tenue était incongrue en ce lieu. Sur son front, une boucle blonde s'échappait d'un bonnet vert orné de trois plumes de cygne.

Margaret eut l'impression que la terre s'ouvrait sous ses pieds.

— Maggie porter Alan, dit-il d'une voix plaintive en lui tendant les bras.

— Alan... C'est impossible...

Lorsqu'elle s'avança vers lui, gênée par les racines de bruyère, il recula d'un pas.

— Ne t'enfuie pas ! le supplia-t-elle, affolée. Mon chéri, Alan... Qui que tu sois, n'aie pas peur !

Il ne lui obéit pas ; les lueurs du feu de joie éclairaient sa petite silhouette alors qu'il courait sur le chemin, les plumes blanches tressautant sur son bonnet.

Bouleversée, Margaret se hâta dans sa direction, lui criant de revenir. Soudain, un fermier ivre lui barra le chemin.

— T'es pressée, ma mignonne ? Le vieux Clootie n'est pas aussi impatient, tu sais.

— Ecartez-vous ! Mon frère... Poussez-vous !

Plus étonné qu'insulté, il la laissa passer, mais, entre-temps, le garçon avait disparu ; il avait dû rejoindre les fêtards sur la colline.

La main sur le cœur comme pour en calmer les battements désordonnés, Margaret se demanda ce qui lui prenait. L'enfant ne pouvait pas être son frère, mais ces habits luxueux, introuvables sur l'île, ressemblaient en tout point à la tenue qu'Alan portait le jour du drame. Et il l'avait appelée par son surnom.

Elle le chercha en vain parmi les enfants qui jouaient autour du grand feu de joie. Elle voulait tant le retrouver qu'elle passa à côté de Stephen sans le voir.

— Quelque chose ne va pas ? demanda-t-il en la rattrapant.

— J'ai vu Alan ! s'écria-t-elle, désespérée. Il m'a appelée par mon nom et m'a demandé de jouer avec lui.

— Alan ?

— Mon petit frère.

— Tu sais ce que je pense des femmes qui boivent du whisky ou qui le distillent, ce qui est pire, dit-il d'un air sévère.

— Epargne-moi tes sermons. Aide-moi plutôt à le retrouver...

— Si c'est moi que vous cherchez, je ne suis pas perdu, dit Duncan.

Les nerfs à vif, Margaret ne s'embarrassa pas de bonnes manières.

— Cette affaire ne vous regarde pas, docteur MacNeill !

— Je venais simplement vous dire bonsoir et vous remercier pour le dîner, ajouta-t-il, étonné par sa véhémence.

La canne sous le bras, il se détourna.

— Attendez un instant. Avez-vous vu un petit garçon vêtu d'un costume de velours noir et d'un bonnet à plumes ?

— Non. Je suis désolé.

— Est-ce que vous m'avez vue tomber sur la colline ?

— Non. Vous êtes-vous blessée ? s'inquiéta aussitôt Duncan.

— Stephen, aide-moi à le chercher, insista-t-elle.

— Tu sais bien que ça ne pouvait pas être Alan, dit-il gentiment.

— Je sais, mais je veux le voir de près, pour en avoir le cœur net.

— De quoi a-t-il l'air ? demanda Duncan. Je vais m'occuper d'un côté de la colline pendant que vous fouillerez l'autre.

Stephen secoua la tête d'un air exaspéré.

— Vous ne comprenez pas, docteur MacNeill, nous parlons du petit Alan Rose qui n'est certainement pas ici. J'en profite pour vous dire que je n'aime pas votre façon d'encourager Margaret à boire de l'alcool et à faire de la contrebande.

— Vous pensez qu'elle est ivre ?

— Elle sent le whisky à trois pas ! A moins d'avoir abusé vous-même de l'alcool, vous devriez vous en apercevoir.

— Elle en a renversé sur sa cape, murmura Duncan. Et elle n'a pas bu suffisamment pour avoir des hallucinations.

— Je comprends que vous vouliez prendre sa défense, mais...

Margaret ne laissa pas son cousin terminer sa phrase. Saisissant la main de Duncan, elle l'entraîna dans la foule où elle venait d'apercevoir un petit garçon sur les genoux d'une jeune femme. Duncan eut tôt fait de leur frayer un chemin.

— C'est lui, le petit qui grignote un biscuit? Maintenant, il pourchasse un chien, mais il ne porte pas de bonnet.

— Il aurait pu le retirer. Comment sont ses vêtements?

— Je n'ai pas eu le temps de les détailler. On le saura dans une minute.

Emerveillée, Margaret songea que Duncan l'aidait, l'ayant prise au sérieux alors que Stephen ne la croyait pas. Elle savait qu'elle n'avait pas pu parler à un enfant mort depuis douze ans, mais elle était certaine qu'elle n'avait pas rêvé. Duncan lui serra la main et elle se sentit réconfortée.

— Le petit joue avec ses frères au pied de la colline. Est-ce lui, Margaret?

Mordillant sa lèvre, elle regarda le vallon à demi éclairé par les torches accrochées à quelques charrettes. La chaleur du feu et la brume froide qui soufflait de la lande lui rougissaient les joues.

— D'ici, je ne vois pas bien.

— Rapprochons-nous.

Lui prenant le bras, il l'aida à descendre vers les enfants qui jouaient aux Vikings.

— Ce n'est pas lui, dit-elle d'une voix monocorde.

— Vous en êtes sûre?

— Oui.

Elle fut distraite par une carriole qui s'éloignait en direction de la lande. Sur la planche de bois qui tenait lieu de siège se trouvaient un homme et une femme et, assis sur une balle de foin, un jeune enfant portant un bonnet.

— Duncan, vous les voyez ?

— Sans mon cheval, nous n'arriverons jamais à les rattraper.

— Nous pourrions emprunter une autre carriole.

— Ils seraient déjà loin.

— Peut-être pas.

Elle avait atteint le bout du chemin quand elle s'aperçut que Duncan ne l'avait pas suivie. C'est alors qu'elle comprit qu'elle ne trouverait pas l'enfant, et que même si elle rattrapait la carriole, ce ne serait pas le petit garçon au bonnet.

Derrière elle, une petite femme aux cheveux noirs venait d'apparaître.

— Morag ! s'écria Margaret.

Relevant sa jupe d'une main, Morag commença à descendre le chemin. Elle paraissait beaucoup plus jeune que ses quarante ans.

— Quelle joie de te rencontrer, Margaret ! Comment va ta toux ?

— C'est fini. Morag, je dois te parler...

Elle s'interrompit car Duncan examinait son amie avec une intensité effrayante. Le léger sourire ironique et le silence pesant de Morag étaient tout aussi frappants. On aurait dit des adversaires qui se jaugent. A une époque, Margaret avait été jalouse de Morag Strong qui, sans être belle, possédait un tempérament où s'alliaient une franche sensualité et une chaleur maternelle qui la rendaient sympathique aux hommes comme aux femmes.

Mais Morag avait aussi une facette plus sombre, que Margaret se rappela de façon inopinée à ce moment-là.

— Tu te souviens que je t'avais parlé du Dr MacNeill ?

— Son nom me dit quelque chose.

— Je vous retourne le compliment, répliqua Duncan, à moins que ce ne soit une insulte ?

— J'ai vu Alan sur la colline, murmura Margaret. Ou du moins un enfant qui lui ressemblait et qui connaissait mon surnom d'autrefois.

— Alan ? s'étonna Morag. D'où serait-il venu ?

— Nous nous posions la même question, rétorqua Duncan, à la limite de l'insolence. Auriez-vous par hasard la réponse, madame Strong ?

Morag sourit.

— Il est temps que vous et moi discutions de nos différences, docteur. Si cela vous convient, venez prendre le thé chez moi demain à quatre heures.

— Je m'en réjouis d'avance. Margaret, êtes-vous prête pour rentrer à la maison ?

Elle contemplait la lande, sans vraiment l'écouter.

— Il doit y avoir une explication, chuchota-t-elle.

— Laisse le docteur te ramener, dit Morag en lui tapotant la main.

— Ce n'était qu'une coïncidence, Margaret, renchérit Duncan. Demain matin, vous y verrez plus clair.

— Vous avez peut-être raison.

— A demain, docteur ! le salua Morag. Vous trouverez facilement ma maison ; c'est le cottage noir avec un balai posé près de la barrière et de la jusquiame qui pousse dans le potager. Veillez à ne pas écraser le crapaud devant ma porte.

Il eut un sourire moqueur pour Margaret.

— Vous avez des amis pleins de charme... sans faire de mauvais jeux de mots.

Margaret se sentait mal à l'aise. Pour la seconde fois de la journée, elle éprouva le sentiment d'être passée sous une ombre, une ombre qui dissimulait une présence malfaisante.

22

A leur retour, Duncan et Margaret trouvèrent la ferme déserte. Margaret parlait peu, rendue soucieuse par ses souvenirs d'Alan et la présence de cet homme qui respectait son silence.

Si elle avait été seule, elle aurait succombé à la terreur qui menaçait de la submerger. C'était la seule raison pour laquelle elle tolérait sa compagnie, se dit-elle.

L'attirance physique qu'elle éprouvait pour Duncan ne l'inquiétait pas, car elle pensait pouvoir la maîtriser. Protégée par les cicatrices du passé, elle ne laisserait pas les ferments d'amour et de confiance ébranler son cœur. Ainsi, il n'y avait aucun risque de tomber amoureuse.

Il l'accompagna jusqu'à la maison. Dans l'entrée, elle retira sa houppelande et leva les yeux en entendant craquer le plancher au premier.

— Kenneth et Agnès ont dû aller se coucher, murmura-t-elle. Puis-je vous offrir quelque chose avant que vous ne partiez ?

— Je...

— Restez encore quelques instants, ajouta-t-elle en posant la main sur son bras. Je suis trop nerveuse pour dormir.

Sa raison lui dictait de refuser mais, dès qu'il s'agissait de Margaret, Duncan n'écoutait plus aucune logique. Elle le précéda au salon où elle leur versa deux verres de whisky. Quand il voulut allumer la lampe, elle l'en dissuada.

— C'est inutile. La lumière du feu de cheminée nous suffit.

— Je n'ai pas vraiment envie d'un autre verre, s'excusa-t-il en prenant celui qu'elle lui tendait.

— Moi non plus. On raconte que les gitans savent lire l'avenir dans les flammes, mais vous ne croyez pas aux devins, dit-elle avec un sourire désabusé en s'asseyant près de l'âtre. Vous êtes trop méthodique, trop rationnel et pourtant, ce soir, vous m'avez aidée, sans même vous demander si j'étais ivre... ou folle. Vouliez-vous seulement apaiser mes craintes ou pensiez-vous que j'avais vraiment aperçu mon frère ?

Des fils d'ambre éclairaient la chevelure sombre de Margaret et Duncan réprima l'envie de les caresser. Ce soir, elle lui semblait différente, animée par une énergie vive et impatiente, aussi insolite que captivante. Margaret se dévoilait peu à peu, laissant entrevoir des faiblesses qu'elle cherchait pourtant désespérément à cacher.

— Je pense que vous avez vu un petit garçon qui ressemblait à votre frère.

— Mais que ce n'était pas lui ?

— Comment cela aurait-il été possible ?

Renonçant à sa réserve naturelle, Margaret le dévisagea avec intérêt. L'horloge tictaquait. La chaleur du feu transperçait les vêtements de Duncan, mais il ressentait une ardeur encore plus forte qui émanait de son cœur. Effarouchée par son audace, elle baissa soudain les yeux.

— Méfiez-vous de Morag, dit-elle.

— Je croyais que c'était votre amie ?

— En effet, mais Agnès et Stephen la méprisent. Il se fait tard, ajouta-t-elle quand sonna la pendule.

A regret, Duncan se leva, sachant qu'il ne pourrait plus lutter contre le désir. Sa maîtrise de soi n'avait jamais été mise à plus rude épreuve.

— Je dois pratiquer une intervention chirurgicale tôt demain matin, de l'autre côté de l'île.

— Quelqu'un ose se mettre entre vos mains ?

— Un fermier... A vrai dire, ce n'est qu'un furoncle, mais je m'attends que Morag vienne le convaincre de refuser l'opération.

— Un furoncle peut attendre, n'est-ce pas ?

— C'est possible, hésita-t-il.

En s'approchant de lui, ses jupes chuchotaient de manière attirante. Il dut serrer les poings pour ne pas la toucher.

— La trouvez-vous jolie ?

— Morag ? Elle est jolie, mais elle n'est pas de taille à rivaliser avec vous, Margaret.

Elle sourit, à la fois innocente et séduisante. Si seulement il pouvait lire dans ses pensées... et découvrir qu'elle le désirait autant qu'il la désirait, cela lui donnerait une excuse pour rester.

— Je vais chercher votre manteau, dit-elle, réduisant ses espoirs à néant.

Dans l'obscurité, il essaya d'enfiler la redingote qu'elle lui tendait, mais lui heurta deux fois le bras avec sa canne.

— Mon Dieu, je suis désolé...

— Ce n'est rien. Vous m'aviez prévenue que c'était une arme.

— Laissez-moi voir s'il y a une bosse...

— Il n'y en a pas.

— ... ou un bleu.

A l'instant où ses mains lui touchèrent l'épaule, remontant jusqu'à son visage, elle fut sous le charme. Immobile, sans respirer, elle murmura :

— Je dois vous mettre en garde au sujet de Morag.

— Je ne crois pas aux sorcières, souffla-t-il en lui effleurant les tempes de ses lèvres.

— Elle a prédit... que nous serions amants.

— La magie de Mme Strong serait-elle plus forte que je ne le pensais ? Je devrais peut-être m'intéresser davantage à l'autre monde.

— Vous pensez que c'est une plaisanterie.

— Pas du tout, puisqu'il s'agit de vous... et de moi. Désormais, je suis curieux, Margaret, trop curieux pour dormir ce soir.

Quand il l'enlaça, la jeune femme fut parcourue d'un violent frisson. Soupirant à fendre l'âme, elle rendit les armes et inclina la tête en arrière. Dans ses yeux qui brillaient comme de la malachite, Duncan lut la promesse d'une telle sensualité qu'il se demanda qui des deux était le captif et qui le ravisseur.

— Ne partez pas encore, murmura-t-elle.

— Si je reste... ?

Elle esquissa un sourire, recula pas à pas, lentement. Duncan se dit qu'il rêvait. Cela avait été une journée irréelle, de feux et de fantasmes.

— Duncan, ne prenez pas l'air tragique !

Saisi de fièvre, il la suivit tel un automate jusqu'au salon où les braises achevaient de se consumer.

Debout au milieu de la pièce, Duncan lui caressa les hanches tout en lui baisant les lèvres. Certes, Margaret se servait de lui pour se distraire, mais, bon sang, comme il la désirait !

Il se laissa tomber sur le sofa en l'étreignant. Il lui baisa le cou, tout en dégrafant sa robe. Le boléro se détacha, dévoilant ses épaules ; il défit la chemisette lacée d'un geste impatient. Elle étouffa un cri.

— Vous m'effrayez, chuchota-t-elle.

Sa chevelure éployée, son charme tout d'innocence rappelaient à Duncan les rosières de sa jeunesse, ces jeunes filles qui avaient hanté ses rêves d'adolescent et qu'il n'avait jamais osé aborder.

— Qu'importe le temps qu'il faudra, un jour

vous serez mienne ! Je vous avais prévenue, Margaret, c'est une proposition risquée...

Les cheveux répandus sur ses épaules dénudées, elle s'appuya contre le sofa. D'un doigt, il lui caressa un sein, encerclant le mamelon qui se tendit tel un bouton de rose.

— Ce soir, j'ai envie de prendre des risques.

— De prendre des risques ou de vous changer les idées ?

— Que vous importe ?

— Cela m'importe, figurez-vous.

Il enfouit son visage entre ses seins, respira l'odeur de sa peau et de ses cheveux soyeux. La bouche sèche, Margaret voulut lui ordonner d'arrêter. Mais voulait-elle vraiment qu'il cesse ? L'intensité de cette passion la dépassait. N'avait-elle pas besoin de Duncan, du répit qu'elle ne trouvait qu'entre ses bras ?

Elle ferma les yeux. Il l'embrassa avec une lenteur pleine de sensualité, puis elle sentit sa langue sur son mamelon, et quand il l'attira dans sa bouche, elle s'enflamma d'un seul coup, avant de le repousser, prise de panique.

— Duncan... Si quelqu'un se réveille... Agnès ou son mari...

— Je vous épouserai à l'aube, dit-il en riant.

Elle rit à son tour, lui encerclant le cou de ses bras, dépourvue de honte. Elle se sentait troublée, gênée, transportée, mais ce tourbillon de sensations ne laissait aucune place à la honte. Duncan glissa la main sous sa jupe et lui caressa l'intérieur des cuisses. Sans la quitter des yeux, il frotta la lingerie en soie contre sa peau nue.

— Votre peau est si douce, Margaret ! Laissez-moi vous déshabiller entièrement.

Tremblante, Margaret se redressa.

— Je vous en prie ! implora-t-elle.

— Qu'y a-t-il ?

— Arrêtez, de grâce !

Elle craignait de le regarder, effarouchée par l'éveil de ses sens. Il s'écarta d'elle à regret. Haletant, les cheveux en bataille, on aurait dit qu'il venait d'escalader une falaise.

— Quelques instants de plus, et il aurait été trop tard. Vous le savez, n'est-ce pas ?

Les doigts tremblants, Margaret essayait de rajuster son corsage. Avec un juron étouffé, Duncan tendit la main pour l'aider.

— Non ! s'écria-t-elle. C'est déjà assez affreux comme cela.

— Vous comptez énormément pour moi, Margaret. Est-ce que vous ne le comprenez pas...

Il s'interrompit brusquement et fixa la fenêtre. Margaret se retourna et aperçut une silhouette qui s'enfuyait. Duncan était ivre de rage.

— J'ai reconnu Sybil ! s'écria-t-il en se levant d'un bond. La sale petite fouineuse...

— Ne faites pas autant de bruit ! Vous allez réveiller...

Il ne l'écoutait plus. Margaret le suivit dans l'entrée où il ouvrit la porte. Dehors se tenait une femme d'un certain âge, plutôt attrayante, avec des cheveux blonds bouclés. En voyant la colère de Duncan, elle porta la main à ses lèvres tremblantes.

— Que diable fichez-vous ici, madame Armstrong ? Est-ce que je vous paie pour m'espionner ?

— Comme si je vous espionnais, monsieur ! Des fermiers vous réclament de toute urgence et j'ai passé la moitié de la nuit à vous chercher. Mon pauvre époux a plusieurs fois gravi Clootie Hill, lui qui a une mauvaise jambe.

Sa poitrine imposante gonflée d'indignation, elle reprit son souffle.

— C'est très bien de venir me chercher, madame

Armstrong, mais je ne comprends pas pourquoi vous n'avez pas frappé à la porte.

— J'ai frappé, monsieur! Mais personne n'a répondu.

— Et comme par hasard, vous êtes passée devant la fenêtre.

— J'espérais voir une lumière à l'étage et jeter un caillou pour attirer l'attention de Mlle Rose. Vous m'avez donné l'ordre de toujours venir vous chercher quand un enfant était malade, docteur.

Soucieux, Duncan fut reconnaissant à Margaret de lui tendre son manteau et sa canne.

— Qu'est-ce qu'il a?

La domestique poussa un soupir dramatique:

— La variole, monsieur.

Aussitôt, Margaret et Duncan échangèrent un regard consterné.

— Comment le savez-vous, madame Armstrong?

— A la description des symptômes, et parce que, selon les rumeurs, il y a des cas de variole sur l'île de St. Kilda. Je me tiens au courant, vous comprenez.

— En effet, ajouta-t-il en enfilant ses gants. Bonsoir, Margaret. Remerciez Agnès pour le dîner.

— Puis-je vous aider?

— Je vous le ferai savoir. Depuis notre rencontre à l'Institut, vous avez été vaccinée, n'est-ce pas?

— Mon oncle n'aimait pas les médecins. D'après lui, la médecine moderne était l'œuvre du diable.

— Je m'en souviens, mais, diable ou non, vous serez vaccinée dès que possible. Jusque-là, vous ne devez pas quitter cette ferme ni recevoir de visites.

Il s'empressa de rejoindre l'écurie où se trouvait son cheval, Sybil Armstrong trottinant à ses côtés.

— Est-ce que tout va bien, ma chérie? appela Agnès du haut de l'escalier.

— Je ne sais pas. Depuis ce soir, je ne sais vraiment pas, répondit Margaret en refermant la porte derrière elle.

23

Trois cas de varicelle (et non de variole, Dieu soit loué!) ont été déclarés jusqu'à aujourd'hui. Ai prescrit les purgatifs salins habituels, des bains froids et l'application de gutta percha sur les endroits infectés.

L'autopsie pratiquée sur le rat de Margaret n'a pas donné de résultat. Poumons, estomac congestionnés. Vaisseaux sanguins du cœur et du cerveau coagulés. Ai remarqué une légère odeur d'agrumes — demander à Margaret si elle avait des oranges (importées) dans son panier. Etrange.

Motif du décès: asphyxie par le plaid de Margaret???

— Votre cheval est prêt, monsieur, dit Walter après avoir toussoté pour annoncer sa présence.

Fatigué, Duncan reposa sa plume. Ses muscles s'étaient ankylosés à force de se pencher sur des enfants endormis et de monter à cheval dans le froid, à peine réveillé.

— Accordez-moi encore un instant, Walter.

— Bien, monsieur.

Après avoir quitté Margaret la veille, il s'était empressé d'aller voir l'enfant malade. A son retour au presbytère, à l'aube, il tremblait de soulagement de n'avoir trouvé aucun cas de variole. Après un bain chaud et un copieux petit déjeuner, il aurait aimé se reposer mais le souvenir de ce qui s'était passé dans le salon le tenaillait.

Il était resté allongé dans son lit inconfortable, nu sous les draps, le corps brûlant, furieux, exalté. Alors qu'il s'assoupissait, la poignée de la porte avait tourné. Il s'était redressé lentement, avec l'espoir irraisonné qu'*elle* apparaîtrait, qu'il l'attirerait dans son lit, lui ferait l'amour, et s'endormirait entre ses bras jusqu'à ce qu'il fût assez reposé pour l'honorer encore.

Mme Armstrong, hélas, et non Margaret, avait fixé son torse nu pendant de longues secondes avant de déclarer :

— Accouchement par le siège au village des pêcheurs, monsieur. Walter a préparé vos affaires.

Et c'était la voix nasillarde de Walter qui tirait maintenant Duncan de sa somnolence.

— Pensez-vous être de retour pour le déjeuner, monsieur ?

— Probablement pas. Si vous avez besoin de moi dans l'après-midi, vous me trouverez chez Mme Strong.

— Pardonnez-moi, monsieur, mais ma femme m'a chargé de vous demander la permission de donner les gâteaux rassis aux oiseaux. C'est l'hiver...

— Vous pouvez faire ce que vous voulez avec les restes, tant qu'ils ne traînent pas dans la cuisine et n'attirent pas la vermine.

En s'éloignant de la maison, Duncan devina que Sybil le suivait des yeux, sans doute choquée qu'il acceptât de rendre visite à cette dangereuse adepte de la magie noire, Morag Strong.

Il rit doucement et un nuage de buée se forma devant sa bouche. En haut de la colline, il contempla la ferme blottie au milieu de ses champs en friche. Il ralentit son cheval, ému à la pensée de Margaret agenouillée dans le petit salon, les seins nus, sa peau brillant comme de l'ivoire à la lumière des flammes.

Excitée, consentante, délicieuse — c'était la Margaret dont il avait rêvé, à moins que la réaction de la jeune fille ne fût qu'imaginaire.

Une heure plus tard, encore préoccupé par Margaret, il arriva chez Morag Strong. Coiffé d'un toit conique de bruyère et de tourbe où poussait de l'herbe par temps clément, le cottage ressemblait plus au logis d'une fée qu'à l'habitation d'un être humain.

— Vous avez l'air fatigué, docteur.

La voix de Morag, légèrement moqueuse, le fit sursauter. Elle gravissait la colline, montée sur un gros poney pie. Dans la lumière de cette fin d'après-midi, on voyait les cheveux gris qui parsemaient sa chevelure, mais c'était encore une très jolie femme, aux rondeurs appétissantes et au beau visage énergique.

— La nuit a été longue. Les fermiers ont cru à une épidémie de variole.

— Venez boire un peu de potage.

— Je n'ai pas encore pris goût à vos breuvages, bien que la ravissante Mlle Rose m'ait donné ces horreurs à la cuillère.

Morag éclata d'un rire qui lui glaça le sang.

— Ça, c'était le bouillon de Margaret. Rassurez-vous, il n'y a rien de médicinal dans ma marmite aujourd'hui.

Elle fit avancer le poney et guida Duncan jusqu'à une étable adossée au cottage.

Lorsqu'il pénétra dans l'unique pièce, il fut surpris de la trouver aussi propre et confortable. Un rouet était installé dans un coin et une couette impeccable recouvrait le lit. Sur une étagère, un crâne humain l'observait de ses orbites vides. Se rappelant les avertissements de Margaret, il se retint de sourire.

— Asseyez-vous, dit-elle en lui indiquant une

chaise placée près de la table en pin. Avez-vous faim, docteur ?

— Cela dépend.

Ayant accroché son châle à une patère, elle se retourna vers lui. Sa poitrine imposante étirait la laine usée de sa robe et, en marchant, elle roulait des hanches. Cherchait-elle à se montrer provocante ?

Quelques secondes plus tard, Duncan en eut le cœur net. Morag posa une main aux ongles abîmés, noircis de terre, sur son épaule. Ses vêtements dégageaient une odeur de fumée et de transpiration.

— Je vous regarde parfois, quand vous chevauchez seul à travers la lande. Je n'aurais pas pensé qu'un homme avec un visage aussi féroce consacre sa vie à aider les autres.

— Madame Strong...

— Mais j'ai compris que vous êtes venu ici pour fuir quelque chose sur le continent. A quoi voulez-vous échapper, c'est ce que je me demande.

— Je suis venu vous parler afin de faire la paix.

En soupirant, Morag posa du thé et du pain noir sur la table. Elle avait préparé une soupe nourrissante, avec des carottes, des poireaux, du poulet et des pommes de terre. Elle beurra une tranche de pain et la lui tendit.

— Mangez, ordonna-t-elle. Il ne faut pas discuter le ventre vide.

Soupçonneux, Duncan trempa sa cuillère en bois dans le potage. Sur un banc près du feu, il remarqua une bible.

— Avez-vous l'intention de vous convertir, madame Strong ?

Elle éclata de rire.

— Stephen me l'a laissée hier soir. Il a demandé à l'évêque d'Edimbourg de la bénir.

Le potage était délicieux.

— J'imagine que Stephen souffre de quitter l'île sans avoir sauvé votre âme.

— Il souffre surtout de quitter Margaret.

— Que voulez-vous dire ?

— Ah, voilà que vous m'écoutez attentivement ! s'exclama-t-elle en leur versant le thé. Stephen craint qu'elle ne devienne comme moi. Mais maintenant que vous êtes là pour la protéger, de quoi a-t-il peur ?

— Pourquoi pensez-vous que je la protège ?

— Hier soir, je vous ai observés tous les deux sur Clootie Hill. Quand un visage aussi austère que le vôtre s'adoucit, c'est une transformation radicale.

Malgré lui, les images de la veille lui traversèrent l'esprit. Il sirota son thé qui lui brûlait la gorge.

— Comme Stephen, vous serez bientôt reparti.

— Est-ce une menace ?

— Je connais votre avenir, docteur MacNeill, dit-elle en haussant les épaules. Le destin ne veut pas que vous restiez sur Maryhead.

— Et Margaret ? demanda Duncan qui, sans ajouter foi aux prédictions des diseuses de bonne aventure, aurait aimé s'entendre dire que Margaret et lui avaient un avenir commun.

— Vous plairait-il d'avoir un philtre que vous emporteriez lors de vos promenades solitaires ? Je vous préviens, le prix pour obtenir l'amour de Margaret sera élevé. Je lui suis très attachée, vous comprenez.

Agacé du tour que prenait la conversation, il termina son thé.

— Madame Strong, je ne suis pas un client crédule venu vous consulter. Vous rendez un très mauvais service aux habitants de cette île en les dissuadant de se faire soigner par de vrais médecins.

— Vous parlez de votre médecine ? Qu'elle soit vraie est une affaire d'opinion.

— C'est une pratique païenne et dangereuse d'appliquer du crottin de cheval sur un cordon ombilical pour empêcher l'âme d'un nouveau-né d'être emportée par les fées.

— Vous ne croyez que ce que vous voyez. N'avez-vous jamais envisagé qu'il existe un monde au-delà de vos connaissances ?

— Un monde d'où reviendraient les enfants morts pour rendre visite à leur famille affligée ? interrogea-t-il sèchement. Savez-vous tous les souvenirs douloureux que Margaret a dû revivre après avoir pensé voir son frère hier soir ?

— Vous parlez du petit Alan Rose ? Je n'y suis pour rien.

Soudain, Duncan ressentit une bouffée de chaleur et la tête lui tourna.

— Pourquoi avez-vous dit aux insulaires que je sèmerais le trouble sur Maryhead ?

— Chacun sait qu'un nouveau venu est porteur de malheurs pour l'île. Voulez-vous encore un peu de thé, docteur… pour clarifier vos pensées ?

Duncan reprit son souffle, se demandant s'il s'était plaint ouvertement de ses vertiges. Il s'inquiéta de voir le visage de Morag Strong s'estomper et son sourire malicieux devenir malveillant.

— Vous ne vous débarrasserez pas facilement de moi.

— Pourquoi pensez-vous que je cherche à me débarrasser de vous ?

De sa poche, Duncan retira la feuille où il avait recopié les lettres dessinées sur le ventre du rat. Lorsque Morag regarda le papier, son sourire s'évanouit.

— « Le passé revient pour vous hanter », traduisit-elle lentement. Je me demande ce que cela signifie.

— Je pensais que vous pourriez m'éclairer.

— Je ne ferai jamais rien pour effrayer Margaret. Je lui suis sincèrement attachée.

— Vraiment ? lança-t-il d'un air cynique.

Prenant la tasse vide de Duncan, elle la fit tourner trois fois dans le sens des aiguilles d'une montre et la posa à l'envers.

— Des feuilles de thé, comme c'est banal ! ironisa-t-il. Je m'attendais au moins à une boule de cristal.

— Un cœur brisé... Comme vous l'avez bien dissimulé derrière votre visage sérieux. Je me demande si Margaret saura vous guérir. Je lui ai appris tellement de mes secrets.

Brusquement, il eut peur de s'évanouir avant d'avoir quitté le cottage. Repoussant sa chaise, il se leva en chancelant.

— Qu'avez-vous... mis... dans mon thé ?

D'une main rugueuse, elle défit son chignon et ses cheveux s'éparpillèrent sur ses épaules. Elle commença à délacer son corsage.

— On dirait que vous avez un malaise, docteur. Vous devriez vous allonger.

Malgré son vertige, Duncan réussit à ouvrir la porte et inspira profondément. Derrière lui, la sorcière riait.

— Le passé revient pour vous hanter, docteur MacNeill. Je me demande ce que cela signifie.

24

— Vous êtes vraiment certain que j'attends un enfant ? demanda Agnès, alors que Duncan revenait dans la pièce.

Après l'avoir examinée, il l'avait laissée seule pour se ressaisir et était allé se laver les mains dans la cuisine. Mais elle était toujours sous le choc.

— Je suis catégorique, madame Alcock.

— Un bébé... cet été. Dorénavant, Kenneth sera obligé de rester sur l'île, n'est-ce pas ?

Duncan sourit. Une bonne nouvelle faisait doublement plaisir en ce début d'année.

— Les légers saignements ne m'inquiètent pas trop, madame Alcock, mais pour ne pas prendre de risques, je vous suggère de limiter vos activités.

— Dans ce cas, je ne pourrai pas vous accompagner ce soir, Margaret et vous, au bal de la Saint-Sylvestre. Ce ne serait pas bon pour l'enfant d'être secoué dans la carriole.

— Vous avez raison, madame Alcock.

— Mais alors, qui sera votre chaperon ?

— Ma conscience, peut-être ?

Se levant du canapé, elle ajusta sa jupe.

— C'est sans doute l'émotion de devenir bientôt mère qui me rend nerveuse, docteur MacNeill, mais j'aimerais beaucoup que Margaret et vous restiez ici ce soir.

— Pourquoi cela ?

— Je ne sais pas. L'idée de cette traversée de la lande en plein brouillard, avec tous les ennuis que créent les voleurs de moutons et les fêtards de fin d'année en ce moment. C'est une nuit de meurtres et de troubles.

— Sur Maryhead ? s'étonna Duncan.

— Nous éprouvons les mêmes sentiments que les autres hommes, docteur. Certes, les incidents sont rares, mais ils arrivent.

— Je vous promets de prendre soin de Margaret. J'emporterai ma canne et j'attellerai ma jument à la carriole. Ne craignez rien, madame Alcock, notre voyage se passera sans encombre.

Duncan ne s'était jamais autant trompé de sa vie. Pour commencer, un essieu de la carriole se brisa sur un rocher, alors qu'ils n'avaient quitté la maison que depuis une demi-heure. Aussitôt, Duncan proposa de retourner à la ferme sur son cheval, mais Margaret refusa ; elle avait promis à Macpherson de lui apporter du houblon afin de faire un cataplasme pour soulager son lumbago.

— Il souffre du froid, expliqua-t-elle.

— Envoyez l'un des fermiers au château.

— Je ne peux pas. Thomas a besoin de moi pour lui appliquer le cataplasme.

Irrité à l'idée de Margaret touchant le corps d'un autre homme, Duncan se renfrogna.

— Il lui faut probablement un bon purgatif, des coussins chauds ou de l'*actaea racemosa* prise avec de l'eau. De toute façon, il devrait se laisser examiner ; je croyais qu'il voulait montrer le bon exemple.

— Seriez-vous jaloux, docteur MacNeill ?

— Regardez ! J'ai les mains toutes sales après avoir essayé de réparer cette roue.

Cessant d'arpenter le chemin, Margaret s'approcha de lui.

— C'est le problème des médecins, ils aiment les mots imprononçables et prescrivent une auscultation générale pour un malheureux mal au dos. Et je vous ai dit que cette roue ne pouvait pas être réparée. Maintenant, nous serons en retard pour le concert.

Alors qu'il allait lui rétorquer qu'il n'était pas responsable du mauvais état des routes, Duncan resta interloqué par la beauté de la jeune fille.

Sous sa cape, elle portait une robe du soir en brocart de soie rose dont le décolleté de velours noir mettait en valeur ses jolies épaules. Quand Duncan était arrivé à la ferme et qu'il avait vu Margaret, auréolée de rose et d'or, avec son élégant chignon, il en avait eu le souffle coupé et il l'avait dévisagée d'un air si captivé qu'Agnès s'était mise à rire.

Or il n'avait même pas remarqué la robe. Margaret eût-elle porté de la toile de jute, il aurait été tout aussi abasourdi. Il s'était rappelé ce qui s'était passé dans ce salon quelques nuits auparavant. Chaque délicieux détail était imprimé dans sa mémoire.

— Je ne savais pas que vous aimiez autant la musique, soupira-t-il.

— Je l'adore. On en écoute si peu sur l'île. Pourquoi me regardez-vous avec une telle insistance ?

— Excusez-moi, Margaret, mais vous êtes particulièrement belle ce soir.

Alors qu'il s'essuyait les mains sur un mouchoir, Margaret sentit son cœur se serrer. Revêtu d'une cotte de mailles et armé d'une hache de guerre, Duncan ressemblerait à un chevalier. Ce visage sévère et puissant rappelait celui d'un guerrier païen, prêt à combattre jusqu'à la mort pour sa compagne, un homme dont la passion sans retenue l'emportait sur sa réserve…

— Cette fichue graisse ne part pas, grommela-t-il. Auriez-vous de l'hamamélis dans votre sacoche magique ?

— Si c'est de mon réticule que vous parlez, vous n'y trouverez que mes escarpins pour danser, le houblon et un peu d'eau de lavande.

— Ne comptez pas sur moi pour l'utiliser ! On me prendrait pour un dandy de Londres.

— Personne n'oserait mettre en doute votre virilité !

— Venant de vous, je prends cela comme un compliment.

Elle rougit, car Duncan repensait sans aucun doute à l'autre soir. Bien qu'elle n'eût rien oublié, elle n'avait pas l'intention de réitérer l'expérience. Duncan était une terrible tentation à laquelle il fallait à tout prix résister. Elle avait d'ailleurs pris la décision de ne pas le revoir en privé après ce soir. C'était sa résolution pour la nouvelle année.

Comme l'avait prédit Morag, il était dangereux parce qu'il arrivait à la faire rire et à lui faire regretter une vie qui ne serait jamais la sienne. Si jamais elle se mariait, elle choisirait un homme de l'île digne et pondéré. Tôt ou tard, Duncan quitterait Maryhead. A en juger par son esprit curieux et par son exaspération devant les vieilles croyances, comment pourrait-il s'intégrer ? Il ne changerait pas, mais il lui briserait le cœur.

— Il faut abandonner la carriole et continuer à cheval, dit-elle en serrant sa cape autour de ses épaules.

Duncan savait qu'il aurait dû refuser, mais il ne résistait pas à l'idée de passer la nuit seul avec Margaret. Leur relation avait atteint un point crucial. Il était prêt à s'engager. L'autre soir, quand il avait parlé de mariage, il n'avait plaisanté qu'à demi.

— Occupez-vous de la jument pendant que je la dételle. Vous êtes certaine que vous ne voulez pas retourner à la ferme ?

— Oui. Je vais devenir folle si je regarde Agnès tremper un autre hareng dans des céréales pour faire grandir le cerveau de son bébé.

Alors qu'elle tenait la jument, elle caressa un pendentif accroché à un ruban de velours noir.

— Qu'est-ce que vous portez autour du cou ?

— C'est du quartz blanc, la pierre des fées. Elle est censée me porter chance.

— Est-ce que ça marche ?

— Il semblerait que non, ironisa-t-elle en indiquant la carriole.

— Ce ne sont que de stupides superstitions.

— Votre canne l'est tout autant. Alors, vous m'emmenez au château ou pas ?

Cinq minutes plus tard, ils chevauchaient à travers la lande, sous une légère brume. L'énorme lune jaune suspendue au-dessus des collines se reflétait sur la mer.

Brusquement, Margaret se retourna et scruta le paysage sombre.

— Qu'y a-t-il ? s'inquiéta Duncan.

— Je ne sais pas. J'avais le sentiment qu'on nous suivait, mais je ne vois personne.

— C'est peut-être le berger décapité de la lande de Kinmairi.

— Qui cela ?

— Je ne connais pas son nom, mais toute lande écossaise digne de ce nom en possède au moins un.

— Vous feriez mieux de vous concentrer sur la route au lieu de raconter des sottises. Beaucoup des chemins sur Maryhead ne mènent nulle part.

— Ma chère, j'ai le sens de l'orientation d'un renard qui traque un lièvre en plein brouillard.

Quelques minutes plus tard, Duncan s'arrêta à un croisement. Il n'en revenait pas : une procession d'hommes et de vieillards, vêtus de toges cousues dans des nappes et brandissant des torches, venait de contourner une colline. Le premier d'entre eux avait un couvre-chef à cornes et tirait à intervalles réguliers vers le ciel à l'aide d'un ancien mousquet. Liam, l'ami de Margaret, fermait la marche, une lance rouillée sur l'épaule.

— Au nom du ciel, qu'est-ce que cela signifie ? s'exclama Duncan, tandis que le cortège dépenaillé les dépassait, la tête haute, avec une dignité grotesque.

Margaret étouffa un fou rire.

— C'est le parlement de Maryhead... nos augustes gouvernants. A chaque nouvelle année, ils font une procession à travers la lande pour éloigner les mauvais esprits.

— Ils chasseront les bons aussi. Quel tintamarre !

Il donna un coup de talon pour faire avancer la jument.

— Ainsi, Margaret Rose aime la musique. Sans fausse modestie, on m'a dit que j'avais une belle voix.

— Je vous ai entendu chanter dans l'abri à bateaux. C'est vrai, vous avez une belle voix.

— Voulez-vous que je chante pour vous maintenant ? « Auld Lang Syne » me semble approprié.

La jument trébucha sur des cailloux. Margaret s'accrocha à la taille de Duncan.

— On le chante dans la cour du château après l'ennuyeux discours traditionnel de Thomas. Ça me fait toujours pleurer.

— Le discours ou la chanson ?

— La chanson, petit plaisantin !

— Moi, jamais je ne vous ferai pleurer. Et que diriez-vous de « La Fière Margaret » ?

— Comme vous voulez.

Sans hésiter, Duncan se mit à chanter la ballade, pour le plus grand plaisir de sa compagne. Désormais, il faisait nuit noire et des écharpes de brume argentée glissaient autour d'eux comme de gentils esprits. De temps en temps, ils voyaient un feu de joie éclairer le sommet d'une colline lointaine, et des processions de fermiers qui faisaient tournoyer des boules de feu faites de chiffons trempés dans de l'huile et de copeaux de bois.

Duncan entamait le dernier couplet quand il s'interrompit et arrêta la jument.

— Margaret, le brouillard s'est épaissi et j'ai bien peur de m'être écarté du chemin.

Elle ouvrit les yeux et ne reconnut pas le paysage drapé de blanc.

— Oh, Duncan, vous avez une superbe voix, mais aucun sens de l'orientation.

— Je sais, admit-il.

— Un renard, aviez-vous dit.

— Ce n'était qu'un pieux mensonge. Par où devons-nous aller ?

— Je ne sais pas, s'agaça-t-elle. Lâchez les rênes et laissons la jument se diriger. Il faut espérer que l'on verra des torches.

Pendant une demi-heure, ils tentèrent de suivre le reflet incertain d'un flambeau dans le lointain, mais dès qu'ils s'en approchaient, la flamme s'évanouissait.

— Je ne m'aventure jamais aussi loin sur la lande, murmura Margaret. Mais on m'a parlé de fermiers qui se sont empêtrés dans les marais et de gens qui ont disparu à tout jamais.

— Joyeuse perspective !

— Et si cette lumière devait nous attirer vers notre mort ?

— Vraiment, Margaret Rose, vous êtes une compagne délicieuse !

En dépit de ses craintes, elle lui sourit.

— Nous allons manquer la fête au château, les

danses et les histoires qu'on récite au coin du feu. Est-ce que vous dansez, Duncan ?

— Aussi bien qu'un ours avec deux pieds gauches, ou seraient-ce des pattes ?

Elle rit franchement. En présence de Duncan, elle oubliait sa retenue. Telle une flamme qui l'aurait hypnotisée, il l'encourageait à sortir de cette obscurité où elle se cachait depuis si longtemps. Mais elle redoutait d'être blessée. C'était trop dangereux d'aimer de nouveau et de courir le risque de tout perdre une nouvelle fois.

Elle se redressa, obsédée par le sentiment qu'ils étaient épiés. Mais pourquoi quelqu'un les suivrait-il, puisqu'ils étaient perdus ?

— Qu'est-ce que vous voyez sur cette colline, Margaret ? Est-ce que c'est une ferme ?

— Je ne sais pas. Il n'y a pas de lumière.

La jument avançait de mauvais gré, ses sabots aspirés par la boue. Inquiète, Margaret se rappela être déjà venue dans les parages avec Morag Strong.

— C'est plus humide, par ici, remarqua Duncan. Serions-nous près de la mer ?

— Très près. Il y a un ruisseau qui coule entre ces rochers, expliqua-t-elle en triturant son pendentif. Allt na Caillache... ou le ruisseau de la vieille sorcière. Duncan, je n'aime pas cet endroit...

— Seigneur ! La jument est en train de s'enfoncer.

— Ne vous affolez pas. Je vais descendre pour vous guider.

— Je suis beaucoup plus lourd que vous et vous allez abîmer votre robe.

— Tant pis pour la robe. J'ai peur que vous ne nous meniez au bord de la falaise.

Ils mirent pied à terre tous les deux, et il resta derrière elle comme s'il craignait qu'elle ne disparût dans le brouillard.

Traversant l'herbe haute, ils menèrent la jument vers le sommet de la colline où se dressaient les ruines d'une ancienne tour.

— Ce n'est pas une ferme ! s'écria Duncan, déçu.

Appelée un « broch » par les insulaires, c'était une structure primitive à trois étages avec de nombreuses galeries souterraines. Avant l'époque chrétienne, quand les guerres et la magie faisaient partie de la vie quotidienne, la tour avait servi de refuge.

Silencieux, Duncan et Margaret laissèrent la jument se désaltérer dans le ruisseau.

— Nous pourrions attendre à l'intérieur jusqu'à ce que passe un fermier ou que le brouillard se dissipe, suggéra-t-il. Je n'ai jamais exploré un broch, et vous ?

— Il y a longtemps. Quand je suis arrivée sur l'île. Cela n'a pas été très amusant.

— Mais vous n'étiez pas avec moi à l'époque, n'est-ce pas, Margaret ? la taquina-t-il, en s'agenouillant pour boire à son tour.

Margaret se précipita près de lui.

— Vous ne devez pas boire ici ! déclara-t-elle en repoussant ses mains.

— Pourquoi ? La jument l'a bien fait.

— C'est un endroit maléfique... Une légende raconte qu'un couvent a été détruit pendant une invasion des Vikings. Presque toutes les religieuses ont été violées et tuées. Ce sont les larmes de l'abbesse qui ont formé ce ruisseau, son cœur s'est durci et s'est brisé en mille morceaux... laissant dans l'eau ces pierres veinées de rouge.

Duncan ne semblait pas convaincu.

— Comme elle n'avait plus de cœur, elle a vendu son âme au diable en échange d'une vengeance. Quand les Vikings sont revenus l'année d'après, ils ont été massacrés à cet endroit même.

Duncan admirait les yeux brillants de Margaret tandis qu'elle débitait ces inepties. L'humidité faisait friser ses cheveux près des tempes.

— Si quelqu'un au cœur impur touche ces pierres, il sera grièvement brûlé, persista-t-elle.

C'était un défi que Duncan se devait de relever. Amusé par la frayeur de Margaret, il plongea les mains dans l'eau glacée et en retira trois pierres.

— Tiens, tiens... dit-il en lui montrant ses paumes intactes. Drôle de légende... J'avais pourtant eu des pensées très impures vous concernant pendant notre escapade.

Furieuse, elle s'éloigna.

— Allons, Margaret, il fait un froid de canard. Venez jeter un coup d'œil à l'intérieur, déclara-t-il en avançant vers l'entrée.

Amusé, il oscilla quelques instants sur la pierre mouvante qui avait été placée au pied de la tour afin de crisser en cas d'arrivée inopinée. Il fut ensuite englouti par l'obscurité. Lorsqu'il disparut, Margaret prit peur.

— N'avancez plus ! cria-t-elle.

Il aurait pourtant mérité de choir dans un cachot. Des pensées impures, et puis quoi encore ! Mais sans lui, elle se sentait seule et inquiète, et l'impression qu'on les épiait s'intensifiait. Elle ne s'aventura pas dans le broch, préférant contempler la mer. A travers la brume, elle voyait les flambeaux de la procession de bateaux de pêche qui contournaient l'île afin d'en éloigner les sorcières pendant l'année à venir. Sur sa gauche, les falaises ressemblaient à la queue d'un dragon.

— Venez, Margaret ! appela Duncan, sa voix étouffée par les murs épais. J'ai trop peur d'entrer tout seul.

— Ne comptez pas sur moi !

— Pourquoi ? Je n'ai pas encore croisé de lutins, dit-il en ressortant.

— C'est un endroit néfaste, Duncan.

— J'admets que ce n'est pas très confortable, mais que pouvait-on espérer de gens qui mangeaient avec les doigts et faisaient bouillir de l'huile en attendant la prochaine invasion viking ?

— Comme vous êtes bête… Morag vient souvent ici.

Sans l'écouter, Duncan disparut dans l'une des galeries souterraines. Nerveuse, Margaret n'entendit bientôt plus que le clapotis du ruisseau où des désespérés venaient faire des pactes avec le diable, et où s'était noyé le mari de Morag, six ans auparavant, trop ivre pour se relever après être tombé le visage dans l'eau.

A contrecœur, elle s'engagea parmi les ruines et poussa un cri quand Duncan surgit derrière un pilier à moitié écroulé.

— Silencieux comme une tombe, sourit-il.

— C'est une tombe.

— Une vraie leçon d'histoire. Allons, jeune femme, laissez-moi stimuler votre curiosité intellectuelle.

— De toute façon, on n'y voit rien.

— J'ai une bougie et des allumettes. Donnez-moi la main.

Ils s'aventurèrent dans la galerie et découvrirent les vestiges d'un temple celte. Des statues décapitées d'anciens dieux païens trônaient sur un autel, entre le squelette d'une chèvre sacrifiée et une collection de pierres blanches et rondes. A leur passage, des tentures de soie pourrie se désagrégeaient.

Une ouverture dans le plafond laissait passer un rayon de lune qui éclairait un calice en cuivre et un *athame*, un poignard à la garde noire. Duncan frotta une allumette. L'autel était couvert de cire de bougies, de taches de sang et de cendres d'origine incertaine.

L'allumette s'éteignit, exhalant une légère odeur soufrée.

— Je veux sortir, dit Margaret.

— Sans moi, vous allez vous perdre, répondit Duncan en fouillant avec sa canne dans une urne brisée.

— C'est pourtant à cause de vous qu'on s'est retrouvés dans les marais.

Tandis qu'elle s'éloignait, il s'approcha sur la pointe des pieds et murmura près de son oreille :

— Margaret... Margaret Rose ! Les esprits vous ordonnent de vous retourner.

— Quels esprits ? demanda-t-elle en regardant par-dessus son épaule.

Son veston sur la tête, il agitait les bras et se lamentait comme un fantôme.

— Les esprits d'ammoniac ? suggéra-t-il en riant.

— S'ils vous voyaient maintenant, les insulaires seraient impressionnés. Moi-même, j'hésiterais à confier ma vie à un homme qui se comporte comme un fou furieux.

— Mes sœurs vous adoreraient, Margaret ! s'exclama-t-il en remettant son veston.

En quittant la galerie, elle se demanda pourquoi cette réflexion lui faisait tant plaisir.

— Etes-vous une famille unie ?

— Oui. Ou du moins, nous l'étions.

— Comment cela ?

Brusquement, elle fit un pas en arrière, fixant un crâne blanc qui brillait dans la poussière. Duncan se pencha pour l'examiner.

— C'était un renard ou une biche. Sûrement pas un être humain.

— Ça me rappelle la mort, frémit Margaret. Restez si vous le désirez. Moi, je m'en vais !

Il lui saisit la main.

— Cet endroit m'inspire, Margaret. J'ai envie de vous faire la cour comme les anciens Pictes.

— Et cela consiste en quoi ?

— Dieu seul le sait ! A l'université, je n'ai jamais étudié les mœurs pictes.

La bouche sensuelle de Duncan effleurait la sienne. Le cœur de Margaret se mit à battre la chamade, ses lèvres s'entrouvrirent. Non ! pensa-t-elle, affolée. Non, non, non... Puis elle ferma les yeux, dans l'attente de son baiser, mais il ne se passa rien. Duncan avait détourné la tête, l'expression sérieuse.

Quelque chose avait brisé le silence. Dehors, on entendait des pas dans la rivière et le bêlement désolé d'un mouton. Puis à nouveau un silence anormal qui provenait du brouillard. Duncan grimpa quelques marches jusqu'à une ouverture qui lui offrait une vue générale de la lande.

— Que diable ? murmura-t-il avant de se précipiter vers la sortie en manquant de la renverser. Quelqu'un essaie de me voler mon cheval. Restez là. J'en ai vu trois.

— Trois quoi ?

Sa canne à la main, il quitta le broch. Margaret n'hésita qu'une seconde avant de le suivre. Plutôt affronter un danger réel au-dehors que de rester dans cette tombe oppressante où avaient été conclus des pactes impies.

25

Il fallut quelques minutes à Margaret pour repérer Duncan dans la brume. Elle le reconnut parce qu'il dépassait d'une tête les deux hommes plus jeunes qui s'avançaient lentement vers lui. Un troisième homme, à la longue silhouette émaciée, fumait une cigarette près d'une carriole à laquelle étaient attachés la jument de Duncan et un poney nerveux. Dans la charrette, affolés par la corde qui entravait leurs pattes, une demi-douzaine de moutons bêlaient plaintivement.

— Je vous donne trente secondes pour relâcher mon cheval et les moutons que vous avez volés ! cria Duncan, hors de lui.

Sur la pointe des pieds, Margaret s'écarta de la tour et ramassa quelques pierres. Lorsqu'elle les tint dans ses mains, elle se rappela la légende de l'abbesse, mais les pierres restaient froides, et elle s'inquiétait tellement pour Duncan que plus rien n'avait d'importance.

Les deux jeunes gens ignoraient les menaces de Duncan. Terrifiée, Margaret les trouva bien téméraires de défier un homme aussi imposant.

Mais pour qui se prenait-il, lui, à braver trois hommes avec sa canne de ville ? Il aurait dû se rappeler le corps ensanglanté du vieil Euan Bruce qui, après avoir été cruellement battu par ses assaillants, avait été jeté du haut de la falaise.

« *Une nuit de meurtres et de troubles.* » Rendue plus perspicace par sa grossesse, Agnès avait cherché à les prévenir.

Ses cheveux ramenés en queue-de-cheval, l'homme

dans la carriole se pencha vers ses deux compagnons.

— Fouillez ses poches… et puis tuez-le, ordonna-t-il d'une voix monocorde.

— Le tuer, Mungo ? Bonté divine, ce n'était pas prévu !

— Mungo Bruce ! s'écria Margaret sans réfléchir. Petite crapule, tu es né sur Maryhead, tu as été élevé ici, et tu oses voler la nourriture de tes frères… sans oublier que tu as failli tuer ton vieil oncle !

Surpris, Mungo chercha à voir qui l'admonestait.

— Toi qui n'as jamais eu à travailler un seul jour de ta vie gâtée, tu ne sais rien des difficultés ! rétorqua-t-il. Il faut de l'argent pour survivre sur le continent. Quelle vie est-ce que je peux espérer pour ma famille sur ce misérable tas de boue ?

Peu à peu, une brise venue de l'océan dispersait le brouillard. Margaret frissonna.

— Le laird ne prendra pas cette histoire à la légère, Mungo. Le peu d'argent que tu as pu gagner en vendant des biens volés ne compensera pas ta punition.

— Le laird, ce dandy affecté ! ricana-t-il.

D'une inclinaison de tête, il signifia aux deux hommes d'avancer. Effrayée, Margaret les vit encercler Duncan, leurs poignards à la main.

— Duncan !

— Ne bougez pas, Margaret !

Mais elle courut vers la mêlée, n'arrivant plus à le distinguer dans l'enchevêtrement des corps derrière la carriole. Il y eut un crissement métallique, puis un cri stupéfait. Elle entendit un poing s'écraser sur une mâchoire et un homme hoqueter.

Soudain, Mungo lui barra le chemin, agitant ses bras comme un gorille.

— Que vais-je faire de toi, Margaret Rose, toi qui étais trop fière pour danser avec moi l'année dernière au château ?

— Imbécile ! L'année dernière, je n'étais même pas au château.

— Danse avec moi maintenant, menaça-t-il.

— Pousse-toi !

— Les hommes comme moi, tu n'en veux pas, marmonna-t-il. Seul ton beau cousin t'intéresse.

Un corps était étendu par terre, mais ce n'était pas Duncan. Les pierres dissimulées dans les plis de sa jupe, elle releva le menton avec un air de défi.

— Si ta mère savait...

Le regard égaré, Mungo se jeta en avant, la traquant comme un animal et la forçant à reculer. Sa jupe humide effleura la pierre mouvante. Son cœur battait si vite qu'elle avait de la peine à respirer. Comme elle avait perdu Duncan de vue, elle avait l'impression d'être prisonnière d'un cauchemar où les ombres prenaient forme dans le cadre maléfique du broch.

Cet endroit avait connu tant de morts violentes ! Les mains moites, Margaret serra les pierres. Ce n'était pas seulement Mungo qui l'effrayait. Elle percevait une présence collective, une forme d'énergie, autour d'eux.

— Margaret, où êtes-vous passée ? appela soudain Duncan.

— Par ici !

— La ferme ! dit Mungo. Je n'ai jamais tué une femme auparavant. Tu aurais dû rester chez toi, ce soir, Margaret Rose, à tisser tes sortilèges.

Margaret regrettait de ne pas l'avoir fait. Les pierres dans ses paumes se réchauffaient, dégageant une force incontrôlable. Sa main se leva d'elle-même. Avant qu'elle ne comprît ce qui se passait, les pierres frappaient Mungo au visage.

Les bras levés, il poussa un cri terrible. Les pierres tombèrent dans le ruisseau, sifflant comme des charbons ardents.

Horrifiée, Margaret vit la marque rouge sur la joue de Mungo. Elle recula d'un pas sur la pierre mouvante.

— Sorcière... murmura Mungo. C'est vrai, ce qu'on raconte...

Il sauta par-dessus la rivière. La pierre vacilla sous le poids supplémentaire. Sans oser regarder en arrière, Margaret courut vers l'entrée. Rêvait-elle ou un poney grimpait-il la colline dans leur direction ?

Alors qu'elle s'enfuyait, la corde que tenait Mungo la frappa violemment au visage. Elle trébucha, mais se força à ignorer la douleur qui irradiait dans sa joue. La bouche sombre du broch s'offrait à elle, exhalant une odeur de mort et de pourriture. Il n'y avait pas d'autre endroit où se cacher. Elle s'y précipita, espérant que Mungo serait trop effrayé par les terribles légendes pour la suivre.

— Margaret, murmura une voix familière dans l'obscurité au pied de l'escalier.

Morag s'approcha d'elle, sa robe blanche effleurant les marches suintantes.

— Dépêche-toi, Margaret. Il existe un passage secret jusqu'au chemin côtier.

— Et Duncan ?

— N'as-tu aucune confiance ?

— Pas ici, rétorqua Margaret.

Dehors, la pierre mouvante grinça. Tendant l'oreille, Margaret entendit quelqu'un trébucher, puis les bruits d'une lutte. Enfin lui parvint la voix sévère de Duncan :

— Suivez-la, Margaret.

Il était vivant ! Elle se sentit euphorique. En haut des marches, elle distinguait sa silhouette et ses longues jambes écartées comme celles d'un conquérant. Son visage semblait gravé dans la pierre ; il avait perdu son veston et sa chemise blanche était déchirée. Sa cravate pendait sur son torse à moitié nu. A ses pieds, étendu sur le dos, gisait Mungo Bruce, tenu en respect par la pointe d'une épée — la canne dissimulait une épée, et celle-ci se trouvait désormais à moins d'un centimètre de la gorge de Mungo.

En silence, Margaret et Morag traînèrent le poney le long du chemin côtier jusqu'au château. Avec toute l'excitation coutumière de fin d'année, la cour extérieure était remplie d'attelages et de carrioles. Dans la cour intérieure, des fêtards buvaient du whisky et faisaient cuire des harengs au-dessus des feux de bois. Du grand hall provenaient les accents joyeux des violons qui jouaient un quadrille.

Margaret était encore si inquiète pour Duncan qu'elle ne sentait pas le vent froid piquer sa joue endolorie.

— Es-tu sûre qu'il va bien ?

— Mungo ou Duncan ? plaisanta Morag.

— Les deux. Duncan avait un air meurtrier. Nous devrions peut-être y retourner. Il avait l'air si…

— Primitif ? Protecteur ? suggéra Morag d'un ton finaud. J'ai toujours pensé que son visage recelait des secrets intéressants, mais c'est toi qui as réussi à les révéler. Ne t'en fais pas pour ton guerrier. J'ai envoyé mon fils chercher de l'aide.

— Que faisais-tu au broch ?

— J'avais une demande particulière. Un philtre. Ton docteur te plairait-il ?

— Certainement pas, répliqua Margaret en serrant sa cape autour d'elle. Tu m'accompagnes jusqu'au château ?

— Seigneur, non! Depuis que Thomas a fait venir le docteur, nous ne nous adressons plus la parole. Sais-tu que tu n'es pas venue me rendre visite une seule fois depuis son arrivée ?

— J'ai été trop occupée. Les maladies sont nombreuses en hiver.

— J'ai encore plein de choses à t'apprendre. Veux-tu toujours que je te les enseigne, ou préfères-tu prendre des leçons auprès de ton docteur ?

— Je veux apprendre à guérir. Il en sait tellement plus que moi, Morag, mais je préférerais brûler vive plutôt que de le lui avouer.

— Je t'avais bien dit qu'il te créerait des ennuis. Ce soir, ce n'était qu'un début.

Les mains glacées, Margaret commença à trembler. Elle revoyait Duncan débordant de cette énergie violente qui faisait vibrer l'air alentour.

— Ce soir marque la fin de ma relation avec Duncan, dit-elle à mi-voix.

— Tu le crois vraiment? De toute façon, il va bientôt quitter l'île.

— Je le sais bien.

— Il partira comme Stephen. Penses-tu parfois à ton cousin ou le docteur l'a-t-il chassé de ton esprit ?

— J'aurai toujours la plus grande tendresse pour Stephen.

— Mais la tendresse, ce n'est pas de l'amour, n'est-ce pas, Margaret, ni de la passion ?

Elles s'arrêtèrent devant les grilles du château, fouettées par le vent qui tourbillonnait sans pitié. A la lumière des flambeaux, Morag avait pris une expression cynique.

— Merci pour ton aide, murmura Margaret.

Morag lui prit la main.

— Duncan MacNeill est un homme dangereux. Je t'aurai prévenue, Margaret.

26

Essoufflé, Duncan ferma les yeux quelques instants afin de maîtriser la fureur qui s'était emparée de lui lorsqu'il avait vu Bruce pourchasser Margaret. Il avait envie de tuer l'homme qui frétillait à ses pieds tel un ver de terre ; Mungo méritait une mort lente et horrible.

Abaissant son bras qui tenait l'épée, il grogna de douleur. Sa lutte avec les deux vauriens avait mis à mal son épaule blessée, et il devinait qu'il avait un œil au beurre noir et probablement une côte brisée. Le lendemain, il paierait cher son action héroïque.

Profitant du moment d'inattention de Duncan, Mungo essaya de se redresser, mais un coup de coude dans le sternum lui coupa le souffle.

— Vaniteux ! grogna Mungo. Tu as aimé jouer au héros devant ces deux folles. Alors vas-y ! Tue-moi !

La lame de l'épée posée sur la gorge de Mungo, Duncan eut un sourire froid.

— Leçon d'anatomie : étude chirurgicale du système cardiovasculaire. Les veines du cou.

Malgré lui, Mungo se mit à trembler.

— Ça ne m'impressionne pas.

— La jugulaire interne, poursuivit Duncan, les yeux mi-clos. Il s'agit de cette grosse veine qui amène le sang au cerveau, à condition, bien entendu, que la personne en possède un, ce qui, dans votre cas, me semble douteux. En général, lorsqu'on la tranche, la mort survient presque instantanément.

— Bonté divine ! s'affola Mungo.

— C'est vraiment terrible de voir un homme menacer physiquement une femme. Lorsqu'on s'attaque au sexe faible, je perds la tête, Mungo, je ne réfléchis plus...

Un bruit de pas l'interrompit. Le frêle Jamie Shaw apparut à l'entrée du broch.

— Liam et ses hommes sont avec moi, docteur MacNeill. Je présume que vous aurez besoin de leur aide ?

— En effet. Si cela ne les dérange pas d'interrompre leur procession.

Aussitôt, Mungo se releva d'un bond. Ses cheveux gras lui tombant dans les yeux, il jeta un regard horrifié à Duncan.

— Il se fait appeler docteur, mais c'est un cinglé ! Un boucher fou avec un diplôme de médecin !

Trois des amis de Liam, vêtus de toges, vinrent emmener Mungo.

— Est-ce que ça va, docteur MacNeill ? demanda Liam.

— Ça pourrait aller mieux. Où est Margaret ?

— Morag l'a escortée jusqu'au château. Vous venez avec nous, docteur ? Le brouillard s'est levé, mais je n'ai pas envie de vous abandonner tout seul.

— Laissez-moi me nettoyer au ruisseau. Je vous rattraperai à cheval.

— Ne tardez pas trop. La lande est hantée.

— Par l'abbesse et les religieuses violentées ?

— Pas du tout. Par le berger décapité.

Pendant plusieurs minutes, Duncan resta immobile à se demander comment il allait expliquer tout cela à Agnès. Puis, lentement, le corps endolori, il rangea son épée et gravit les marches jusqu'à l'air frais.

Dans la carriole, une brebis oubliée geignait. A genoux, Duncan regarda l'eau du ruisseau couler sur son lit de pierres, en emportant ses secrets vers la mer. Quelle ironie du sort ! songea-t-il. Le même soir, je me découvre capable de tuer et amoureux de Margaret.

L'amour et les pulsions meurtrières ! Il se lava le visage et les mains, pensant à ce qu'il allait lui dire plus tard, faisant résonner les mots dans sa tête :

« Je vous aime, Margaret. Je vous ai rencontrée à un moment de mon existence où la vie était encore synonyme d'espoir, et où je croyais que les rêves pouvaient devenir réalité. C'est peut-être la vérité. Parce que nous voilà réunis, déçus par le passé, nous efforçant d'avancer vers un avenir incertain, mais néanmoins ensemble. Pensez-vous que cela ait une signification ? Si je vous le demandais, seriez-vous prête à risquer l'aventure ? »

Souriant, il prit les rênes de son cheval. C'était un joli petit discours mais, en s'apercevant de l'état de ses vêtements, il s'interrogea : ces paroles n'auraient-elles pas plus d'impact si Thomas lui prêtait d'abord une chemise ?

27

Lorsque Duncan pénétra dans le hall du château éclairé aux chandelles, la musique entraînante d'un quadrille s'arrêta net. Comme les eaux de la mer

Rouge devant Moïse, les danseurs s'écartèrent pour le laisser passer. Méfiants, les femmes en jupe de tweed et les hommes en tartan le dévisageaient avec animosité.

La vieille pendule dans la galerie des musiciens au-dessus de leurs têtes sonna les douze coups de minuit. On pouvait lui faire confiance pour ménager ses effets !

Une rumeur consternée parcourut la foule.

— On aura de la malchance toute l'année, se désola une femme. Ne sait-il pas que ça porte malheur de rencontrer un docteur la nuit de la Saint-Sylvestre ?

— Morag Strong dit qu'en réalité il est Iain Dubh...

Iain Dubh, c'est grotesque ! s'agaça Duncan, se rappelant une légende de l'île qui racontait les prouesses d'un certain Black Jock, un sorcier du XIIIe siècle aux pouvoirs extraordinaires.

— D'ailleurs, il porte toujours avec lui une baguette magique et un livre de magie, marmonna un autre invité.

Ma canne. Mon journal, pensa Duncan. Voilà que mon malheureux journal est devenu un grimoire du diable !

Suspendu au plafond, un immense lustre de bois flotté soutenait une centaine de bougies à l'huile de poisson dont la fumée piquait les yeux et offensait les nez sensibles.

L'air méprisant, tous observaient son visage tuméfié, ses vêtements en lambeaux, ses chaussures crottées. N'importe quel autre jour, il eût été indifférent à leurs remarques, mais il était las et impatient de retrouver Margaret pour partager ses émotions avec elle.

Avant qu'il ne l'eût repérée dans la foule, Thomas Macpherson apparut, déguisé en Abbé de la

Déraison, avec un chapeau vert orné de clochettes et une redingote de velours vert aux manches garnies de dentelle en or.

Etonné par l'apparence incongrue de Duncan, il secoua la tête, faisant tinter les clochettes, et lui offrit une chope de l'*athole brose* traditionnel — du whisky avec de la crème, de la bouillie d'avoine et du miel de bruyère.

— A vous voir, il semble qu'un chaudron entier ne serait pas du luxe.

— Où est Margaret ? demanda Duncan alors que les musiciens recommençaient à jouer.

— Dans la cuisine. Elle voulait laver la boue de ses bas. Je n'ai pas encore compris ce qui vous est arrivé sur la lande.

Ayant vidé la chope d'un trait, Duncan lui décocha un large sourire.

— Je vous le narrerai plus tard. Vous aurez remarqué que ma tenue ne convient guère à cette honorable compagnie.

— Je vous aime bien, MacNeill, dit Thomas en souriant. Saurez-vous retrouver le chemin des cuisines ?

— Oui. L'incident avec Euan Bruce est encore récent. Je me demande ce qu'il dira en apprenant que j'ai failli tuer son neveu ce soir.

— Dommage que vous ne l'ayez pas fait !

Alors que Duncan parcourait le corridor éclairé par des torches, deux jeunes servantes qui apportaient des plateaux de boissons s'écartèrent vivement. Il passa entre elles, haussant les épaules.

— Je croyais que c'était une fête costumée, dit-il, et elles éclatèrent de rire.

Assise près de la cheminée, Margaret tendait ses bas propres vers le feu avec des pinces, un pied nu posé sur un tabouret, l'autre près de l'âtre.

Voyant Margaret absorbée par une tâche aussi

terre à terre, Duncan en oublia la douleur dans son épaule et sa côte. Et elle était seule ; ils pourraient avoir une conversation privée qui serait le point de départ d'une nouvelle intimité entre eux.

Il s'approcha sur la pointe des pieds et lui murmura à l'oreille :

— Vous allez brûler vos jolis doigts de pieds.

Effrayée, elle sursauta et les bas prirent feu.

— Oh, flûte ! s'exclama-t-elle en lâchant les pinces.

Plongée dans ses pensées, réfléchissant à un moyen de mettre un terme à son amitié avec Duncan, elle ne l'avait pas entendu approcher. Elle avait les larmes aux yeux, mais ce n'était pas à cause de ses bas de soie qui flambaient joyeusement.

— Duncan, homme stupide ! Regardez ce que vous avez fait !

Confus, il s'accroupit pour retirer les bas, mais elle repoussa sa main et l'examina.

— Mon Dieu, votre visage est dans un triste état !

— Cela lui donne du caractère, plaisanta-t-il, tressaillant de plaisir quand elle effleura la peau sous son œil gauche enflé.

— Vous devez souffrir le martyre !

— Ce n'est rien comparé à ma côte...

Mais quand il aperçut le bleu sur la joue de Margaret, son sang ne fit qu'un tour.

— Seigneur ! J'aurais dû le découper en filets ! Je m'y emploierai demain à la première heure.

— Pas question. Asseyez-vous afin que je soigne vos blessures. De toute façon, j'avais à vous parler.

— Vraiment ?

Ne serait-ce pas merveilleux de raconter à leurs petits-enfants qu'ils s'étaient déclaré leur amour au même moment ?

— Je ne sais pas par où commencer, bredouilla Margaret.

Tout sourires, comme s'il connaissait un grand

secret, il la suivit jusqu'à la table, et ne se moqua pas d'elle quand elle fouilla dans un placard près de l'évier.

— Moi aussi, je voulais vous parler, Margaret. J'ai eu une révélation nous concernant.

— Impossible de trouver les herbes qu'il me faut.

Soucieuse, elle posa un bol de vinaigre et un linge propre sur la table. Elle évitait de le regarder dans les yeux et il eut un mauvais pressentiment.

— Que vouliez-vous me dire ? demanda-t-il, comprenant soudain qu'il le savait déjà.

Elle s'assit près de lui. Avec des gestes précis, elle trempa le linge dans le vinaigre et le porta à son visage.

— Compte tenu de tout ce qui s'est passé entre nous, j'ai décidé, enfin, je pense qu'il vaudrait mieux ne plus nous voir. Sur un plan personnel, je veux dire.

Craignant de perdre tout sang-froid, Duncan ferma les yeux. Son corps fut saisi d'un spasme douloureux qui se répercuta jusque dans ses doigts. Désormais, il était certain d'avoir une côte fêlée. Le linge imprégné de vinaigre lui brûlait l'œil et les lèvres. Sur l'île, tous pensaient qu'il était la réincarnation d'un sorcier. Et Margaret avait décrété qu'ils ne devaient plus se revoir.

— Vous avez « décidé » ! s'écria-t-il d'un ton furieux.

— Avant qu'il ne soit trop tard.

Lui prenant la main, il la serra contre son torse nu.

— Il est déjà trop tard. C'était ce que je voulais vous dire ce soir, mais soudain, cela n'a plus aucun sens.

— Je ne comprends pas.

— Mais si, vous le comprenez parfaitement !

Brusquement épuisé, il lui lâcha la main.

— Pour moi, cela a toujours été trop tard. Je vous aime depuis des années.

— Oh, Duncan... murmura-t-elle, bouleversée.

— Ce qui s'est passé la nuit de Noël, ça n'a donc aucun sens pour vous ? fulmina-t-il, se retenant de la secouer.

— Je ne sais pas.

Elle haussa les épaules avec l'esquisse d'un piètre sourire. Le cœur brisé, Duncan regretta de ne pas pouvoir chasser cette solitude qui la hantait, aussi désespérante que celle qu'il éprouverait si elle le bannissait de sa vie.

— Je ne sais pas ce qui m'a pris ce soir-là, poursuivit-elle, mais je sais que nous devons tous deux l'oublier.

— Je ne veux pas l'oublier !

— Il le faut.

Il y eut un silence lourd de sentiments refoulés. Blessé et furieux, Duncan pensait aux surprises cruelles d'une vie qui avait détruit la confiance d'une femme et l'avait rendue prisonnière d'émotions contradictoires. Passant la main dans ses cheveux, il se demanda comment faire tomber le mur qu'elle avait érigé autour d'elle.

— Bon sang ! Comment vous comprendre ? Vous êtes une énigme.

— Vous feriez mieux de ne pas essayer.

— Et vous, vous feriez mieux de vous y mettre, rétorqua-t-il sèchement.

Elle contempla le feu où se consumaient ses bas. La sincérité de Duncan la touchait profondément. Un bref instant, elle espéra qu'il refuserait d'abandonner. Que se passerait-il si elle écoutait son cœur et le laissait venir à elle ? Une telle joie l'envahit qu'elle faillit céder mais, avant que cette joie pût prendre racine, une effroyable terreur monta des tréfonds de son être, là où les blessures encore vives de sa jeune existence et la crainte d'être de nouveau abandonnée lui interdisaient d'aimer.

— C'est impossible, Duncan. Depuis le début, nous sommes marqués par le malheur.

— Cela explique peut-être l'attirance que nous éprouvons l'un pour l'autre. Jusqu'à maintenant, nous avons réussi à survivre.

— N'y a-t-il personne qui vous attende sur le continent ?

— Plus maintenant.

— Pourquoi n'êtes-vous plus avec elle ? s'enquit-elle, jalouse de savoir que Duncan avait aimé une autre femme.

A son tour, il trempa le linge dans le vinaigre.

— Elle n'a pas voulu de moi. Peut-être pourriez-vous la rencontrer et fonder une association ? Malheureusement, je n'ai pas d'autre frère que vous pourriez épouser.

Elle ne comprenait pas ce qu'il voulait dire. Duncan effleura la joue meurtrie de Margaret avec le linge. Le vinaigre lui irrita la peau, et elle baissa ses yeux remplis de larmes. Sapristi ! Elle détestait cette tendresse dont il l'accablait.

— Vous avez confondu l'amour avec un désir physique, lui lança-t-elle.

— Si vous ne comprenez pas que les deux sont liés, vous vous égarez, murmura-t-il, regrettant de ne pas pouvoir essuyer la larme qui coulait sur sa joue.

— Je suis perdue, c'est vrai. Je ne comprends rien à ce que j'éprouve quand nous sommes ensemble, mais je sais que cela ne peut plus durer.

— Dieu du ciel, Margaret, donnez-moi au moins une bonne raison !

Comment pouvait-elle lui expliquer ses craintes puisqu'elle ne les avait jamais analysées elle-même ? Elle ne comprenait pas pourquoi l'idée d'une intimité entre eux l'effrayait. C'était quelque chose d'inconscient, et elle l'acceptait, préférant vivre ainsi. Mais Duncan avait révélé au grand jour la soif d'amour et de bonheur qu'elle avait appris à dissimuler.

Des domestiques patientaient à la porte. Margaret revint vers le feu, pieds nus, la tête basse. Elle semblait aussi triste et défaite qu'il se sentait abattu, mais Duncan s'apitoyait sur lui-même et il n'avait plus la force d'avoir pitié d'elle.

— Si nous nous croisons, je détournerai les yeux, dit-il en reculant vers la porte. Il faudra soigner les patients chacun à notre tour pour éviter de nous retrouver à leur chevet. Après tout, l'île est petite.

Il hésita, incapable de masquer sa douleur et sa colère.

— Je vous souhaite une bonne année. La mienne commence à merveille : j'ai offert mon cœur et on me l'a jeté à la figure.

Margaret tressaillit. Face à la cheminée, elle laissa couler ses larmes. Elle l'avait forcé à partir, c'était la meilleure solution. Lorsqu'elle eut repris suffisamment contenance pour se retourner, Duncan avait disparu.

28

Après la Saint-Sylvestre, il neigea pendant une semaine sans discontinuer. Enfermée avec Agnès et Kenneth, qui mangeait comme s'il cherchait à rivaliser avec le ventre arrondi de sa femme, Margaret crut devenir folle. Il lui était impossible d'échapper à la tendresse de ce couple, tendresse dont ils excluaient Margaret malgré eux, et qui lui rappelait cruellement sa solitude en lui montrant comme la vie pouvait être heureuse — pour les autres.

Lorsqu'elle avait mis un terme à sa relation avec Duncan, elle avait pensé retrouver une certaine sérénité. Et, l'un dans l'autre, c'était vrai. Désormais, la crainte d'être abandonnée l'avait quittée ; elle n'avait plus à subir ses critiques concernant ses remèdes de guérisseuse, et elle ne demandait plus à Agnès de lui traduire l'un de ces mots latins interminables que Duncan se faisait une joie d'énoncer sans cesse : la vie était devenue beaucoup plus simple.

Mais si elle avait exclu Duncan de sa vie, elle trouvait bien plus difficile de le chasser de son esprit. Elle pensait constamment à lui, et depuis peu ses longues journées s'étaient assombries, n'étant plus entrecoupées par des rencontres animées, des taquineries, par l'attrait de ce visage irrésistible et de ces bras vigoureux qui l'enlaçaient. Trop tard, elle s'apercevait qu'elle avait aimé se blottir contre lui.

Elle s'étonnait qu'il ne lui ait pas donné de nouvelles. S'il était aussi attaché à elle qu'il le prétendait, n'aurait-il pas insisté pour la revoir ? Mais elle avait obtenu ce qu'elle avait désiré : la paix, la solitude.

Une semaine plus tard, alors que les congères fondaient, Margaret reprit ses anciennes habitudes, s'occupant des autres pour se distraire. Elle veillait sur Agnès et Kenneth, distribuait des potions antirhumatismales et des tisanes pour lutter contre les maux de l'hiver. Elle passait de longues heures avec les fermiers, notamment en compagnie de Peggy Kerr et de son superbe bébé. Mais la douleur qu'elle portait en elle ne s'apaisait pas.

Sachant que Duncan venait parfois voir le fils de Peggy, elle espérait le croiser par hasard.

— Le docteur s'est installé au château, maintenant qu'il veut qu'on ait tous notre i-no-cu-la-tion, lui dit un jour Peggy.

Le jeune David sur les genoux, Margaret chercha à dissimuler son intérêt.

— Tiens, je ne savais pas que les vaccins contre la variole étaient arrivés.

— Par le dernier courrier. Vous auriez dû voir le pauvre docteur, avec son aiguille et sa ficelle et personne à piquer. Tout le monde a peur parce que Morag a dit qu'on finirait comme Euan Bruce si on se laissait faire.

— Euan aurait-il eu une rechute ?

— C'est peu dire ! Il est tombé malade et il est mort deux jours après que son neveu Mungo a été déporté sur le continent.

— Mon Dieu ! Personne ne m'avait prévenue. Comment Morag peut-elle être aussi irresponsable ? Cette histoire va ruiner la réputation de Duncan sur l'île. Et toi, Peggy, as-tu reçu ton vaccin ?

— Moi, j'suis forte comme un bœuf ! Et vous, mademoiselle Rose ?

— Pas encore. Mais j'en ai l'intention.

— Vous irez quand ? la défia Peggy.

— Je me ferai vacciner si tu m'accompagnes, rétorqua Margaret en ramassant son panier.

Peggy donna le sein à son bébé qui se mit à téter goulûment pendant qu'elle caressait son crâne duveteux.

— C'est bon, mais seulement si vous passez la première. Dieu sait pourquoi vous voulez pas écouter Morag !

Impatiente, Margaret enfila ses gants.

— Cette fois-ci, Morag a tort.

— Mais elle vous a appris tellement de secrets.

— Le Dr MacNeill aussi. Il m'a peut-être même appris davantage que je ne le pensais. Je vais demander à Kenneth de nous emmener au château dans la carriole. Sois prête dans une heure, ajouta-t-elle afin que Peggy n'ait pas le temps de changer d'avis. Je vais voir si je peux en convaincre d'autres de nous accompagner.

Alors qu'elle quittait la chaumière, le cœur de Margaret battait à se rompre à l'idée de revoir Duncan. Ce ne serait qu'une brève visite impersonnelle, se dit-elle. Soudain, consciente qu'elle se mentait, elle éclata de rire, effrayant une chèvre qui s'était approchée pour renifler le panier.

— Tiens ! dit-elle, pleine d'entrain, en lui jetant des biscuits qu'un fermier lui avait donnés. Ils étaient destinés à Agnès, mais elle n'en saura rien si on ne le lui dit pas.

Duncan, fatigué et abattu, conversait avec lord Macpherson à la table de banquet du grand hall.

— C'est inutile de gaspiller votre argent et votre temps en essayant de les appâter par des promesses de thé et de droits de fermage. S'ils ont peur, ils ne viendront pas.

— Le « Docteur diabolique », murmura Thomas. D'après eux, vous êtes un sorcier dont les pouvoirs sont encore plus puissants que ceux de cette fichue Morag Strong.

— On m'avait déjà donné le surnom à Aberdeen à cause de mes expériences, avant même que je ne rencontre Morag, s'agaça Duncan. Ici, ils pensent qu'Euan Bruce est mort par ma faute et ils me craignent.

— Mais vous n'êtes pas responsable, n'est-ce pas ? La mort d'Euan n'a rien à voir avec votre opération ou ce produit que vous avez utilisé.

— En effet, l'anesthésie est hors de cause, affirma Duncan, mal à l'aise sur sa chaise Hepplewhite si fragile qu'il se sentait comme un géant. Je suppose qu'Euan a eu des saignements internes après avoir été battu, mais je n'en serai jamais sûr : la famille m'a interdit de pratiquer une autopsie. Et maintenant, personne sur l'île ne veut plus rien savoir de moi.

— Même pas Margaret ?

— Surtout pas elle.

— Pourtant, on faisait déjà des vaccins bien avant notre naissance à tous les deux.

— Essayez d'en convaincre les insulaires ! plaisanta Duncan, se disant que Margaret se moquerait de lui si elle savait dans quel pétrin il se trouvait.

Depuis la décision qu'elle avait prise au nouvel an, il s'était efforcé de ne plus penser à elle, mais à la longue, il étouffait toutes ses autres émotions. L'île pouvait sombrer au fond de la mer, avec ou sans lui, pour ce qu'il en avait à faire !

Avec un soupir résigné, il reposa son verre de cognac. A vrai dire, Margaret et cette petite île humide lui tenaient terriblement à cœur. S'il parvenait à éviter une épidémie de variole qui décimerait les habitants, il aurait au moins la satisfaction d'avoir été utile, ce qui serait une consolation s'il devait bientôt repartir.

Margaret lui manquait tellement que, depuis trois nuits, poussé par un besoin absurde mais irrésistible, il passait une heure sur la colline à contempler la ferme. Glacé jusqu'aux os, il jouait au voyeur, alors qu'il aurait été mortifié si elle l'avait surpris. La nuit, des rêves érotiques l'empêchaient de dormir et il se réveillait en sursaut, tremblant et hors d'haleine…

— Fallait-il prendre rendez-vous ? s'enquit une voix taquine.

Duncan se demanda s'il était vraiment un sorcier pour avoir fait surgir Margaret de ses pensées. Un sourire aux lèvres, sa sirène évanescente s'approcha, précédant une petite troupe d'insulaires.

— Que puis-je faire pour vous, mademoiselle Rose ? demanda-t-il poliment, alors qu'il bouillait de sentiments très peu polis.

— Nous sommes venus pour l'i-no-cu-la-tion, répondit-elle d'une voix posée afin de rassurer ses amis.

En montrant qu'elle avait confiance en lui, le terrible « Docteur diabolique », elle risquait sa réputation. C'était un immense sacrifice et Duncan aurait voulu franchir la table d'un bond et l'embrasser devant tout le monde. D'une façon paradoxale, il avait aussi envie de la renvoyer sèchement pour la punir d'avoir mis fin à leur amitié.

— Dois-je retirer ma robe ? demanda-t-elle d'un air amusé.

Duncan éprouvait cette allégresse qu'il ressentait toujours en sa présence, mais d'une manière d'autant plus poignante que Margaret avait établi une distance entre eux. Depuis ce jour à l'Institut, le cercle se refermait ; or, malgré leurs retrouvailles sur l'île, elle restait inaccessible.

— Il suffit simplement de relever votre manche, je vous prie, dit-il en élevant la voix afin que les autres puissent entendre ses explications. Un vaccin contre la variole n'a rien de très grave, mademoiselle Rose...

— Si j'ai confiance en un vieillard comme vous, le taquina-t-elle. Enfin, Duncan, n'avez-vous pas changé votre discours depuis cinq ans ?

— Que dites-vous ? s'étonna-t-il en lui prenant le pouls.

— Etes-vous toujours aussi attentionné avec vos patients ?

— Je croyais que vous aviez oublié notre rencontre.

— Je commence à me la rappeler.

Il prit un couteau en murmurant :

— La dernière fois que nous avons essayé, je vous ai perdue de vue pendant cinq ans et il a fallu un naufrage pour vous retrouver. Je vous en veux terriblement d'entrer et de sortir comme ça de ma vie, ainsi que pour les souffrances que vous m'infligez. Ne niez pas que vous éprouvez aussi quelque chose pour moi, même si c'est à votre corps défendant.

— Duncan, je vous en prie !

Il pratiqua une petite incision dans son bras.

— Ça ne marchera pas. Nous sommes faits pour être ensemble.

Afin de rassurer Peggy et les autres qui l'observaient dans un silence soupçonneux, Margaret se força à sourire.

— On ne sent presque rien.

— Même si c'était une vraie torture, vous ne l'avoueriez pas, chuchota Duncan, agacé par son entêtement mais admirant son courage. C'est terminé. Au suivant, s'il vous plaît !

Margaret redescendit sa manche. Pourquoi avait-elle pensé qu'elle pourrait le revoir et rester indifférente ?

— J'espérais que vous seriez une obsession physique qui finirait par disparaître, Margaret. Je vous verrai demain à la ferme car le vaccin vous rendra probablement malade. Ce sera une visite professionnelle, rien de plus — à moins que vous ne le souhaitiez.

Elle frémit, incertaine de ce qu'elle désirait.

— Je vais rester pour vous aider, afin de prouver que vous ne m'avez pas tuée avec votre i-no-cu-lation.

Il lui sourit, mais le cœur n'y était pas. Pendant

ces deux semaines, elle lui avait cruellement manqué. Margaret éprouvait probablement la même chose, mais elle ne l'admettrait jamais.

29

Durant cinq jours, Margaret fut clouée au lit, malade à en mourir. Elle était consciente de la présence de Duncan à son chevet. Bien qu'elle ne prononçât que des mots incohérents, elle devinait qu'il cherchait à l'atteindre à travers les ombres fiévreuses. Il hantait ses rêves, et dans son sommeil agité ces rêves se confondaient avec les moments de lucidité, lorsqu'elle s'éveillait et qu'il baignait son visage avec de l'eau froide, son regard bleu confiant.

— Tout va bien, Margaret. Je m'occupe de vous.

Puis, un soir, elle ouvrit les yeux et découvrit Duncan qui écrivait son journal à la lumière d'une bougie.

Elle tenta de s'asseoir. Aussitôt, il vint l'aider et elle s'en voulut d'être la cause de ses traits tirés et de sa fatigue évidente.

— Vous vous sentez mieux, n'est-ce pas, Margaret ? Le pire est derrière nous.

Elle étudia en silence les cernes sous ses yeux et sa barbe noire.

— Vous m'avez tuée, murmura-t-elle d'une voix rauque. C'est pour vous venger de mon bouillon, n'est-ce pas ? J'ai l'impression que la ferme m'est tombée sur la tête.

Avec un sourire soulagé, il s'assit sur le bord du lit.

— Vous êtes en parfaite santé. Vous n'avez pas une marque.

— Nulle part ?

— Cinq jours, c'est long, et je suis votre médecin, sourit-il, ravi.

— Vous me taquinez ; Agnès n'aurait jamais permis que vous passiez chaque nuit ici.

— Non, bien sûr que non, mentit-il.

Lui prenant la main, son pouce caressa les os fragiles. Une douce ardeur enflamma le corps de Margaret.

— Un pouls irrégulier, constata Duncan en levant un sourcil. Soit vous n'êtes pas complètement remise, soit quelque chose vous excite.

— C'est probablement la faim.

— A moins que ce ne soit la solitude, suggéra-t-il d'une voix de velours.

Penché sur elle, son corps puissant ne pouvait pas être repoussé. Ces dernières semaines, les cheveux de Duncan avaient poussé et des mèches noires taquinaient son col de chemise. Les yeux sombres fouillaient son visage à la recherche d'une faille que Margaret était trop terrifiée pour dévoiler. Il lui caressa le bras et l'épaule. Le cœur de la jeune fille s'emballa.

— Combien de personnes avez-vous vaccinées ? demanda-t-elle afin de rompre ce charme séditieux.

— Environ deux cents. Je crois que certains sont revenus deux fois quand Macpherson a commencé à distribuer des poulets.

— Deux cents ! C'est presque toute la population, s'exclama-t-elle, admirative. Est-ce que vous n'abandonnez jamais ? ajouta-t-elle alors qu'il écartait des cheveux de ses épaules.

— Pas quand quelque chose me tient autant à cœur que vous.

Quand il lui effleura les seins, Margaret tressaillit

et Duncan eut un sourire entendu. La séparation avait aiguisé son désir et, si elle n'avait pas été aussi faible, il l'aurait lentement déshabillée, puis il aurait passé la nuit à lui prouver qu'elle lui appartenait. Duncan savait que Margaret le désirait, elle aussi ; son pouls irrégulier, l'émotion de sa voix n'avaient rien à voir avec sa maladie. Dès qu'elle serait rétablie, il profiterait de ce besoin qu'elle ne maîtrisait qu'avec peine pour donner libre cours à sa passion. Décidément, il fallait s'éloigner de ce lit sans attendre.

Le désir qu'elle lisait sur le visage de Duncan impressionnait Margaret, et elle redoutait de ne plus avoir la force de lui résister.

— Vous ai-je dit comme j'aimais votre bouche ? Je l'ai aimée dès notre première rencontre.

— Et mon sens de la repartie ? Je veux prendre un bain et manger quelque chose. J'ai une faim de loup.

— Je vais demander à Agnès de monter vous aider. Demain, je dois reprendre mes tournées dans les fermes.

Il lui caressa la joue de façon si possessive qu'elle frissonna. Elle se redressa, palpant discrètement la couette où le corps de Duncan laissait une empreinte, et elle faillit le supplier de rester. Mais il avait l'air hagard et il devait s'occuper d'autres malades, des familles que Margaret irait voir le lendemain, après être passée au presbytère afin de vérifier que Duncan ne se tuait pas à la tâche. Quant aux résolutions d'en finir avec leur amitié, ce n'était peut-être pas le moment de prendre des décisions hâtives.

— Fermez la porte à clé derrière moi, Margaret. Je reviendrai demain.

— Pourquoi ?

— Obéissez ! exigea-t-il, tandis qu'elle se levait et

que la lumière éclairait les courbes et les déliés de son corps à travers la chemise de nuit transparente.

— On dirait que vous avez besoin de vous reposer.

— Sans aucun doute, j'ai besoin de quelque chose, Margaret, et si je ne pars pas sans attendre, je vais m'en emparer.

Quand il sortit, Duncan l'entendit tirer le verrou avec force et il éclata de rire, certain que ce n'était plus qu'une question de temps pour que les défenses de Margaret soient réduites en poussière.

30

Le lendemain, à son grand étonnement, Margaret dormit jusqu'à midi. Lorsque enfin elle fut habillée, eut pris son thé, écouté trois scènes détestables de la nouvelle pièce d'Agnès et préparé un délicieux repas froid pour Duncan, il était déjà quatre heures de l'après-midi. Elle n'avait pas le temps de rendre visite aux fermiers avant la tombée de la nuit.

— Il n'en a pas besoin, tu sais, grommela Agnès alors que Margaret agrafait sa houppelande.

— De quoi parles-tu ?

— Toute cette nourriture. Il a une gouvernante. A moins, bien entendu, que tu ne t'intéresses personnellement à sa santé.

Margaret repoussa Cyclope venu renifler les victuailles.

— Il avait l'air si épuisé, Agnès. Il s'est tellement consacré à ses patients qu'il en a oublié de se nourrir.

— Il s'est particulièrement occupé de toi. Il passait des heures et des heures dans ta chambre ; c'en était presque gênant.

Margaret prit son panier en rougissant.

— Passe une bonne soirée, ma chérie, lui souhaita Agnès.

— Je serai de retour avant la nuit.

— Si tu le dis…

Le chat suivit sa maîtresse et se faufila dehors.

— Tu ferais mieux de rester ici, lui conseilla Margaret en riant. Si Duncan t'attrape, il t'emportera dans son laboratoire et tu perdras connaissance comme le poisson rouge.

Mais le chat avait décidé de la suivre, et Margaret partit d'un bon pas vers le presbytère. En chemin, elle croisa Walter Armstrong, vêtu de sa casquette élimée et de son pantalon écossais, qui pointait des jumelles en direction du verger de la ferme. Elle se sentait en harmonie avec la terre entière, et même si elle n'appréciait pas le personnage, il ne pouvait pas être si terrible puisqu'il travaillait pour Duncan.

— Bonjour, Walter !

Les oiseaux que contemplait Walter s'envolèrent. Abaissant ses jumelles, son visage aux lèvres minces se crispa.

— Mademoiselle Rose.

— Avez-vous vu des choses intéressantes aujourd'hui ?

— J'observais des hirondelles vertes du Groenland avant que vous n'arriviez, mademoiselle.

— Seigneur ! Elles sont venues de loin. Ne laissez pas Cyclope s'approcher d'elles.

Horrifié, Walter contempla le gros chat qui reniflait ses bottes. Discrètement, il lui donna un coup de pied et l'animal poussa un miaulement furieux avant de se réfugier dans les jupes de sa maîtresse.

— Cela porte malheur de tuer une hirondelle, Cyclope, lui dit-elle.

— C'est surtout ennuyeux pour l'hirondelle! s'exclama une voix masculine.

— Duncan! Je venais vous apporter votre dîner au presbytère.

Ravi de lui voir des joues roses, Duncan lui sourit.

— Et moi, je reviens de la ferme où j'étais passé vous examiner. Accompagnez-moi jusqu'au presbytère. Je meurs de faim! s'écria-t-il en prenant le panier. Comment vont les oiseaux, Walter?

Margaret ne laissa pas Walter répondre et emboîta le pas à Duncan.

— Je crois qu'il est furieux parce que je les ai effrayés, chuchota-t-elle.

Duncan éclata de rire. Le comportement étrange de Walter le laissait indifférent; il était trop heureux que Margaret fût venue à lui.

Devant le presbytère, Duncan sentit qu'elle hésitait à entrer.

— Vous partagerez mon repas, dit-il fermement en lui tenant la porte.

— Puisque vous insistez.

— Dressez donc la table dans le petit salon pendant que j'ouvre une bouteille de vin.

Après avoir fait honneur à une tourte au bœuf et à trois tartelettes aux pommes, ils s'installèrent près du feu pour siroter leur bourgogne.

— Je devrais vous laisser dormir, murmura Margaret.

Elle voulut se lever mais Duncan l'en empêcha. Elle n'osait pas le regarder dans les yeux.

— Je dois partir. Je vous assure.

— Je ne vous le permets pas.

— Duncan...

— J'ai envie de vous, Margaret. Combien de temps allez-vous encore me torturer?

Duncan était sérieux; son regard bleu traduisait

un amour et un désir si évidents que Margaret ne résista pas lorsqu'il la guida vers la porte, emportant aussi la bouteille de vin et leurs deux verres.

— Est-ce que les Armstrong... ?

— Ne vous inquiétez pas. Ils frappent avant d'entrer.

Ils gravirent l'escalier et Margaret étouffa un fou rire.

— Vous n'êtes pas très douée pour ce genre d'escapades, n'est-ce pas ? dit Duncan, amusé, en essayant de ne pas heurter la bouteille et les verres contre la rampe.

— C'est ma première fois, s'indigna-t-elle.

— Encore heureux !

— Evidemment, pour vous, c'est une seconde nature de monter des escaliers en cachette avec des femmes ?

Il pensa aux rares mais mémorables mésaventures qu'il avait eues avant de rencontrer Alice.

— Je remarque que vous restez silencieux, déclara Margaret tandis qu'ils atteignaient la porte de la chambre.

Il se contenta de la faire entrer et de poser la bouteille et les verres sur la coiffeuse. D'emblée, Margaret tira les rideaux. Duncan arqua un sourcil.

— Que faites-vous ?

— Vous savez bien, rougit-elle. Walter et ses jumelles.

— Il faudrait qu'il grimpe à un arbre pour voir dans la chambre.

— Une colline suffirait.

Duncan la prit dans ses bras.

— Comme vous êtes adorable... N'ayez pas peur.

Il défit la rangée de boutons minuscules qui fermaient sa robe rose. Immobile, retenant son souffle, Margaret le laissa aussi dénouer les rubans de sa chemise.

— Vous me semblez bien expert !

Il sourit.

— Levez les bras, mon amour !

Hypnotisée par sa voix grave, elle le laissa lui retirer ses jupons, puis sa culotte bouffante. Enfin, il s'agenouilla pour enlever les jarretières et les bas, sans cesser de caresser son corps. Fragile, Margaret se sentait à la fois effrayée et tendrement aimée.

— Duncan...

— Tout va bien, Margaret.

— Vous en êtes sûr ?

— Oui.

— Je me sens un peu... bizarre.

— Vous ne vous sentez pas bien ? s'inquiéta-t-il.

— Un peu étourdie, peut-être.

— C'est normal. Moi aussi.

— Et mon cœur bat si fort qu'il va éclater.

— Le mien aussi.

Ils se sourirent. Puis Duncan la souleva et la déposa sur le lit. Sous sa hanche, Margaret sentit quelque chose de dur.

— Qu'est-ce que...

— Ce n'est que mon journal. Posez-le par terre. Je suis désolé que le lit n'ait pas été fait. Mme Armstrong a trop peur d'entrer dans ma chambre.

— Nous devrions peut-être patienter.

— Je ne peux plus.

— Mais...

Un baiser langoureux la fit taire et il la repoussa doucement sur les couvertures. Elle avait envie de le toucher, mais elle n'osait pas, craignant sa réaction. D'exquises sensations vibraient au plus profond de son être. Quand Duncan cessa de l'embrasser, elle était à bout de souffle. Fascinée, elle le regarda retirer son gilet et sa chemise. Le rai de lumière qui filtrait par les rideaux tirés éclairait les angles de son visage sévère, transfiguré par le désir.

Elle voulut se couvrir avec le drap. Duncan secoua la tête.

— Restez ainsi. Je veux vous regarder.

Gênée, tantôt brûlante, tantôt glacée, elle le laissa la contempler longuement.

Il défit son pantalon. Margaret humecta ses lèvres. Elle aurait dû détourner la tête, mais la beauté inattendue de ce corps viril lui coupa le souffle — les épaules puissantes, le torse élancé, la toison foncée qui descendait en pointe vers son ventre plat et son érection. Leurs regards se croisèrent. Sans aucune honte, Duncan la dévorait des yeux.

— Tout va bien, répéta-t-il.

Il s'allongea auprès d'elle. Heureuse, Margaret sentit son torse s'écraser contre ses seins, sa jambe écarter les siennes, sa chaleur irradier sur sa peau. De la langue, Duncan titilla voluptueusement ses mamelons. Tremblante d'un plaisir si violent qu'elle en oubliait de respirer, elle arc-bouta son corps qui sembla vibrer comme la corde d'un violon. Duncan posa la tête entre ses seins, cherchant à se maîtriser.

— J'attends ce moment depuis si longtemps, presque depuis toujours !

— Au moins depuis cinq ans, le taquina-t-elle.

Elle lui caressa timidement la joue. Il ne fallait pas que la tendresse de Duncan ait une emprise sur elle, puisque rien ne garantissait qu'il ne la quitterait pas un jour. C'était peut-être un péché d'être là avec lui, mais elle n'aurait jamais plus l'occasion de découvrir l'amour avec un homme comme Duncan, quelqu'un qu'elle aurait pu si aisément aimer si elle se l'était permis. Son cœur se serra.

— Qu'est-ce qui ne va pas ? demanda-t-il.

— Et si vous devez repartir ?

— Quitter l'île ? Je n'en ai pas la moindre intention, surtout maintenant.

D'une main, il lui effleura le ventre, le creux soyeux de ses cuisses. Lorsqu'il glissa un doigt en elle, elle se contracta.

— Est-ce que vous aimez ? murmura-t-il d'une voix enrouée qui trahissait son propre plaisir.

Il y eut un grattement à la porte. Affolée, Margaret se redressa.

— Vous avez entendu ?

— Calmez-vous. Ce n'est que Cyclope. De toute façon, la porte est fermée à clé.

Il lui caressa de nouveau les seins, les effleurant du bout des doigts, les pétrissant, en mordillant la pointe... Une fièvre érotique s'empara de Margaret.

— Alors, vous aimez ? répéta-t-il, enivré par son parfum.

— Je ne l'avouerai pas, murmura Margaret.

— C'est inutile. Votre beau corps vous a trahie.

Bien qu'elle se sentît honteuse, le désir qui croissait en elle balayait toute réticence. Encouragée par Duncan, elle se mit à osciller sous sa main avec des mouvements si sensuels que Duncan ne résista pas à aller s'abreuver à la source délicieuse où déjà ses doigts faisaient naître des sensations ineffables.

— Duncan, de grâce ! s'écria-t-elle en lui agrippant les épaules.

Lorsque Duncan goûta l'essence musquée, choquée par l'intrusion de cette langue au plus profond de son intimité, Margaret se cabra un bref instant, puis rendit les armes.

Satisfait de la voir capituler, il lui emprisonna les mains, bien résolu à lui faire oublier sa honte pour qu'elle atteigne le plaisir.

Les gémissements de Margaret lui procuraient un bonheur incomparable. Lorsqu'elle commença à trembler, son corps délicat secoué de spasmes, il se souleva lentement pour l'embrasser. D'instinct, elle essaya de le repousser.

— J'ai peur…

— Pourquoi ? dit-il en entrelaçant leurs doigts dans un geste qui préfigurait l'union de leurs corps. Savez-vous ce que je vais vous faire ?

— Encore un vaccin ?

Il rit.

— On peut voir les choses comme ça. J'aimerais tant que vous me touchiez, Margaret.

— Je le veux aussi, mais je ne sais pas comment m'y prendre.

— Essayez.

Intimidée, elle passa la main sur sa nuque, ses cheveux, son dos musclé, ses hanches. A ce contact, il frémissait de plaisir. Enfin, Margaret osa prendre son membre.

— Quand vous me touchez… je ne peux pas respirer… penser…

Le regard éperdu de désir, il l'embrassa avec fougue et s'agenouilla entre ses cuisses. Lorsqu'il la pénétra, elle cria, surprise par la fulgurance de la douleur. Il étouffa son cri par un baiser à la fois possessif et rassurant. Margaret ne s'était pas attendue à cet assaut de sensations, à ce tumulte de vagues traîtresses pleines de sombres tourbillons, à cette dérive vertigineuse vers des contrées inconnues. Et c'était Duncan qui avait déchaîné ces forces qu'elle retenait depuis si longtemps…

Regrets ou récriminations n'avaient plus leur place. Ne restaient que cette torture exquise, l'impérieux besoin d'en finir.

Elle se cambra vers lui, et il s'enfonça lentement en elle.

— Je suis désolé. Est-ce que je vous fais mal ?

Elle secoua la tête. Duncan se mit à se mouvoir en elle, de plus en plus vite, et son visage tendu lui parut être celui d'un étranger. Mais ce n'était qu'une apparence. Personne n'avait jamais été aussi proche d'elle. Elle noua les doigts derrière sa nuque. Jamais elle n'aurait imaginé que deux êtres puissent partager pareille intimité…

— Regarde-moi, mon amour!

Elle lui obéit, et la tension insupportable de son ventre irradia tout son être.

— Soulève les hanches. Plus haut.

Duncan la pénétra encore plus profondément. Parcourue de frissons, elle ressentit alors un éblouissement des sens si extraordinaire qu'elle ne s'aperçut pas que Duncan s'était raidi, la tête rejetée en arrière.

Ce fut un moment magique, deux corps ne faisant plus qu'un, deux cœurs battant à l'unisson. Duncan, comblé au-delà de toute expression, se retira, empli de vague à l'âme. Il déposa une pluie de baisers sur le visage de la femme aimée.

Margaret se lova contre lui, apaisée. Elle se promit toutefois d'être vigilante, car Duncan risquait de lui briser le cœur. Elle avait vainement essayé de nier ses sentiments pour lui et baissé sa garde. Le temps d'une nuit, elle espérait échapper aux fantômes de son passé.

31

Lorsqu'elle se réveilla dans les bras de Duncan, Margaret respira l'odeur acidulée de sa peau et le parfum de leurs ébats passionnés.

— Quelle heure est-il? Je dois m'en aller! s'affola-t-elle.

Glissant les mains sous ses hanches, il grogna de satisfaction.

— Non. Il fait nuit.

— Vous ne savez pas comment Agnès et moi avons été élevées. Que diriez-vous si j'étais l'une de vos sœurs ?

— Pour commencer, j'aurais une sacrée mauvaise surprise en me réveillant tout nu à vos côtés.

— Ce n'est pas le moment de plaisanter.

— Je sais, acquiesça-t-il en la forçant à s'allonger sur le dos. C'est le moment de recommencer à faire l'amour.

— Laissez-moi rentrer chez moi pendant qu'il fait encore nuit.

— Je vous aime, Margaret.

— Désormais, vous vous sentez obligé de le dire.

— C'est pourtant la vérité, soupira-t-il, désolé qu'elle fût incapable d'accepter son amour. Ce serait bien si vous vous sentiez obligée de me dire la même chose.

Elle se redressa, et ses cheveux dissimulèrent ses seins nus.

— Duncan, je *dois* m'en aller.

Il lui déposa un baiser fougueux sur les lèvres. Avec un gémissement, Margaret se sentit succomber. Il lui fallait pourtant quitter Duncan pour réfléchir à ce qui s'était passé, car elle était terrifiée.

— Je vais vous raccompagner, proposa-t-il.

— Pourquoi ?

Elle se pencha sur lui pour prendre ses vêtements. La vue de ses rondeurs rendit toute son ardeur à Duncan.

— Parce que je veux rester avec vous aussi longtemps que possible, rétorqua-t-il, s'efforçant de demeurer de marbre devant le corps ensorcelant de Margaret.

Il se leva après qu'elle eut glissé par-dessus lui comme une loutre de mer. Allumant la chandelle, il attisa le feu pendant que Margaret ramassait ses vêtements épars. La pendule sonna les douze coups de minuit.

Brusquement, Margaret lui lança ses habits. Il attrapa son pantalon au vol.

— Qu'est-ce qui se passe ? s'étonna-t-il.

— Je viens de lire votre journal. Quelle œuvre fascinante ! Surtout quand vous parlez d'Alice et que vous vous demandez si elle serait jalouse d'apprendre que vous passez la nuit dans ma chambre.

— Bon sang, Margaret ! Vous avez violé mon intimité ! s'exclama-t-il, très irrité.

— Vous vous êtes bien débrouillé pour connaître mon passé.

— Parce que je tiens à vous.

Elle eut soudain l'air si vulnérable qu'il en fut désolé.

— Pourquoi ne l'avez-vous pas épousée ?

— Elle m'a préféré mon jeune frère Andrew. Je vous l'ai déjà raconté.

— Je n'aurais pas dû le lire, murmura Margaret, mais j'ai vu mon nom et je... L'aimez-vous toujours ?

Duncan se rappela sa dernière rencontre avec Alice, leur séparation, toute cette amertume entre eux.

— Non.

— Etes-vous venu à Maryhead parce qu'elle vous avait brisé le cœur ?

S'approchant d'elle, il lui prit le menton.

— J'ignorais ce qu'était un cœur brisé jusqu'à la soirée de la Saint-Sylvestre, quand vous m'avez annoncé que vous ne vouliez plus me voir.

— On dirait que je manque de fermeté, dit-elle avec un pauvre sourire.

— Je vous aime, Margaret. Si seulement vous vouliez me croire...

— Qu'allons-nous faire? ajouta-t-elle en regardant le lit en désordre.

— Demain, après mes visites, nous irons nous promener dans la lande. Et maintenant, tournez-vous afin que je boutonne votre robc. J'avoue que l'idée de vous raccompagner en pleine nuit me contrarie beaucoup; votre place est dans mon lit.

Elle le défia du regard.

— Moi aussi, je vais faire la tournées des fermes, demain!

En dépit de son sourire, Duncan était déchiré. Ayant été élevé au sein d'une famille aimante, il débordait d'amour et de tendresse. La trahison d'Alice avait été cruelle, mais la blessure se cicatrisait. En revanche, les stigmates qu'avait laissés Margaret étaient si profonds qu'il craignait de ne pas pouvoir les guérir par la seule force de son amour.

Sa guérison ne dépendait peut-être pas seulement de lui, mais alors, que lui fallait-il? Duncan n'avait qu'une seule certitude: il aimait Margaret, et il remuerait ciel et terre pour que cet amour soit un jour réciproque.

32

Chaque mardi matin à sept heures, devant la Taverne de Conacher située sur «la Rue» — qui n'avait pas d'autre nom, étant l'unique rue de l'île —, se réunissait le parlement de Maryhead. Comme d'habitude, les douze hommes s'assirent sur les caques à harengs qui leur servaient de sièges, afin de débattre du seul problème inscrit à l'ordre du jour : l'avenir du médecin de l'île.

La séance était particulièrement solennelle.

Un journal du continent, lu et relu au point qu'il commençait à tomber en lambeaux, passait de main en main. Plus de la moitié des hommes présents ne savaient pas lire, mais les gros titres en avaient été répétés si souvent pendant qu'ils buvaient leur bière matinale que chacun d'eux les connaissait par cœur.

Quel scandale ! Quelle aubaine de découvrir enfin le cadavre dans le placard de l'intrus !

— Quand je pense que je l'ai laissé farfouiller dans les intérieurs de grand-mère ! se lamenta Lamont Fergusson en tirant sur sa pipe. Il faut agir sans plus tarder pour protéger Mlle Rose. Elle se promène à toute heure dans l'île, il n'y a aucun homme à la ferme et le jeune révérend est en Chine.

— Et moi, je ne suis pas un homme ? s'offusqua Kenneth. D'autre part, Stephen n'est pas en Chine mais au Siam.

— Je ne voulais pas t'offenser, Kenneth, mais t'es rarement à la maison, s'entêta Fergusson, et tu dois avouer que cet article est une horreur.

Feignant de racler la boue de sa chaussure, Kenneth ne releva pas. Bien qu'il appréciât beaucoup Duncan, il redoutait de prendre la défense d'un nouveau venu, mais Agnès le tuerait s'il ne le faisait pas, et il craignait davantage sa femme enceinte aux cheveux de feu que tous ces hommes réunis.

— C'est un gars plutôt sympathique…

— Sympathique ? s'écria Owen Macbean. C'était déjà terrible d'assassiner le malheureux Euan Bruce, paix à son âme, mais ceci… ceci…

— Il est plutôt intelligent, je dirais, déclara Artair Robb qui, à cent trois ans, était le doyen de l'île. Rendez au diable ce qui lui revient, le docteur est un p'tit gars rusé pour se tirer d'affaire après ce qu'il a fait, ajouta-t-il en continuant à tailler au couteau une femme nue dans une pipe.

— C'est un monstre !

— Un type roublard !

Seul Liam semblait prêt à défendre le médecin avec Kenneth.

— Et si l'article ne disait pas la vérité ? lança-t-il.

— Bien sûr qu'il dit vrai ! rétorqua Owen. C'est imprimé dans le journal, non ? Tu n'as qu'à lire toi-même ce que cette femme déclare.

— Avant de prendre une décision hâtive, allons parler au laird, insista Liam.

— Le laird ? répétèrent plusieurs voix sceptiques.

— Seulement pour donner à Macpherson l'impression qu'il est des nôtres. Vous savez bien comme il est susceptible.

L'air ennuyé, Thomas montra le journal à Duncan.

— Je suis désolé, ce ne sont pas de bonnes nouvelles.

Duncan s'attendait à découvrir que la Couronne ne reconnaissait pas l'existence de Maryhead mais, tandis qu'il relisait les gros titres qu'il avait essayé d'oublier, il sentit ses joues s'empourprer et le sang bourdonner dans ses oreilles.

UNE RICHE VEUVE ACCUSE UN JEUNE MÉDECIN D'ABERDEEN DE L'AVOIR VIOLÉE SOUS ANESTHÉSIE.

« Mme Marjorie Dodd, de Trinity Quay, qui s'était rendue au cabinet du Dr MacNeill sur la recommandation d'un professeur de collège à la retraite, a accusé le jeune médecin de l'avoir soumise à des sévices sexuels alors qu'elle était inconsciente, sous l'effet d'un anesthésique. »

— Bon sang ! C'est vieux de plus de trois ans ! D'où est-ce que ça vient ?

— J'ignore comment le journal est arrivé entre les mains de Mme Bruce. J'ai essayé de convaincre les autres que ce n'étaient que des balivernes.

Arpentant la pièce entre les chiens de chasse allongés par terre, Duncan était abasourdi.

— Je comprendrais qu'on s'inquiète de la mort de Roger, mais ceci... L'avez-vous lu en entier ? Un mois plus tard, cette folle s'est rétractée en déclarant qu'elle était enceinte de son dentiste. Après avoir mené son enquête, le Conseil privé a jugé inutile d'en parler au conseil de l'ordre. Elle n'a jamais été enceinte, ni de moi, ni de son dentiste, ni même du fantôme de son mari décédé.

— De fait, je n'ai jamais pensé que...

— Le monde est rempli de fous furieux ! On dirait que je les attire comme des mouches.

— Je sais que c'est absurde, mais là n'est pas la question. Les habitants de l'île sont mécontents. Ils ont toujours craint les nouveaux arrivants et la vraie médecine. Cette histoire, hélas, semble leur donner raison.

— J'ai une copie de la rétractation de cette folle quelque part dans mes papiers. Vous n'avez qu'à la lire dans la cour du château devant toute la population.

— Vous ne comprenez pas. Quoi que Margaret ou moi pensions de vos qualités, les gens d'ici n'ont pas confiance en vous. Je ne peux pas les forcer à vous accepter. Ils ne veulent pas de vous sur l'île.

— Ce qui veut dire ? répliqua Duncan, la gorge serrée.

— Je dois faire taire mes sentiments personnels et agir pour le bien de la communauté. Vous ne pouvez pas rester ici. Ce serait gaspiller vos compétences. Je vous ai vu à l'œuvre, je sais ce dont vous êtes capable ! Ce sont des enfants, Duncan, ils ne savent pas ce qui est bon pour eux.

— Quand voulez-vous que je parte ? demanda Duncan, serrant le journal dans sa main.

— Rien ne presse, mais le premier bateau du printemps accostera dans quinze jours. Je vous serais reconnaissant d'être à son bord quand il repartira.

33

Après que Duncan l'eut raccompagnée à la ferme, Margaret réussit à se faufiler dans sa chambre pour y passer les quelques heures qui restaient de la nuit.

Le lendemain matin, quand Agnès vint frapper à sa porte pour lui demander si elle désirait prendre une tasse de thé, Margaret prétexta une migraine et se terra sous la couette pour ne pas avoir à subir l'interrogatoire de sa cousine.

Elle se sentait très mal, taraudée par la honte de ce qu'elle avait fait avec Duncan — dans le lit de Stephen !

Mais elle était aussi vibrante d'énergie… Elle souriait toute seule parce que le soleil brillait et que ses plantes profiteraient des premières chaleurs. Depuis bien longtemps, l'avenir lui semblait empli d'espérance.

Afin d'y voir plus clair, elle devait s'éloigner de Duncan pour quelque temps.

Mais elle devait aussi le revoir, le plus vite possible ! Seul. Cet après-midi. Promis, juré, elle ne le laisserait pas la toucher !

Il lui fut impossible d'avaler son petit déjeuner, tant elle revivait avec netteté chaque moment merveilleux de la nuit, chaque caresse sensuelle, chaque frisson voluptueux.

Aussitôt prête, elle prépara son panier avec ses herbes. N'ayant eu que de légères réactions au vaccin, la plupart des fermiers avaient déjà repris leurs activités quotidiennes, et ses visites étaient moins médicales que sociales. En milieu de matinée, elle fut étonnée, et attristée, de ne pas avoir croisé Duncan.

— Peut-être qu'il est occupé de l'autre côté de l'île, dit Peggy Kerr en servant de la bouillie d'avoine. Tenez, mangez ça. Depuis votre fièvre, vous avez le visage tout amaigri.

Margaret se força à avaler quelques cuillerées. Une heure plus tard, ne voyant toujours pas Duncan, elle se rendit dans les cottages en bordure de la lande pour demander de ses nouvelles.

Elle rencontra Morag et le regard entendu de la guérisseuse la mit aussitôt sur ses gardes.

— Déjà debout ? Je pensais que le docteur te prescrirait une nouvelle journée au lit.

Agacée, Margaret arrêta la carriole.

— Que veux-tu dire ?

— Je parle du vaccin, évidemment. Que pourrais-je vouloir dire d'autre ?

— Sais-tu où il est ?

— Pourquoi serais-je au courant ? Mais si je devais deviner, je dirais qu'il est en route pour...

— Où cela ? s'affola Margaret.

— Je t'avais bien dit qu'il n'était pas à sa place parmi nous.

Margaret ne laissa pas Morag terminer. Préoccupée, elle fit un détour par les marais. Alors que les poneys trottaient à vive allure, elle essaya de se raisonner : Duncan n'était pas le genre d'homme qui vous fait l'amour avant de disparaître. De toute façon, sur l'île, où pourrait-il se cacher ?

Lorsqu'elle arriva au presbytère, personne ne vint lui ouvrir. Se rappelant le terrible désastre évité de justesse la fois précédente, elle contourna la maison en courant et regarda par la fenêtre dans le laboratoire de Duncan. Elle qui avait pensé être guérie à tout jamais de ce tourbillon émotionnel, pourquoi s'était-elle laissé de nouveau prendre au piège ?

Elle frappa au carreau avec la sensation désagréable d'être observée. Puis elle entendit un bruit qui provenait du laboratoire dont les rideaux avaient été fermés. On tirait quelque chose de lourd sur le sol.

— Duncan ! cria-t-elle.

Pas de réponse.

Elle courut jusqu'à la porte d'entrée et l'ouvrit. La maison était silencieuse. Quand elle poussa la porte du laboratoire et scruta la pénombre de la petite pièce, un frisson glacé lui parcourut l'échine. Grâce à Duncan, sa vie avait retrouvé lumière et joie. Que ferait-elle sans lui ?

— Duncan ?

Aucun réchaud n'était allumé. La table était nue, ainsi que le bureau et les étagères. La poussière délimitait les endroits où avaient été posées ses affaires. Le souffle court, presque douloureux, Margaret effleura un crayon.

Il est parti, se dit-elle sans y croire, et elle agrippa le bord de la table pour ne pas tomber. Puis elle aperçut le corps immobile enroulé dans un drap.

Seigneur Dieu ! Il s'est suicidé !

A genoux, les mains tremblantes, elle retira le drap.

Un crâne humain la dévisageait. La mâchoire se décrocha avec un sinistre cliquetis. Horrifiée, Margaret bondit en arrière. Son pied resta emmêlé dans le drap et dévoila ce qui restait du squelette.

— Mon Dieu ! s'écria-t-elle en se cognant contre la table.

A la porte, elle vit Walter qui la regardait.

— Cette... cette chose sous le drap... Je croyais que c'était le docteur.

Sybil se faufila derrière son mari, manifestement ravie de la méprise de Margaret.

— Le squelette appartient au docteur, mademoiselle Rose, expliqua-t-elle d'un air impatient. Il s'en sert pour étudier l'anatomie. Le Dr MacNeill a demandé à mon mari de l'empaqueter pour le voyage.

— Vous voulez dire que le Dr MacNeill va quitter l'île ? demanda Margaret, à peine remise de ses émotions.

La porte d'entrée claqua.

— Comme vous êtes très intimes, je suis sûre que le docteur vous l'expliquera lui-même, mademoiselle, dit Sybil d'un ton pincé.

Duncan adressa un sourire à Margaret, afin de cacher son désarroi. Après avoir quitté le château, sa première réaction avait été d'aller la trouver. Seule la présence de Margaret pouvait adoucir le coup que venait de lui assener Macpherson. Il se demandait si elle était déjà au courant.

— Ce sera tout, monsieur et madame Armstrong. Mlle Rose et moi avons à parler en privé.

Tâchant de se ressaisir, Margaret essayait de déchiffrer le regard opaque de Duncan. Comme la porte se refermait, elle hasarda :

— Votre gouvernante vient de me dire...

— Je vous cherche depuis des heures, fit-il en l'attirant dans ses bras.

Il semblait à bout, mais Margaret l'avait traqué avec le même désespoir. Blottie contre lui, elle sentit que sa fébrilité n'était pas due à la passion, mais à la nervosité. Quelque chose n'allait pas.

— Seigneur, Margaret, comme vous m'avez manqué ! murmura-t-il en lui baisant les lèvres. Après votre départ hier soir, je n'ai pas pu m'endormir.

Un court instant, Margaret oublia tout : ses appréhensions, l'horrible squelette, la révélation de Sybil Armstrong. Les yeux fermés, elle embrassa Duncan mais, quand il la repoussa, le visage tourmenté, elle eut brusquement froid. La pièce, les étagères étaient vides, et ce vide ne pouvait signifier qu'une seule chose.

— Votre gouvernante m'a dit que vous partiez.

Comme le silence se prolongeait, elle secoua la tête.

— Oh non, Duncan !

— Macpherson m'a prié de plier bagage. Je ne m'y attendais pas, Margaret.

— Moi non plus.

Epuisé, il n'éprouvait même plus de ressentiment.

— Vous avez gagné, mon amour. Vous pourrez jeter des sorts et brûler des coquilles d'escargots avec votre sorcière jusqu'à l'éternité. Tenez, si vous voulez rire...

Il lui remit l'article de journal et la regarda blêmir tandis qu'elle le parcourait.

— Je vous avais bien dit que la presse voulait ma perte.

Elle n'arrivait pas à le croire. Un viol ! Duncan, accusé d'avoir violenté une femme qu'il aurait anesthésiée pour une opération à l'oreille !

— C'est grotesque ! lança-t-elle, ne croyant pas une seconde à sa culpabilité.

— Un mois plus tard, elle se rétractait, mais le journal ne l'a pas mentionné. Elle était plutôt à plaindre, la malheureuse !

— Comment Thomas a-t-il eu ce journal ?

— Je ne sais pas. Cela n'a pas grande importance. (Haussant les épaules, il déchira l'article.) De toute façon, mes jours ici étaient comptés.

— Qu'allez-vous faire ?

— Rentrer à Aberdeen. Avec un peu de chance, les choses ont dû se tasser et l'anesthésie est entrée plus ou moins dans les mœurs. Je pourrais même me retirer à la campagne, sauf que mon frère et Alice habitent ma maison dans les Highlands.

Ainsi, il la quittait ! Margaret avait l'impression qu'il venait seulement d'arriver. La veille, ils avaient succombé à l'attirance qu'ils éprouvaient l'un envers l'autre depuis le début. Ce qui s'était passé dans la chambre de Stephen aurait dû être un commencement et non une fin. Et voilà qu'il s'en allait...

— N'est-ce pas ce que vous souhaitiez ?

Si Margaret n'avait pas été aussi abasourdie, elle aurait perçu la douleur sous le sarcasme ; Duncan lui tendait la perche, afin qu'elle lui avoue ses sentiments.

— C'est injuste, murmura-t-elle. Je n'ai jamais voulu que cela se passe ainsi.

— Venez avec moi !

Le silence était si pesant que Margaret entendait la pendule de l'entrée égrener les secondes. Le visage entre les mains, elle était emplie à la fois d'espoir et d'effroi, imaginant un monde de rêves merveilleux... ou de cauchemars.

— C'est impossible. Plus tard, vous et moi le regretterions. C'est trop compliqué, Duncan !

— Ce n'est ni impossible ni compliqué. Je vous

aime et je veux vous épouser. Venez avec moi, Margaret.

Désespéré, Duncan savait que, sans elle, la vie n'avait aucun sens.

Les doigts appuyés sur les tempes, elle essayait de faire taire la voix intérieure qui l'exhortait à accepter sans réfléchir aux conséquences. Et puis, elle pensa aux fermiers, à leurs besoins, à sa vie solitaire sur l'île.

— Comment puis-je quitter cet endroit, Duncan ? Cette île est devenue ma vie.

— Ce n'est pas une vie ! Même Stephen a eu l'intelligence de s'en apercevoir. Je vous aime et, quoi que vous disiez, je sais que vous éprouvez quelque chose pour moi.

Margaret n'avait jamais connu pareil déchirement. D'un côté, son instinct l'encourageait à saisir ce bonheur avant qu'il ne fût trop tard. Mais ses peurs, si profondément ancrées dans son âme, la retenaient prisonnière, tels des filins invisibles. Revenir à Aberdeen et y retrouver des souvenirs douloureux était au-dessus de ses forces.

— Je vais vous emmener, car vous êtes à moi, dit-il en l'attirant dans ses bras. Ayez confiance en moi. Je saurai vous protéger contre vos fantômes.

— Nul ne le peut.

A l'idée de partir sans elle, Duncan éprouva un instant d'affolement. Non, c'était impensable, autant abandonner la médecine pour élever des moutons sur cette île austère.

— Je ne peux pas imaginer la vie sans vous, avoua-t-il en lui saisissant le menton pour embrasser tendrement sa bouche tremblante. Pensez-vous vraiment que nous puissions vivre séparés ?

— Je ne sais pas, Duncan. Hier soir, c'était tellement merveilleux...

— Je vais vous convaincre que nous sommes

faits l'un pour l'autre. Vous ne pensez tout de même pas que je vais vous abandonner une deuxième fois ?

Elle aurait dû refuser, le repousser, mais, le cœur chaviré, elle le laissa la soulever dans ses bras. Enivrée par son propre désir, elle sourit en entendant le cri horrifié de Sybil.

— Je n'aurai plus besoin de vous jusqu'à demain matin, madame Armstrong, dit Duncan avec un clin d'œil coquin. Il me semble que votre mari et vous êtes assez occupés à faire les malles.

— Bon sang, Duncan, une vie ne se bâtit pas seulement sur une entente sexuelle ! murmura Margaret, secouée par le fou rire alors qu'il gravissait les marches quatre à quatre.

— Vous avez raison, mais nous avons beaucoup d'autres choses en commun, n'est-ce pas ? Le plaisir charnel n'est que la cerise sur le gâteau.

34

Margaret s'étira avec volupté. Duncan admira ce corps superbe qu'il explorait depuis la veille et qui resplendissait comme de l'ivoire dans la lumière fragile de l'après-midi. Son beau visage cerné par les flammes sombres de ses cheveux d'ébène, elle dégageait une impression troublante d'innocence et de sensualité.

— Nous ne pouvons pas rester ici jusqu'à la fin de nos jours, dit Margaret. Agnès et Kenneth vont être horriblement choqués. Désormais, ma réputation est à l'eau.

— Pour un autre homme, vous voulez dire ? Je l'espère bien ! s'exclama-t-il en caressant son sein.

Si vous avez mal, je peux vous aimer avec ma bouche.

— Pour un docteur, vous êtes très libertin.

Quand il se coucha sur elle, Margaret sentit que son corps consentait à un nouvel assaut.

— Nous n'avons toujours pas parlé de votre départ...

— Notre départ, la corrigea-t-il.

Déconcertée, elle cherchait à rassembler ses pensées lorsqu'elle entendit un bruit : on aurait dit un cliquetis de harnais et le fracas de carrioles roulant sur le chemin creusé d'ornières.

Duncan releva la tête.

— Qu'est-ce que c'est ? s'étonna-t-il.

— Je n'en sais rien, mais cela ne me dit rien qui vaille.

Enfilant son pantalon à la hâte, Duncan lui lança ses vêtements éparpillés sur le tapis. C'était la première fois que quelqu'un de l'île, hormis Margaret, venait lui rendre visite au presbytère, et le moment était on ne peut plus mal choisi.

Au bord du fou rire, il regarda Margaret se débattre avec ses dessous compliqués, sautillant d'un pied sur l'autre pour enfiler ses bas. Maladroitement, il tenta de coiffer ses cheveux rebelles.

Le heurtoir en cuivre résonna dans toute la maison comme un coup de semonce. Anxieux, Duncan entendit Walter ouvrir la porte et essayer vaillamment d'interdire l'entrée aux intrus. Des éclats de voix retentirent, ne présageant rien de bon.

Posant un baiser sur le front de Margaret, il l'écarta doucement de la porte.

— Restez ici. Ne descendez pas jusqu'à ce que je vous fasse appeler. C'est probablement un problème avec les vaccins.

Il sortit de la chambre tandis qu'un petit groupe

d'hommes écartait sans ménagement le malheureux Walter.

— Que se passe-t-il? dit Duncan en dévalant l'escalier.

Il reconnut les visages hostiles — les membres du parlement de Maryhead, des fermiers et des bergers qui avaient décrété qu'il n'appartenait pas à leur vieux monde démodé. Il s'inquiéta pour la réputation de Margaret. Ils pouvaient bien le rejeter, l'insulter, le haïr, mais ils n'avaient pas le droit de faire du mal à Margaret!

A sa grande surprise, il vit Kenneth Alcock, qui dépassait d'une tête ses compagnons.

— Qu'est-ce que cela signifie? demanda-t-il à Kenneth dans le silence qui s'ensuivit.

Gêné d'être le porte-parole de ces hommes en colère, Kenneth s'éclaircit la gorge.

— Contentez-vous de leur dire que Margaret n'est pas ici.

Duncan n'aurait pas hésité à mentir pour la sauver, mais la jeune femme choisit cet instant pour quitter la chambre et s'avancer, tête haute, jusqu'à l'escalier.

Un murmure désapprobateur parcourut le groupe. Livide, Margaret contempla en silence les hommes qui, au fil des années, avaient fini par la considérer comme l'une des leurs.

— Ce n'est pas bien, docteur MacNeill, dit Kenneth. Vous avez soupé à ma table et vous avez profité de l'hospitalité de ma femme. Je ne pensais pas que, en guise de remerciement, vous séduiriez ma cousine par alliance.

— Je suis assez grande pour prendre seule mes décisions, déclara Margaret, dissimulant sa peur alors qu'elle descendait l'escalier.

La déception qu'elle lisait sur les visages lui serrait le cœur. Elle avait honte d'elle-même, mais elle était aussi furieuse.

— Seigneur, Margaret... Au presbytère ! Dans la chambre de Stephen ! N'as-tu pas honte ? As-tu perdu la tête ? s'écria Kenneth.

— Vous a-t-il donné de sa médecine, mademoiselle Rose ? s'enquit Owen Macbean. Vous a-t-il endormie pour abuser de vous ?

Duncan leva les yeux au ciel.

Margaret faillit rire au nez de Macbean.

Mais elle ne pouvait s'en prendre qu'à elle-même. Elle avait enfreint ses propres lois, s'était exposée aux commérages, et personne ne lui accorderait plus le même respect, oubliant les nuits sans sommeil qu'elle avait passées au chevet des enfants fiévreux, oubliant ses tisanes et ses médicaments.

— Qui vous a envoyés ici ? Le laird n'est pas aussi mesquin. Qui vous donne le droit de nous juger et de nous condamner ainsi ? Sûrement pas vous, Liam ?

— C'est la guérisseuse, si vous voulez savoir, ajouta-t-il avec un regard honteux pour ses amis. Moi, je suis impartial.

Margaret eut l'impression de recevoir un coup de poing dans l'estomac. Ainsi, elle avait été trahie par la femme qu'elle avait tant admirée et défendue !

— Mais pourquoi ? Pourquoi Morag voudrait-elle me faire cela ?

— A cause de la concurrence, je suppose, dit Duncan. Vos talents devenaient trop dangereux, ma chère.

Les hommes se poussèrent du coude. Ce genre de situation demandait la mise en place d'une procédure particulière. Perplexe, la voix chevrotante, Kenneth se força à croiser le regard ironique de Duncan.

— Etant donné la preuve évidente que nous avons sous les yeux, il est inutile de savoir qui nous envoie jusqu'ici, lança-t-il en regardant les pieds nus de Margaret. Qu'avez-vous l'intention de faire pour remédier à la situation, docteur MacNeill ?

— Je vais l'épouser, bien sûr. C'était mon intention depuis le début, bien que j'eusse préféré lui demander sa main d'une façon plus romantique.

Kenneth poussa un soupir de soulagement et certains parlementaires sourirent, satisfaits que l'honneur fût sauf.

— Dans ce cas, tout est pour le mieux. Margaret, tu vas bien ? ajouta Kenneth, inquiet de la pâleur de sa cousine.

— A vrai dire, je me le demande.

Elle pouvait refuser d'épouser Duncan. Dans un an, le scandale serait oublié. Elle deviendrait une vieille fille luttant ouvertement avec Morag pour être la guérisseuse de l'île. Elle s'occuperait de l'enfant d'Agnès. Charitable et altruiste, elle se consacrerait aux autres. C'était l'existence à laquelle elle avait cru aspirer. Jusqu'à maintenant.

Quand elle leva les yeux sur Duncan, elle vit son regard bleu effrayé, ce visage presque brutal qui cachait un tempérament complexe et passionné, et elle reprit espoir. Mais leur mariage n'était-il pas voué à l'échec ? Tant d'appréhensions l'habitaient ! Elle avait eu l'intention de ne jamais retourner à Aberdeen. Peut-être que Duncan n'insisterait pas s'il comprenait le ressentiment qu'elle éprouvait pour son père...

— Ne prenez aucune décision hâtive ! s'écria Duncan, craignant que Margaret n'apprenne jamais à lui faire confiance si on lui forçait la main.

— Je monte chercher mes chaussures, dit-elle à Kenneth. A mon retour, j'espère que vous serez tous partis.

Duncan forma des vœux pour qu'elle ne lui tînt pas rigueur de cette mésaventure, mais il se sentait coupable d'avoir été aussi impatient de la mettre dans son lit. Que faire si elle refusait de quitter l'île avec lui ?

— Etes-vous satisfaits ? demanda-t-il aux hommes qui s'apprêtaient à partir.

— Maintenant que nous savons que tout va bien entre vous et Mlle Rose, nous pouvons rentrer chez nous, dit Liam.

— Vraiment ? ironisa Duncan. Vous êtes tous soulagés qu'elle épouse un violeur plutôt que d'être sa maîtresse, n'est-ce pas ?

— Doux Jésus ! murmura Kenneth.

— Je vais l'épouser, si jamais elle m'accepte après ce qui vient de se passer. Et maintenant, sortez !

Le petit attroupement recula d'un pas. Un fermier à lunettes osa élever la voix.

— Dans ce cas, vous relevez le défi du marié, docteur ? Vous allez prouver à Mlle Rose que vous êtes un homme ?

— Qu'est-ce que c'est que cette histoire ridicule ? s'énerva Duncan.

— C'est la coutume. Le futur marié doit montrer sa virilité en marchant les yeux bandés sur une saillie de la falaise, expliqua Liam en triturant sa casquette.

— C'est du suicide ! s'écria Kenneth. Je ne l'ai pas fait quand j'ai épousé Agnès.

— En effet, Alcock, et tout le monde sait qui mène la barque chez toi, grommela Owen Macbean.

Des rires fusèrent. Duncan était sur le point de leur dire ce qu'il pensait de leur coutume quand Margaret apparut, ses cheveux déployés sur ses épaules. A l'idée de la perdre, Duncan sentit son cœur s'arrêter.

— Je relève le défi, dit-il.

Elle avait atteint le pied de l'escalier. Alors que les membres du parlement de Maryhead se dispersaient dans la cour, Kenneth referma vivement la porte derrière eux. Pendant quelques instants, Duncan et Margaret s'observèrent, assaillis par des souvenirs récents et fragiles.

— Je ne partirai pas d'ici sans vous, dit-il avec détermination. Viendrez-vous avec moi ?

— Je ne sais pas. Je ne peux rien décider avant d'avoir discuté avec Agnès et pris un bain.

— Puisque vous trouvez la force de plaisanter, je garde bon espoir.

— Nous verrons.

— Vous me donnerez une réponse demain matin ?

— Vous êtes incorrigible !

— Demain après-midi ? Demain soir ?

Elle s'élança le long du chemin, puis se retourna pour agiter la main. Il se retint de courir à sa suite, humilié par l'incident qui venait d'avoir lieu et priant pour que les dommages ne fussent pas irrémédiables.

35

Margaret ne doutait pas de vouloir épouser Duncan, mais s'ils devaient passer leur lune de miel et vivre à Aberdeen, elle ne pensait pas que leur mariage eût une chance de réussir. C'était un risque qu'elle n'osait pas courir.

Elle vint même demander son avis à Thomas, s'asseyant avec lui au sommet des falaises balayées par les embruns.

Il lui sourit tristement.

— Vous êtes une femme déchue. Je ne pourrai pas vous présenter à ma mère quand elle viendra me rendre visite l'année prochaine.

— Et vous, vous ne m'aidez pas beaucoup. Il veut m'épouser.

Comprenant qu'elle hésitait à quitter l'île, Thomas se redressa.

— Que lui avez-vous dit ?

— Que je devais parler à Agnès et prendre un bain.

— Ce n'est guère un assentiment brûlant de votre part. Comment a-t-il réagi ?

— Il s'est contenté de faire des réflexions stupides.

Silencieux, Thomas arracha une poignée de bruyère et la jeta par-dessus la falaise. Le vent la lui renvoya au visage.

— Dites-lui d'aller au diable.

— Je ne peux plus rester, répondit Margaret en serrant son châle autour de ses épaules. Morag va dresser tout le monde contre moi. Kenneth et Agnès fondent une famille.

Préoccupé, Thomas se rappela que Morag était encore plus importante sur l'île que lui. Longtemps après sa mort, elle ou l'une de ses semblables continuerait à tirer les ficelles.

— Vous voulez l'épouser. En dépit de vos incertitudes, vous avez déjà décidé de retourner à Aberdeen avec lui.

— Si... si je ne le fais pas, je le perds pour toujours.

— Et rien d'autre n'a d'importance, n'est-ce pas ?

— J'ai peur, chuchota Margaret.

— De quoi ?

— De l'aimer. S'il me quitte, je serai totalement détruite.

S'allongeant sur le dos, Thomas contempla le ciel.

— Vous pourriez rester et m'épouser, suggéra-t-il.

Abasourdie, elle le dévisagea un court moment, puis tous deux éclatèrent de rire. Cependant, quand leurs rires s'éteignirent, Thomas se sentit le cœur lourd. Il s'était contenté de son amitié avec Margaret, mais il n'avait pas imaginé qu'un jour il perdrait la petite sirène de l'île. Plein de générosité, il imaginait son désarroi quand elle regagnerait le continent et la laideur du monde qu'elle devrait affronter, une fois privée de sa protection.

Un révérend anglican les unit dans l'église principale de l'île, par un matin glacé de février. En quittant la ferme, vêtue de la robe de popeline blanche qu'elle gardait pour les baptêmes, Margaret avait découvert les premiers perce-neige dans son jardin. Le courage de ces petites fleurs l'avait émue aux larmes.

Mme Duncan MacNeill ! Seigneur, c'était donc vrai ! L'alliance en or, achetée par Duncan la veille, était le symbole de leur union.

La cérémonie gaélique dans l'église traversée de courants d'air puis la réception à la ferme avaient été si rapides qu'elles en semblaient irréelles. Margaret ne se souvenait même pas de ce qu'elle avait dit, mais elle se rappelait parfaitement le visage de Duncan lorsqu'il avait passé la bague à son doigt, heureux et tellement soulagé qu'elle avait ri lorsqu'il l'avait embrassée.

— Madame MacNeill, j'ai vraiment craint que tu ne changes d'avis et ne me laisses en carafe.

— J'ai failli le faire !

En l'honneur des nouveaux mariés, le parlement de Maryhead fit jouer les cornemuses et porta des toasts à leur santé avec du whisky de contrebande.

Thomas, leur témoin, but plus que de raison et fit un discours larmoyant et obscur sur le mariage de la tradition et du progrès.

Observant son mari à travers la pièce, Margaret fut certaine que leur mariage était une erreur. Au même moment, Duncan, ému par la beauté de sa femme, était persuadé qu'ils trouveraient le bonheur.

— Il est l'heure, MacNeill ! s'écria quelqu'un.

Margaret fit la grimace.

— Ne me dis pas qu'ils vont nous escorter jusqu'à notre chambre pour respecter un rite moyenâgeux ? chuchota-t-elle à Agnès.

— Je l'ignore. Kenneth, que se passe-t-il ?

Sans répondre, Kenneth rejoignit Duncan qui vida son verre et se laissa escorter par les insulaires jusqu'à la porte.

Pleins d'entrain, les invités saisirent bonnets et châles.

— Allons, un peu de courage, Margaret !

— C'est en ton honneur, après tout...

Brusquement inquiète, Margaret se dirigea vers Thomas.

— Que va faire Duncan en mon honneur ?

— Il va relever le défi des mariés, dit-il en enfilant son manteau.

— Et vous n'avez pas essayé de l'en empêcher ?

— Je viens de l'apprendre. Si vous nous accompagnez, prenez une cape fourrée et prions pour que le vent ne se lève pas.

Epouvantée, elle retourna en courant dans le salon d'où elle vit Duncan s'éloigner à la tête de ses compagnons enthousiastes.

— Il a perdu l'esprit, Agnès ! Il va se tuer le jour même de nos noces !

Les yeux plissés, Duncan appuya sa joue contre la surface rugueuse de la falaise.

— C'est quoi, ce machin en bas qui ressemble à une pierre tombale ? maugréa-t-il sans oser bouger la tête pour regarder ceux qui l'observaient au-dessus de lui.

— C'est bien une pierre tombale, monsieur, répondit Robbie Fergusson, allongé à plat ventre au bord de la falaise, une place de premier choix. Elle marque l'endroit où repose Sir Alfred Barnes, un professeur de botanique du continent qui a été le dernier nouveau venu à relever le défi.

— Quand vous vous serez bandé les yeux, vous ne la verrez plus, cria Liam pour l'encourager.

— Ne vous inquiétez pas, docteur, le professeur n'a manqué le rebord que de quelques centimètres, ajouta Robbie.

— Quelques centimètres ou un kilomètre, quelle importance ! rétorqua Duncan.

Au loin, un requin bleu décrivait des cercles paresseux entre les vagues.

— Nous devrions peut-être attendre un jour plus clément, suggéra-t-il.

Liam humecta son pouce et le leva pour prendre le vent.

— Doux comme un souffle de bébé. Ça ne fera pas bouger un cheveu sur votre tête, monsieur.

— Voilà votre épouse qui nous rejoint, docteur, dit Peggy Kerr. Faites bonne figure !

— Il ne manquait plus que ça ! grommela Duncan à qui l'à-pic vertigineux donnait le tournis.

— Ça suffit ! trancha la voix glaciale de Margaret. Duncan MacNeill, je ne sais pas ce que tu cherches à prouver, mais cela ne m'impressionne pas !

— Ne t'en mêle pas, Margaret, dit Kenneth fermement. Parfois, un homme doit se prouver sa valeur.

Le précipice, haut de cent mètres, donnait la nausée à la jeune femme.

— Duncan, je t'en supplie…

Impassible, il la regarda. Puis, avec un soupir, il se banda les yeux et lâcha la paroi. Ses pieds nus agrippèrent le rebord glissant, cherchant à assurer leur prise avant qu'il ne commence sa lente avancée vers le promontoire qui surplombait la mer. Au premier pas hésitant, un coup de vent l'enveloppa. De manière inattendue, au lieu d'avoir peur, Duncan éprouva une enivrante sensation de liberté.

Dans un premier temps, il s'était demandé pourquoi il risquait sa vie pour une poignée d'insulaires qui le détestaient, pour Margaret qui, bien que devenue sa femme, restait lointaine.

A présent, enfin, tout s'éclaircissait : ses efforts n'avaient pas été vains, il avait gagné en sagesse et en expérience. Il avait sauvé deux cents personnes de la variole — on ne pouvait parler d'échec. En ce qui concernait Margaret, épouser une femme qui refusait d'avouer son amour comportait certes un risque, mais vivre à ses côtés valait assurément qu'on marchât à tout instant sur une corde raide.

36

Le surlendemain, le petit vapeur entra dans Cape Rue, crachant de la fumée. Margaret, immobile au milieu des fermiers, des négociants en tweed et des familles qui attendaient pour embarquer, feignait d'ignorer le steward en uniforme blanc qui donnait l'ordre d'abaisser la passerelle.

— C'est l'heure, Margaret, dit gentiment Duncan.

La dernière cloche sonna, accompagnée par les cris d'une mouette.

Saisie de panique, Margaret sentit les larmes lui monter aux yeux. En haut de la falaise, elle discernait les silhouettes d'Agnès et de Kenneth qui agitaient la main.

— Au revoir ! Vous allez tellement me manquer ! murmura-t-elle.

Prenant le mouchoir que lui tendait Duncan, elle fixa d'un air déterminé les falaises noires. Des phoques gris sautaient dans les vagues glaciales et les voiles des bateaux de pêche claquaient au vent. Elle quittait son refuge…

— C'est l'heure.

Duncan lui prit la main. Lui-même luttait contre l'angoisse, craignant qu'elle ne se ravise au dernier moment.

La gorge nouée, elle rangeait le mouchoir dans son réticule quand une personne qui gesticulait sur la plage attira son attention. Margaret s'immobilisa au milieu de la passerelle tandis que les autres passagers la bousculaient.

— C'est Morag.

— Raison de plus pour nous dépêcher, déclara Duncan, irrité par l'influence néfaste de la guérisseuse. Je te parie que tu ne connaîtras plus d'expériences étranges lorsque tu seras loin d'elle.

Margaret sourit.

— Tu as raison, allons-y.

Mais Morag les avait rejoints. En riant, elle montra un livre noir à Margaret.

— C'est un cadeau de mariage. Je le gardais pour toi depuis longtemps.

— Qu'est-ce que c'est ? demanda Duncan, l'air soupçonneux. *Comment jeter des sorts à bord d'un bateau à vapeur* ?

— J'avoue qu'on y trouve deux ou trois formules

magiques, mais il s'agit surtout de remèdes de guérisseuse, rétorqua Morag, railleuse.

Elle donna le gros livre à Margaret, emprisonnant ses mains dans les siennes.

— Prends garde, Margaret ! Sois très prudente !

— Pourquoi ? Vous ne l'accompagnez pas, que je sache ? rétorqua Duncan.

Morag se hâta de regagner la plage.

— Ce qui vient de se passer me rappelle l'un de mes rêves, dit Margaret à voix basse.

Duncan fit signe au steward que tout allait bien. Il ne serait tranquille que lorsqu'ils seraient en haute mer.

— Tu m'en parleras dans notre cabine.

— Il y a quelques différences pourtant, ajouta-t-elle d'un air tendu. Dans mon rêve, j'empruntais la passerelle comme nous le faisons maintenant. Soudain, mon père apparaissait derrière moi. Il me poussait et je tombais.

— Ton père te poussait à l'eau pour que tu te noies ?

— Dans mon rêve, oui.

— Ce n'était pas la réalité, Margaret.

— Je sais.

Il la serra contre lui.

— Il y a une autre différence. Je te tiens, Margaret. Et je ne te lâcherai pas.

— Duncan...

— Mais tu dois me permettre de t'aider. Tu dois apprendre à me faire confiance, mon amour.

Sans se l'avouer, Margaret pressentait que ce court voyage en mer serait comme le calme avant la tempête, le dernier interlude magique dont elle profiterait avec Duncan avant que le monde extérieur ne se jette sur eux.

Elle craignait que tout ne se transforme à leur arrivée à Aberdeen. Duncan serait absorbé par son travail et, tôt ou tard, il croiserait le chemin de son ancienne fiancée. Moins d'un an auparavant, il avait pensé épouser Alice ; son mariage avec Margaret avait-il pu oblitérer ses sentiments envers elle ?

A vrai dire, Margaret craignait surtout que ce ne soit elle qui change en retrouvant Aberdeen. Sa confiance en elle, lentement acquise sur l'île, ne serait-elle pas sapée, la laissant telle une coquille vide, mettant à nu l'enfant apeurée que son père avait exilée cinq ans plus tôt ?

— Regrettes-tu de t'être marié si vite ? demanda-t-elle tandis qu'ils soupaient dans leur cabine. Quand le Parlement a fait irruption au presbytère, c'est devenu une question d'honneur.

— Je te désire depuis toujours, dit-il, la mine grave, devinant son inquiétude sous la question badine.

Il n'arrivait toujours pas à croire que cette jeune femme douce, intelligente et sensuelle fût son épouse. Elle était si belle, il l'aimait de tout son être, mais il aurait préféré rester à tout jamais sur ce bateau plutôt que de la présenter à une société qui risquait de la lui dérober. Elle avait été élevée dans un milieu social supérieur au sien et la réputation des Rose attirait toutes sortes de gens.

— Depuis quand ? insista-t-elle.

— Depuis que je t'ai vue, penchée à la portière de la calèche de cet aventurier ivre mort sur Union Street.

— Attends un peu... Tu pensais que je finirais mal à cause de mon comportement scandaleux.

— C'est vrai... Regarde-toi maintenant ! dit-il en éclatant de rire.

Amusée, elle se leva pour contempler par le

hublot les vaguelettes argentées au clair de lune. Sa robe en dentelle beige moulait à ravir ses hanches et sa poitrine.

— Un verre de sherry ? proposa-t-il, tout appétit envolé, hormis d'elle.

— Si tu en prends un...

Après avoir rempli deux verres, il déboutonna son gilet en velours gris et retira sa cravate. Elle est à moi, pensa-t-il, brûlant de désir.

— Et si tu te mettais à l'aise pour déguster ton sherry ?

— Chercherais-tu à me séduire ? demanda-t-elle avec un sourire enjôleur.

— Et je n'en ai aucune honte. Dépêche-toi ! J'ai envie de toi depuis l'heure du déjeuner.

— C'est sûrement à cause des huîtres. C'est un aphrodisiaque réputé !

— Je n'en ai pas mangé une seule. Tu as conquis ce marchand d'Edimbourg. S'il avait été plus jeune, j'aurais été jaloux.

Margaret disparut derrière le paravent. Tandis qu'il sirotait son sherry, il entendit les tâtonnements mystérieux d'une femme bataillant avec agrafes et jupons, puis le soupir de soulagement quand le corps se libéra du corset. Duncan l'imagina vêtue de sa camisole en dentelle, de ses bas et de ses culottes en soie.

Il vida son verre, son désir exacerbé.

Les cheveux dénoués, Margaret s'éloigna du paravent. Fasciné, il regarda sa poitrine où la robe de chambre bleu nuit laissait entrevoir un éclat de peau ivoire.

— Il a été impressionné par le nom de Rose, dit Margaret, notant que les deux verres étaient vides. J'avais oublié que mon père était devenu quelqu'un de très important dans toute l'Ecosse. Il a l'intention d'ouvrir une nouvelle banque à Dundee. Tu m'avais pourtant dit qu'il était mourant.

Sachant que le temps leur était compté — trois petits jours seulement —, Duncan refusa de discuter de Douglas Rose.

— Rose n'est plus ton nom de famille. Si tu ne veux pas qu'on t'en parle, il te suffit de ne pas le prononcer. Ne gigote pas, Margaret, ajouta-t-il en l'attirant dans ses bras. Je meurs d'envie de savoir si tu es nue sous cette robe de chambre.

Il dénoua la ceinture, effleurant sa peau satinée avec un grognement de plaisir.

— Cela me fait si drôle de penser que je suis Margaret MacNeill.

— J'ai l'intention que cela dure une vie entière.

— Seulement ? sourit-elle, frémissant d'impatience alors que la robe de chambre glissait de ses épaules.

— Plus longtemps, si tu veux.

— Tu dis ça seulement pour me séduire, tu ne crois pas à une vie après la mort.

— Bien sûr que si ! D'ailleurs, dans quelques instants, je vais monter au paradis.

Tombant à la renverse sur le lit, ils éclatèrent de rire.

— Crois-tu qu'ils font ce genre de choses dans l'au-delà ? demanda-t-il en caressant le ventre de Margaret.

— Je l'espère... Duncan, devons-nous vraiment aller à Aberdeen ?

— Puisque nous serons ensemble, où est le problème ?

— Et si Morag était innocente ? S'il se passait quelque chose que la logique ne permette pas d'expliquer, et que cette chose nous veuille du mal ?

— Pourquoi t'en faire ? Nous avons laissé le malheur derrière nous...

A deux heures du port d'Aberdeen, Margaret se mit à faire les cent pas dans la cabine.

— Pourquoi devons-nous aller à Aberdeen ? Pourquoi ne peux-tu pas exercer à la campagne ? répétait-elle, triturant le chapeau en velours que Duncan lui avait acheté à Skye et qui ressemblait désormais à une crêpe. Ne me demande pas d'aller voir mon père, je t'en prie !

— Je te le promets, dit-il en lui déposant un baiser sur le front. De toute façon, tu seras trop occupée à me seconder.

— Avec tes malades ?

— Plutôt lors des soirées mondaines auxquelles nous serons forcés d'assister.

— Des soirées mondaines ?

Remarquant son intérêt, il se permit une légère exagération.

— Oh, rien de très grandiose. Un occasionnel dîner en l'honneur d'un professeur, un bal chez un riche aristocrate auprès duquel je solliciterai des fonds pour ma recherche...

— Très folichon, en effet ! répliqua-t-elle d'un ton sarcastique, et il comprit qu'il avait commis une erreur tactique. A vrai dire, je serai très occupée à monter mon propre cabinet. J'ai emporté des plantes et des graines de mon jardin.

— Tu plaisantes ? Si ta générosité te pousse à aider les autres, Aberdeen ne manque pas d'organisations charitables...

— J'aime soigner, Duncan. Je suis guérisseuse.

— Et également sorcière ?

Elle rougit, regrettant de ne pouvoir l'assommer avec son chapeau.

— Je ne méprise ni les sorts ni les prières. Selon Morag, la confiance est indispensable pour guérir, alors si un sortilège peut aider à la guérison du malade...

— Nous en reparlerons plus tard, ma chérie, mais, de grâce, évite de parler de coquilles d'escargots quand tu rencontreras mes amis ! Ils sont assez intolérants avec ce genre de fadaises.

— En ce moment, je ne t'aime pas beaucoup, Duncan, dit-elle avec un sourire crispé.

On frappa à la porte de la cabine. Jusqu'à maintenant, Margaret ne s'était pas rendu compte à quel point son rôle de guérisseuse lui tenait à cœur. Sur Maryhead, elle s'était transformée. L'incorrigible rebelle était devenue une jeune femme compétente qui se consacrait aux autres. Son travail avait été aussi thérapeutique pour elle que pour ses patients. Et voilà que Duncan, avec une arrogance toute masculine, souhaitait qu'elle abandonne la seule occupation qui lui procurait une satisfaction personnelle !

— Docteur, mari, peu m'importe ! grommela-t-elle d'un air déterminé. Je refuse de renoncer à exercer une activité que j'aime, de même que je ne te demanderai jamais de cesser tes expérimentations avec tes gaz et tes poissons rouges.

— Il y a une nuance entre nos deux façons de travailler.

Margaret respira profondément, se préparant au combat.

— Dans ce cas, je reste ici.

A la porte, on tambourinait avec insistance. Agacé, Duncan ouvrit au steward.

— Le chat de votre épouse, monsieur, dit l'homme maigrelet en lui tendant un panier qui contenait Cyclope. Il n'apprécie pas d'être enfermé, je le crains. Il a hâte de courir après une souris bien dodue.

Margaret prit le panier.

— Le pauvre ! Après avoir toujours connu la

liberté, c'était lui jouer un mauvais tour que de l'emprisonner.

Pourquoi aurait-elle besoin de liberté, alors qu'elle sera occupée avec ma maison et mes enfants ? se demanda Duncan.

Il jeta un dernier regard à la cabine, pour vérifier qu'ils n'avaient rien oublié.

— Ton chapeau, Margaret.

— Tu n'as qu'à le porter toi-même. De toute façon, je ne l'aime pas.

Duncan, agacé, aperçut Sybil et Walter Armstrong sur le pont. Son humeur s'assombrit encore davantage. Son voyage de noces était menacé, peut-être même terminé, parce que Margaret s'obstinait à vouloir pratiquer ses méthodes dépassées. Qu'elle le voulût ou non, elle apprendrait que la magie et la médecine ne faisaient pas bon ménage dans la vie.

37

Quand ils débarquèrent à Trinity Quay, il faisait nuit. Alignées le long des quais, les tavernes animées commençaient leur vie nocturne et Walter s'empressa de trouver un fiacre pour Duncan et Margaret, afin de les éloigner de ce quartier mal fréquenté.

— Tout ira bien, dit Duncan. Nous sommes tous les deux un peu nerveux à l'idée de retrouver la vie citadine.

Le fiacre tressautait sur les pavés. Silencieuse, Margaret se demanda si un jour elle adresserait de nouveau la parole à son mari.

— Viens t'asseoir à côté de moi, proposa-t-il en lui prenant la main.

— Non, merci.

Résigné, il ferma les yeux.

— Est-ce que tu as loué une maison avec un jardin? demanda-t-elle alors qu'il s'était presque assoupi.

— Pourquoi? As-tu envie de faire pousser des fleurs?

— Comme je te l'ai dit, j'ai apporté des plantes que je voudrais repiquer tout de suite. Bien que mon tyran de mari ne me permette pas de les utiliser comme remèdes.

— Margaret, Aberdeen est une grande ville, pas une île arriérée. Mes confrères se moqueront de moi s'ils apprennent que j'ai épousé une sorcière, mais tous m'envieront dès qu'ils auront vu sa beauté.

— Espèce de fat! Pour te vexer, j'aimerais presque perdre mes dents et avoir des verrues sur le nez.

— Nous sommes fatigués, Margaret. Tu te sentiras mieux demain matin.

— Seulement si tu changes d'avis, espèce d'entêté!

Il voulut la prendre dans ses bras, mais elle se raidit. Quand il commença à déboutonner son corsage et à lui mordiller l'oreille, son indifférence fut mise à rude épreuve.

— Allons-nous nous chamailler pendant notre voyage de noces? demanda-t-il d'une voix rauque en lui baisant le cou.

— Tu veux me faire l'amour dans un fiacre? Imagine le scandale si la Faculté l'apprenait!

— J'en prends le risque, rétorqua-t-il en lui caressant le sein.

Elle s'écarta, furieuse contre elle-même d'éprouver du désir.

— Puis-je devenir infirmière dans un hôpital ?

— Sais-tu quel genre de filles deviennent infirmières ? Des malheureuses qui ont quitté leur famille, des domestiques renvoyées, et des femmes abandonnées par leurs maris.

— Des exclues de la société, tu veux dire ? Cela me correspond tout à fait.

Le visage de Duncan s'adoucit. Il souffrait qu'elle se considérât ainsi.

— Je suis désolé. Cette profession mériterait d'être honorable, mais, hélas, elle ne l'est pas.

— Et rien ne changera jamais si les gens persistent dans ta façon de voir les choses.

Le fiacre ralentit devant une belle maison en pierre grise à deux étages, située dans l'élégant quartier résidentiel d'Union Square.

— Nous sommes arrivés, dit-il en saisissant le panier.

Cyclope poussa un miaulement furieux.

— C'est exactement ce que je ressens, Cyclope ! s'exclama Margaret.

Duncan embrassa sa femme sur les lèvres.

— Il paraît que la maison a l'eau courante.

— Tu essaies de m'amadouer.

— C'est pour mieux te séduire tout à l'heure.

Colin, le père de Duncan, avait trouvé la maison et engagé une femme de chambre, un valet, l'ancien cocher de Duncan, Donald, ainsi qu'une Galloise alerte d'une quarantaine d'années, aux beaux cheveux auburn, appelée Blodwen Jones. D'emblée, et pour une raison qui échappa à Duncan, Margaret et Mme Jones s'entendirent à merveille. Il était soulagé que son épouse eût trouvé une femme maternelle pour la conseiller. Naïvement, il espérait que Mme Jones parviendrait à convaincre

Margaret de renoncer à sa passion de guérisseuse pour se consacrer à des tâches plus routinières.

— Madame MacNeill, il est trop tard pour discuter de questions culinaires, vous examinerez les menus demain matin, déclara Mme Jones en prenant Cyclope sous son bras et en guidant Margaret à travers le hall. J'ai préparé une tisane à la camomille et du vin à l'hysope pour vous aider tous deux à dormir.

Le visage de Margaret s'éclaira, tandis que Duncan avait un mauvais pressentiment.

— Auriez-vous un potager avec des herbes, madame Jones ? s'enquit-elle, enchantée.

— Bien sûr, et j'ai pris la liberté de transformer la cave à vin. Votre mari est peut-être médecin, mais rien ne vaut les anciennes méthodes.

— Je partage tout à fait votre avis, madame Jones.

— Je croyais que cette pièce devait me servir de laboratoire ?

— Nous avons encore trois pièces vides au sous-sol, monsieur. Votre père m'a donné la permission d'utiliser la partie sud-ouest de la maison à ma guise. Vous conviendrez que l'entretien du linge est plus important qu'un laboratoire, même pour un médecin.

— Il est d'accord avec vous, dit Margaret.

— Pas du tout, rétorqua Duncan, persuadé que les trois pièces en question étaient sombres et humides, que des glaçons lui pendraient au nez les matins d'hiver et qu'il dépenserait une fortune pour s'éclairer.

En retirant sa cape, Margaret fut gênée de trouver son corsage boutonné de travers, alors que Duncan n'avait qu'une envie : se retrouver avec elle en tête à tête pour continuer ce qu'il avait commencé dans le fiacre.

— Faites comme bon vous semble, madame Jones, si c'est ce que souhaite ma femme, mais rappelez-vous que ma salle de travail est à cet étage et que mon laboratoire est interdit à tous.

Ravie d'avoir gagné, la femme inclina la tête.

— Je vais m'occuper de la tisane. Je suppose que le fiacre qui vient de s'arrêter devant la maison amène vos domestiques et ce qui reste de vos bagages.

Margaret regardait nerveusement le haut de l'escalier où devait se trouver leur chambre.

— Laissez la tisane sur un plateau devant la porte, murmura Duncan à la cuisinière. Mon épouse est fatiguée et elle sera peut-être endormie quand vous l'apporterez.

— Je vous envoie Bridget pour allumer le feu et bassiner le lit.

— C'est inutile pour ce soir. Nous sommes en voyage de noces.

Mme Jones piqua un fard et battit en retraite dans la cuisine.

Quelques instants plus tard, perdue dans ses pensées, Margaret regardait la rue paisible par la fenêtre de leur chambre. Elle ne prêta pas attention à Duncan qui allumait le feu dans la cheminée avant d'ouvrir les draps parfumés à la lavande du grand lit à baldaquin. Au coin de la rue stationnait une calèche, apparemment occupée par une femme. Margaret pensa que Walter déchargeait les malles pendant que Sybil patientait. Or elle avait le sentiment curieux d'être épiée. Indignée, elle imagina Sybil la surveillant avec les jumelles de son mari, puis l'attelage repartit et Margaret aperçut une femme voilée qui n'était certainement pas Sybil Armstrong. Probablement une voisine, se dit-elle.

Duncan posa le plateau sur la table entre la causeuse et la bergère placées de part et d'autre de la cheminée.

— Bois ta tisane et va te coucher. Mes parents seront ici à la première heure pour rencontrer la nouvelle recrue de la famille.

Il la taquinait, mais après toutes ces années solitaires à Maryhead, Margaret craignait les étrangers.

— Est-ce qu'ils appréciaient Alice ?

— Oui, admit-il avec une pointe de ressentiment. Quand elle a épousé mon frère, ils ont même pris sa défense. D'après eux, je la négligeais et n'avais que ce que je méritais. J'essayais de me faire une clientèle, je croyais qu'elle comprenait.

— Elle a eu une liaison avec ton frère ?

— Elle lui a même donné un enfant.

— Si elle n'était pas tombée enceinte, lui aurais-tu pardonné ? demanda Margaret, soudain inquiète.

— Je ne sais pas, avoua-t-il, mais ce que j'éprouvais pour Alice n'est rien comparé à la force de mes sentiments pour toi.

Une fois déshabillés, ils se réfugièrent sous la couverture. Ils firent l'amour lentement. Duncan devinait que la discussion n'était pas close. Cependant, il était certain de convaincre Margaret de tourner le dos à son ancienne vie.

Lorsqu'une calèche s'arrêta devant la villa et qu'il entendit des pas précipités dans l'entée, Gareth Rose recouvrit la toile qu'il peignait et s'essuya les mains avec un chiffon. Il s'attendait que Lucy entre en coup de vent, comme à son habitude.

Quelques minutes plus tard, elle n'était toujours pas apparue, et il eut des soupçons. Gareth savait que Lucy était sortie tard dans la soirée après avoir appris l'arrivée inattendue de ce docteur et de sa nouvelle épouse — Margaret, sa propre sœur ! Seigneur ! Ce MacNeill était un empêcheur de tourner en rond !

Gareth baissa la flamme des lampes et quitta la pièce. Jusqu'à ce soir, il avait prié pour que Margaret restât à Maryhead. Elle seule pouvait menacer l'entente fragile qui existait entre son père et lui. Elle seule pouvait l'accuser d'être un meurtrier.

Lucy se trouvait dans le cabinet de consultation de son mari décédé. Derrière la porte, Gareth entendit un murmure de voix. Elle offrait de l'argent à de jeunes garçons. Il attendit qu'ils eussent quitté la maison par une porte de service pour entrer dans la pièce obscure.

Elle souriait. Dès que leurs regards se croisèrent, Gareth eut envie d'elle.

— Je les ai suivis jusque chez eux et j'ai vu ton beau-frère prendre sa femme dans ses bras pour franchir le seuil de sa maison. Touchant tableau !

— Et s'ils t'avaient remarquée ? s'inquiéta Gareth.

— Il ne se sont rendu compte de rien, répliqua sèchement Lucy. Et ils ne soupçonneront rien à moins que tu ne commettes une erreur.

— Comment va ma sœur ?

— Je ne leur ai pas rendu une visite de courtoisie, Gareth.

Elle tira les rideaux sur la rue. Dehors, quatre petites silhouettes sinistres s'éloignaient dans la rue éclairée au gaz.

— Tu avais dit que Margaret ne reviendrait pas. Tu avais dit que les Armstrong s'en chargeaient, insista Gareth qui avait de la peine à respirer.

— Rien n'est encore perdu, n'est-ce pas ?

— Mon père demande tous les jours de ses nouvelles. Il exigera de la voir.

— Aucune importance. Nous nous occuperons d'eux.

Elle s'approcha de lui. Dans la pièce renfermée, l'odeur entêtante de son parfum devenait insoutenable, et pourtant, ses grands yeux verts et ses cheveux blonds évoquaient un ange.

— Viens-tu te coucher ? demanda-t-elle.

Malgré son angoisse, il la désirait.

— C'est ma sœur, Lucy. Je ne lui veux aucun mal. Tu m'as promis que tu te contenterais de l'effrayer pour qu'elle reste loin d'Aberdeen.

— Margaret peut avoir un accident, dit-elle avec un haussement d'épaules. Qui sait ? Le « Docteur diabolique » serait peut-être soupçonné...

— C'est ma sœur ! répéta-t-il, horrifié. Pourquoi as-tu fait venir ces voyous tout à l'heure ?

— Veux-tu vraiment le savoir ?

Il secoua lentement la tête. Lucy était une femme dangereuse et son instinct l'incitait à rompre pendant qu'il en était encore temps.

— Montre-moi tes dessins, dit-elle en lui tendant la main.

Succombant à la faiblesse de caractère qu'abhorrait son père, Gareth se laissa entraîner hors de la pièce, refusant de penser davantage à sa damnation certaine et au destin tragique de Margaret.

38

Le lendemain matin, Colin MacNeill, flanqué de sa fille cadette, une brune pétulante nommée Dara, et de son petit-fils de quatre ans, Malcolm, arrivèrent à l'heure du petit déjeuner. Margaret fut aussitôt rassurée par le regard ravi de son beau-père. Dara la serra dans ses bras.

— Je n'en reviens pas, Duncan, elle est beaucoup trop jolie pour toi ! s'écria la jeune femme en se servant une assiette d'œufs et de harengs. Chère belle-sœur, à sa naissance, votre mari était si brun et si vilain que ma mère a pensé que c'était un lutin.

Margaret interrompit son rire en voyant l'embarras de Duncan. Ne savait-il pas qu'à ses yeux il était le plus séduisant des hommes ?

— Viens au club cet après-midi, Duncan, dit son père. Mark Kincardine s'y trouvera. Il a été nommé professeur d'obstétrique et de gynécologie à la Faculté. Maintenant que tu veux ouvrir un nouveau cabinet en ville, il te sera d'un précieux soutien. Mmm... Quelle délicieuse odeur ! Est-ce de la chicorée ? demanda-t-il alors que la femme de chambre lui servait une tasse de café.

— En effet, dit Margaret. Mme Jones aime utiliser des herbes aussi bien à des fins gastronomiques que médicinales.

— Les vieilles méthodes ont du bon, acquiesça Colin.

— Tais-toi, papa, tu risques d'ouvrir la boîte de Pandore ! s'écria Duncan. Margaret croit au pouvoir magique des plantes et des sortilèges.

— N'oublie pas que la digitale nous a donné la digitaline, mon garçon ! Ta grand-mère jure qu'elle a été guérie de la phtisie en prenant un bain de minuit dans le loch Monak.

— Merci de me soutenir, papa ! Tu ne m'en voudras pas si je passe au club, Margaret ?

— Je lui tiendrai compagnie, proposa Dara. Comme Maryhead n'est pas réputée pour son élégance, elle aimera peut-être prendre rendez-vous avec la couturière.

La remarque avait été dite sans méchanceté, mais Margaret ne put s'empêcher d'observer d'un œil critique sa modeste robe en mousseline gris perle.

— A l'avenir, Dara, réfléchis avant de parler ! dit sèchement Duncan.

— Margaret serait superbe en taffetas turquoise.

— Elle est superbe quoi qu'elle porte.

— Je ne voulais pas vous faire de peine, Margaret, poursuivit Dara sans pourtant s'excuser, mais je vais donner un conseil à votre mari : ne sacrifie pas ton épouse à ton travail. Elle est beaucoup plus jolie qu'Alice, et plus intelligente aussi, à en juger par la vivacité de son regard. La médecine t'a déjà pris une femme, Duncan, j'espère que tu as retenu la leçon.

— Ton sermon est terminé, ma fille ? s'enquit Colin.

— Presque.

— Je ne veux pas aller chez la couturière, maman ! pleurnicha Malcolm qui gavait Cyclope sous la table des restes de harengs.

— Autre chose, poursuivit Dara, imperturbable. Alice et Andrew ont eu un fils. Il s'appelle Kevin. Je sais que c'est un sujet délicat, mais cet enfant n'est pas responsable…

— Je suis parfaitement au courant, et je ne tiens pas à en discuter, déclara Duncan d'un ton glacial.

Il y eut un silence gêné. Pour dissimuler son embarras, Margaret commença à empiler les assiettes sur le buffet. Devait-elle quitter la pièce afin que Duncan et sa sœur puissent discuter en privé ? Mais elle était trop curieuse de connaître les sentiments de Duncan envers Alice.

— Laisse la femme de chambre s'occuper des plats, Margaret ! ordonna Duncan.

Margaret se retourna lentement. Regrettait-il que cet enfant ne fût pas le sien, celui qu'il aurait eu avec Alice ? Cachait-il ses véritables sentiments ? Il lisait le journal, ou feignait de le lire. Brusquement, Aberdeen et les mauvais souvenirs ne furent que trop réels, et Margaret se demanda si Duncan évitait son regard par crainte de se trahir.

— Dans ce cas, je vais accompagner Dara cet après-midi.

Duncan leva la tête. Ses yeux taquins brillaient d'amour et Margaret s'en voulut d'avoir douté de lui.

— Ma sœur a des goûts extravagants.

— Moi aussi.

— C'est bien ce que je craignais !

Bien qu'elle eût préféré rester chez elle, Margaret avait décidé de passer la journée avec la sœur de Duncan. Dès qu'elle se trouva avec Dara et Malcolm dans le coupé de ville, elle apprécia la promenade dans les rues familières d'Aberdeen où elle avait gaspillé son adolescence. Se rappelant le soir où elle avait rencontré Duncan, elle sourit.

— J'aurais dû tenir ma langue. Duncan est furieux contre moi, dit Dara tandis que le cocher ralentissait pour se mêler au flot de voitures de Market Square.

Le coupé s'arrêta et Dara releva le bas de ses jupes bordées de dentelle. Margaret hésita quelques instants. Pourquoi ne pas se montrer aussi franche que sa belle-sœur ?

— Croyez-vous qu'il soit furieux parce qu'il s'en veut d'éprouver encore des sentiments pour Alice ou parce que vous avez évoqué ce sujet devant moi ?

— Il est évident que le mariage d'Alice et Andy est un sujet douloureux pour Duncan et qu'il le restera encore longtemps, mais je suis certaine qu'il ne ressent plus rien pour elle. Il suffit de voir comment il se comporte avec vous pour deviner qu'il vous aime. S'il avait regardé Alice avec cette même intensité, elle ne l'aurait jamais quitté. Vous avez vaincu la bête, ma chère. Pourvu que ça dure !

C'était un curieux compliment, à double tranchant, mais Margaret en fut rassérénée. En traversant la rue pour entrer sous les arcades où se trouvait la boutique de la couturière, elle se rendit compte, non sans une certaine anxiété, qu'elle tenait à être le seul amour de Duncan.

— Vous êtes un atout pour Duncan, et sa réputation a besoin d'être redorée.

— Un atout, vraiment ?

Margaret, sceptique, considéra son manteau démodé et sa robe grise sans prétention.

Un jeune vendeur se précipita pour leur ouvrir la porte.

— Dans la société d'Aberdeen, le nom de Rose est un sésame. Cela ne peut qu'aider Duncan. Entre, Malcolm, et ne touche à rien.

Margaret suivit Dara dans la boutique. Duncan n'obtiendrait aucune aide de Douglas Rose — elle n'avait pas l'intention de renouer avec son père.

Deux vendeuses lui retirèrent sa cape et Margaret décida de profiter au maximum de ces joies purement féminines dont elle avait été privée sur Maryhead. Elle en oublia Alice, son père, et même Duncan, fascinée par les élégants dessins reproduits dans les journaux de mode qu'on lui tendait : *Le Bon Ton, La Gazette de la mode, La Mode écossaise.*

Après avoir été si longtemps endormie, la vanité féminine de Margaret fut ressuscitée par un brocart bleu ciel, un satin ivoire brodé de nœuds d'amour, une soie pêche à se pâmer.

Debout devant le miroir en pied, vêtue de sa chemise en lin et de ses culottes bouffantes, elle secoua la tête.

— Impossible de me décider. Il me faut quelque chose de simple.

— Voyons ! s'exclama Dara. Vous allez recevoir des patients, assister à des déjeuners et à des séminaires. Que dirait-on si l'on rencontrait la belle épouse du docteur habillée dans ces...

Elle agita la main en direction de la robe grise qu'une vendeuse avait posée sur un paravent.

Mme Bailie, la couturière, renchérit, une lueur cupide dans le regard :

— Les îles sont coupées du monde, madame MacNeill. Je n'ai pas vu de cape aussi rustique que la vôtre depuis cinq ans.

— Rustique ? répéta Margaret, amusée, se rappelant à quel point les insulaires l'avaient jugée excentrique.

— Elle date d'avant les temps druidiques ! s'esclaffa Dara. Quand Duncan lui faisait la cour, Alice était couturière. Toujours à la pointe de la mode, n'est-ce pas, madame Bailie ?

— C'était en effet une concurrente dangereuse. Très franchement, j'ai été soulagée quand elle a fermé boutique pour s'installer à la campagne.

Devinant qu'elle avait été manipulée, Margaret carra les épaules.

— Cessez le feu ! Je me rends ! Faites de votre mieux, madame Bailie, mais veillez à ce qu'aucun de ces boas en zibeline...

Ses réflexions se perdirent dans l'activité forcenée qui suivit, les débats enflammés entre Dara, la couturière et ses assistantes concernant la couleur, le style et le prix. Malcolm s'endormit par terre ; Margaret sentit venir la migraine.

— Elle prendra la cape en cachemire bleu. L'Orient est très en vogue.

— Et le châle en dentelle noire.

— La robe de taffetas bronze est trop chère, mais ce corsage brodé de perles est idéal pour un bal...

— Elle aurait aussi besoin d'un corset de grossesse...

— Comment ? s'écria Margaret.

— Un jour ou l'autre, il vous sera utile, dit Dara avec une patience résignée.

Trois heures plus tard, Margaret sortit du magasin comme sur un nuage.

— Je meurs de faim ! Est-ce que le salon de thé Barclay's est toujours ouvert ? Je n'ai pas mangé de gâteau à la crème depuis des lustres.

— Oh oui, maman, s'il te plaît ! supplia Malcolm en bâillant.

— Le salon de thé se trouve maintenant sur James's Street, expliqua Dara en faisant signe au cocher qui les attendait de s'éloigner. Mais il y a un magasin au coin de la rue où tante Margaret peut s'acheter un biscuit et où tu pourras avoir un bonbon pour te faire patienter. Je dois faire un saut chez la modiste. Ça ne vous ennuie pas de le surveiller un moment ?

— Pas du tout, dit Margaret en prenant la main du petit garçon.

Tandis que Dara filait à toute allure, Margaret et Malcolm se dirigèrent lentement vers le coin de la rue. Comment avait-elle survécu sur Maryhead sans le plaisir de faire des courses ? se demanda Margaret.

— Seigneur Dieu ! J'ai des hallucinations ! s'écria un homme derrière elle.

Lorsqu'elle se retourna, Margaret, ravie, découvrit son ancien complice, Daniel Munro. Une jeune femme blonde se pendait à son bras. Il lui murmura un mot à l'oreille et elle s'éclipsa chez la couturière.

Plus âgé, aminci, Daniel semblait enchanté de revoir Margaret. En dépit de son manque de caractère et de ses manières dissolues, il lui avait marqué une grande affection. Il ne lui avait pas pardonné d'avoir brusquement disparu de sa vie alors qu'il la considérait comme sa meilleure amie.

— Daniel ! s'écria Margaret, émue, en le serrant contre elle. Espèce de bandit, cette jolie petite chose à ton bras était-elle ta fille ? le taquina-t-elle, les yeux embués.

Il la dévorait des yeux, sa petite Margaret devenue femme, toujours espiègle et mystérieuse, éblouissante de beauté.

— Elle n'est rien pour moi, ma chérie, maintenant que tu es revenue en ville, dit-il, se surprenant à être sincère.

— Je suis mariée à un docteur, alors méfie-toi.

— Un docteur ? Si j'avais su que tu étais libre...

— Tu aurais pu m'écrire.

— Je t'ai écrit des dizaines de lettres qui m'ont été retournées ou qui sont restées sans réponse.

Un instant, son visage refléta le désarroi qu'il avait ressenti en apprenant la décision de Douglas Rose, et le regret de ne pas avoir eu suffisamment de caractère pour se lancer à la recherche de Margaret.

— Est-ce que je le connais ?

— Duncan MacNeill.

— Ça alors ! dit-il en riant. Et le petit, c'est ton fils ? ajouta-t-il en regardant Malcolm qui contemplait les bonbons dans la vitrine.

— C'est le neveu de Duncan.

— Tu ne m'as jamais écrit, n'est-ce pas, Margaret ?

— Non, avoua-t-elle en baissant les yeux.

Embarrassés, ils restèrent quelques instants silencieux, perdus dans leurs souvenirs.

— Où est passé Malcolm ? s'écria soudain Margaret.

— Il a dû entrer voir les bonbons de plus près, la rassura Daniel.

Saisie de panique, Margaret se précipita dans la confiserie. Lorsqu'elle poussa la porte, une sonnette joyeuse retentit et une agréable odeur de gingembre monta à ses narines.

— Malcolm ? appela-t-elle, fouillant chaque recoin à la recherche du petit visage pâle.

Au comptoir, une femme âgée pesait des berlingots pour une cliente.

— Un petit garçon, avec une veste de velours tabac...

— Il n'est pas entré, madame. Pendant que vous parliez au monsieur, il a tourné le coin de la rue.

Un frisson glacé lui parcourut l'échine. Comment avait-elle pu être absorbée par sa conversation au point d'oublier l'enfant ? Il avait disparu, alors que le port et ses dangers potentiels n'étaient qu'à deux minutes !

Daniel l'entraîna au-dehors.

— Il ne peut pas être très loin, Margaret. Nous allons prendre ma calèche.

Sans l'écouter, Margaret le cherchait des yeux parmi la foule.

— Vous vous faites déjà des amis, Margaret ? s'écria joyeusement Dara, à moitié cachée par un carton à chapeau. Malcolm a cassé quelque chose dans la boutique, n'est-ce pas ? ajouta-t-elle en voyant l'inquiétude de sa belle-sœur.

Des nuages noirs s'amoncelaient dans le ciel. Angoissée et se sentant coupable, Margaret imaginait le malheureux enfant égaré, ou pis encore. Et que dirait Duncan en apprenant qu'elle avait perdu le petit pendant qu'elle flirtait avec un vieil ami ?

— Je pensais qu'il vous avait rejointe, dit-elle.

Dara secoua la tête.

— Je vais chercher un policier et faire avancer ma voiture, proposa Daniel. Vous devriez vous séparer et passer la galerie marchande au peigne fin.

— Notre cocher l'a peut-être vu, suggéra Dara.

Le vieil homme, en vérité, s'était endormi, le menton sur la poitrine.

Margaret s'élança en direction du port. Le terrible pressentiment qui la hantait depuis des mois prit brusquement une forme terrifiante, si palpable qu'elle en ressentit physiquement la menace. Duncan avait eu tort, Morag n'y était pour rien. En quittant Maryhead, Margaret n'avait pas échappé au mal qui continuait à la narguer parmi les ombres des magasins.

39

Dans un recoin de la galerie marchande, plaqué contre un mur, Malcolm dévisageait la dame au chapeau à voilette qui lui murmurait des paroles douces en lui offrant un sac de bonbons. Elle lui avait dit qu'oncle Duncan était l'un de ses vieux amis et qu'il lui avait demandé de le ramener à la maison. Mais le petit garçon était inquiet, conscient d'avoir désobéi à sa maman en s'éloignant de tante Margaret.

Maintenant qu'il aurait voulu courir retrouver sa mère, il était perdu. Et la dame l'effrayait ; elle se tenait si près de lui qu'il ne pouvait s'enfuir.

Quoiqu'elle fût jolie dans sa robe noire avec ses cheveux d'or, elle ne souriait pas et son lourd parfum fleuri empestait. Malcolm se serra encore davantage contre le mur.

— Est-ce que c'est ta mère ? lui avait-elle demandé alors qu'il admirait la vitrine du magasin de jouets, tout en gardant l'œil sur tante Margaret et son ami.

— C'est ma tante Margaret, avait-il répondu.

— Elle est très jolie, avait dit la dame, et il n'avait pas eu peur car la foule l'entourait. Ton oncle Duncan doit beaucoup l'aimer, avait-elle chuchoté presque tristement, et je suis sûre qu'il t'aime, toi aussi. Il me l'a dit, d'ailleurs, et il a ajouté que je devais te donner le cadeau que j'ai pour toi dans mon attelage.

La dame le regarda dans les yeux.

— Alors, est-ce que tu viens chercher ton cadeau ? insista-t-elle. Si tu te dépêches, nous pourrons faire un tour du port avant la pluie pour regarder les bateaux.

Les yeux fixés sur le sac de bonbons, Malcolm fit un pas hésitant en direction de la dame.

Après avoir fouillé la moitié des arcades, Margaret et Dara trouvèrent un commerçant qui avait vu le petit garçon. Et quelques secondes plus tard, elles l'aperçurent, courant vers elles, un sourire radieux sur son visage parsemé de taches de rousseur.

— Dieu merci ! s'exclama Margaret.

En voyant la colère et la main levée de sa mère, Malcolm ralentit.

— Petit démon ! gronda Dara d'une voix tremblante. Je t'avais dit de rester auprès de tante Margaret.

— Je... j'ai voulu regarder les jouets, maman, et puis il y a eu la dame dans sa robe noire qui a parlé d'oncle...

Sa plaidoirie se termina par un cri quand sa mère le bascula sur ses genoux pour lui administrer une fessée retentissante.

— Veux-tu être enlevé par les gitans ou enrôlé de force sur un navire ? As-tu oublié le petit garçon qui avait désobéi à sa mère et dont on a retrouvé le corps l'année dernière ?

Daniel remercia le policier à qui il avait demandé de l'aide.

— Bienvenue à Aberdeen, Margaret Rose ! dit-il. Quel plaisir de constater que tu peux encore provoquer un attroupement dans la rue !

Tard dans la nuit, après avoir raconté les mésaventures de l'après-midi à Duncan, Margaret fut réveillée par un bruit dans le jardin.

Elle donna un léger coup de coude à son mari qui se contenta de grogner et s'approcha de la fenêtre sur la pointe des pieds pour l'entrouvrir.

D'abord, elle ne vit rien, puis, ses yeux s'accoutumant à la pénombre, elle discerna quatre ou cinq silhouettes qui portaient des sacs et des pelles. Ces jeunes garnements des rues qui se faufilaient comme des farfadets avaient sans aucun doute de mauvaises intentions. Avaient-ils le projet de cambrioler la maison ? Curieusement, ils se contentaient de creuser le long du mur d'enceinte du jardin.

Furieuse, Margaret s'inquiéta pour ses herbes qu'elle avait replantées avec soin.

— Que se passe-t-il ? chuchota Duncan en l'embrassant dans le cou.

— Regarde du côté du mur. Il y a quatre ou cinq garçons qui creusent un trou.

— Ils essaient probablement de mettre au jour une fosse d'aisances. Il paraît que ces garçons font des paris pour savoir lequel en aura exhumé le plus avant l'aube. Reviens te recoucher, ajouta-t-il en lui caressant les seins.

— Ils détruisent mon jardin ! Je vais aller leur dire deux mots !

— Pas question ! Déguerpissez tout de suite, petits voyous ! cria-t-il en se penchant par la fenêtre. Si vous abîmez le jardin de ma femme, elle vous transformera en crapauds !

Une porte s'ouvrit avec fracas dans le quartier des domestiques. Des lumières éclairèrent le jardin. Les chenapans jetèrent leurs pelles et escaladèrent le mur avec une agilité d'écureuils avant de détaler dans l'obscurité.

— Et voilà ! déclara Duncan d'un air satisfait.

Margaret ne pensait pas qu'il s'agissait d'une farce. Allongée auprès de Duncan, elle ne parvenait plus à s'endormir. Agacé, il finit par se redresser.

— Tu ne dors pas ?

— Le bruit de la mer me manque. Il me berçait.

— Margaret, nous sommes à quelques minutes du port !

— Ce n'est pas pareil. Ici, on dirait que les vagues sont apprivoisées.

— Il faut du temps pour s'habituer. Tu as passé une bonne journée avec Dara, non ?

— Jusqu'à ce que Malcolm se perde.

— Ce n'était qu'un enfantillage, comme ce que nous venons de voir à l'instant. Détends-toi. Qui sait ? Dans quelques mois, nous aurons peut-être un petit garçon à nous.

Elle ferma les yeux, heureuse d'imaginer un Duncan miniature qui gambaderait dans la maison avec un stéthoscope autour du cou au lieu de jouer aux soldats de plomb.

— Je croyais que les fosses d'aisances se trouvaient derrière la cuisine, dit-elle soudain, se rappelant que Mme Jones s'était plainte de l'odeur.

Duncan s'était assoupi, et Margaret n'osa pas le réveiller. Elle tenta de se raisonner, frissonnante dans le silence de la nuit.

40

Deux jours plus tard, Margaret apprit pourquoi les gamins avaient creusé dans son jardin, et ce ne fut pas une surprise agréable. Elle prenait le thé avec la mère de Duncan, Grace MacNeill, une petite femme brune qui semblait bien délicate pour avoir mis au monde six enfants aussi costauds. Mais cette fragile silhouette cachait une volonté de fer et Duncan avait hérité de sa mère son caractère réaliste.

— Tu es blanche comme un linge, Margaret, dit-elle en reposant sa tasse de thé. Qu'est-ce que tu regardes ?

— C'est un pamphlet illustré qui s'appelle *L'Horreur à quatre sous*. En laissant sortir le chat avant votre arrivée, je l'ai trouvé devant la porte.

Ajustant ses lunettes, Grace venait de terminer l'article quand Duncan fit irruption dans le salon ensoleillé, stupéfiant les deux femmes par son air hirsute. De sa bouche pendait un inhalateur relié à une boîte en métal accroché à la poche de son gilet, des crayons hérissaient ses oreilles comme des antennes d'insecte et sa chemise, à moitié sortie de son pantalon, était maculée de produit chimique. Ses yeux dilatés avaient foncé à en devenir presque noirs.

— C'est toi, maman ? s'étonna-t-il d'une voix rocailleuse.

— Je sais qui je suis, mais je doute que tu sois

mon fils. Est-ce que cela lui prend souvent? demanda-t-elle à Margaret par-dessus ses lunettes.

D'une démarche incertaine, Duncan s'approcha de la table pour se verser du thé.

— J'ai une conférence ce soir. Je n'arrive pas à refaire cette expérience et je ne retrouve plus mes notes. J'ai besoin d'un volontaire pour tester l'éther. Ma grenouille a disparu.

— Très peu pour moi! s'exclama Margaret, horrifiée.

— J'ai un rendez-vous dans une demi-heure, ajouta Grace avant d'agiter le journal. As-tu vu ceci?

— Pour le moment, ma vue est brouillée. Je ne peux rien lire. Est-ce qu'on parle de ma conférence?

— On parle de toi, certes, mais pas pour une raison aussi anodine. Un groupe de jeunes garçons prétend qu'ils jouaient à chercher le trésor des pirates dans ton jardin quand ils ont déterré... des restes humains, un squelette.

— Cela explique comment ce fichu squelette s'est retrouvé dans le jardin du voisin.

— On raconte aussi que le Dr MacNeill a ramené une épouse qui a été guérisseuse sur Maryhead, une île lointaine connue pour ses pratiques païennes. « Est-ce que le Dr MacNeill et sa femme auraient allié par leur union la médecine et la magie pour redonner vie à un culte païen dans les plates-bandes mêmes de la civilisation? »

Indigné, Duncan s'assit sur le bord de la table.

— Ce squelette vient de l'université et je m'en servais pour mes cours d'anatomie. Quelles fantaisies... Pardonnez-moi, maman, Margaret, mais je n'arrive pas à croire que ces bêtises recommencent.

— Il y a aussi une caricature qui te montre dans

un cimetière, avec une tête de loup et une pelle de fossoyeur. Comment ce squelette est-il arrivé dehors ?

— C'est ma faute, dit Margaret. J'avais demandé à Bridget de balayer le laboratoire, mais en voyant le squelette elle s'est évanouie. J'ai donc demandé à Walter de le mettre sur le banc du jardin dans l'intervalle. Il a dû oublier de le rentrer.

— Je me demande si cette sotte n'a pas aussi jeté mes papiers, soupira Duncan. Sapristi, Margaret, j'avais pourtant dit que je ne voulais pas qu'on touche à cette pièce !

— Ce n'est pas ta femme qui a fait entrer ces garçons dans le jardin, et elle n'a pas vendu cette histoire à la presse ! s'écria Grace. Tes anciens ennemis auraient-ils décidé de rallumer la querelle ?

Duncan passa nerveusement la main dans ses cheveux et fit tomber les crayons.

— J'ai discuté avec cette vieille ganache d'Abernathy sur les dangers de l'inhalation, mais je ne peux pas croire qu'il ait assez d'imagination pour concocter une histoire aussi rocambolesque. Etes-vous certaines qu'aucune de vous deux ne veut être volontaire pour une expérience qui risque de bouleverser la science médicale ?

Les deux femmes feignirent de ne pas l'avoir entendu. Quand il fut parti, Margaret se leva.

— Je vais demander à Bridget si elle a vu ces papiers. Pensez-vous vraiment que les ennemis de Duncan aient pu lui jouer un tour d'aussi mauvais goût ?

— La médecine est une foire d'empoigne, au même titre que la banque ou le négoce, ma chère. Elle peut apporter la gloire, la richesse et le pouvoir. Duncan participe à la découverte médicale qui sera peut-être la plus importante pour l'humanité. Des hommes et des femmes ont tué pour bien moins.

— Je ne sais comment l'aider.

— Pour commencer, ne devenez pas son cobaye. L'un de vous doit garder les idées claires.

Dans l'heure qui suivit, Margaret sauva le travail de Duncan de la corbeille à papier, dit au revoir à Grace et laissa son mari se préparer pour sa grande soirée. Il lui donna un baiser distrait en l'assurant qu'il ne lui en voulait pas pour l'article calomnieux, mais elle craignait d'être un poids pour son brillant époux. Après tout, il risquait sa vie et sa réputation pour le bien de l'humanité. Ses modestes succès médicaux à elle se cantonnaient à la guérison d'allergies ou d'indigestions.

Dépitée, Margaret sortit se promener dans le jardin clos ; le soleil de mars, la fraîche odeur de la terre pleine de sève lui remontèrent le moral. Elle s'assit sur le banc où avait reposé le squelette et palpa son ventre. Duncan avait-il vu juste ? Plusieurs remèdes favorisaient la fécondité et une grossesse sans problème : du thé au lait de chardon, des tisanes aux algues, une peau d'anguille glissée sous le matelas.

Alors qu'elle se demandait si elle devait donner un coup de main à la nature, elle entendit une voix masculine amusée :

— Moi aussi, je ferais la tête si j'avais épousé un homme aussi disgracieux que Duncan.

En se retournant, elle découvrit un jeune homme brun en knickerbockers de tweed, debout sous le treillis de vigne. Auréolé de lumière diffuse, il lui semblait familier. L'inconnu tira longuement sur sa pipe et, bien que Margaret ne vît pas de fumée, elle en respira la senteur agréablement masculine.

— Ne vous levez pas.

Curieusement, elle se sentait paralysée, son esprit

à la fois apaisé et heureux, bien que ses sens fussent en alerte.

— Etes-vous un ami de mon mari ?

— Je l'étais. Je suis venu prendre congé de lui, mais il est absorbé par son travail. Son esprit est trop encombré par des préoccupations intellcctuelles pour appréhender quelque chose qui ne se trouve pas dans un livre.

Sans savoir pourquoi, elle eut la chair de poule.

— En revanche, vous, vous comprenez, Margaret, murmura-t-il alors qu'elle ne lui avait pas dit son nom. Vous acceptez de voir au-delà des apparences, n'est-ce pas ?

Margaret se dit que c'était un rêve ou un jeu de lumières, car l'homme devenait de plus en plus transparent.

— Qui êtes-vous ?

Il observa longuement les volets fermés du laboratoire.

— Andy. Dites-lui qu'Andy est venu lui dire au revoir et que je suis désolé pour ce qui s'est passé entre nous.

— Je vais aller le chercher, dit-elle en essayant de trouver assez d'énergie pour se lever.

— Le temps presse. Comme vous voyez, je suis sur le point de disparaître. Dites-lui que je ne boite plus.

Margaret en déduisit que l'homme était un ancien patient de Duncan.

— Avez-vous eu un accident ?

— Je suis né boiteux, mais j'ai eu un accident de chasse. Je viens de me tuer avec une carabine pendant que ma femme et ma tante jouaient au whist. Selon les normes temporelles des vivants, cela s'est passé il y a vingt minutes.

Gênée, Margaret souriait pour dissimuler son

embarras ; elle ignorait que Duncan soignât des malades mentaux.

— Je dois partir, jeune femme, chuchota-t-il.

Au même moment, Cyclope sauta sur le mur d'enceinte et bondit sur le treillis. Il miaulait d'une étrange façon en direction de l'homme, mais, comme Margaret, il ne semblait pas voir en lui un ennemi.

Andy disparut. Il n'avait pas pu atteindre la barrière ni la contourner sans qu'elle s'en aperçoive. Elle se précipita vers l'endroit où il s'était tenu, mais elle ne vit aucune empreinte sur le sol. Seule une légère odeur de tabac rappelait sa présence.

Cyclope sur ses talons, Margaret courut vers la maison. Elle devait parler de ce visiteur à Duncan, quitte à ce qu'il se mît en colère. Mme Jones sortit de la cuisine, l'air préoccupé.

— Armstrong vient d'introduire un homme au salon, madame MacNeill. Ce gentleman insiste pour vous parler.

— A-t-il donné son nom ?

— Armstrong ne m'a rien dit, mais j'ai pris la liberté de tendre l'oreille quand il discutait avec votre visiteur — une attitude tout à fait déplacée pour un majordome, puis-je ajouter. Je crois qu'il s'agit de Gareth Rose.

41

Comme ils avaient été très complices pendant leur enfance, Margaret avait souffert que Gareth n'eût pas tenté de se mettre en relation avec elle après son départ pour Maryhead. A moins que l'oncle Angus n'eût détruit ses lettres à la demande de son père, se dit-elle.

Quand elle referma la porte du salon, Gareth se tourna vers elle. L'expression de son visage rappela à Margaret celle d'un petit garçon coupable qui attend sa punition.

— Bonjour, Gareth.

— Bonjour, Margaret.

Quoiqu'il essayât de maîtriser ses émotions, sa voix se brisa et elle se jeta dans ses bras, toutes les années de doute envolées. Avec un éclat de rire, il trébucha et ils tombèrent à la renverse dans un fauteuil.

— Voici la plus ténébreuse des Rose et la plus belle. Tu étais une adorable petite fille, Margaret, et je t'ai souvent dessinée de mémoire, mais je ne pensais pas que tu deviendrais une femme aussi belle.

— Tu as toujours dit que je ressemblais à un chimpanzé.

— A un joli chimpanzé.

Ils s'installèrent sur le sofa. Walter vint leur proposer du whisky.

— Tu continues à peindre ?

— Je n'en ai pas fait une carrière, car je suis trop occupé à la banque. Nous allons fusionner avec une banque rivale de Dundee, et papa... Il veut te voir, Margaret. Il sait que tu es revenue et il attend ta visite.

— Il se prend pour le roi ?

— Plutôt pour le pape, grommela Gareth. Ainsi, tu as épousé ce médecin ! Avec ta beauté et ton éducation, j'espérais que tu trouverais un meilleur parti.

Margaret se sentit offensée.

— Je suppose que tu aurais préféré avoir un berger ou un pêcheur de homards pour beau-frère ?

— Tu es ma sœur, et je t'aime. On raconte en ville que ton mari est un excentrique pétri de théories révolutionnaires, qu'il est ruiné et qu'il a besoin de fonds pour poursuivre ses recherches.

Duncan, ruiné ? Un instant, Margaret fut sous le choc. Elle ignorait tout de la situation financière de son mari. Fille d'un des citoyens les plus fortunés d'Aberdeen, elle avait grandi sans se préoccuper de savoir par quels moyens mystérieux sa famille pouvait se permettre un train de vie aussi luxueux. Se sentant coupable, elle pensa à la petite fortune qu'elle avait dépensée avec Dara chez la couturière. Peut-être pourrait-elle annuler sa commande ? Sauf pour le châle en dentelle noire de Malte.

Soupçonnant Gareth d'être l'émissaire de leur père, elle contre-attaqua :

— Comment es-tu au courant des travaux de Duncan ?

— L'hôpital auquel il est attaché vient de demander un prêt important à la banque afin de financer sa fondation pour la recherche. Ton mari en a été nommé directeur.

Le cœur de Margaret se serra. Pour quelle raison Gareth mentirait-il ? Cependant, elle ne pouvait imaginer que Duncan soit allé demander un prêt à son père derrière son dos.

— En es-tu certain ?

— Je peux te montrer les documents. Je suis vraiment désolé, Margaret, surtout avec tout ce que tu viens de vivre. Veux-tu que j'essaie de faire annuler ton mariage ?

Choquée, elle se rappela que, quinze jours auparavant, elle avait parlé d'un divorce avec Duncan.

— Je suis sûre que Duncan avait l'intention de me parler du prêt.

— Il est fréquent que des hommes fassent des mariages d'intérêt, Margaret.

— Je n'ai pas un sou à mon nom.

— Tu es l'héritière d'une fortune que n'importe qui convoiterait.

— D'après toi, Duncan m'aurait épousée pour la fortune que je n'ai pas l'intention de toucher ? C'est absurde !

— Tu es très naïve, et fragile au plan émotionnel. Un homme dont tu serais amoureuse pourrait facilement profiter de toi. Ecoute, je possède un appartement à Edimbourg que je n'utilise que pour des besoins professionnels. Tu peux t'y installer pour réfléchir.

— J'aurais aimé avoir ton soutien il y a quelques années.

— J'essaye de t'aider aujourd'hui.

— Duncan et moi résoudrons nos problèmes ensemble, déclara-t-elle avec fermeté.

— Si tu as l'intention de voir papa, fais-le-moi savoir. Je tâcherai d'être présent afin de servir de médiateur. Zut, j'ai un rendez-vous à une heure ! ajouta-t-il en regardant sa montre de gousset.

— Un rendez-vous amoureux ? J'espère qu'elle ne s'intéresse pas à ton argent.

— Crois-moi, elle possède une fortune personnelle.

Margaret le raccompagna jusqu'à la porte d'entrée.

— Es-tu vraiment si désireux que je quitte de nouveau Aberdeen ?

Il l'observa d'un air si pénétrant que Margaret en eut des frissons.

— Tu comptes pour moi, petite sœur, tu as assez souffert, il est temps que cela s'arrête.

— Tu es trop protecteur. Mon mari m'aime.

— Je l'espère.

Duncan regarda par-dessus l'épaule de Margaret les cartes étalées sur le lit où elle faisait une patience.

— Tu triches !

— Je ne triche jamais. Pousse-toi, je ne vois plus rien !

Il s'assit près d'elle. Les cartes s'éparpillèrent, et Duncan étouffa la protestation de Margaret par un baiser langoureux. Dehors, le veilleur de nuit passa sous la fenêtre, criant qu'il était une heure du matin, par une nuit étoilée de mars. Une semaine plus tôt, Margaret avait aperçu les garçons dans le jardin.

— Comment s'est passé ton important rendez-vous ? murmura-t-elle.

— Ennuyeux, comparé à ceci, dit-il en tirant sur les rubans de soie de la chemise de nuit de sa femme.

Comme toujours, Margaret réagit instantanément et se cambra vers lui.

— Une nouvelle chemise de nuit ? Elle est ravissante.

— Et trop chère pour que tu la déchires.

La chemise glissa jusqu'à sa taille et ses cheveux noirs effleurèrent ses seins. Taquine, elle prit une carte sous le genou de Duncan et la posa sur son front.

— La gitane Magdalena te tirera les cartes pour une pièce d'argent, *gadjo*, déclama-t-elle en roulant les *r*.

Amusé, il se dépêcha de se dévêtir.

— Je connais déjà mon avenir. Je vais emmener ma femme se coucher.

Appuyée contre les oreillers, Margaret feignit d'étudier quelques cartes.

— Ah ! Je vois un avenir où vous serez riche et célèbre.

— Quand cela ? grogna Duncan en s'allongeant à côté d'elle.

— Mon frère est venu aujourd'hui. Il paraît que tu as demandé un prêt à la banque pour financer tes recherches.

— L'hôpital a demandé un prêt à la banque et il a peut-être utilisé mon nom, mais personnellement je n'ai rien à voir avec la transaction. Crois-tu sincèrement que je ferais une chose pareille derrière ton dos ?

Elle s'en voulut d'avoir laissé Gareth instiller le doute dans son esprit.

— Certains hommes épousent des femmes pour leur argent ou leur position sociale.

— C'est possible.

— J'imagine que ces femmes sont si amoureuses de leur mari qu'elles ignorent les conseils bien intentionnés de leurs proches.

Le sourire de Duncan s'évanouit.

— J'aimerais beaucoup que ma femme soit aussi amoureuse de moi.

Le cœur battant, Margaret fut envahie par des émotions troublantes.

— Je ne sais pas si je pourrais me permettre d'aimer quelqu'un autant, murmura-t-elle.

Les mains croisées derrière la nuque, il s'appuya contre la tête de lit.

— Tu partages ma couche, mes espoirs, mes rêves, mais je veux davantage, Margaret. Ta retenue nous lèse tous les deux.

— Je ne le fais pas exprès.

— Est-ce que la vie que nous menons ne te suffit pas ?

— Tu es très bon avec moi, avoua-t-elle en lui embrassant le torse.

Margaret réfléchissait. Elle s'efforçait de ne pas l'aimer pour se protéger au cas où il la quitterait, mais ce subterfuge sentimental risquait de se retourner contre elle, car elle prenait aussi le risque de le perdre.

— J'ai rencontré l'un de tes anciens patients dans le jardin aujourd'hui. J'avais oublié de te transmettre son message.

— Tu me le diras demain.

— Il s'appelle Andy, et il voulait te dire adieu. Il a ajouté qu'il ne boitait plus.

Curieux et étonné, Duncan fronça les sourcils.

— Je ne me souviens pas de ce patient.

— Je crois... je le soupçonne d'être un...

Un fantôme, pensa-t-elle, sachant qu'il ne la croirait pas.

— Un patient d'autrefois qui semblait bien te connaître, dit-elle en lui caressant l'épaule. D'après lui, tu étais trop occupé pour le recevoir.

— Il avait raison. Même maintenant, il me dérange.

Il roula sur elle, cherchant sa bouche. Gémissant, Margaret lui saisit les hanches. Même si cela ne durait qu'un temps trop court, elle voulait faire comme si tout allait pour le mieux.

Longtemps après que Duncan se fut endormi, Margaret resta blottie contre lui. Tôt ou tard, il lui faudrait revoir son père. Elle mentait à son mari lorsqu'elle feignait de s'être désintéressée de la médecine traditionnelle. Et ils étaient ruinés.

Curieusement, bien que sa vie ne fût pas idéale, ses journées étaient parsemées de moments de joie intense, dès qu'elle retrouvait Duncan, qu'ils faisaient l'amour ou qu'ils parlaient de leur avenir commun. Ces moments-là lui apportaient plus de bonheur qu'elle n'en avait connu depuis son enfance. Si seulement ces instants magiques pouvaient durer...

42

Trois jours plus tard, le père de Duncan leur rendit une visite impromptue après le petit déjeuner. En proie à une vive émotion, Colin arrivait à peine à parler. Il expliqua enfin que le frère de Duncan, Andrew, était mort dans un accident de chasse dans les collines de Taynaross.

— Comment le sais-tu ? demanda Duncan, abasourdi.

Décomposé, Colin s'assit lourdement sur une chaise.

— Ta mère vient de recevoir une lettre de la fille d'Alice, Alanna. Il paraît qu'Alice le prend très mal. Je suppose qu'elle s'inquiète de ce qui va lui arriver, maintenant qu'elle est seule à la campagne avec un bébé à élever.

— Je n'arrive pas à le croire… Des gens comme Andrew ne meurent pas dans des accidents. Ils vieillissent en empruntant de l'argent et en empoisonnant la vie des autres.

Colin laissa échapper un sanglot. Le cœur navré, Margaret vit la douleur le transformer en un vieillard brisé ; le masque distingué était tombé, et il ne le porterait plus jamais avec autant de panache.

Empli de sollicitude, Duncan observait son père. En dépit de son ressentiment, il avait aimé son frère et, bien qu'il n'eût pas été prêt à lui pardonner, il ne s'était pas attendu à le perdre alors que rien n'avait été résolu entre eux. C'était tellement inattendu qu'il refusait de l'accepter.

— Comment va maman ?

— Elle est choquée, dit Colin en acceptant le

whisky que lui avait servi Margaret. Heureusement, elle a Alice et l'enfant pour la distraire.

Duncan essayait de ne pas imaginer la réaction d'Alice lorsqu'elle avait appris la nouvelle.

— Alice ne doit pas avoir beaucoup de débouchés. Une couturière de son talent dans un petit village... Il faudrait qu'elle revienne à la maison.

— Tu as raison, acquiesça Colin. Andrew a dû la laisser sans le sou.

— C'est une MacNeill. Elle ne mourra pas de faim.

La gorge nouée, Margaret baissa les yeux. «*Il faudra qu'elle revienne à la maison.*» Comme son mari semblait protecteur et impatient de ramener Alice à Aberdeen! Puis elle s'admonesta: elle ne devrait pas être aussi mesquine. Plutôt que de s'inquiéter du retour d'Alice, elle devait consoler Duncan qui venait de perdre son frère.

— Que puis-je faire, Duncan?

— Il y aura sûrement une veillée mortuaire.

— Oui, mais nous n'arriverons jamais à temps, dit Colin en frottant ses joues mal rasées. Si tu veux aller sur place te recueillir sur sa tombe, je te suggère de prendre une ou deux semaines pour mettre de l'ordre dans tes affaires. Toute la famille ira rendre visite à Alice.

— Dois-je réserver des places de train? s'enquit Margaret.

Le visage sombre, Duncan enfila son veston.

— Le chemin de fer ne va pas jusqu'au village. Demande à Walter de préparer notre départ pour dans quinze jours. Je ne pourrais pas m'absenter avant sans gêner mes patients.

— Puisque nous allons manquer l'enterrement, c'est inutile de nous presser, sauf pour réconforter Alice, ajouta Colin.

— Heureusement, Alanna est à ses côtés, soupira

Duncan. Mon Dieu, je suis en retard ! J'ai rendez-vous avec une duchesse. Comment vais-je pouvoir la soigner dans l'état où je suis ?

Il serra l'épaule de son père et embrassa distraitement Margaret.

— Il faut apprendre la nouvelle à Dara et quelqu'un doit rester avec ma mère.

— Je vais de ce pas voir Dara, promit Margaret.

— Pauvre Andy ! se désola Colin. Il voulait tant se réconcilier avec toi, Duncan. Je suis triste que vous ne l'ayez jamais rencontré, Margaret. C'était quelqu'un de sensible.

Mais je l'ai rencontré ! pensa-t-elle soudain.

— Quand est-il mort précisément ?

— Jeudi après-midi.

Ce n'était pas le moment de parler à Duncan de cette rencontre étrange avec le fantôme d'Andrew dans le jardin. Elle lui transmettrait le message plus tard ; pour l'instant, c'était trop douloureux et trop irrationnel pour qu'il l'accepte.

— Je devrais peut-être annuler mon rendez-vous, dit soudain Duncan.

— Certainement pas, déclara Colin, mais n'aie pas trop d'espoir en ce qui concerne la duchesse. D'Aberdeen à Edimbourg, personne n'a pu soigner cette malheureuse. Moi-même, je connais son cas.

— Tu m'accompagnes jusqu'à la porte, Margaret ?

Sur les marches de l'entrée, Duncan contempla longuement sa femme, ému par sa beauté, mais aussi par sa bonté et sa douceur.

— Je te remercie d'être aussi gentille avec mon père.

— Je suis désolée pour vous tous.

— L'homme dans le jardin… Tu penses que c'était mon frère, n'est-ce pas ?

— Je crois qu'il voulait ton pardon, dit-elle tristement.

— Un fantôme? reprit-il d'un air dubitatif. Sois à la maison quand je reviendrai ce soir, implora-t-il.

— Bien sûr, à moins que ta mère n'ait besoin de moi.

— C'est moi qui ai besoin de toi. Seigneur, mon petit frère... Je t'en prie, Margaret, attends-moi...

En début de soirée, Margaret dîna légèrement dans sa chambre, puis elle s'endormit en lisant devant le feu. Lorsqu'elle se réveilla, la pendule marquait onze heures. En bâillant, elle se leva pour regarder par la fenêtre. Une lumière vacillante éclairait le laboratoire de Duncan.

Un châle sur les épaules, elle descendit, étonnée de ne pas voir la canne de Duncan dans le hall.

Pour atteindre le laboratoire, il fallait traverser le jardin. Les domestiques s'étant couchés une heure plus tôt, l'endroit était silencieux, et Margaret pressa le pas. La journée, on pouvait se moquer des fantômes, des squelettes et autres profanateurs de tombes, mais à minuit, tout semblait plus inquiétant.

En descendant les trois petites marches qui menaient au sous-sol, elle eut un étourdissement et s'arrêta pour respirer. Il n'y avait aucune lumière, et pourtant la porte était entrouverte. Duncan ne laissait jamais sa porte ouverte. A moins d'un accident...

Elle entra dans la pièce obscure, inhalant l'odeur d'une bougie qu'on venait d'éteindre. Un bruit sourd heurta la porte du placard qui s'ouvrit brusquement, dévoilant le squelette qui oscilla devant elle, ses os cliquetant en une danse macabre.

— Oh! cria-t-elle, et le sang lui afflua à la tête. Elle crut entrevoir une forme élancée avant de tomber à genoux, vaincue par une odeur d'orange amère.

Quand elle ouvrit les yeux, Duncan se penchait sur elle d'un air inquiet.

— Quelque chose m'a attaquée... bredouilla-t-elle. Où étais-tu passé ?

— Je cherchais des vieux papiers dans le placard. J'ai dû t'effrayer en ouvrant la porte. Tu t'es évanouie. Je me demande si tu n'es pas enceinte.

Elle repensa à la date de ses dernières règles. Il lui semblait pourtant que quelque chose s'était passé avant qu'elle ne perde conscience. Avait-elle imaginé cette silhouette et ce parfum d'orange ?

— Je ne me souviens pas de la dernière fois... Il y a eu tant de choses : notre mariage, notre arrivée ici...

Elle frémit en regardant l'armoire qui renfermait tant d'horreurs médicales.

Silencieux, Duncan souriait à la pensée qu'elle était peut-être enceinte. Serait-ce possible ? se réjouit Margaret en le regardant retourner près de sa table de travail où il s'était consolé de la mort de son frère avec une bouteille de whisky.

— Comment s'est passé ton rendez-vous avec ta patiente ?

— Malheureusement, elle va mourir. Rien ne peut plus la sauver, ni mes connaissances, ni son titre, ni son argent. Depuis vingt ans, elle fonde des institutions charitables et ne cesse de donner aux autres, et elle sera morte avant la fin de l'année.

— Je suis désolée. Peux-tu l'aider à ne pas souffrir ?

— Elle refuse de prendre de la morphine. Elle dit qu'elle veut sentir chaque instant de vie qui lui reste. Elle ne croit pas qu'elle va mourir.

— Peut-être a-t-elle raison.

Il eut un rire triste.

— Peut-être que le monde a besoin de davantage de personnes comme toi pour croire à l'impossible.

— Si tu ne croyais pas à l'impossible, tu n'aurais jamais entamé tes recherches. Désormais, tu empêches tes patients de souffrir, n'est-ce pas merveilleux ?

— Mais je n'ai pas obtenu la reconnaissance que j'aurais souhaitée. Avant de laisser mon empreinte dans l'histoire médicale, je finirai probablement comme le pauvre Roger.

— Roger ? Celui qui...

— Oui. Mon vieil ami et confrère qui est mort lors d'une expérience dans mon laboratoire. Sa femme a juré d'anéantir ma vie.

— C'était un accident. Il ne faut pas baisser les bras. Moi, je crois en toi.

— Mais tu crois en tout, ma chérie, tu crois aux fées et aux fantômes... Au fantôme de mon frère.

— Ce soir tu es d'humeur cynique. La perte de ton frère t'affecte plus que tu ne veux l'avouer.

Il lui prit les mains, ne voulant pas parler d'Andrew ni des sentiments contradictoires de culpabilité, de colère et de tristesse qui l'assaillaient.

— La journée a été mauvaise. Mon cabinet n'attire pas beaucoup de nouveaux patients. Ils ont tous peur du « Docteur diabolique ». Ne me regarde pas ainsi si tu veux dormir ce soir, ajouta-t-il en la serrant dans ses bras. Je serais si heureux si tu attendais mon enfant !

Elle se contenta de sourire. En traversant le jardin, elle chercha comment distraire Duncan de ses soucis. Plus tard, au milieu de la nuit, elle se dit qu'elle serait peut-être forcée de demander l'aide de son père, sans deviner que ce qu'elle prenait pour un sacrifice d'amour ne servirait qu'à creuser un fossé entre elle et son mari.

43

Blodwen Jones aimait les gens, et encore plus les commérages. Sans être une langue de vipère comme Sybil Armstrong, elle adorait bavarder avec l'épicier, le boucher, ou même le gitan qui vendait des babioles dans une brouette.

D'après elle, il était de son devoir de chrétienne de raconter partout qu'elle était désormais employée d'une guérisseuse authentique. Bien entendu, elle ne parlait pas de l'inquiétant Dr MacNeill, car les classes modestes n'avaient pas souvent recours à la chirurgie, mais elle vantait les talents de la jolie Mme MacNeill qui avait guéri ses migraines, les crampes de la femme de chambre, et même une allergie douloureuse et humiliante qui affectait le postérieur du nouveau valet.

En conséquence, le nom de Margaret se fit rapidement connaître parmi l'élite ancillaire de la ville, où Blodwen jouissait d'un prestige considérable. Du jour au lendemain, des petits commerçants et les domestiques d'autres maisons commencèrent à l'interpeller dans la rue quand elle faisait ses courses. Ceux qui souffraient de maladies récurrentes prirent leur courage à deux mains et vinrent même sonner à la porte de service. Ils attendaient toujours que Duncan fût sorti, mais Margaret avait des scrupules à les soigner, craignant que la réputation de son mari ne soit entachée si cela devenait de notoriété publique.

— Une dernière fois, madame MacNeill, la suppliait la compatissante Mme Jones. Comment pouvez-vous renvoyer ces malheureux alors que vous êtes leur dernier recours ?

Taraudée par sa conscience, Margaret recevait le patient à la seule condition qu'il ne révélât jamais la source de son traitement.

A chaque cas, elle priait pour trouver la solution. Souvent, elle consultait le livre de Morag. Elle réussit quelques guérisons complètes, soulagea un grand nombre de malades et ne fit de mal à personne. Le bouche-à-oreille fonctionnait à merveille, et bientôt les domestiques en parlèrent à leurs maîtres.

Ce mercredi matin, revenant de chez le boucher avec un beau gigot, Mme Jones se sentait tellement heureuse qu'elle dérogea à sa propre éthique et s'offrit un verre du meilleur sherry du Dr MacNeill. Ainsi fortifiée, elle arpenta la maison, dans l'attente du retour de sa maîtresse.

Une personnalité très en vue, qui tenait à rester incognito et qui souffrait d'une grave maladie déclarée inguérissable par les médecins, voulait connaître Margaret. La rencontre aurait lieu dans un hôtel élégant situé dans les faubourgs de la ville.

Dans l'esprit simple et généreux de Blodwen Jones, il était évident que Mme MacNeill avait « le don », et le monde l'apprendrait enfin.

Deux jours plus tard, le matin où elle devait rencontrer la mystérieuse patiente que Mme Jones soupçonnait d'appartenir à la famille royale, Margaret reçut une lettre de Gareth lui annonçant que l'état de santé de leur père s'était encore dégradé.

Douglas Rose demandait à la voir le plus vite possible. Après avoir parcouru la missive, Margaret la jeta dans la cheminée et la regarda se consumer d'un air impassible. Bon débarras! pensa-t-elle, mais les regrets et la tristesse devaient se lire dans son regard, car Duncan l'observait d'un air soucieux.

En voyant la confusion de sa femme, il fut saisi d'appréhension. Depuis peu, il avait remarqué ses allées et venues furtives. Pour se rassurer, il s'était convaincu que tout cela était parfaitement innocent.

— Si j'étais d'une nature jalouse, je soupçonnerais qu'un admirateur cherche à me voler ma femme, dit-il sur un ton badin. Que brûlais-tu et pourquoi es-tu vêtue avec une telle élégance?

— Mon père veut me voir. Il ne va pas bien.

— Et tu vas lui rendre visite? s'étonna-t-il, soulagé. C'est pourquoi tu as mis ta plus jolie robe, tes gants et ton chapeau?

— Pas vraiment, j'ai un rendez-vous en ville pour une œuvre de charité.

Elle se servit une tasse de thé tiède. Elle détestait lui mentir et, si sa conscience le lui avait permis, elle aurait refusé de soigner l'inconnue. Malheureusement, l'obstination de son mari l'obligeait à ces tristes subterfuges. Elle aurait préféré discuter du cas de la patiente et imaginer avec lui un traitement qui aurait réuni les deux méthodes.

— C'est louable de t'occuper de bonnes œuvres, Margaret, mais je crains que tu ne sois trop élégante.

— Je n'ai plus le temps de me changer.

— Et tu refuses toujours de rencontrer ton père?

— Je suppose qu'il faudra bien que j'aille le voir, dit-elle, submergée par les mauvais souvenirs.

— Aimerais-tu que je t'accompagne?

— Oui, j'apprécierais beaucoup que tu viennes avec moi.

Margaret envoya discrètement Mme Jones à l'hôtel afin de prévenir la patiente que Mme MacNeill ne pourrait se libérer qu'en fin d'après-midi. Alors qu'elle attendait le coupé de ville avec Duncan, un jeune valet de pied accourut vers eux. Sa maîtresse accouchait de façon prématurée, le Dr MacNeill pouvait-il venir immédiatement ?

Duncan était déchiré entre son devoir de médecin et la promesse qu'il avait faite à sa jeune épouse de la soutenir.

— Je vais appeler un autre médecin, décida-t-il.

— Si je passe avant tes patients, tu ne parviendras jamais à rebâtir ta réputation. Tout ira bien ; Gareth et Lilian seront là.

Il prit sa mallette et quitta Margaret dans la rue. Elle semblait si fragile et pourtant sa force inattendue le rendait à la fois fier et inquiet. Il n'avait pas confiance dans sa belle-famille. L'impression défavorable qu'il gardait de Gareth et de Lilian ne coïncidait pas avec les tendres souvenirs d'enfance de sa femme.

Margaret avait l'impression d'être redevenue une jeune fille solitaire et effrayée de seize ans. Les cinq années qui s'étaient écoulées depuis qu'elle n'avait plus vu son père auraient pu aussi bien ne pas exister. Brusquement, elle avait perdu toute confiance en soi ainsi que l'expérience acquise sur l'île.

Très tendue, elle pénétra dans la belle demeure qui avait été sa maison. Pour les trois personnes qui l'attendaient dans le salon, elle était désormais une étrangère.

Comme toujours, c'était elle le mouton noir.

Bien qu'elle se fût attendue au pire, elle fut choquée par l'apparence de son père, sa peau grise comme de l'argile et son corps affaibli sous la couverture de laine. Pourtant, son regard était d'une rare intensité et Margaret, à sa grande stupéfaction, y décela une tendresse profonde.

— Tu es venue... Je ne l'espérais plus, dit-il avec un sourire, presque timidement.

— Je suis venue, murmura-t-elle.

La colère et l'amertume qui lui avaient servi de bouclier contre des émotions plus douloureuses s'envolèrent. Elle se sentait engourdie.

— Bonjour, Margaret, la salua Lilian, et Margaret retrouva le même visage pâle et le sourire crispé.

Pendant leur enfance, elles n'avaient pas été aussi proches que l'aurait souhaité Margaret. Quand elles s'embrassèrent, Lilian fondit en larmes et Margaret, touchée, se dit que les liens qui les unissaient avaient peut-être été plus profonds. Puis elles éclatèrent de rire. Comme la grossesse de Lilian était avancée, elles avaient du mal à s'enlacer.

— C'est mon premier, expliqua-t-elle fièrement.

— Je connais un très bon docteur, la taquina Margaret. Je l'ai même épousé. Et je connais moi-même des secrets de sage-femme.

— J'en ai entendu parler, en effet, dit Lilian en détournant les yeux d'un air gêné. Mais mon mari Edward serait ennuyé que nous ne restions pas fidèles au vieux Dr Struthers, n'est-ce pas, Gareth ?

— Très ennuyé.

Blessée, Margaret s'efforça néanmoins de sourire.

— Duncan est un excellent médecin, Lilian. Ne laisse personne te dire le contraire.

Il y eut un silence embarrassé, puis Gareth fit apporter son chapeau et son manteau.

— Papa aimerait te parler en tête à tête, Margaret. Je vais raccompagner Lilian chez elle, puis je reviendrai.

— Maintenant que Margaret est là, tu peux prendre ton après-midi, dit Douglas d'une voix faible.

— Papa, ce serait mieux que je reste. Tu ne dois pas t'énerver, insista Gareth.

— Dieu du ciel, Gareth, fiche le camp ! ordonna Douglas sur le ton de voix qui intimidait son fils.

Paniquée, Margaret se demanda comment elle pourrait supporter d'être seule avec son père. Depuis qu'elle était entrée dans la pièce, Douglas ne l'avait pas quittée des yeux.

— Ton frère a rendez-vous avec la mystérieuse femme de sa vie, Margaret, dit son père en essayant de plaisanter. Aucun de nous n'a eu le droit de la rencontrer, et je crains d'apprendre son nom par la presse quand le mari cocu exigera le divorce.

— Enfin, papa, c'est une veuve qui n'aime pas les mondanités ! protesta Gareth. Par ailleurs, nous ne sommes que des amis qui partagent un même intérêt pour l'art.

— Si l'un des clients de Gareth ne les avait pas aperçus dans le parc, j'aurais tout ignoré de son existence. Je commence à me demander si ce n'est pas une demi-mondaine.

— Elle est de bonne famille, déclara Gareth en accompagnant Lilian jusqu'à la porte. Nous parlerons plus tard, Margaret. Ne le fatigue pas trop.

— Viens dîner la semaine prochaine, proposa Lilian avec un sourire nerveux.

Quand la porte se referma, Margaret s'affola et saisit son réticule.

— Est-ce que tu me détestes tellement que tu ne peux pas rester deux minutes seule avec moi ?

Pour la première fois depuis des années, elle le regarda dans les yeux. Ils étaient père et fille, plus semblables qu'ils ne voulaient l'avouer, et pourtant ils ne se connaissaient pas.

— Je ne vous déteste pas.

C'était la vérité, mais il avait fallu l'amour de Duncan pour qu'elle comprenne que ce sentiment futile s'était éteint en elle depuis longtemps.

Margaret devinait qu'au-delà de son apparence physique son père étudiait la personne qu'elle avait été forcée de devenir quand il l'avait exilée à Maryhead. Puis elle prit conscience d'une chose : en étant éloignée de la famille Rose, elle avait gagné au change. Elle était devenue plus forte, plus indépendante ; elle avait appris à s'occuper des autres et elle avait surtout trouvé Duncan, son amant, son ami, et s'il restait encore des ombres et des fantômes dans son existence, elle avait le courage de les affronter.

— Es-tu heureuse avec ton médecin ?

— Aussi heureuse qu'on peut l'être.

— Cela prête à différentes interprétations...

— Vous êtes fatigué. Je devrais...

— Il paraît que tu es une sorte de guérisseuse, poursuivit-il avec une pointe de fierté. Tu seras peut-être en mesure de m'aider.

— Duncan dit que vous avez le cœur malade.

— Il a raison, et de toute façon ce ne sont pas tes remèdes que je veux, Margaret, mais ton pardon... Je veux me réconcilier avec ma fille préférée, avoua-t-il d'une voix brisée.

Terrifiée par la violence des sentiments qu'elle éprouvait pour lui, Margaret baissa les yeux. Son père voulait être pardonné mais elle, que voulait-elle ? Qu'il lui rendît les années perdues...

— Je ne sais pas si je peux me pardonner à moi-même ce qui est arrivé à Alan et à maman.

— Je ne t'ai guère aidé à y parvenir. Mais au moins tu es venue aujourd'hui.

— J'ai un rendez-vous avec une dame qui est très malade.

— On parle de ton mari dans les journaux. Si tu es malheureuse, je peux t'aider à trouver une solution.

— Voulez-vous vraiment me rendre service ?

Il essaya de se redresser sur ses coussins et Margaret courut à lui pour le soutenir. Il lui étreignit la main :

— Je ferai tout ce que tu désires.

— Je veux que mon mari retrouve sa bonne réputation. Utilisez votre influence pour l'innocenter.

— Le jour où il m'a examiné, j'ai été impressionné par la justesse de son diagnostic et sa franchise. Il m'a plu, Margaret.

— Vos amis sont intelligents. Si vous faites savoir que Duncan est un médecin compétent, cela lui facilitera la vie.

— Tu me demandes si peu, Margaret, dit-il en souriant. Tu peux considérer que c'est chose faite.

La patiente anonyme de Margaret était une femme corpulente, d'une soixantaine d'années, qui marchait d'un pas traînant dans la suite de son hôtel, au milieu de nombreux chats.

— Je sais ce qui ne va pas, dit-elle en reprenant son souffle. Les médecins pensent que c'est une maladie de foie et que je serai morte d'ici à la fin de l'année.

— C'est très grave, madame.

— Je n'ai pas l'intention de mourir, déclara-t-elle en poussant Margaret avec la pointe de sa canne. Et je veux que vous m'appeliez Anne.

En souriant, Margaret s'agenouilla pour caresser un chat, cherchant à se rappeler comment Morag avait soigné un cas similaire quelques années auparavant.

— Je dois réfléchir, madame. Je vais revenir dans un jour ou deux, avant mon départ pour la campagne. En attendant…

— Pour commencer, nous allons manger un morceau pour nous fortifier, dit-elle en tirant le cordon.

Le déjeuner se révéla être un festin gargantuesque. On lui servit du rôti de bœuf, de la dinde, une truite grillée, des pommes de terre aux herbes et un pudding aux noisettes. Margaret, dont les seins douloureux et l'appétit grandissant indiquaient qu'elle était sans doute enceinte, fit honneur au repas plantureux.

Quelques heures plus tard, seule dans sa chambre, elle prit le livre de Morag et se mit à le feuilleter.

Goutte, maladies du foie et des reins :

Traiter avec des genêts, de la tisane aux baies de genièvre, du raifort et du persil.

Placer la nuit un talisman de griffes de renard et de glands verts sur l'abdomen.

Le malade doit renoncer à la viande, au poisson et au gibier, et préférer des légumes bouillis et du pain sans sel.

La porte de la chambre s'ouvrit. Aussitôt, Margaret referma le livre et le fourra sous les couvertures, prenant un air innocent.

Duncan sourit.

— Tu parcours ton grimoire de sorcière, Margaret ?

— Peut-être. Comment s'est passé l'accouchement ?

— Cela a été long mais sans complication. C'est un garçon, dit-il en déboutonnant sa chemise blanche froissée. Et ton père, comment va-t-il ?

— Pas très bien. L'entrevue a été difficile pour tous les deux.

— Quand j'ai eu fini mon travail, je suis passé chez lui mais tu étais déjà repartie. Je suis allé à la société de prévoyance où personne ne t'avait vue, ajouta-t-il à mi-voix.

— J'ai été si troublée après avoir vu mon père que j'ai annulé ma visite. Et puis... j'ai tellement mangé au déjeuner qu'il faudra retoucher ma nouvelle garde-robe.

Duncan ne fit aucun commentaire.

— Je viens justement de recevoir la note de la couturière. Bon sang, d'où Dara et toi pensiez-vous que viendrait l'argent ?

Soulagée que la conversation eût quitté un terrain dangereux, Margaret se leva du lit.

— A l'époque, je croyais que tous les médecins étaient riches.

— Seulement ceux qui ont une clientèle.

— Bientôt, tu seras très réputé, dit-elle en se brossant les cheveux. Et ce jour-là, je te verrai encore moins souvent qu'aujourd'hui et je ferai des courses encore plus extravagantes pour me distraire.

— A moins que tu ne sois trop occupée à élever mes enfants.

Il vint lui masser les épaules pour la détendre. Margaret se demanda combien de temps elle parviendrait encore à garder son secret. Si elle attendait un bébé, il en verrait bientôt les signes.

Il se pencha pour l'embrasser dans la nuque. Ils se déshabillèrent lentement. Leurs corps impatients, ils restèrent debout, nus, à s'effleurer, puis Duncan l'embrassa et ils tombèrent sur le lit.

— Je te trouve très courageuse d'avoir osé voir ton père toute seule.

— C'était terrifiant.

— Pauvre Margaret !

Avec un soupir, sa belle sorcière roula sur le côté et s'endormit. Duncan la recouvrit tendrement.

Maintenant qu'elle dormait, il pouvait laisser libre cours à son angoisse. Margaret et lui se rapprochaient l'un de l'autre. Elle avait affronté son père et elle en était sortie indemne. Ses beaux-parents l'adoraient. Et pourtant, ce soir, elle lui avait menti pour la première fois. Elle lui avait menti au sujet de l'œuvre de bienfaisance, et ce mensonge ainsi que l'après-midi mystérieux l'effrayaient.

44

Etonnée, Margaret posa sa cuillère à dessert, tandis que Duncan glissait vers elle un écrin en velours. Une semaine s'était écoulée depuis qu'elle avait vu son père, et son mari se comportait de manière étrange, quittant l'hôpital pour prendre le thé avec elle, revenant à des heures inattendues comme s'il espérait découvrir quelque noir secret. A moins qu'il ne se fût aperçu qu'elle n'avait plus ses règles depuis longtemps.

— Ouvre-le. Je l'ai fait faire pour toi.

— Ne me dis rien ! s'exclama-t-elle en riant. C'est un inhalateur en diamants !

— Il est seulement incrusté de perles. Les diamants étaient au-dessus des mes moyens.

Le monogramme d'un joaillier célèbre décorait le velours bleu nuit. Douglas Rose avait été client de la même maison, où il avait acheté plusieurs pièces pour la collection de bijoux de sa femme. Le matin même, Margaret avait reçu une cape en cachemire de son père qu'elle n'avait même pas encore sortie de sa boîte.

— C'est de la part de qui ? demanda-t-elle d'un air soupçonneux.

— C'est moi qui l'ai acheté, se vexa Duncan.

— Je croyais que nous étions pauvres ?

— Les choses viennent de s'arranger comme par miracle. Depuis peu, le Dr MacNeill est sans cesse sollicité par les classes supérieures. Je n'ai pas l'intention d'arrêter mon travail à l'hôpital, mais l'argent est le bienvenu.

Quoiqu'elle se sentît un peu fautive, elle réussit à sourire. Son père avait tenu sa promesse, mais que penserait Duncan en apprenant que sa soudaine popularité résultait moins de son talent que de l'influence de l'éminent banquier ?

— Ouvre l'écrin, Margaret. Il faut fêter cela.

Margaret découvrit un collier de perles baroques séparées par de minuscules diamants. C'était un bijou exquis. Simple. Extravagant.

— C'est superbe ! soupira-t-elle, enchantée. Mais tu n'as sûrement pas gagné autant d'argent.

— Pas encore, mais ce n'est qu'une question de temps, dit-il en lui attachant le collier autour du cou. S'il n'y avait pas eu la mort d'Andrew, je dirais que ma vie est plutôt une réussite. Je regrette seulement que nous devions nous rendre à Taynaross dans des circonstances aussi pénibles.

— Dans moins d'une semaine... murmura Margaret.

Comme elle appréhendait ce voyage, la rencontre avec Alice et sa famille ! Elle serait l'étrangère. Elle ne pouvait pas oublier ses quelques patients qui comptaient sur elle, son potager de plantes, la vie fragile qui grandissait en elle.

— Porte-le ce soir pour la conférence.

— Je n'avais pas prévu d'y assister, dit-elle, pensant à Anne à qui elle avait promis de passer prendre de ses nouvelles.

Il y eut un silence. Les mains de Duncan se crispèrent sur les épaules de sa femme.

— As-tu d'autres projets ? demanda-t-il d'un air si inquiet que le cœur de Margaret se serra.

— Je vais me changer. Merci pour le collier, ajouta-t-elle en l'embrassant sur la joue.

Il la retint par le bras.

— Tu me caches quelque chose !

— Voyons, c'est ridicule ! Nous allons être en retard.

Quand elle eut quitté la pièce, il baissa les yeux, persuadé qu'elle lui mentait.

L'exposé de Duncan sur l'utilisation de l'anesthésie pendant l'accouchement eut un grand succès. Les chirurgiens et les sages-femmes furent impressionnés par le progrès de cette nouvelle science, mais aussi parce que la reine Victoria elle-même avait pris du chloroforme pour mettre au monde son dernier enfant.

Enchanté, Duncan vint rejoindre Margaret et son père.

— Allons boire du champagne et manger un gâteau chez Dalrymple's !

Ils sortirent dans la rue.

— Tu as été impressionnant, le félicita Margaret.

— Accepteras-tu d'être anesthésiée quand je t'aiderai à mettre notre bébé au monde ?

— Comme tu es obstiné ! s'amusa-t-elle. Nous verrons.

— Où est passé Donald avec le coupé ? s'étonna Colin.

Duncan haussa les épaules ; aucun contretemps ne pouvait entamer sa bonne humeur.

— Il a dû être pris dans un embouteillage. Commençons à marcher et nous verrons bien s'il apparaît.

Soudain, des garnements firent irruption devant eux.

— Le « Docteur diabolique » et sa sorcière ! hurlèrent-ils en leur jetant des pierres et des œufs pourris. Elle a noyé sa famille et lui tue les riches !

Une pierre frappa violemment Margaret à l'épaule. La douleur lui fit monter les larmes aux yeux. Contrairement à Duncan, elle n'avait pas entendu l'insulte. Fou de rage, celui-ci courut derrière les petits voyous.

Margaret se laissa entraîner par Colin sous le porche d'un immeuble. Un peu plus loin, Duncan rattrapa l'un des enfants et ils roulèrent à terre. Une calèche immobilisée en face d'eux démarra lentement. Margaret crut la reconnaître, mais elle fut troublée par la voix furieuse de son mari.

— Qui t'a payé, espèce de sale petit vaurien ?

Abandonné par ses camarades, le gamin se tortillait dans tous les sens.

— Réponds-moi ! insista Duncan, furieux contre cet ennemi anonyme qui avait détruit sa carrière et qui s'en prenait aussi à sa femme.

— J'sais pas... J'sais seulement que c'étaient une dame et un monsieur.

L'enfant n'avait que la peau sur les os. Il aurait été prêt à tout pour gagner une pièce.

— Dois-je appeler le sergent de ville ?

— Laisse-le partir, lui conseilla Colin.

En levant les yeux, Duncan vit que les gens l'observaient. Dès qu'il relâcha son étreinte, le gamin prit ses jambes à son cou et disparut dans le dédale des ruelles sombres.

— Cela aurait été mal de blesser un enfant, dit

Colin en ramassant les notes de son fils qui étaient tombées dans le caniveau.

Brossant son veston de velours noir, Duncan fut rassuré de voir que Margaret semblait indemne.

— Un homme et une femme, c'est un indice bien vague, chuchota-t-il pour que Margaret n'entendît pas.

— Et si c'était Lucy Patton ? Elle a déjà fait ce genre de choses, répondit son père, préoccupé.

— Lucy n'a jamais caché qu'elle me détestait. Selon Dara, elle est rentrée à Glasgow l'hiver dernier.

— Ce ne serait pas une mauvaise idée que tu t'installes toi aussi dans une autre ville pour quelque temps.

— Je viens de revenir, et je commence seulement à me faire un nom ! Je refuse de me laisser chasser une nouvelle fois.

45

Le lendemain matin, quelques jours avant leur départ pour Taynaross, Margaret demanda à Donald de la conduire à la Société de prévoyance, un petit immeuble couvert de lierre situé en bordure de la ville.

Bethia Lambie, la directrice aux cheveux gris, loua Margaret et son désir altruiste d'aider les femmes malheureuses. Pendant que Margaret acceptait une tasse de thé dans son bureau, elle se dit que le compliment n'était pas justifié. En vérité, elle se portait volontaire par nécessité : elle devait trouver un moyen pour amadouer Duncan et lui cacher son activité médicale.

— Je ne pourrai pas suivre des horaires réguliers, madame Lambie. Pas avant que mon mari et moi ne revenions de la campagne.

— Ce n'est pas grave, madame MacNeill, nous avons besoin de toute l'aide que nous pouvons trouver.

Elle lui offrit une assiette de biscuits desséchés. L'estomac déjà fragile de Margaret protesta.

— Je ferai de mon mieux, mais je crains de n'avoir aucune expérience avec ce genre de femmes.

— Vous serez étonnée de voir comme nous avons tous des trésors de charité insoupçonnés, madame MacNeill.

Après avoir servi le repas aux nécessiteuses, Margaret se dit qu'elle pourrait en effet venir en aide à ces mères célibataires jetées à la rue par leurs familles, à ces femmes sans qualifications ni argent abandonnées par leurs maris, aux jeunes prostituées cyniques qui fuyaient des abus sexuels si terribles que Margaret en avait les larmes aux yeux. Elle se jura que son enfant serait le plus aimé et le plus protégé de la terre.

Margaret se sentait comme un lien de parenté avec ces femmes rejetées. Autrefois, elle avait partagé leur désarroi et ce besoin de révolte qui n'était qu'autodestruction. Elle aussi aurait pu se retrouver à la rue ou prisonnière d'un mariage malheureux mais, grâce à Dieu, elle avait été épargnée.

Lorsque, après le dîner, elle raconta sa journée à Duncan, il parut si soulagé qu'elle faillit rire.

— Je suis fier de toi. Au fait, ton frère est venu te voir aujourd'hui.

— Pourquoi est-ce que tu as toujours l'air mécontent quand tu parles de mon frère ? Tu ne l'aimes pas ?

Elle gigotait en essayant de délacer son corset.

— Je ne sais pas. Pourquoi te déshabilles-tu à table ?

— C'est une indigestion, docteur. Quoi d'autre ?

En deux jours, Margaret s'était fait une amie à la Société, une jeune veuve très digne qui s'appelait Lucinda Menzies et qui, comme Margaret, venait de se joindre aux bénévoles de Mme Lambie. Bien que Lucinda ne mentionnât jamais son mari décédé, Mme Lambie confia à Margaret qu'il avait été un jeune médecin d'Aberdeen sur le point d'ouvrir son propre cabinet. La comparaison avec Duncan rappela à Margaret comme elle se sentirait perdue si jamais il lui arrivait malheur si tôt dans leur mariage, alors qu'ils attendaient un enfant.

Lucinda portait le noir encore sévère du grand deuil. Alors qu'elles s'activaient, Margaret remarqua plusieurs fois que Lucinda l'observait, lui enviant probablement tout ce qu'elle-même avait perdu.

Dès le vendredi, Margaret s'était confiée à Lucinda avec une rare franchise, car l'oreille attentive d'Agnès lui manquait et elle partageait beaucoup de points communs avec sa nouvelle amie : toutes deux avaient grandi dans des familles aisées, elles aimaient secourir les plus démunis, et elles avaient perdu des êtres chers.

Lucinda s'intéressait à la médecine traditionnelle, et elle écoutait avec le plus grand sérieux Margaret lui parler de ses remèdes et de ses patients secrets. Une ou deux fois, elle lui offrit même des conseils médicaux avisés. Margaret ne devina pas que, derrière le masque du visage séduisant, se cachait autre chose qu'une femme solitaire à la recherche d'amitié.

— Si jamais quelqu'un de malintentionné apprenait tes pratiques originales, la carrière de ton mari serait ruinée, dit un jour Lucinda d'un air soucieux.

Margaret fut touchée que son amie s'inquiétât pour elle.

— Ça ne doit surtout pas arriver. Mon mari est un homme très bien, dit-elle en triant le linge à repasser.

— Et pourtant, on entend des rumeurs persistantes... Comment ont-elles bien pu commencer ?

— Des rivaux jaloux, j'en suis sûre. J'espère qu'elles disparaîtront pendant que nous serons à la campagne.

Lucinda piqua son aiguille dans la broderie à laquelle elle travaillait à ses heures perdues, mais que Margaret n'avait pas le droit de voir car ce serait le cadeau de naissance de Lucinda.

— Il faudra que tu sois prudente à la campagne, Margaret. Si loin de tout... Il pourrait y avoir des complications.

— Duncan sera avec moi.

— Lui as-tu parlé du bébé ?

— J'ai l'intention de lui annoncer la nouvelle ce soir, dit la jeune femme, lorsqu'elle aperçut Gareth qui passait devant la fenêtre. Oh, comme c'est surprenant ! Je n'avais pas dit à mon frère que je travaillais ici.

— Ton frère ?

— Gareth Rose. Duncan a dû lui dire où me trouver.

— Je vous laisse tous les deux ! s'exclama Lucinda en rangeant précipitamment sa broderie. Je vais en profiter pour lire une histoire aux filles en prenant le thé.

— Mais j'aimerais que tu fasses sa connaissance, protesta Margaret qui imaginait déjà une idylle romantique entre Lucinda et Gareth.

Et pourquoi pas ? Une veuve bien née serait sûrement un meilleur choix que la maîtresse secrète dont son père avait parlé.

Gareth s'immobilisa à la porte, regardant Lucinda et sa sœur d'un air surpris. Margaret se dit qu'il avait dû croiser de jeunes prostituées dans le hall et qu'il devait craindre que Lucinda n'en fût une et n'exerçât une mauvaise influence sur sa sœur.

— Je sais ce que tu penses ! plaisanta-t-elle. Papa aurait une attaque s'il savait que j'étais ici, mais cela fait longtemps que je mène ma propre vie. Voici Lucinda Menzies. C'est aussi une bénévole et quelqu'un de très bien.

— C'est un plaisir de vous rencontrer, madame Menzies.

Avec un sourire distant, Lucinda prit son chapeau à voilette.

— J'imagine que vous êtes venu chercher Margaret pour l'emmener prendre le thé. C'est merveilleux d'avoir un frère aussi attentionné !

Lorsque Gareth s'empourpra, Margaret se demanda s'il n'y aurait pas un réel espoir pour une romance.

— Je suis venu chercher Margaret, c'est vrai. Je voulais qu'elle vienne voir mes peintures à la vente.

— Prenez soin d'elle, dit Lucinda en s'approchant de la porte. Et ne parlez que de choses agréables... Il ne faut pas troubler une future maman. Au revoir, Margaret. Je te souhaite un bon séjour à la campagne.

Ils restèrent silencieux ; le lourd parfum fleuri de Lucinda continuait à planer dans la pièce.

— Dois-tu vraiment venir dans un endroit pareil, Margaret ? Pourquoi ne te joins-tu pas plutôt aux dames patronnesses de l'église ?

— Je ne pense pas qu'elles voudraient de moi, dit-elle en riant.

Il l'accompagna jusqu'à la calèche.

— Qu'est-ce qui te passe par la tête? Tu t'occupes du linge de clochardes et de prostituées, tu épouses un homme accusé du pire des crimes.

— Cesse de critiquer mon mari! Depuis quand est-ce que tu crois les inepties que tu lis dans un journal? Ne me dis pas que tu as oublié ce qui a été écrit sur nous après l'accident?

Il blêmit.

— Ce n'est pas la même chose.

— Duncan croit en son travail, comme tous les autres médecins éminents.

— Il veut gagner de l'argent. Pour faire avancer sa carrière, il a réussi à épouser une fille riche.

Margaret éclata de rire.

— A mon avis, je vais lui faire plus de tort que de bien.

— Tu ne sais rien de la vraie vie, soupira Gareth d'un air résigné. Pour ton propre bien, je regrette presque que tu sois revenue.

— Merci beaucoup! rétorqua-t-elle.

— Mais puisque tu es là, autant en profiter! ajouta-t-il d'un ton taquin.

Elle oublia leur étrange conversation, pensant que Gareth l'encourageait à quitter Aberdeen parce qu'il se méfiait de Duncan. Plus tard, elle se rappellerait ses réticences et regretterait amèrement de ne pas l'avoir écouté.

Quand Margaret sortit de la baignoire à pied qu'une servante avait installée dans leur chambre, Duncan l'enveloppa dans une serviette chaude et la serra contre lui.

— Te voilà enceinte de près de deux mois. Je m'étais demandé pourquoi il y avait un corset de grossesse dans le trousseau.

— A l'époque, je ne savais rien.

— Félicitations, madame MacNeill! dit-il avec un sourire radieux.

Il la souleva dans ses bras, le linge glissa à terre, et il la porta jusqu'au lit.

— Ne bouge pas et ferme les yeux! ordonna-t-il en prenant le flacon d'huile de rose posé sur la table de chevet.

Il lui massa le corps avec l'huile parfumée, pétrissant délicatement les seins, le ventre, les cuisses, jusqu'à ce que sa peau devînt lisse et brûlante sous ses doigts.

— Il n'est peut-être pas sage que tu travailles à la Société de prévoyance.

— On croirait entendre Gareth. Il ne veut pas que j'habite dans la malfaisante Aberdeen, ni que j'assiste des femmes malfaisantes ni que je reste mariée avec mon malfaisant mari.

— C'est curieux que j'éprouve la même aversion pour lui.

— Pourquoi?

— Je ne sais pas. Mais une future maman ne doit pas s'en inquiéter. Nous ne devrions peut-être pas nous rendre à Taynaross. Le voyage est long et inconfortable.

— Ta famille nous attend, et tu t'en voudrais plus tard de ne pas les avoir soutenus en ces moments difficiles.

Alice t'attend aussi, pensa Margaret.

— Nous n'irons pas si tu préfères rester ici, conclut-il en tirant la couverture sur elle.

A l'abri des bras de son mari, Margaret se sentait en sécurité et elle s'abandonna peu à peu au sommeil. Soudain, une voix traversa son esprit comme un coup de vent glacé.

Il faudra que tu sois prudente à la campagne, Margaret. Si loin de tout... Il pourrait y avoir des complications.

— Un cauchemar? murmura Duncan, la serrant un peu plus fort.
— Non. Je pensais au bébé.
— Ne t'en fais pas. Je te tiens. Je vous tiens tous les deux.

46

La veille de leur départ pour Taynaross, Margaret reçut un message urgent de sa mystérieuse patiente. Anne exigeait que Margaret vînt la voir en début d'après-midi, dans un lieu encore tenu secret, où elle désirait lui présenter des gentlemen importants. Une voiture passerait la chercher à midi. La rencontre ne durerait pas longtemps et la présence de Margaret était indispensable « dans l'intérêt de l'humanité et du progrès médical ». La santé d'Anne s'était améliorée de façon spectaculaire et, selon un médecin, elle vivrait encore de nombreuses années.
— Je me demande si elle vous a couchée sur son testament, madame, dit Mme Jones quand Margaret lui lut la lettre.
— Comment vais-je le dire à Duncan? s'affola Margaret. Je suis certaine qu'Anne est la duchesse dont il m'avait parlé. Elle m'a confié que même le « Docteur diabolique » n'avait pas pu la soulager.
— Le docteur est sorti, madame. Il avait lui-même un rendez-vous important avec des confrères.
— Dans ce cas, je dois y aller. Mais si je continue à être interrompue, jamais je n'aurai fini mes valises à temps!
Quand le carrosse laqué s'arrêta devant la porte quelques heures plus tard, Margaret reconnut le

blason ducal sur la portière. Ainsi, Anne était bien la duchesse de Duncan et son mari serait furieux en apprenant qu'elle avait soigné la vieille dame avec les traitements de Morag Strong.

Le trajet fut bref. Lorsque le carrosse s'immobilisa devant la salle de conférences, Margaret eut la certitude que le cocher s'était trompé de destination.

— Où dois-je aller ? s'inquiéta-t-elle.

— Le secrétaire de Sa Grâce va vous montrer le chemin, madame, répondit le laquais en lui indiquant un homme aux cheveux gris qui l'attendait à l'entrée.

Celui-ci la conduisit le long d'un corridor jusqu'à une porte fermée où une plaque indiquait : *Privé*. Perplexe, elle y pénétra et découvrit plusieurs hommes entourant la duchesse près d'un feu qui brûlait dans la cheminée. A son arrivée, tous se levèrent, leurs expressions reflétant l'incrédulité ou l'indignation.

— Gentlemen, voici la jeune femme qui m'a guérie, alors que selon vous j'étais un cas désespéré ! s'écria la duchesse d'un ton ironique.

— Voyons, Votre Grâce...

— Professeur Abernathy, si vous voulez continuer à recevoir mon soutien financier, je vous conseille d'écouter attentivement ses méthodes. Vous apprendrez enfin quelque chose d'intéressant à inclure dans ces nombreux articles que vous aimez publier.

Margaret n'en revenait pas de voir tous ces vieux barbons prétentieux de la profession médicale pleins d'arrogance masculine que Duncan lui avait décrits avec humour alors qu'ils étaient au lit. Et puis, un peu en retrait, l'air furieux et bouleversé, elle aperçut Duncan.

— Toi... grommela-t-il avant de s'asseoir, comme s'il avait eu les jambes coupées.

— Allons, ma chère, l'encouragea la duchesse. Ne les laissez pas vous effrayer. Après tout, ce ne sont que des hommes. Expliquez-leur ce que vous avez fait pour me guérir.

La gorge sèche, Margaret se mit à parler, si nerveuse qu'elle craignait de passer pour une insensée. Brusquement, l'un des professeurs retira ses lunettes et se pencha en avant.

— Seigneur Dieu, mais c'est votre épouse, MacNeill ! s'exclama-t-il, interrompant Margaret au milieu d'une phrase.

La main sur les yeux, Duncan se ratatina dans son fauteuil.

— Elle n'a pas le droit de pratiquer la médecine sans diplôme, fit remarquer l'éminent chirurgien Conall Campbell.

— Tout ceci est absurde et une perte de temps précieux ! Nous n'allons pas écouter les élucubrations d'une jeune femme, renchérit le président de la Société royale de médecine.

— Vraiment, Votre Grâce ! Bientôt, vous allez nous faire étudier les coutumes des gitans.

La duchesse frappa par terre avec sa canne.

— Docteur Campbell, vous avez dit vous-même que mon état s'était beaucoup amélioré.

— J'imagine qu'on s'est tout simplement trompé dans le diagnostic, s'écria le chirurgien, ses cheveux blancs dressés telle une crête sur sa tête.

— Douze médecins se seraient trompés dans leur diagnostic ? insista la duchesse. Docteur MacNeill, vous étiez le dernier à me laisser entendre que j'étais un cas désespéré. Avez-vous commis une erreur ?

— Je persiste à croire que mon diagnostic était exact, Votre Grâce, répondit sèchement Duncan.

— Vous avez pourtant dit que je serais morte à l'heure qu'il est.

— Visiblement, votre cas a évolué depuis.

— Merci. Voulez-vous bien confirmer que les traitements de cette jeune femme m'ont sauvée ?

Duncan était partagé entre l'envie de secouer sa femme comme un prunier parce qu'elle l'avait ridiculisé aux yeux de ses confrères, et celle de la protéger de ces chacals qui rejetaient toujours avec hargne ce qu'ils ne comprenaient pas.

— L'avenir le dira, Votre Grâce, conclut-il prudemment.

Les autres médecins se moquaient à voix basse des prétendues vertus curatives des sortilèges et des régimes alimentaires de Margaret.

La jeune femme était mortifiée. Cloué sur son fauteuil, Duncan se retenait de se lever pour lui administrer une fessée retentissante.

— Tout ceci est très mauvais pour vous, Duncan, se désola le Pr Kincardine, un vieil ami. Si vous n'arrivez même pas à tenir votre épouse, comment comptez-vous vous imposer dans ce métier ?

47

Après avoir passé la soirée enfermé dans son bureau avec une bouteille de whisky et une montagne de traités médicaux provenant de tous les pays civilisés de la terre, Duncan monta d'un pas vacillant dans la chambre.

L'histoire médicale avait bien relevé le traitement utilisé par Margaret pour soigner la duchesse, mais personne n'avait encore étudié sérieusement le lien entre le régime alimentaire et la guérison d'une maladie. Il n'en restait pas moins, et c'était ce qui le contrariait, que sa jeune épouse sans formation avait sauvé une vie alors qu'il en avait été incapable. Intellectuellement, Duncan était tout excité, mais d'un point de vue émotionnel, il n'était qu'une ruine. Comment ne pas lui envier son succès ?

Lorsqu'il entra dans la chambre, elle était assise tout habillée sur la causeuse, près de la cheminée, alors qu'il était deux heures du matin. Les yeux rougis d'avoir pleuré, elle se leva. Refusant de se laisser attendrir par ce visage ravagé, il réprima l'envie de la consoler. Toute cette histoire était de sa faute.

Ils se dévisagèrent. Puis Duncan remarqua un petit bagage à ses pieds. Il savait qu'ils devaient partir tôt pour Taynaross, mais il craignit brusquement que Margaret n'eût d'autres intentions.

Et pourtant, il avait des raisons d'être furieux contre elle : elle avait osé soigner la duchesse en cachette, et elle l'avait humilié devant ses confrères.

— Je t'attendais pour m'excuser, dit-elle, les mains jointes.

— Jamais ce scandale ne sera oublié.

— Que pouvais-je faire ? Refuser de la soigner ?

Duncan se demanda si Margaret avait toujours été aussi obstinée.

— Tu aurais pu penser aux conséquences, à ma carrière, à notre mariage, répliqua-t-il froidement.

— Je l'ai fait.

— Ainsi, je compte si peu pour toi que l'éventualité de cette situation ne t'effrayait pas ?

— J'ai le plus grand respect pour toi et pour la vie de cette femme.

Cherchant à comprendre, Duncan s'assit près d'elle sur la causeuse.

— Sais-tu que ton noble geste m'a fait plus de mal que tous mes ennemis réunis ?

Les larmes aux yeux, Margaret tressaillit comme sous un coup de fouet.

— Ma propre épouse... Seigneur, Margaret, pourquoi n'es-tu pas venue me demander conseil ?

— Pour quoi faire ? s'écria-t-elle, furieuse qu'il soit aussi injuste envers elle. Pour que tu m'interdises de l'aider ?

— Probablement. Comment pouvais-tu m'écouter parler d'elle alors que tu la voyais en cachette ?

— Je ne savais pas qui elle était, s'indigna Margaret. J'ai l'impression que tu es furieux parce que j'ai réussi là où tu as échoué.

— J'ai l'air d'un parfait imbécile.

Duncan s'était levé. Ils étaient si proches que Margaret sentait le whisky de son haleine et voyait tressauter un muscle sous l'ombre bleue de sa barbe. Bien que furibonde, elle aurait voulu se jeter dans ses bras, et Duncan, blessé par sa tromperie, n'avait jamais été aussi fier de quelqu'un de toute sa vie.

— Je suis fatigué, dit-il. Demain, nous avons un long voyage. Allons nous coucher.

Avec un soupir, elle se pencha pour prendre son bagage.

— Je ne t'humilierai pas davantage devant ta famille.

— Que veux-tu dire ? lança-t-il en la retenant par le poignet.

— Je vais habiter chez Lilian. Je pense que tu devrais te rendre seul à Taynaross.

— Nous sommes mari et femme. Nous n'allons pas nous quitter à la première dispute.

— C'est plus qu'une simple dispute, Duncan.

— Crois-moi, pendant notre mariage, il y en aura bien d'autres.

Elle posa sa joue sur son torse et écouta battre son cœur.

— Je pensais que tu préférerais que je parte, dit-elle d'une petite voix angoissée.

— Je ne t'aurais même pas laissée atteindre la porte d'entrée.

— Parce que tu m'aurais tuée sur place ? s'effraya-t-elle.

Il sourit.

— Je ne te laisserai jamais partir. Quand je t'ai épousée, je connaissais ton caractère. Tu es à la fois impétueuse et d'une grande bonté.

Elle renifla.

— J'ai essayé de te prévenir.

Il éclata de rire.

— Heureusement que nous quittons la ville ! Tu sais que tu ne pourras plus exercer tes talents de guérisseuse ici, sinon ils te jetteront en prison.

— Tu les laisserais faire ?

— Il y a quelques heures, je ne serais pas intervenu, ma petite femme hors la loi.

Epuisée, elle bâilla.

— Je suis si soulagée de ne pas devoir dormir chez Lilian ce soir... Je suis désolée, murmura-t-elle.

— Tout est pardonné, mais veux-tu me faire une faveur ?

— Tout ce que tu veux, promit-elle.

— Demain, j'aimerais que tu m'écrives le traitement de la duchesse et puis nous n'en reparlerons plus jamais.

— Le remède de Morag ? s'étonna-t-elle.

— Dans le moindre détail.

48

La diligence des Highlands leur coûta deux guinées chacun. Deux cochers en livrée et un garde pour la protection des quatre passagers avaient été mis à leur disposition. Tandis que Margaret contemplait la mer, elle pensa à Stephen, si loin, au Siam, et à Agnès qui mettrait bientôt son bébé au monde.

Elle pensa aussi à Morag, son ancien mentor, mais ses sentiments étaient partagés. Bien que Morag lui eût beaucoup appris, elle avait aussi essayé de lui faire du mal — le rat et les runes, le petit garçon sur Clootie Hill, le fantôme, et les insulaires qu'elle avait dressés contre Duncan. Cependant, si Morag ne l'avait pas trahie, Margaret n'aurait jamais commencé une nouvelle vie avec Duncan, et l'enfant qui grandissait en elle n'aurait pas existé. Des ténèbres était sortie la lumière, se dit-elle.

— Pourquoi as-tu l'air si heureuse? chuchota Duncan pour ne pas réveiller les deux autres passagers, un juge ventripotent à la retraite et son épouse.

— C'est un secret.

— Tu as trop de secrets, mon amour. Quand ma famille aura mis la main sur toi, nous n'aurons plus beaucoup de moments de solitude.

Le juge laissa échapper un ronflement sonore et Margaret étouffa un fou rire.

— Tu parlais de solitude? dit-elle pour le taquiner.

Pendant que la diligence traversait des collines et des vallons aux bois verdoyants, filant vers les montagnes bleues à l'ouest, ils évitèrent les sujets épineux : Alice et Andrew, le père de Margaret ou la médecine. Avec Aberdeen derrière eux et Taynaross encore loin, ils commençaient à se détendre et à penser à des prénoms pour leur enfant.

— Moi, j'aime bien Adam.

— Drôle de nom pour une fille !

— Une fille ? Ma chère, n'oublie pas que je suis médecin et j'affirme que c'est un petit gars qui se cache là-dedans.

— Je demanderai à une sage-femme de m'assister.

— Pas question.

— Pourquoi pas ? Il me faudra aussi une guérisseuse pour m'assurer que les fées n'emportent pas ma fille.

Le deuxième soir, ils s'arrêtèrent dans une vieille auberge en bois, près du hameau de Tuillich. Leur chambre s'ouvrait sur un petit lac qui scintillait comme de la soie bleue parmi des pins odorants.

Le lendemain matin, Margaret se réveilla merveilleusement reposée par cette atmosphère si sereine.

— C'est dommage qu'on ne puisse pas rester un peu plus longtemps, dit-elle alors que Duncan se préparait à descendre pour payer la note.

Il eut un sourire attendri. A Aberdeen, depuis l'histoire du fantôme d'Andrew et ses déplacements secrets, il s'était fait du souci pour elle. Margaret était une personne sensible, à la fois forte et vulnérable.

— Taynaross est encore plus beau et isolé.

C'est bien possible, se dit-elle en silence, mais il y a Alice. Attristée, elle s'installa avec son thé près de la fenêtre pour admirer le petit lac brumeux. Le matin, elle avait des haut-le-cœur et la perspective de passer une nouvelle journée dans la diligence ne la réjouissait guère.

Duncan n'était pas parti depuis plus de deux

minutes quand elle aperçut une femme et deux enfants à l'orée du bois. Se donnant la main, ils riaient en se dirigeant vers une barque échouée sur la grève.

Un frisson lui glaça l'échine. Lentement, elle reposa sa tasse et se leva, fascinée par la scène qui se déroulait sous ses yeux. Les enfants, une petite fille et un petit garçon encore plus jeune, semblaient tout droit sortis du jour le plus terrible de son existence. La femme, son visage joyeux auréolé de cheveux bruns, aurait pu être Susan Rose.

Mais ce n'est pas elle ! se réprimanda Margaret. Ce n'est pas ma mère !

Le petit garçon grimpa dans la barque.

— Non... murmura Margaret.

Elle aurait voulu s'écarter de la fenêtre, mais elle était clouée sur place bien qu'elle sût ce qui attendait les trois promeneurs qui voguaient à présent sur l'onde paisible.

Elle savait que deux d'entre eux allaient se noyer.

Elle savait qu'ils n'étaient pas réels.

— Seigneur, faites que ça s'arrête...

Assis dans la barque, le petit garçon tenait sa canne à pêche à la main. Quand il s'agenouilla pour lancer la ligne, Margaret enfouit son visage dans ses mains. Elle n'aurait jamais le temps de l'atteindre pour le sauver. La partie rationnelle de son esprit hurlait que tout cela n'était qu'une illusion, une coïncidence. A moins qu'elle ne soit en train de devenir folle ? Si elle ouvrait les yeux, verrait-elle un fantôme dans les bois ?

Quand Duncan poussa la porte, elle se retourna, blême et terrifiée.

— Regarde ! s'écria-t-elle en l'entraînant vers la fenêtre. Regarde le loch et dis-moi ce que tu vois.

— Mon Dieu, assieds-toi, Margaret !

— Non, non, non ! s'affola-t-elle en repoussant

ses mains qui tentaient de la calmer. Pour l'amour du ciel, regarde !

Il lui obéit, ne voyant que l'étendue d'eau calme, les pins qui se dressaient devant les collines.

— Tout est paisible, dit-il en la serrant contre lui, mais cela te rappelle peut-être...

— Tu ne les vois pas ? La femme et les enfants ?

A son tour, elle osa jeter un regard par la fenêtre : il n'y avait rien. Saisie de panique, elle s'agrippa à lui.

— Duncan, ils étaient là, je te le jure ! Il y avait ma mère et moi...

Gentiment mais avec fermeté, il l'obligea à s'asseoir. Elle lui jeta un regard accusateur.

— Dis-le ! Tu crois que j'ai des hallucinations.

— Je vais aller vérifier, mais en attendant, je ne veux pas que tu t'agites davantage.

— Tu crois que c'est parce que je suis enceinte ? demanda-t-elle avec un rire nerveux.

— Probablement pas.

— Est-ce que tu penses que je suis... folle ?

Il sourit.

— Tu m'as bien épousé. Attends-moi ici.

Dès qu'il fut sorti, elle retourna à la fenêtre. Quelques minutes plus tard, elle le vit marcher en direction de la forêt. Soudain, il agita le bras pour la rassurer. Que pouvait-il penser de son épouse étrange et de ses visions ?

Il n'y avait pas de barque.

Duncan s'agenouilla pour examiner le sable, puis il gravit une colline, ses cheveux noirs brillant dans le soleil qui chassait peu à peu la brume.

A son retour, une demi-heure plus tard, il l'embrassa.

— Le loch regorge de truites. Tu as peut-être vu un pêcheur du village.

— Y avait-il des traces de pas sur le rivage ?

— Beaucoup, mais les femmes du village viennent y laver leur linge. La diligence nous attend, ajouta-t-il, à moins que tu ne veuilles rester une nuit de plus.

— Non ! répondit-elle en frissonnant.

Choquée par l'incident, Margaret avait perdu sa belle assurance. Tout semblait remis en question, sa grossesse et sa santé mentale. Elle n'avait aucune envie de rencontrer la femme dont Duncan avait été amoureux il n'y avait pas si longtemps.

49

Taynaross était d'une beauté à couper le souffle. Avec des montagnes aux cimes violettes en toile de fond, le manoir de pierre grise patinée par le temps se dressait entre les pins bleutés. Aussi isolée que l'avait décrite Duncan, la maison se cachait parmi les collines de l'Aberdeenshire, marchepied des véritables Highlands.

Une carriole du village les déposa au pied du tertre. Gravissant la petite colline avec les bagages, Duncan se réjouit de la réaction de Margaret. Il avait dépensé toute sa fortune pour entretenir Taynaross et il espérait que Margaret partagerait son amour pour l'endroit. Tout sourire, il s'arrêta quand elle se baissa pour cueillir des primevères.

— C'est le paradis… soupira-t-elle, emplie de bonheur. Comment avais-tu le cœur de t'en éloigner ?

— J'avais toujours prévu de vivre ici, d'élever une famille et d'exercer…

— Duncan ! s'écria une voix féminine depuis une fenêtre.

Margaret entrevit un joli visage derrière les

rideaux. D'autres têtes se penchèrent aux fenêtres, des enfants, des tantes, des oncles... une foule de séduisants MacNeill.

Elle serra les fleurs d'une main inquiète.

— Vas-y seul d'abord. Vous avez sûrement envie de vous retrouver entre vous.

— Balivernes, Margaret ! C'est *notre* famille maintenant.

— Est-ce qu'ils sont au courant, pour moi ? demanda-t-elle, hésitant devant les marches qui menaient à la porte d'entrée.

— Ils savent que nous sommes mariés et que je t'aime. Le bébé sera une surprise. Qu'y a-t-il d'autre à savoir ?

— Tu sais... L'accident, mon père, mon rôle de guérisseuse...

Lui saisissant la main, il lui fit gravir les quelques marches, dispersant les fleurs sauvages autour d'eux.

— Petite sotte ! Ces choses-là ont façonné ta personnalité, et même si ta vie a été différente de celle des autres, tu n'en es que plus attachante.

Les MacNeill : de jeunes garçons bien découplés, des filles aux cheveux noirs bouclés et au rire communicatif ; des oncles barbus et corpulents et des tantes qui aimaient se chamailler, une maison dont le cœur battait d'amour et de tendresse. Ratatinée dans un fauteuil alors qu'elle avait envie de s'enfuir à toutes jambes, Margaret s'efforçait de sourire poliment, mais elle tremblait car Alice n'avait pas encore daigné se montrer et Duncan avait disparu.

Or ces MacNeill entêtés et chaleureux ne laissèrent pas longtemps la nouvelle recrue de la famille faire tapisserie. En dépit de sa réserve et parce qu'elle était devenue un maillon de la chaîne familiale, ils tenaient à ce qu'elle participe à leurs conversations. Andrew était mort. On l'avait pleuré et on le regrettait. Margaret était vivante, mystérieuse, et on l'admirait.

— Ma sœur dit que tu es une sorcière, tante Margaret. Peux-tu la faire disparaître, s'il te plaît ?

— Je lui demanderais de te transformer en crapaud, si tu n'en étais pas déjà un ! rétorqua la sœur. Jette-lui un sort, tante Margaret !

— Est-ce que tu peux demander au vent de souffler ?

— Est-ce que tu as fait boire un philtre à oncle Duncan ?

— Voyons, regarde comme elle est jolie ! Ce serait plutôt l'inverse.

— S'il te plaît, est-ce que tu es vraiment une sorcière, tante Margaret ?

Le silence s'établit dans la pièce. Une sorcière. Tout le monde prêtait l'oreille.

— Si j'étais une sorcière, ne serais-je pas venue sur mon balai, au lieu de voyager dans cette diligence inconfortable ?

La vieille tante Grizel aux yeux injectés de sang leva son verre de whisky en signe d'approbation.

— C'est ce qui nous manquait dans cette famille, une femme imprégnée des anciennes croyances. On en a assez des bêtises de ces médecins modernes comme Colin et son lourdaud de fils Thomas.

Dara apporta un plateau avec du lait et des *scones* tout juste sortis du four.

— Tante Grizel, il s'appelle Duncan, pas Thomas, la corrigea-t-elle. Thomas est le fils de Ronald. Au fait, où est passé notre Duncan ?

— Il est dans le jardin avec Alice, dit l'un des enfants, qui dessinait près du feu.

— La veuve d'Andrew ? reprit tante Grizel en grimaçant. Qu'est ce que ce coquin bardé de diplômes fait avec elle quand sa jeune épouse est toute seule avec nous ?

Ses yeux bleus perspicaces détaillèrent Margaret ; la vieille tante n'était pas aussi folle qu'elle aimait à le faire croire.

— Il y a du travail à faire dans le jardin, ma fille. Il faut arracher les mauvaises herbes et tout ce qui n'y a pas de place.

— Tais-toi, ma chère, murmura le mari de Grizel. Tu mets cette pauvre petite dans l'embarras.

Mais Margaret releva le défi :

— Vous avez raison, tante Grizel. Je vais m'en occuper avant que le chiendent ne prenne racine.

Traversant la vieille demeure, Margaret trouva une bibliothèque dont les portes-fenêtres s'ouvraient sur un merveilleux jardin. Tout d'abord, elle n'aperçut pas la jeune fille qui lisait dans un fauteuil.

— Ne sortez pas, dit celle-ci en rejetant ses cheveux bruns en arrière. Duncan et ma mère sont en train de bavarder. Je joue à Cupidon, vous comprenez.

— Cupidon ?

— Je sais que c'est un peu prématuré, mais je pense que maman n'a jamais cessé d'aimer Duncan, même si elle a aussi aimé Andrew et qu'elle porte toujours le deuil. De toute façon, elle n'a pas encore l'âge de renoncer aux plaisirs de la vie. Et puis, il faut aussi penser au bébé. Ce serait injuste que maman ait à l'élever seule.

Margaret regarda dans le jardin, cherchant à apercevoir Duncan parmi le fouillis bigarré de roses trémières, de lupins et de pois de senteur. C'était un cadre romantique aux senteurs délicieuses, idéal pour des retrouvailles d'amants, et elle regretta de ne pas être une magicienne pour entendre leur conversation.

La jeune fille, inquiète, lui jeta un coup d'œil par-dessus son épaule.

— Je suis Alanna, la fille d'Alice. Vous devez être la cousine Gillian de Glasgow.

— Non, je suis Margaret, la femme de Duncan.

Abasourdie, puis mortifiée, la jeune fille piqua un fard.

— Mais je ne savais pas... Ma mère ignore qu'il est marié.

Il y eut un rire étouffé et un bruit de pas sur le gravier d'une allée dissimulée parmi les fleurs.

— J'espère seulement que Duncan n'a pas oublié ce détail, lui non plus, déclara Margaret d'un air pincé.

50

Comme si Duncan pouvait l'oublier ! Pendant son entretien avec Alice, assis sur le banc du jardin, il ne pensa qu'à sa femme si pleine d'entrain, remerciant le ciel que la trahison d'Alice ait transformé sa vie en lui apportant ce bonheur inattendu d'épouser Margaret.

— Votre neveu Kevin dort dans sa chambre. Il ressemble comme deux gouttes d'eau à Andrew, soupira Alice.

— Dieu merci, il ne me ressemble pas !

— Je vous ai toujours trouvé très attirant. Cela a été un terrible choc de perdre Andrew aussi brutalement... poursuivit-elle d'une voix tremblante. Je me suis demandé si Dieu cherchait à me punir.

— Parce que vous m'auriez quitté ? Voyons, la

disparition d'Andrew nous a tous beaucoup affligés, mais en vous donnant un bébé, Dieu a béni votre union. Quant à moi, je devrais laisser Margaret l'annoncer à la famille, mais sachez que nous aussi allons avoir un enfant.

Duncan semblait si heureux ! Contre toute raison, égoïstement, Alice avait pensé qu'il resterait à jamais célibataire et qu'il lui appartiendrait.

— Je vous félicite, dit-elle avec un sourire forcé. Je ne savais pas que vous aviez envie d'avoir des enfants qui risqueraient de vous gêner dans votre travail.

— Je crois que j'ai changé, admit-il.

— A l'évidence, conclut-elle, non sans regret. Alanna entretenait l'espoir puéril que vous et moi... un jour...

Alors qu'ils revenaient vers la maison, la fin de la phrase resta en suspens.

— Je vais repartir avec vos parents.

— Je ne vous chasse pas de Taynaross. Andrew et vous n'aviez pas d'autre foyer.

— Je vais retrouver mon magasin à Aberdeen. Vous avez de la chance. C'est merveilleux d'avoir épousé une femme aussi riche. Maintenant que vous vivez tous heureux à Aberdeen, je présume qu'elle s'est réconciliée avec son père ?

Duncan se rappela qu'Alice avait toujours envié les gens aisés ; c'était l'un de ses traits de caractère les moins sympathiques.

— Quand vous connaîtrez Margaret, vous comprendrez que je ne l'ai pas épousée pour son argent.

— Bien sûr que non ! Je ne voulais pas vous insulter. Est-ce que votre cabinet est prospère ?

— Les patients ne manquent pas.

— Tant mieux. La dernière fois que nous en avions parlé, vous aviez dit que Lucy Patton cherchait à ruiner votre carrière.

— En effet. Heureusement, elle est retournée à Glasgow. J'ai encore quelques vieux ennemis, mais aucun qui ait une raison de me haïr comme Lucy. Je devrais plutôt la plaindre.

— Comme c'est curieux ! Le mois dernier, Alanna l'a vue fleurir la tombe de son mari.

— Le mois dernier ?

— Demandez vous-même à Alanna. Elle est dehors, près de la bibliothèque. Oh, elle doit être avec votre femme !

— Elle est devenue très belle ! s'enflamma Duncan.

— Ravissante, admit Alice, la gorge nouée. Vous n'oubliez pas de contacter l'avocat à Aberdeen, n'est-ce pas ?

Il acquiesça. Le dernier espoir d'Alice s'évanouit quand elle vit le visage radieux de Duncan qui prenait Margaret par la main pour la lui présenter.

Cette nuit-là, alors qu'ils se couchaient, Duncan comprit que Margaret s'était de nouveau retirée en elle-même. Vêtue de la robe de chambre écossaise, elle se brossait lentement les cheveux.

— Tout le monde t'aime, dit-il en lui prenant la brosse pour terminer de dénouer les nœuds de ses longs cheveux. Qu'y a-t-il ? ajouta-t-il, la sentant nerveuse.

— Ta famille m'aime, mais *elle* t'aime.

— Alice est bouleversée. Peut-être n'arrive-t-elle pas à accepter la mort d'Andrew ? A mon avis, elle ne sait pas ce qu'elle ressent.

Avec un élan de tendresse, Margaret pensa à Andrew, à son sourire irrésistible et à ses knickerbockers en tweed.

— Pendant le dîner, Alice a déclaré qu'elle rentrait à Aberdeen.

— C'est là qu'elle habitait autrefois, expliqua Duncan.

— Je parie que si tu avais épousé Alice, elle n'aurait pas gâché ta carrière comme moi.

Il retint un sourire.

— Tu as raison. Alice est bien trop ennuyeuse pour oser sauver la vie d'une duchesse.

— Je parie qu'elle ne voit jamais des gens se noyer dans un loch ou des fantômes hanter les jardins.

— Probablement pas. Si tel était le cas, elle s'évanouirait.

Margaret inclina la tête. Sa voix n'était plus qu'un murmure brisé.

— Je ne veux pas t'aimer ainsi. Je ne veux pas que notre bonheur soit terni par ma crainte de te perdre à chaque instant.

— Me perdre ? s'écria-t-il. C'est plutôt moi qui devrais m'inquiéter... Est-ce que la tante Grizel a encore fait des siennes ?

— J'ai entendu Alice te parler d'un avocat.

— C'était au sujet de l'héritage de Kevin, dit-il en riant. Tu ne pensais tout de même pas que j'allais te quitter ?

Honteuse d'avoir douté de lui, elle ne répondit pas. Lorsque le rire de Duncan cessa de résonner dans la chambre, ils entendirent chanter un rossignol. Dehors, les étoiles scintillaient dans le ciel.

Avec un soupir, elle se lova contre Duncan.

— Selon la légende, quand on entend le premier rossignol du printemps, on passera le reste de l'année à faire ce que l'on est en train de faire.

— Tu dois croire que je t'aime. Tu dois croire en notre mariage... Mais, au fait... Il y a quelques minutes, tu as admis que tu m'aimais.

Elle sourit.

— Un moment de folie passagère. J'en ai eu plusieurs, ces derniers temps.

— Répète-le.

Se réfugiant sous les couvertures, elle ferma les yeux en feignant de bâiller.

— Laisse-moi tranquille !

— Et cette fois-ci, je veux que tu me le dises en me regardant dans les yeux, insista-t-il.

Très lentement, elle ouvrit les yeux et le contempla.

— Je t'aime. Je t'aime infiniment.

— Je l'ai toujours su !

— Pousse-toi, tu m'étouffes, espèce de mufle ! dit-elle en riant.

— Mufle, peut-être... mais un mufle que tu aimes.

Duncan rêvait rarement, mais cette nuit-là, après les tensions de la journée, il rêva d'Andrew. Debout sur un pont, son frère essayait de l'appeler. Duncan voulait aller vers lui, mais ses jambes se faisaient de plomb.

— Tu es mort. Tu es mort, et je rêve.

— En es-tu certain ? répliqua Andrew sur un ton railleur.

Duncan se réveilla en sursaut, dérangeant Margaret qui était emmitouflée sous les draps et les couvertures.

— Qu'y a-t-il ? demanda-t-elle, un peu perdue.

— J'ai rêvé d'Andrew. Il n'était pas vraiment mort.

Passant la main dans ses cheveux, il se dit qu'il divaguait, comme Margaret.

— J'avais oublié comme c'était calme ici, déclara-t-il en se levant. J'aimerais tant pouvoir vivre dans cette maison.

— Et ton travail ?

— Je pourrais exercer ici.

— Les gens sont simples et modestes dans cette région, Duncan. Ils ressemblent à tes patients de Maryhead.

— Je suis prêt à tenter l'expérience. J'aimerais que notre enfant respire le bon air de la campagne, qu'il grandisse parmi les bois et les ruisseaux plutôt que dans une ville nauséabonde.

— Tu as beaucoup réfléchi, en effet, dit-elle, surprise.

— Je veux aussi que ma femme soit heureuse. Je sais que tu détestes Aberdeen.

Il revint se coucher auprès d'elle.

— Tu as une mauvaise influence sur moi, Margaret. Avant de te connaître, je ne rêvais que rarement.

— Le monde des esprits aime communiquer avec nous pendant nos rêves, car c'est le seul moment où nous sommes particulièrement réceptifs.

— Foutaises ! lança-t-il en se retournant sur le ventre. Bonne nuit !

Vexée, elle se pencha sur lui pour le chatouiller avec ses cheveux.

— Tes patients ici te paieront avec des œufs et des poulets.

— Dans ce cas, Mme Jones devra inventer des nouvelles recettes plutôt que des tisanes.

— Quand pourrons-nous la faire venir ?

— Le mois prochain, et nous demanderons aussi aux Armstrong de nous rejoindre.

— Oh non ! Est-ce qu'ils ne peuvent pas rester en ville pour s'occuper de la maison ?

— C'est une grande propriété, et le bébé te ralentira dans les mois qui viennent.

— Puisque nous sommes à la campagne, et que les gens n'ont pas l'habitude des jeunes médecins entreprenants, je pourrais t'aider...

— C'est hors de question, Margaret ! Pas de sortilèges, ni de potions, d'escargots, d'herbes ou de bouillons immondes !

Sur le dos, Margaret contemplait le plafond d'un air innocent.

— Tu m'as bien compris, Margaret ?

51

Pendant six semaines, Taynaross fut merveilleusement calme. Grâce à un été précoce, le temps se réchauffa. Des pinsons piaillaient dans les feuillages des mélèzes et des aulnes ; des papillons voletaient au-dessus des roses et du chèvrefeuille. Dans les bois, Margaret cueillait des fraises sauvages, qu'elle savourait, au mépris de sa ligne, accompagnées de crème fraîche. Peu à peu, Duncan commença à soigner les patients du village, afin de soulager le vieux médecin de la paroisse.

Duncan fit venir ses domestiques d'Aberdeen, laissant Donald, Bridget et le nouveau jardinier veiller sur la maison jusqu'à la fin de la location, l'année suivante. Margaret et lui n'avaient pas encore décidé de s'établir définitivement à Taynaross, mais ils y resteraient jusqu'à la naissance de leur enfant, en octobre.

Bientôt, la rumeur se mit à circuler : l'épouse du nouveau docteur connaissait les vieilles pratiques des guérisseurs. Obstinément, Margaret refusa de se mêler même des cas les plus dramatiques. Après avoir failli détruire la carrière de Duncan, elle voulait éviter de commettre la même erreur.

Puis, une nuit de juillet, une femme du village frappa à la porte, son fils de deux ans dans les bras. Secoué de quintes de toux, l'enfant arrivait à peine à respirer, et la mère blêmissait à chaque spasme, le visage en larmes.

— Le vieux Dr Murray dit qu'il va mourir, m'dame, mais j'peux pas l'accepter, vous comprenez ? Je sais que tout est la volonté de Dieu, mais j'crois pas que le Créateur ait voulu faire souffrir un enfant comme ça.

— Moi non plus, dit Margaret. Mon mari sera bientôt de retour, madame Kerr. Entre-temps, je vais vous aider de mon mieux.

— Mais c'est vous que je suis venue voir, m'dame, murmura-t-elle.

— Dites-moi si votre petit a souvent eu ce genre de problèmes ?

— Depuis que je ne le nourris plus, m'dame, et chaque fois, je meurs de peur. J'ai essayé le sort habituel, des toiles d'araignées mélangées avec du lait. Et même quinze jours de carottes bouillies.

— Sans succès ?

— Non, m'dame.

Les mains tremblantes, Margaret fouilla dans un placard pour trouver les herbes séchées qu'elle avait cachées en cas d'urgence. Duncan serait furieux, mais comment refuser cet appel au secours dans sa propre maison ?

Bientôt, les casseroles d'eau bouillante sur le feu dégagèrent des arômes délicieux. Avec l'aide de la mère, Margaret assit le bambin sur un tabouret et lui plaça le visage au-dessus d'une casserole d'eau chaude dans laquelle elle avait fait bouillir de la camomille et de la mauve sauvage.

— Il va déjà mieux ! s'extasia la femme quand l'enfant épuisé prit une profonde inspiration. Votre mari a bien de la chance de vous avoir, m'dame MacNeill. J'espère qu'il le sait.

— Il le sait parfaitement, dit Duncan d'une voix douce, et Margaret se retourna vivement, les joues rougies. Seigneur, on se croirait dans un bain turc ! ajouta-t-il.

— Je ne t'attendais pas aussi tôt, se défendit Margaret. Ce petit garçon a de l'asthme et j'ai dû le soulager.

Duncan retira sa lourde veste en tweed.

— Comment va-t-il maintenant ?

— Beaucoup mieux, grâce à votre dame, répondit Mme Kerr. Quand il a une de ces crises, j'ai toujours peur qu'il meure.

Duncan caressa les boucles moites de l'enfant.

— En grandissant, tout ira mieux, mais il ne faut pas le laisser trop s'agiter. Pour le moment, donnez-lui tous les jours de l'huile de ricin et une tasse de café fort lors d'une crise moyenne. Si cela empire, je lui ferai une piqûre de morphine.

Impressionnée par le grand médecin aux cheveux noirs, la jeune femme écoutait attentivement.

— Si mon mari le permet, je vais vous donner de la tisane au trèfle, madame Kerr, dit Margaret en souriant.

— Qu'as-tu utilisé, Margaret ? demanda-t-il en reniflant les casseroles.

Le dos douloureux et les pieds gonflés, Margaret n'avait pas envie d'expliquer ses traitements.

— Comme je n'avais pas de sureau noir, j'ai pris de la camomille et de la mauve sauvage.

— Et ça a marché ?

— C'était magique, murmura la mère.

Sa remarque fit tressaillir Margaret, mais Duncan eut un sourire résigné.

— Je vais le ramener à la maison pour vous laisser prendre du repos.

— Mais non, madame Kerr, vous pouvez dormir avec lui dans le lit d'appoint du salon, proposa Duncan. Je ne voudrais pas que la longue marche jusqu'au village provoque une nouvelle crise. Margaret, voudrais-tu me rejoindre dans le hall, je te prie ?

Redressant les épaules, Margaret suivit son mari, persuadée que c'était la fin de son mariage. Elle s'imagina avec son gros ventre et son chat borgne naviguant vers Maryhead et suppliant Agnès de l'héberger. La scène, mélodramatique à souhait, l'amusa un bref instant.

— Vous exercez une nouvelle fois sans diplôme, madame MacNeill ? dit-il en croisant les bras.

— Je sais que je t'avais fait une promesse, mais c'était plus fort que moi. Et je n'ai rien fait de plus que n'importe quelle paysanne.

— Tu n'es certainement pas une paysanne. Tu es incorrigible, obstinée et... douée. Désormais, je n'interviendrai plus.

Le visage de la jeune femme s'illumina d'un large sourire.

— A moins que nous ne retournions en ville, ajouta-t-il précipitamment.

— Oh, Duncan, comme je t'aime ! s'écria-t-elle en se jetant à son cou.

Il la serra contre lui aussi fort que lui permettait son ventre rond ; il l'aimait tant.

— Je suis en train de perdre la tête, admit-il en riant.

Margaret s'agrippait à lui, soulagée que cet obstacle majeur fût enfin surmonté et souhaitant que ce moment de joie intense ne se termine jamais.

On entendit le roulement d'une carriole qui s'arrêtait au pied du tertre ; Walter et Sybil Armstrong venaient d'arriver d'Aberdeen.

Quelques minutes plus tard, alors qu'elle buvait une tasse de thé avec Sybil dans la cuisine, Margaret regretta l'absence de Blodwen Jones, surtout parce qu'elles étaient des alliées dans le monde de la médecine et qu'elles pourraient désormais exercer leur art sans se cacher.

Sybil expliqua que la cuisinière galloise avait eu une grave intoxication alimentaire et qu'elle était restée à Aberdeen pour se soigner dans sa famille.

— M. Armstrong et vous avez été épargnés ? s'étonna Margaret.

— Bien sûr, madame MacNeill ! Je ne goûte jamais ces plats français bizarres et Walter aime tant les oiseaux qu'il ne mange pas de canard.

Elle jeta un coup d'œil circulaire à la cuisine.

— C'est une très grande maison, n'est-ce pas ?

— Si c'est trop de travail, vous préférerez peut-être repartir à Aberdeen ?

— Vous ne pensez tout de même pas pouvoir mener cette maisonnée toute seule alors que le bébé va bientôt naître !

Margaret trouvait qu'elle se débrouillait très bien, mais Sybil avait raison. Bientôt, le bébé lui prendrait tout son temps.

— Je suis très heureuse que vous soyez venue, madame Armstrong, dit-elle en se levant.

Mais elle mentait et, tandis que Margaret se rendait au salon pour surveiller son petit patient, elle se dit que l'histoire de Sybil concernant Mme Jones sonnait faux.

52

Le bébé arriva avec deux semaines d'avance, à la fin de septembre, par une nuit étoilée si paisible qu'on entendait les vanneaux roucouler dans les bois. Toute la journée, Margaret avait eu des contractions irrégulières, puis elle avait perdu les eaux.

Duncan ne l'avait pas quittée d'une semelle, la suivant comme son ombre, à tel point qu'elle avait eu envie de crier d'exaspération.

— Margaret, dit-il tendrement, alors que la jeune servante Ellie et la sage-femme du village se tenaient au pied du lit. Laisse-moi placer l'inhalateur autour de ton cou au cas où.

A bout de souffle, elle se redressa alors qu'une contraction lui cisaillait le ventre, reconnaissante aux deux femmes qui l'encourageaient à pousser.

— Je... vais... te dire... où tu peux mettre... cet objet grotesque...

Et elle ne s'en priva pas. La sage-femme, qui soutenait Margaret par les épaules, adressa un sourire amusé à Duncan. Se retenant de rire, Ellie baissa les yeux. Le rouge au front, Duncan s'écarta.

Mairi Susan MacNeill naquit une heure plus tard, le matin de la Saint-Michel, une longue petite fille maigre aux cheveux noirs qui téta avidement le sein de sa mère. Après que Margaret eut été lavée et changée, elle s'endormit avec son bébé dans les bras. La gratitude qu'il éprouvait de vivre cet immense bonheur donnait envie à Duncan de s'agenouiller pour rendre grâce. Pour la première fois il participait à ce bonheur parfait, ce miracle, qu'il avait vécu tant de fois comme médecin mais jamais encore comme père.

Margaret s'éveilla avec un sourire fatigué, heureuse de voir le visage mal rasé illuminé de tendresse.

— Merci... docteur, dit-elle en soupirant.

Au pire moment, elle avait cédé et demandé du chloroforme. Cela l'avait beaucoup aidée, mais elle ne voulait pas l'avouer à Duncan.

— Joli travail, monsieur, constata la sage-femme, tandis que Duncan contemplait sa fille d'un air émerveillé.

— Elle est plus que jolie, elle est la perfection même.

— Je parlais de l'accouchement, docteur, mais je vous accorde que votre fille est magnifique.

Dès le mois d'octobre, ils étaient devenus une vraie famille, avec son rythme et son harmonie particuliers. Mairi, s'adaptant très bien aux allées et venues professionnelles de son père, gazouillait dans un panier en osier tandis que sa mère lui chantait des berceuses en cueillant les herbes du jardin avant les premières gelées.

A la fin du mois, pour la première fois depuis la naissance, Margaret fut appelée au chevet d'un malade. Le crépuscule tombait et l'air embaumait le feu de bois. Ayant nourri le bébé, elle descendait l'escalier pour aller surveiller les préparatifs du dîner quand elle vit Walter dans le hall fermer la porte, la mine soucieuse.

— C'était pour vous, madame. Votre jeune patient asthmatique a eu une attaque.

— C'est curieux ! J'ai croisé sa mère l'autre jour, et elle m'a assurée que tout allait bien.

Walter la regarda sans rien dire.

— C'est ennuyeux que Duncan reste si tard chez les Campbell ce soir.

— Oui, madame.

— Je vais chercher mes affaires, murmura Margaret, se demandant pour la énième fois comment Duncan supportait l'expression lugubre de Walter sous prétexte qu'il était un excellent assistant de laboratoire.

Alors qu'elle finissait de préparer son panier, Duncan entra dans le salon et jeta un coup d'œil par-dessus son épaule, ce qui la fit sursauter.

— Oh ! Je t'avais pris pour Walter !

— Déçue ? plaisanta-t-il en l'enlaçant.

— Je croyais que tu devais dîner avec le révérend. J'allais sortir ; le petit Jamie Kerr est souffrant.

Contrarié, Duncan retira son veston où scintillaient des gouttelettes de brume.

— Il semblait en pleine forme la semaine dernière quand il m'a fait une grimace à l'église. Veux-tu que je t'accompagne ?

— Je pense que tu devrais rester à la maison avec Mairi. Tu sais bien que je n'aime pas la laisser seule avec Mme Armstrong, ajouta-t-elle à mi-voix.

— Où est Ellie ?

— Elle est allée rendre visite à sa mère jusqu'à demain matin.

— C'est une longue marche jusqu'au village, Margaret, et la nuit…

— Je pensais prendre le cheval d'Andrew et demander à Seamus de m'accompagner.

Duncan se retenait de lui interdire de sortir. S'il essayait de l'en empêcher, elle penserait qu'il ne cherchait qu'à lui mettre des bâtons dans les roues. Escortée du jeune palefrenier, elle serait en sécurité.

— Et si on m'appelle en urgence ?

— Je ne serai pas longue. Pas plus d'une heure ou deux.

— Je vais y aller à ta place, dit-il en la serrant dans ses bras.

— Dans ce cas, je prétendrai que je n'ai pas reçu le message.

— Ne joue pas les martyrs, dit-il en souriant. Va voir ton patient, mais je ne veux pas que Seamus te laisse seule une minute.

— Ce n'est qu'à quelques kilomètres.

— En effet, mais il fait nuit et tu ne connais pas

bien le chemin. Dis au petit monstre de ne pas tirer la langue à ton mari.

Après son départ, Duncan arpenta le salon, s'arrêtant près de la table où Margaret avait posé le courrier. Des amis d'Andrew qui ignoraient son décès continuaient à lui écrire, mais Duncan n'était pas d'humeur à leur répondre. Il n'avait même pas envie d'allumer la lumière.

Un quart d'heure plus tard, il s'installa dans son vieux fauteuil de cuir avec un whisky. Il entendit Margaret et le jeune palefrenier s'éloigner à cheval en bavardant.

Ne la laisse pas partir.

Le conseil venait de nulle part. Duncan se redressa si brusquement que le whisky se renversa sur ses genoux.

— Qui est là ? s'enquit-il, mais la pièce était vide.

Est-ce que j'entends des voix comme Margaret, Ellie et Blodwen Jones ? se demanda-t-il, gêné. A moins qu'il ne fût simplement épuisé et inquiet d'avoir laissé partir Margaret. A vrai dire, il la jalousait un peu parce que les gens lui accordaient si facilement leur confiance.

Voyons, Duncan, tu es tellement obstiné que tu laisses l'arbre te cacher la forêt.

Duncan s'était toujours considéré comme trop rationnel pour écouter sa propre intuition ou des « messages de l'autre monde ». Mais quand il s'agissait de sa jeune épouse, il était prêt à tout.

Il secoua la tête. C'était idiot de rester dans une pièce sombre avec une bouteille de mauvais whisky.

Impatient, il regarda l'horloge. Il s'était toujours senti en sécurité à Taynaross. Mais alors, d'où lui venait ce mauvais pressentiment concernant Margaret ?

53

Margaret remercia le jeune palefrenier qui l'aida à mettre pied à terre devant la chaumière. Bien que le village de Taynaross fût le point de passage obligé pour les voyageurs qui s'apprêtaient à découvrir la beauté des Highlands, c'était un petit hameau isolé.

— Avec votre permission, madame MacNeill, je vais vous attendre près du ruisseau avec les chevaux.

— Ne t'éloigne pas, lui conseilla Margaret en empruntant le chemin vers le cottage.

Pourquoi était-il si sombre et si paisible ? Après que Margaret eut frappé plusieurs fois, Alison Kerr, tout endormie, vint lui ouvrir.

— Bonté divine, m'dame MacNeill, y a-t-il eu un malheur pour que vous sortiez en pleine nuit ?

Surprise, Margaret regarda les trois enfants qui s'accrochaient à la chemise de nuit de leur mère ; Jamie, visiblement, était en parfaite santé.

— Ne m'avez-vous pas envoyé chercher, madame Kerr ? On m'a dit que Jamie avait une nouvelle crise.

— Une crise de mauvaises manières, c'est tout. Il n'a pas toussé depuis des mois.

— Comme c'est étrange... Pardonnez-moi de vous avoir réveillée. Walter a dû mal comprendre le message.

Seamus, qui patientait sur la route, avait une autre explication :

— C'est sûrement un lutin qui est venu vous voir, madame MacNeill. Au mois d'octobre, ces petits démons sont pleins de malice. C'est un mois magique, vous comprenez.

— Quelle soirée gâchée! fulmina Margaret en remontant à cheval. J'espère que je n'ai pas un malheureux patient qui m'attend ailleurs; je ne vais tout de même pas réveiller tout le village pour demander si on a besoin de moi.

— Je suis sûr qu'un lutin est jaloux dc vos talents de guérisseuse.

— Ou un domestique, s'énerva-t-elle, bien décidée à avoir une conversation sérieuse avec le maître d'hôtel.

— J'avoue qu'il est bizarre, ce Walter.

— A moins que ce ne soit le petit garçon des Cairn; leur nom a une consonance similaire.

— Ils habitent loin, de l'autre côté de la colline, madame.

— Je dois en avoir le cœur net. Tu peux m'attendre ici, si tu préfères.

— Non, madame, je vous accompagne, dit-il à regret.

Mais le petit Cairn dormait à poings fermés quand Margaret frappa discrètement à la porte de sa maison. Les quelques fermes qu'ils avaient dépassées étaient silencieuses; aucune maman ne l'attendait, son enfant souffrant dans les bras.

— On est partis depuis trois heures, s'inquiéta Seamus.

— Duncan sera furieux. Dépêche-toi! dit-elle en poussant son cheval vers les bois.

— Pardonnez-moi, mais je ne peux pas vous y laisser aller, dit-il en lui prenant les rênes des mains.

Prise de panique, elle se mit en colère.

— Mon mari sera très mécontent de cette histoire.

— Le chemin à travers les bois est étroit et mal entretenu, expliqua Seamus à voix basse. On raconte dans le village que ces bois sont hantés par votre beau-frère décédé. C'est en chevauchant dans la forêt lors d'une chasse à la grouse qu'il s'est accidentellement tiré une balle dans le ventre.

Pour la première fois de sa vie, Margaret redoutait davantage la colère très humaine de son mari que les êtres surnaturels qui pouvaient la guetter entre les arbres.

— Nous n'avons pas à craindre le fantôme d'Andrew MacNeill.

— Mais si nous repassons par le village, nous évitons les bois.

— Et nous perdons encore une heure. Si tu ne veux pas venir avec moi, je ne te force pas.

— Pas question de vous laisser seule, madame!

Ils avançaient en silence parmi les sapins où la lune illuminait le chemin. A chaque ululement de chouette, à chaque craquement de brindille, Seamus sursautait.

— Qu'est-ce que c'était? demanda-t-il soudain en arrêtant son cheval.

— Je n'ai rien vu.

— Une chose blanche, là, derrière les arbres, madame. Et j'ai entendu un cri.

— On dirait une brebis.

Ils se trouvaient à un croisement. L'un des chemins menait vers la route et l'autre vers une gorge qui donnait dans la vallée de Taynaross.

— C'est sûrement une brebis qui est tombée dans le ravin.

— Quelqu'un la trouvera demain matin, madame MacNeill.

— Pas avant que ces corbeaux ne lui aient picoré les yeux, rétorqua-t-elle en descendant de cheval. C'est une cruauté que je ne peux pas tolérer.

Seamus la suivit, très inquiet.

— Mais on a besoin d'une corde et d'aide pour la tirer de là!

— Va chercher quelqu'un au village.

— Il me déplaît de vous laisser seule.

Margaret releva sa cape et commença à descendre la pente abrupte. Les collines silencieuses la mettaient mal à l'aise, mais dès qu'elle vit la brebis dans le ruisseau qui coulait au fond du ravin, les pattes empêtrées dans le fil d'une canne à pêche, elle se sentit rassérénée.

— On ne peut pas la remonter sans corde. Rentrons à la maison, madame MacNeill. Je reviendrai demain avec mon père.

— Bon, si tu veux. Duncan n'aimerait pas cette situation.

— Prenez mon bras... Oh, non ! Les chevaux ont disparu ! Ils ont dû casser leur entrave et s'enfoncer dans les bois.

— Je vais t'aider à les retrouver.

— Non, restez ici, madame MacNeill. Inutile de vous fatiguer à les poursuivre.

— Je crains qu'on ne rentre très tard à la maison, soupira-t-elle en s'asseyant sur une touffe de bruyère, sa cape drapée autour des genoux.

Quelques minutes plus tard, le silence lui tapait sur les nerfs et elle décida de délivrer la brebis.

— Où est donc passé ton berger, petite ? dit-elle alors que la bête l'accueillait par un bêlement plaintif.

Des cailloux glissèrent dans le ravin. Surprise, Margaret releva la tête, pensant voir Seamus.

Au-dessus d'elle, la silhouette blanche qui l'avait hantée depuis son enfance planait au bord du ravin. Avec sa robe tel un linceul, elle parlait d'une voix si ténue que Margaret l'entendait à peine, tant le sang bourdonnait dans ses oreilles. Heureusement, elle ne voyait pas le visage du spectre.

— Tu ne m'as pas écoutée, Margaret Rose. Tu

n'aurais jamais dû revenir... Retourne dans l'île, ou prépare-toi à payer pour le passé.

Margaret refusait d'admettre l'impossible et c'était presque un soulagement d'être enfin confrontée à cette chose maléfique à cause de laquelle elle avait cru devenir folle.

La main de la créature se leva. Elle tenait la poupée en porcelaine de Mairi, celle que Duncan lui avait achetée et qui disait « Mama ».

Tremblante de colère et de peur, Margaret s'écria :

— Allez au diable ! Comment osez-vous me menacer de vous en prendre à mon bébé ?

— Dieu du ciel, Margaret, ne voyez-vous pas qu'on vous joue un mauvais tour ? s'exclama-t-on derrière elle.

Le cœur battant, Margaret se retourna en direction de la voix masculine.

Nimbé d'une lumière vert et or, Andrew MacNeill commença à marcher, ou plutôt à flotter, vers elle.

— Seigneur, je suis folle... dit-elle en reculant d'un pas.

— Vous n'êtes pas folle, mais très impressionnable et vous commencez à m'inquiéter.

Alors que le spectre en blanc avait disparu, Margaret s'aperçut, au bord de la crise nerveuse, qu'elle était seule dans un ravin avec une brebis et un fantôme impertinent.

— Ecoutez-moi, dit Andrew en tirant sur sa pipe. J'attendais le moment propice pour vous parler et, bien que l'endroit ne soit pas idéal, il fera l'affaire.

54

Duncan était à bout de patience. Avant de s'endormir, épuisée, Mairi avait pleuré pendant deux heures dans ses bras. Le bébé recouché dans son berceau, il avait repris son poste près de la fenêtre du salon, soulagé quand un cheval était apparu au sommet de la colline.

Traversant la maison au pas de course, il faillit renverser Sybil Armstrong qui revenait de la buanderie avec une pile de linge. Elle poussa un petit cri ; Duncan savait qu'elle avait peur de lui, et c'était peut-être la raison pour laquelle il ne l'appréciait pas. Dehors, le père de Seamus tenait un cheval sans cavalier par les rênes. Duncan courut vers lui.

— Que se passe-t-il, Archie ? Où est ma femme ?

— Je ne sais pas, monsieur. On dirait que le cheval de mon fils s'est enfui.

— Mais où est la monture de ma femme ?

— Je vais aller la chercher avec mon autre fils, mais Seamus est un garçon responsable. A moins qu'il ne se soit passé quelque chose de grave, il n'aura pas quitté votre femme.

— Selle un cheval pour moi aussi, Archie. Je vous accompagne.

Curieusement, Margaret n'avait pas peur. La brebis, rassurée, ne gémissait plus et la laissait dénouer la ligne de pêche accrochée à sa patte.

— Vous êtes parfaite, s'amusa Andrew. Un campagnard a besoin d'une femme comme vous dans la maison.

— Moi, j'aurais plutôt besoin d'un ange gardien.

— Ce ne sera pas moi. A vrai dire, je n'ai même pas envie d'être ici.

— Mais vous êtes venu me sauver du spectre.

— Allons, comment une fille aussi intelligente peut-elle croire à de pareilles sornettes ?

Elle eut un frisson en se rappelant la silhouette en blanc tenant la poupée de Mairi. Je ne suis pas folle, se dit-elle. Andrew l'a vue aussi, sauf qu'Andrew n'est pas réel non plus...

— Je suis réel... dans un autre sens, dit-il alors que ses bottes et ses jambes commençaient à disparaître.

— Arrêtez ! Quand vous êtes apparu, il y avait une silhouette blanche au bord du ravin. Un spectre, et vous avez parlé d'un mauvais tour qu'on me jouait.

— Ce n'était pas un spectre, ni un être surnaturel, mais un misérable humain qui cherchait à vous effrayer.

— Qui cela ?

— Je ne sais pas. Mais il appartient à cette ombre malfaisante qui vous entoure, Duncan et vous.

Dans le lointain, Margaret entendait approcher des cavaliers.

— Dans ce cas, vous n'êtes pas revenu pour me protéger ? s'empressa-t-elle de demander, devinant qu'Andrew allait disparaître avec l'arrivée des cavaliers. Vous avez vu le spectre, la personne, ce qui signifie que je ne suis pas folle, sauf que je discute avec un fantôme...

Il éclata de rire.

— Si je le pouvais, je serais volontiers votre ange gardien, Margaret, rien que pour m'amuser, mais je ne suis venu que par égoïsme. Je suis coincé entre deux mondes et je ne peux pas recevoir la récompense suprême sans votre aide.

— Mon aide ?

— Vous devez nous réconcilier, Duncan et moi. Je ne peux pas partir alors que mon frère souffre. Auparavant, il n'y avait que de la confiance et de l'amour entre nous. Or, comme je ne peux pas redevenir humain, j'ai besoin de vous.

— Margaret ! Au nom du ciel, où es-tu ? appela Duncan du haut de la colline.

— Au nom du ciel... répéta Andrew avec un clin d'œil.

— Mais comment... ? commença-t-elle.

Mais il avait disparu.

Duncan descendit la rejoindre, tandis que Seamus et son père attendaient, une corde à la main.

— A qui parlais-tu ?

— Tu ne me croirais pas, répondit Margaret en frissonnant. Est-ce que Mairi va bien ?

— Très bien. A qui parlais-tu ? insista-t-il.

— A ton frère.

— Bonté divine ! Que vais-je faire de toi ?

— Tu pourrais commencer par me ramener à la maison. J'ai passé une nuit très éprouvante.

Ils ne s'adressèrent plus la parole jusqu'à Taynaross où Margaret courut vérifier que Mairi dormait dans la nursery. Lorsqu'elle retrouva Duncan dans le salon, toute la soirée lui sembla n'être qu'un mauvais rêve.

— Je regrette de t'avoir laissée reprendre la médecine, dit-il, fâché de voir sa femme blême et nerveuse. Comment se porte ton patient ?

— Je ne l'ai pas trouvé. Walter a dû mal comprendre le nom.

— Notre cher Walter si pointilleux ne fait pas d'erreurs, d'habitude, s'énerva Duncan.

— Est-ce que tu as récemment vu la poupée de Mairi ?

— Je crois l'avoir aperçue hier dans sa chambre. Pourquoi ?

— Je sais que c'est absurde, mais j'ai encore vu cette créature... Duncan, j'ai tellement peur ! Quelqu'un nous veut du mal.

Duncan était certain que sa femme n'était pas folle et il ne pouvait pas croire qu'elle fût superstitieuse à ce point. Par ailleurs, il était vrai que quelqu'un avait essayé subrepticement de nuire à sa carrière. Cet ennemi inconnu avait osé envahir sa maison et menacer sa famille, et Duncan mènerait l'enquête jusqu'au bout pour confondre le coupable.

— Eloigne-toi de la fenêtre, dit-il d'un air tendu. Nous parlerons à Walter demain matin et nous verrons s'il se souvient de la personne qui est venue te demander.

— Ellie sera revenue pour s'occuper du bébé. C'est le moment de chercher des réponses.

— Je m'en charge. Cette histoire devient trop dangereuse.

55

Le lendemain matin, ils étaient tellement épuisés que le moindre souci, comme celui d'avoir égaré une poupée préférée, prenait des proportions dramatiques. L'un des fils d'Archie retrouva la poupée derrière les écuries, où l'avait probablement abandonnée le chat de Margaret, et la bonne nouvelle mit la jeune femme d'excellente humeur.

Au petit déjeuner, Duncan se montra préoccupé

par les événements insolites de la veille. Quoique Margaret fût rassérénée depuis qu'ils avaient retrouvé la poupée, il s'était promis de trouver des réponses.

Leur repas terminé, ils attendaient que Walter eût fini son travail de la matinée afin de lui poser des questions concernant la personne mystérieuse qui avait incité Margaret à quitter la maison. Duncan était persuadé qu'il y avait une explication rationnelle au spectre comme au fantôme de son frère. Il refusait d'envisager toute autre hypothèse.

— Tu fais peur avec ta mine aussi sérieuse ! le taquina Margaret en lui servant une autre tasse de café. On dirait un ogre venu prendre son petit déjeuner d'enfants.

— Je réfléchissais, petite coquine.

— A ton travail ?

Il sourit sans répondre. Margaret, sa femme. Leur maison paisible et leur fille adorable. Ce bonheur lui faisait presque mal... et l'emplissait d'une peur indescriptible.

Quand le courrier arriva, ils étaient au salon. Duncan rattrapa son retard en répondant aux lettres réexpédiées depuis Aberdeen, tandis que Margaret cousait un sachet de violettes et de citron à placer sous l'oreiller d'un patient insomniaque. Après leur nuit agitée, la sérénité de cet instant apaisa Duncan.

Margaret, elle aussi, savourait l'intimité chaleureuse de cette tranquille journée d'automne, sachant que Mairi dormait dans son berceau. Les mésaventures de la veille l'avaient bouleversée, mais le soutien de son mari l'encourageait, ainsi que sa promesse de tirer au clair les événements troublants qui avaient commencé sur Maryhead.

Quant à Andrew et au spectre, elle y avait longuement réfléchi. Elle avait vu la créature pour la première fois treize ans plus tôt au loch Meirneal et son apparition avait annoncé deux morts tragiques. Comment Andrew pouvait-il savoir que c'était un imposteur ? Et qui avait joué ce rôle, à Taynaross, mais aussi sur Maryhead, et pour quelle raison ? Pouvait-elle se fier à l'opinion d'un fantôme ?

— Il doit y avoir une réponse, dit-elle à voix haute.

— Une réponse à quoi, ma chérie ?

— Je... je me demandais si je devais ajouter de la camomille ou de la valériane. As-tu des nouvelles amusantes d'Aberdeen ?

— Pas vraiment, répondit-il, étonné de voir Ellie se faufiler dans le jardin.

Une pelle à la main, la servante s'arrêta près de la maison du garde. Soupçonnant quelque rituel superstitieux, il ne demanda pas à Margaret ce que faisait la jeune fille.

— Mon père m'apprend une rumeur ridicule. A l'hôpital, on raconte que la seule raison pour laquelle ma clientèle a progressé est que ton père incite ses clients à venir me voir. Je me demande vraiment comment naissent ces ragots.

Margaret baissa les yeux sur son sachet d'herbes.

— Comme si je ne pouvais pas convaincre mes propres patients ! Je sais que ma réputation a souffert autrefois, mais je me considère comme suffisamment bon médecin pour ne pas avoir à subir les indiscrétions de mon beau-père.

Se sentant coupable, Margaret se piqua le doigt avec son aiguille. Brusquement, Duncan se leva.

— Les rumeurs sont fondées, n'est-ce pas ?

— Je pensais que je pouvais t'aider.

— Je croyais que tu préférais mourir plutôt que de demander de l'aide à ton père.

— Je ne l'ai fait que pour toi, rétorqua-t-elle,

blessée qu'il lui en voulût alors que la démarche lui avait horriblement coûté.

— C'est bien dommage ! J'espère que tu n'as pas d'autres secrets. L'invitation du professeur, par exemple, était-ce encore grâce à ton père ?

— Pas que je sache.

Il tira sur le cordon pour appeler Walter afin de réclamer un whisky.

— Je n'arrive pas à croire que tu m'as joué ce tour. Le coup de la vieille duchesse était déjà assez désagréable.

— Je voulais t'aider, dit-elle en rougissant.

— Comment ton cher papa s'y est-il pris ? lança Duncan qui arpentait la pièce comme un fauve en cage. A-t-il menacé d'exiger le paiement de leurs dettes s'ils ne se laissaient pas soigner par son gendre ?

— Je ne pense pas qu'il ait pris une mesure aussi dramatique. Et je ne comprends pas pourquoi tu t'agites.

— Tu ne comprends pas ! Oh, et puis à quoi bon ?... Autant me résigner à n'être que le mari de Margaret Rose.

La nouvelle servante de cuisine apparut.

— Où sont M. et Mme Armstrong ? demanda-t-il.

— Ils sont partis à l'aube, monsieur. Vous ne le saviez pas ?

— Es-tu au courant ?

Margaret secoua la tête.

— Ils n'ont pas pu disparaître. Et s'il leur était arrivé quelque chose ? La personne qui nous a apporté le message hier soir les a peut-être trompés, eux aussi ?

— J'ai le sentiment que tu n'as pas besoin de t'en faire pour le bien-être des Armstrong, répliqua-t-il, l'air tendu.

— Où vas-tu ?

— Inspecter leur chambre.

— Je t'accompagne.

La chambre des Armstrong était sens dessus dessous, avec des tiroirs vides béants, des flacons de cosmétiques à moitié utilisés, et des papiers parsemés de plumes et de fientes. Walter aimait laisser voler ses canaris dans la pièce.

Duncan s'agenouilla pour examiner un journal jauni posé sous une chaise. Soudain, des étoffes sous le lit éveillèrent son attention. Saisissant l'étrange pile, il découvrit plusieurs draps blancs et un masque de théâtre avec un croc.

— Voilà ton spectre, dit-il.

Adossée au chambranle de la porte, Margaret ferma les yeux.

— Ce n'étaient que des tours de passe-passe... Je vais les tuer de mes propres mains !

Fou de rage, Duncan réfléchissait. Des apparitions mystérieuses, des domestiques qui disparaissent... Sybil, Walter. De Maryhead à Taynaross. Bien sûr. Il lut attentivement le morceau de journal.

— Je parie qu'on parle de moi et de l'accident sur le loch Meirnael, dit Margaret.

— Non, on parle de mes premières expériences d'anesthésie sur des canaris, répondit-il, l'air perplexe.

— Ainsi, Morag était innocente ! s'écria Margaret, heureuse que son amie n'ait pas cherché à lui faire de mal. Le rat et le petit garçon sur la colline... c'étaient les Armstrong.

— Je n'ai jamais vérifié leurs lettres de recommandation. Walter s'y connaissait si bien en médecine. Il comprenait même l'anesthésie.

— Je me demande si cette femme qui a voulu kidnapper ton neveu était Sybil. Mais pourquoi nous voulaient-ils du mal ?

— Cette scène près du petit lac... Mon Dieu, quand as-tu vu Mairi pour la dernière fois ?

— Après le petit déjeuner. Elle était grognonne, j'ai dû la bercer avant de la recoucher. Depuis l'incident d'hier, j'ai fait promettre à Ellie de ne jamais la laisser seule.

— Ellie est en train d'enterrer Dieu sait quoi sous le chêne près de la maison du gardien.

— La poupée ! s'écria Margaret en courant derrière lui. C'est Sybil qui a pris la poupée de Mairi. C'était peut-être un avertissement avant d'enlever le bébé ?

56

Ils trouvèrent Mairi endormie dans la nursery sous l'œil attentif de Seamus, le jeune palefrenier.

— Ellie avait une course à faire, monsieur, dit-il pour défendre la jeune servante qui était si fière d'avoir été promue au rang de nurse.

Attendri, Duncan contempla sa fille qui dormait, la bouche en cœur.

— Que se passe-t-il ? demanda Ellie, méfiante de voir autant de monde envahir son domaine.

— Tout va bien, soupira Margaret, mais j'aurais préféré que tu restes avec le bébé.

— J'étais sortie pour enterrer ses ongles coupés, madame, afin de la protéger de la méchante sorcière que vous avez vue hier soir dans les bois.

— C'est une menace humaine qu'il faut craindre, Ellie, dit Duncan en caressant la joue de sa fille.

— Les Armstrong sont partis. Le cauchemar est sûrement fini, ajouta Margaret.

— Puisqu'ils n'hésitent pas à s'en prendre à ma

famille, mes ennemis sont vraiment décidés à me détruire, reprit Duncan. L'un d'eux a dû engager les Armstrong. Je n'aurais jamais pensé que ces vieillards butés avaient une imagination aussi maléfique.

— Pourquoi tes rivaux t'auraient-ils suivi jusqu'à Maryhead puisqu'ils voulaient se débarrasser de toi ?

— Pour s'assurer que mes expériences rateraient ? Pour me discréditer complètement ?

— Mais alors, pourquoi auraient-ils cherché à me faire peur en me rappelant mon passé, alors qu'à l'époque nous ne pensions pas encore faire notre vie ensemble ?

L'expression déterminée de Duncan fit frissonner Margaret.

— Je trouverai la raison. La personne responsable ne restera pas impunie. Personne ne va faire du mal à ma famille.

— C'était peut-être moi qu'ils cherchaient à effrayer. Ils voulaient peut-être me nuire en détruisant ta carrière. C'est plus logique.

— Pour un esprit mentalement dérangé, peut-être.

— Je n'arrive pas à imaginer qui pourrait me détester autant, murmura Margaret.

Duncan se rappela la première fois qu'il avait rencontré Gareth et Lilian Rose, mais avant d'avoir une preuve, il était inutile de troubler Margaret avec des présomptions. Après tout, il pouvait se tromper. Il restait convaincu que les Armstrong avaient été engagés par ses rivaux et il devait protéger sa famille de ces dangereux ennemis qui n'avaient pas encore dit leur dernier mot.

— A quoi penses-tu ? s'inquiéta Margaret.

— Nous trouverons la réponse à Aberdeen.

— Non ! Va voir les autorités.

— Quels crimes ont commis les Armstrong que nous puissions prouver ?

— Je ne sais pas... Mais ici, nous sommes en sécurité.

— Je veux que Mairi et toi alliez habiter chez ma sœur Shona à Mormedie. Seamus et Ellie vous accompagneront. Je vous y escorterai avant de me rendre à Aberdeen.

— Nous pourrions retourner à Maryhead... proposa Margaret.

— Personne ne me chassera de chez moi.

— Duncan, je t'en prie, n'y va pas !

— Ma carrière a été mise en cause, ma femme, terrifiée et ma fille, menacée.

— J'ai un mauvais pressentiment. Si tu rentres à Aberdeen, il t'arrivera un malheur.

— Tout ira bien, crois-moi.

Elle s'agrippa à la rampe alors qu'il descendait l'escalier.

— J'ai déjà perdu trop de personnes dans ma vie ! cria-t-elle, la voix éraillée par des larmes de colère et d'impuissance.

Duncan comprenait l'intensité de sa peur et il savait qu'elle serait détruite s'il ne revenait pas.

— Margaret, je n'ai pas le choix. Sois courageuse et prépare nos affaires. Il faut partir au plus vite.

Elancée, ses longs cheveux noirs tressés dans le dos, avec un visage aussi pénétrant que celui de son frère aîné et le même regard bleu intelligent, Shona MacNeill-Kidd installa Ellie et Mairi dans la nursery avec son fils âgé de douze mois. Puis elle montra à Margaret et à Duncan la chambre d'hôte, et leur apporta un plateau garni de fromage, de scones, de confiture de fraises et de lait chaud.

— Ta sœur est incroyable, dit Margaret en se versant du lait. Nous arrivons à minuit chez elle, comme une bande de gitans, et elle ne s'en étonne même pas.

Assis sur le lit, Duncan retirait ses bottes.

— Nous sommes de la famille. Même si elle meurt de curiosité, elle ne posera pas de questions indiscrètes.

— Comment est son mari ?

— Graeme est un peu bizarre. C'est un portraitiste. Il est plutôt gentil, mais toujours dans la lune.

Margaret repensa aux peintures de Gareth et à leur dernière conversation. Son frère avait essayé de la prévenir. Avait-il eu une prémonition qu'il n'avait pas su exprimer ?

Duncan et Margaret ne purent fermer d'œil. Le voyage précipité au milieu de la nuit dans la carriole d'Andrew les avait trop bousculés. Quand elle se blottit contre lui, Duncan se demanda s'il avait raison de la quitter.

— Mairi va percer sa première dent, dit-il. Il sera bientôt temps d'avoir un autre bébé, tu ne trouves pas ?

— D'après Morag, une femme ne peut pas concevoir tant qu'elle allaite.

— Et combien de temps vas-tu encore la nourrir ?

— Au moins un an.

Duncan enlaça Margaret et défit sa chemise de nuit.

— Ta sœur… Elle risque de nous entendre, murmura Margaret.

— Il y a de fortes chances que tu ne tombes pas enceinte pendant que tu allaites, puisque la nature le veut, mais ce n'est pas certain.

— Duncan, tu ne portes même pas de caleçon !

— Nous autres MacNeill sommes des gens pressés, plaisanta-t-il.

— Il est si tard...
— Et nous n'essuyons jamais de refus.
Il lui caressa le ventre. Margaret sentit son corps se préparer au plaisir ; il savait si bien la séduire !
— Dis-moi quand je dois m'arrêter, je ne voudrais pas te priver de ton lait, murmura-t-il en lui suçant un mamelon.
Pour le réprimander, elle lui tira les cheveux, puis le força à s'allonger sur le dos, déposant des baisers sur son corps et son sexe en érection.
Plus tard, ils se reposèrent dans les bras l'un de l'autre. Cela aurait été une merveilleuse fin de journée si Margaret n'avait pas su qu'il partait le lendemain.
— Tu vas me manquer, avoua Duncan.
— Ne pars pas...
Epuisée, elle s'endormit avant de se réveiller quelques minutes plus tard, sentant une brise fraîche sur ses bras et son visage.
La température et la lumière de la chambre avaient changé. S'écartant de Duncan, elle se dressa sur les coudes pour écouter.
— Mairi est superbe ! s'écria une voix masculine enjouée. Elle a le menton des MacNeill, mais heureusement qu'elle ressemble à sa mère et non pas à mon frère !
Assis dans le fauteuil, Andrew MacNeill souriait d'un air bon enfant. Gémissant, Margaret s'apprêta à se couvrir la tête avec la couette.
— Allez-vous-en ! Depuis combien de temps êtes-vous là ?
Il parut vexé et son halo de lumière tremblota.
— Suggérez-vous que je suis devenu voyeur dans l'au-delà ? Sachez que sans référence physique, cela n'en vaut pas la peine. Venons-en plutôt au fait : pourquoi n'avez-vous pas parlé de moi à mon frère ?
— Il ne me croira pas. Moi-même, j'ai des diffi-

cultés à y croire. Vous aviez raison, pour le spectre. Demain, Duncan va se rendre à Aberdeen pour trouver la personne qui se fait passer pour un esprit.

L'image d'Andrew se brouilla et la chambre se refroidit.

— Je n'aime pas ça. Vous devez l'en empêcher, Margaret. C'est très dangereux de poursuivre des spectres humains.

— J'ai essayé de l'en dissuader, mais il est très buté, rétorqua-t-elle, agacée, en baissant la voix car Duncan commençait à remuer.

— Je sais, mais il faut persévérer, insista Andrew dont la voix s'amenuisait. Il y a encore une aura sombre et dangereuse qui vous entoure...

— Pourquoi est-ce que vous ne l'accompagnez pas ?

Il n'était plus qu'un halo lumineux.

— Moi ? J'hésite... Les règles, chez nous, sont plutôt explicites ; il ne faut pas s'imposer quand on ne veut pas de vous.

— Je vous en prie...

Les cheveux en bataille, Duncan se redressa d'un bond.

— Qu'est-ce qu'il y a ? Que se passe-t-il ?

— Pathétique, murmura Andrew.

— C'est ton frère Andrew, expliqua Margaret. Regarde près du feu.

— Mon quoi ? s'écria Duncan en se retournant une fraction de seconde après qu'Andrew eut disparu. C'est encore un rêve, Margaret, et tu parles en dormant.

— Je ne rêvais pas, et Andrew ne veut pas que tu ailles à Aberdeen. Il dit que c'est dangereux.

— Tu crois vraiment à toutes ces fadaises, n'est-ce pas ?

— Oui.

— Rendors-toi, mon amour, et tout s'arrangera.

— Reste ! implora-t-elle.

— Je ne peux pas changer mes plans à cause d'un fantôme que tu as cru voir près de la cheminée. Ce n'est pas normal.

— Tu me prends pour une folle ?

— Morag a rempli ta tête de sornettes. Cela te fera du bien de demeurer auprès de Shona. Elle a les pieds sur terre. Elle chassera ces superstitions.

57

A son arrivée à Aberdeen dans la nuit, grâce à son excellente mémoire, Duncan se rappela que Sybil Armstrong lui avait parlé de sa belle-sœur qui possédait plusieurs appartements dans un des quartiers miséreux près du port. Les ruelles sombres offraient d'excellentes cachettes. C'était l'endroit idéal où se terrer pour deux rats de la pire espèce.

Le lendemain, se fiant à son intuition, il prit l'omnibus. Descendant à Trinity Quay, il marcha jusqu'aux maisons délabrées. Assailli par des relents d'ordures, il se souvint de sa jeunesse, quand il venait soigner les pauvres gratuitement, porté par son enthousiasme qui lui faisait oublier sa fatigue et le manque d'argent.

Cette partie de la ville le déprimait toujours autant, avec ses logements étroits et surpeuplés, sa pauvreté et ses crimes. Brusquement, il regretta Taynaross, les collines mauves, le village qui l'avait accepté... et sa femme. S'il n'avait pas été décidé à retrouver les Armstrong, il n'aurait jamais laissé Margaret seule à la campagne.

Par un coup de chance, il croisa Walter alors que celui-ci revenait du marché, un lourd panier sous le bras. Se hâtant dans une ruelle vers un vieil escalier, le domestique faillit renverser un porteur d'eau.

Furibond, le cœur battant, Duncan pressa le pas.

— Arrêtez-vous, Walter ! A la moindre provocation, je vous tords le cou de mes propres mains.

Walter se retourna, le visage blafard.

— Mon Dieu, c'est vous, monsieur !

Paniqué, il jeta le panier et s'élança dans l'escalier. D'un bond, Duncan le rattrapa en se jetant de tout son poids sur lui. Les deux hommes glissèrent sur les marches ; la canne de Duncan roula dans le caniveau, les épaules et la tête de Walter heurtèrent les marches. Plus haut, une fenêtre du logement s'ouvrit et Sybil Armstrong, ses cheveux blonds retenus par des rouleaux, s'écria d'un air horrifié :

— Au secours ! Il tue mon mari !

— Pitié, monsieur, ne me faites pas mal, je sais que je le mérite ! supplia Walter.

— Certainement, renchérit Duncan en le saisissant par son veston. Dis-moi qui t'a payé pour faire ça et pourquoi.

— Ne lui dis pas, Walter ! cria Sybil.

— Dans ce cas, nous allons de ce pas à la police, rétorqua froidement Duncan.

— Oh non, je vous en prie ! Je vais tout vous avouer, mais vous devez me croire... Quand nous avons commencé à travailler pour vous, nous pensions qu'il ne s'agirait que de quelques tours inoffensifs.

— Vous avez terrorisé ma femme. Elle en est arrivée à se croire folle. Qui est responsable ?

— La somme d'argent était si tentante... Jamais je n'aurais pu gagner autant et je pensais que vous étiez quelqu'un de maléfique. J'avais lu les journaux qui parlaient de vos expériences avec les oiseaux et, à l'époque, je croyais que vous aviez tué les canaris avec votre anesthésie. Le journal prétendait qu'ils avaient été asphyxiés...

— Vous avez failli tuer ma femme parce que j'ai endormi quelques oiseaux ?

— L'argent, expliqua Walter, humectant ses lèvres sèches. Nous voulions nous retirer dans le sud de la France et acheter une auberge. Elle avait promis... Le bateau partait à la fin de cette semaine. Mais tout cela est allé trop loin. Il a fallu engager cette femme du village et ses enfants pour mettre en scène la noyade. Et puis il a fallu prendre la poupée de la petite. On se demandait ce qu'elle allait encore nous demander.

A l'idée que quelqu'un menaçât sa fille, Duncan vit rouge.

— « Elle », Walter ? Qui donc ? Lilian Rose ?

Une porte s'ouvrit, et Sybil Armstrong, les yeux écarquillés, apparut, arrachant ses derniers bigoudis.

— Nous ne pensions pas à mal, mais Mme Patton nous avait convaincus que vous aviez quasiment tué son mari pour profiter de ses recherches.

— C'est Lucy Patton qui vous a embauchés ? s'exclama Duncan, abasourdi.

— Nous venions d'être engagés par le Dr Patton quand il est mort, poursuivit Walter. Sa femme nous a fait croire que nous rendrions un grand service à la société en mettant un terme à votre carrière. Elle disait que vous ne reculeriez devant rien pour vous faire un nom. D'après elle, vous n'hésiteriez pas à tuer.

— Je n'ai pas tué Roger, dit Duncan.

— Maintenant que je vous ai vu travailler, je sais que vous dites la vérité, monsieur.

L'air était chargé de relents de poisson. Nauséeux, Duncan se dit que le désespoir avait conduit Lucy Patton à la folie.

— Pourquoi Mme Patton voulait-elle que vous

menaciez Margaret ? Au début, Lucy ne pouvait pas deviner que j'allais l'épouser, dit-il en repensant à ses premiers jours sur Maryhead, quand Margaret avait commencé à parler de fantômes et de son petit frère Alan sur la colline.

Sybil et Walter échangèrent des regards inquiets.

— Mme Patton et le frère de votre épouse sont complices, expliqua Walter d'une voix tremblante. Je... je crois qu'ils sont amants...

— Ils le sont ! lança Sybil. Quel couple bizarre, lui avec ses affreuses peintures et elle qui découpait au scalpel tous les articles qui parlaient de vous !

Effrayé, Duncan s'en voulut d'avoir ignoré ses pressentiments. L'enjeu devait être la fortune Rose. Se sentant coupable, Douglas Rose avait probablement laissé la part la plus importante à Margaret. Jusqu'où irait Gareth ?

— Nous ne devions pas faire de mal à Mme MacNeill, insista Sybil en se mordillant la lèvre. Il fallait seulement l'effrayer pour qu'elle reste loin d'Aberdeen.

— C'est ce qu'il a dit : « Débrouillez-vous pour qu'elle reste loin d'Aberdeen. »

— Où sont Gareth et Mme Patton ? demanda Duncan.

— Mme Patton est encore en ville, nous devions la rencontrer vendredi pour qu'elle nous remette le reliquat de la somme convenue, répondit Walter. M. Rose se partage entre la banque et son père.

— Je l'ai entendu dire qu'il allait ouvrir une nouvelle banque à Dundee, et je crois que le vieux monsieur est mourant, ajouta Sybil.

— Heureusement, Dundee est à plusieurs jours de la maison de ma sœur. Ma femme est en sécurité pour l'instant.

— Est-ce que vous allez nous dénoncer, monsieur ? s'affola Sybil en prenant la main de son mari.

— Je ne pense pas avoir le choix, dit Duncan en se redressant, mais, pour l'heure, il est plus urgent de retrouver Mme Patton avant qu'elle ne s'en prenne à ma famille.

Walter se releva avec peine.

— Mme Patton nous avait convaincus que vous aviez assassiné son mari, monsieur. Elle a juré que vous lui aviez administré une dose mortelle d'anesthésique dans votre maison afin de camoufler sa mort en accident. Vous craigniez, paraît-il, que le Dr Patton ne fasse une découverte avant vous.

— Maintenant, vous savez que tout cela est un tissu de mensonges et que Mme Patton est folle à lier.

Walter hocha la tête ; Sybil avait les larmes aux yeux.

— La dernière fois que nous l'avons vue, elle nous a offert une grosse somme si... si nous pouvions nous débrouiller pour que votre femme ait un accident mortel.

Dégoûté, Duncan détourna la tête. Pour de l'argent, les gens étaient prêts à tout. Il s'en voulait de n'avoir pas protégé sa famille. Le visage pareil à un masque, il contempla les logements misérables qui ressemblaient à des tombes.

— J'ai souvent pensé qu'il fallait détruire ces immeubles, car ils incitent à la misère du corps et de l'esprit.

— Les endroits sombres donnent naissance à des actes désespérés, comme disait mon père, murmura Walter d'une voix blanche.

Duncan n'avait qu'une envie : quitter ce lieu sordide au plus vite pour retrouver sa famille. Il avait si peur pour Margaret et Mairi qu'il ne parvenait plus à raisonner. La voix de Sybil résonnait dans sa tête :

« *Votre femme... un accident mortel.* »

58

A la villa de Lucy Patton, le vieux majordome informa Duncan que sa maîtresse ne rentrerait qu'en début de soirée.

— Mais elle se trouve bien à Aberdeen ? insista Duncan en essayant de regarder dans le vestibule.

— Bien sûr, monsieur. Madame a demandé qu'on lui prépare un souper.

— Sans doute sera-t-elle accompagnée par M. Rose.

— Je ne crois pas. Puis-je dire à Madame qui est passé lui rendre visite ?

Duncan lui remit sa carte.

— Dites-lui surtout que je reviendrai avec la police, ajouta-t-il avec un sourire glacial.

Duncan héla un fiacre et se fit conduire à la demeure de Douglas Rose, sur Broad Street. Il ne pouvait pas dénoncer Gareth aux autorités sans preuves. Sybil et Walter ne manqueraient pas de disparaître avant le procès.

Comment pouvait-il traîner le nom des Rose dans la boue, sachant que Margaret serait anéantie et que le vieux banquier en mourrait ? Il en discuterait avec Margaret, mais avant toute chose il devait la protéger de son frère et de Lucy Patton.

Il frappa à la porte. La demeure semblait inoccupée, avec ses rideaux tirés. Après avoir réfléchi, il alla jusqu'à l'entrée des domestiques où Lilian Rose Doyle lui ouvrit, à leur stupéfaction à tous les deux.

— Docteur MacNeill !

— Je cherchais votre frère. Pensez-vous qu'il soit encore à la banque ?

— Gareth n'est pas à Aberdeen, dit-elle en se tapotant le nez avec un mouchoir en dentelle. Papa a eu une nouvelle attaque et il a voulu revenir à la maison pour mourir.

— A la maison ?

— A Meirnael, cet affreux endroit ! Nous sommes censés tout laisser tomber pour l'entourer en feignant d'avoir été une famille heureuse. Je m'apprêtais à fermer la maison avant d'écrire à Margaret pour lui demander de nous rejoindre à Meirnael. Papa insiste pour qu'elle vienne.

— Etes-vous certaine que Gareth est avec votre père ? Je sais qu'il est un fils dévoué.

— Je ne sais pas s'il est dévoué ou dérangé. Depuis qu'il a cette mystérieuse maîtresse, il est devenu si taciturne que je ne le reconnais plus.

Soudain, elle prit le bras de Duncan et l'entraîna dans la cuisine où une toile sur un chevalet était recouverte d'un drap.

— Vous allez comprendre, dit-elle en retirant le drap pour dévoiler une peinture à l'huile. J'ai trouvé ceci dans l'atelier de Gareth. La peinture est encore fraîche.

Le souffle coupé, Duncan examina la scène de la noyade à Meirnael, et le visage terrifié de Margaret qui regardait une silhouette blanche sur la rive. Les eaux du lac recrachaient des hippocampes monstrueux, des créatures aux faces de gargouilles qui entraînaient Susan et Alan Rose vers les profondeurs.

— Mon Dieu...

— Pourquoi êtes-vous venu, docteur MacNeill ? Il s'agit sûrement de Margaret.

— Gareth et sa maîtresse ont voulu lui nuire.

Heureusement que je l'ai laissée à Mormedie avec ma sœur.

— Mormedie ? Mais c'est à deux heures de cheval de Meirneal ! Et si l'on connaît les collines et le chemin du lac, c'est encore plus près.

— Vous connaissez Gareth mieux que personne. Est-il capable de faire du mal à Margaret ?

— Qui sait ? (Elle regarda la peinture.) La réponse se trouve dans ce tableau, conclut-elle. Le secret, l'horreur, et peut-être même la guérison. Dans tous les cas, la réponse est à Meirneal.

Duncan gravit les marches quatre à quatre jusqu'à sa chambre, soulagé de ne pas avoir défait sa valise. Avec un peu de chance, Donald pourrait le conduire jusqu'à la gare où il prendrait le train pour Glendrummy. Une fois arrivé, il louerait un cheval pour rejoindre Mormedie. Il avait même le temps de s'arrêter quelques minutes chez son père pour lui expliquer la situation.

La femme de chambre sursauta en le voyant sur le palier. C'était la sœur cadette de Bridget et elles s'occupaient de la maison à tour de rôle.

— Bon sang, monsieur, j'ai failli renverser votre femme il y a un instant !

— Ma femme ? s'étonna Duncan.

— Elle voulait vous faire une surprise. Elle m'a demandé de laisser un plateau avec du thé devant la porte.

Margaret avait dû quitter Mormedie tôt la veille pour être déjà arrivée à Aberdeen. Pourtant, c'était étrange de voyager de nuit dans une diligence avec un bébé.

— Elle n'a pas voulu que je réveille l'enfant, murmura la jeune fille.

— Mairi serait-elle malade ?

— Je ne crois pas, docteur. Mais votre femme ne se sentait pas bien et elle voulait une infusion de camomille.

Duncan sourit. Ce n'était peut-être pas si grave ; il lui avait probablement manqué.

— Vous laisserez le plateau dans le hall.

— Votre femme vient de le prendre, monsieur. Désirez-vous que je vous monte une tasse de thé ?

Sans répondre, Duncan se hâta vers sa chambre. En passant devant la nursery, il décida de ne pas déranger sa fille et de profiter d'une heure d'intimité avec Margaret.

Alors qu'il approchait de sa chambre, la lumière de la lampe à gaz vacilla et un vent froid souffla dans le corridor. La peinture d'une chasse à courre dans les Highlands se mit à trembler. Le parquet crissa sous ses pas.

N'entre pas dans cette chambre, Duncan !

Il se retourna lentement. Avait-il rêvé cette voix désincarnée ? L'horloge se mit à sonner. Une. Deux. Trois. Sept, onze fois, alors que Duncan savait qu'il n'était pas encore six heures. Un frisson lui parcourut l'échine. A l'extrémité du corridor, de la fumée se dissipait. Il renifla l'odeur d'une pipe. La servante avait disparu. Cette voix lui avait pourtant semblé familière…

Je deviens comme Margaret, se dit-il, amusé. Obsédé par des lumières de fées et des voix mystérieuses.

Il saisit la poignée de la porte. Transi de froid, il entendit de nouveau une voix presque inaudible.

Erreur.

Non, non, Duncan !

N'entre pas !

NON…

Il tourna la poignée. Duncan fut surpris de découvrir des bougies parfumées à la rose qui brûlaient sur la coiffeuse de sa femme ; son peignoir de dentelle noir était drapé sur le paravent derrière lequel il entendait le frou-frou provocant de la robe qu'elle retirait.

C'était une scène de séduction idéale et Duncan se sentait d'humeur très amoureuse. Maintenant qu'il ne s'inquiétait plus pour Margaret et pour Mairi, Lucy et Gareth pouvaient attendre encore une heure.

— Voilà une merveilleuse surprise, dit-il à la silhouette qui se déshabillait derrière le paravent et qui lança un bas en l'air qu'il rattrapa d'une main. C'est absolument divin, et tu as même mis du parfum !

Il commença à enlever sa cravate et son veston, se demandant s'il devait parler de ses découvertes à Margaret ou attendre qu'ils soient plus détendus.

— Tu es bien silencieuse, ajouta-t-il en retirant ses bottes. Le voyage a dû être fatigant.

Il se tut. Le miroir de la coiffeuse lui avait renvoyé une image inattendue. Un chapeau à voilette posé sur la chaise. Des cheveux blonds, un corps anguleux qui n'était pas celui de sa femme...

Elle s'arrêta au pied du lit, ombre derrière les rideaux du baldaquin.

— Le passé est revenu te hanter. Voilà pour mon mari, misérable !

Lucy se jeta sur lui, entraînant dans sa chute les rideaux du lit qui s'arrachèrent de leurs anneaux.

Il la repoussa. Le scalpel qu'elle brandissait scintilla dans la lumière ; les lèvres retroussées, les yeux fiévreux, le visage fin de Lucy ressemblait à celui d'un démon.

Elle l'attaqua une nouvelle fois.

Il roula de l'autre côté du lit, mais elle s'agrippait à lui comme un chat sauvage. Il sentit un liquide chaud couler sur son épaule, une douleur cuisante, et comprit qu'elle l'avait poignardé. Avec un juron, il repoussa sa main tandis qu'elle écrasait une éponge sur son nez et sa bouche.

Du chloroforme. Surpris par la force physique de Lucy, il lui arracha l'éponge, mais ses réflexes étaient déjà ralentis. Il lui donna un coup de poing en pleine poitrine et elle fut projetée contre la colonne du lit. A sa grande stupéfaction, elle revint à la charge. Cette fois, le scalpel lui entailla le torse.

Poussant un cri strident, elle lui plaqua l'éponge sur le nez.

Avec maladresse, Duncan saisit la manche de son peignoir. Lucy le laissa soudain glisser par terre. Trop faible pour se jeter sur elle, Duncan comprit qu'elle avait suffisamment de connaissances médicales pour évaluer son état et le laisser se vider de son sang. Prenant un oreiller, il l'aplatit contre sa poitrine dans l'espoir d'arrêter l'hémorragie.

— Au tour de ta femme, à présent, murmura Lucy, essuyant le scalpel sur le peignoir de Margaret.

Elle enfila sa robe noire de deuil et se brossa les cheveux dont quelques mèches blondes étaient tachées de sang.

Il réussit à se redresser et posa les pieds par terre. La tête lui tournait et elle ne semblait plus attachée à son corps. Les effets du chloroforme, la perte de sang lui firent surestimer sa force et ses facultés de perception. Avant d'avoir fait trois pas, il trébucha sur un tabouret qu'il n'avait pas vu. Le rire dément de Lucy éclata au-dessus de sa tête.

59

Mme Blodwen Jones était revenue à la maison d'Union Square afin de laisser un message pour le docteur et madame MacNeill. Après une expérience terrifiante où elle avait failli mourir dans une auberge de campagne isolée, et une longue conversation avec l'aubergiste et la cuisinière, elle en était arrivée à la conclusion qu'elle n'avait pas été empoisonnée par de la nourriture avariée mais par des personnes sans scrupules.

Elle avait l'intention de demander à Donald, le cocher, de porter un message à Taynaross pour prévenir ses maîtres de se méfier des Armstrong. Mme Jones aurait fait le voyage elle-même, si elle n'avait pas été encore si faible.

Après avoir bavardé avec le ramoneur, elle ouvrit la barrière du jardin des MacNeill. Elle n'avait fait que trois pas quand elle entendit une voix d'homme qui venait de nulle part.

Au secours !

— Qui est-ce ? s'écria-t-elle en frissonnant. Est-ce toi, cousin Alex ?

Les feuilles disséminées sur le chemin se mirent à valser autour d'elle, bien qu'il n'y eût pas un souffle de brise. Le cousin Alex était mort depuis deux ans, mais Mme Jones était persuadée qu'il lui parlait de temps à autre.

Montez voir mon frère !

Non, ce n'était pas Alex, mais Mme Jones était certaine qu'elle discutait avec une âme en peine.

— Montrez-vous ! cria-t-elle avec courage.

Quand il lui obéit, sortant des ombres pour se tenir devant elle, Blodwen Jones lâcha son réticule.

Le charmant jeune homme en knickerbockers de tweed était sans aucun doute un fantôme. Par tous les saints, il était parfaitement transparent !

— Que voulez-vous que je fasse ? s'enquit-elle, tremblante mais flattée que l'apparition l'eût choisie, elle, pour lui prêter main-forte.

— Aidez-moi. Mon frère se meurt en se vidant de son sang.

— Le Dr MacNeill ?

— Oui.

En levant les yeux, elle vit l'éclat de bougies derrière les rideaux tirés de la chambre.

— Dépêchez-vous, madame ! supplia le fantôme en lui prenant le bras pour l'entraîner vers la maison. Je vous en prie, il va mourir !

Et Mme Jones se mit à courir avec ses chaussures de marche à bout carré. La gratifiant d'un sourire, le fantôme traversa le mur de la maison.

— Merci ! Dès que je vous ai vue, j'ai su que je pouvais compter sur vous.

— Certainement, monsieur, n'ai-je pas toujours cru en votre existence ? murmura-t-elle, enchantée.

60

Margaret s'aventura dans la haie de noisetiers qui entourait la demeure de Shona et de Graeme Kidd. Pendant qu'Ellie surveillait Mairi qui dormait dans la maison, elle en profitait pour ramasser des pissenlits pour le dîner. Or elle était si préoccupée qu'elle n'aurait probablement pas distingué un champignon vénéneux d'un navet.

Comment pourrait-elle supporter de passer une nouvelle journée sans nouvelles de Duncan ? Elle craignait un malheur. Si seulement il était là pour la taquiner, la rassurer en lui disant que ses peurs superstitieuses étaient sans fondement !

Il était parti le mardi matin ; aujourd'hui, on était vendredi. Quelque chose lui était arrivé. Margaret le sentait physiquement. Se mordillant la lèvre, elle contempla un bouquet de tanaisie qui poussait autour d'un rocher.

— Andrew, veille sur lui, murmura-t-elle.

Une ombre se dessina sur le sol.

— Gareth ! Comment savais-tu que j'étais ici ? s'exclama-t-elle, ravie.

Il lui sourit et la serra dans ses bras.

— Tu parles aux plantes, maintenant ? A moins que ce ne soit encore aux fées ?

— Je suis à la recherche de plantes comestibles, à vrai dire. Mais comment savais-tu où j'étais ?

— Je me suis rendu à Taynaross et le vieux palefrenier m'a dit que tu habitais chez M. et Mme Kidd à Mormedie. Le nom m'était familier car Graeme Kidd a fait un emprunt à la banque il y a quelques mois en hypothéquant la propriété.

Margaret trouvait son frère triste et pensif.

— Papa est mort, n'est-ce pas ? demanda-t-elle, surprise d'éprouver un pincement au cœur.

— Pas encore, mais il veut te voir. Il aimerait que la famille soit réunie autour de lui à Meirneal. Il a demandé d'être enterré près de maman.

— Non ! J'irai le voir n'importe où sauf à Meirneal. C'est injuste qu'il me le demande, mais il a toujours été égoïste.

A travers les arbres effeuillés, elle voyait la solide maison grise qui semblait l'appeler. Elle se détourna pour rentrer.

— Tu n'as pas encore accepté le passé, ni aucun de nous, cria Gareth dans son dos.

— J'ai trouvé la sérénité dans ma nouvelle vie.

Il lui saisit la main. L'intensité de son regard effraya Margaret.

— Je veux que tu saches exactement ce qui s'est passé à loch Meirneal. Cela nous concerne tous les deux.

— J'y étais ! s'écria-t-elle. Je sais ce qui s'est passé !

— Tu ne sais rien. Pour connaître la vérité, il faut y retourner. Viens avec moi, Margaret, tu seras de retour ici avant minuit. Si tu as confiance en moi, tu seras bientôt libérée du passé.

C'était la première fois depuis treize ans que Margaret revoyait le loch. Envahie de tristesse, elle comprit que la blessure n'avait jamais guéri ; elle s'était contentée d'enfermer sa douleur dans son cœur. Debout sur le chemin qui menait au château où elle avait mis pied à terre, elle restait immobile, les larmes coulant sur son visage.

— Pourquoi m'as-tu amenée ici ? demanda-t-elle sur un ton de reproche.

Un couple de cygnes nageait majestueusement vers la petite île aux fées. Dans son souvenir, Gareth revoyait sa jeune sœur riant aux éclats, ses yeux magnifiques brillant avec l'éclat des émerveillements enfantins.

— C'est la dernière chose que je vais te demander, dit-il alors que les cygnes atteignaient l'île.

Après avoir échangé un long regard, comme lorsqu'ils étaient enfants, ils commencèrent à courir vers le château, ce refuge où autrefois ils avaient inventé leurs jeux. Ils gravirent la pente où la bruyère refusait de pousser, franchirent le vieux pont-levis qui enjambait l'eau stagnante des douves et pénétrèrent dans le grand hall où des centaines de toiles d'araignées tremblotaient dans l'air poussiéreux.

— Montons dans la chambre de lord et lady Forbes, ordonna Gareth.

— Et ensuite, il n'y aura plus de secrets ? demanda Margaret en se laissant entraîner dans l'escalier.

— Je te le promets.

Sa voix s'était altérée et Margaret sentit sa méfiance s'éveiller. Mais Gareth était son frère. Pourquoi aurait-elle peur de lui ?

— Rien n'a changé, chuchota-t-elle dans la chambre aux tapisseries usées.

Un vieil arc d'enfant gisait abandonné par terre et dans un coin de la pièce se trouvait un ancien coffre de marin avec des poignées en cuivre. Pendant que Gareth l'ouvrait, Margaret s'approcha de la fenêtre.

— Gareth, dit-elle soudain à voix basse, j'ai cru entendre du bruit dans la cour.

— Ce sont les aigles, expliqua-t-il d'une voix étouffée. Ils ont envahi l'endroit. Retourne-toi très lentement, Margaret, et n'aie pas peur...

Le spectre.

D'instinct, elle se pressa contre la fenêtre pour échapper à la forme blanche qui avançait vers elle, la main tendue comme pour l'inviter à mourir.

— C'était toi... C'était toi ce jour-là.

— En effet, dit-il en arrachant le capuchon de soie blanche. Je suis ton spectre, l'apparition de l'enfer que tu as vue le matin du drame.

Gareth retourna auprès du coffre d'où il retira le gilet de sauvetage qui manquait dans la barque.

— Je l'avais enlevé parce que je boudais. J'avais voulu jouer aux pirates et j'étais furieux que tu préfères ramer jusqu'à ton île.

— C'était donc un déguisement de pirate que j'ai pris pour les robes d'un fantôme !

— Je te jure que je ne voulais pas t'effrayer.

J'avais décidé de faire semblant d'attaquer la barque du rivage pour voler un trésor. Ce n'était qu'un jeu.

— Mais tu ne me l'as jamais dit... Tu m'as laissée vivre toutes ces années en me croyant responsable de l'accident ! Tu ne peux pas imaginer ce que j'ai souffert. Mais pourquoi, Gareth ?

Tête basse, il triturait le gilet, cherchant les mots pour expliquer les démons qui le taraudaient.

— Ils sont morts par ma faute. Dans la matinée, Alan m'a vu me déguiser et il m'a demandé de jouer avec lui. Il s'est trop penché parce qu'il m'a reconnu entre les arbres. Je lui avais appris à faire un signal secret de la main, et pour me répondre il a agité sa canne à pêche. C'est comme ça qu'il est tombé.

Le silence et le froid de la pièce glacèrent Margaret jusqu'à l'âme. Seul un bruit lointain dans les profondeurs du château la tira des sombres souvenirs de cette journée.

— Qu'est-ce que c'est ? s'enquit-elle.

— C'est sûrement le vent ou un rat, quelle importance ?

— Toutes ces années, tu as vécu avec le poids de ce terrible secret, avec le même sentiment de culpabilité que moi...

— Ce n'est pas tout, Margaret, dit-il, le visage ravagé. Je les ai regardés se noyer et je n'ai rien fait pour les aider.

— Qu'aurais-tu pu faire du rivage ?

— J'aurais pu essayer de les sauver. J'étais plus âgé et meilleur nageur que toi ; j'aurais peut-être réussi à sauver maman, même si Alan était déjà mort. Je n'ai pas essayé, et c'est toute la différence entre toi et moi, poursuivit-il, vidé de ses forces. Ce jour-là, j'étais paralysé par la peur, et ensuite, j'ai eu peur toute ma vie.

Déroutée, Margaret ne savait pas comment le

consoler. Elle voulait retrouver Duncan, son bon sens et sa logique. Il l'aiderait à mettre les choses en perspective.

— J'ai besoin de temps pour réfléchir. Est-ce que papa est au courant ?

— Tu ne comprends donc rien ! Si je l'avais dit à papa, il m'aurait détesté. Tu étais sa préférée et tu ressemblais tellement à maman ! Quand il t'a exilée, il est mort à petit feu, car il ne pouvait s'empêcher de t'aimer.

Chacune de ses paroles la heurtait comme un coup de poing.

— Ton départ pour Maryhead m'a soulagé. Tant que tu restais loin, papa n'apprendrait jamais la vérité.

— C'est toi qui as engagé les Armstrong, reprit-elle, choquée.

— Non, nia-t-il, mais il était honteux.

— Il n'y avait pas de fantôme ni de malédiction, pas de magie du tout... Seulement un jeune garçon effrayé et une petite fille, un accident... Pourquoi, Gareth ? Pourquoi m'as-tu fait cela ? Pour me léser de mon héritage ?

— Non ! L'argent m'a toujours été indifférent. C'était à cause de papa ; j'ai passé ma vie à essayer de lui plaire ; et maintenant il va mourir en me haïssant.

— Il t'aurait peut-être pardonné !

— Imagine sa réaction s'il avait appris que j'étais responsable de l'accident...

— Tu n'y étais pour rien.

— Il t'a bien rendue coupable, non ? Et je n'ai rien fait pour l'en empêcher. S'il avait appris que c'était ma faute... J'avais besoin de son amour, Margaret. Je sais que ce n'était pas normal, mais j'avais tellement besoin de son amour !

— La vérité nous aurait peut-être permis de reconstituer une famille !

Gareth eut un rire amer.

— Je n'ai pas fini, poursuivit-il.

— Je ne veux plus rien entendre...

Près du coffre se trouvait un objet métallique : un pistolet. Pour la faire taire, il n'hésiterait pas à la tuer. Son propre frère l'assassinerait afin de garder intact le secret honteux d'un petit garçon.

Elle voulut s'éloigner de la fenêtre mais ses jambes ne lui obéissaient plus. La peur la paralysait.

— Il y a un an, j'ai rencontré une femme et je suis tombé amoureux pour la première fois de ma vie. Elle était veuve. Elle haïssait ton mari, mais je n'avais pas compris que cette haine était le signe de son instabilité mentale.

— Lucy Patton... dit Margaret, horrifiée. Lucinda...

— ... Menzies-Patton. C'est elle, en effet.

— Je veux partir maintenant, Gareth.

— Elle aimait mes peintures, poursuivit-il en marchant de long en large. Elle suivait ton mari à la trace, épiait le moindre de ses gestes, elle était résolue à détruire son bonheur personnel et chacun de ses succès. C'est elle qui a trouvé les Armstrong.

Un triste sourire aux lèvres, il prit le pistolet.

— Nous avions menacé Lilian de pendre sa poupée dans cette chambre, tu te souviens ? Crois-tu que la poulie avec le vieux squelette fonctionne encore ?

Dehors, la nuit était tombée. Margaret s'efforçait de mettre de l'ordre dans ses idées. Il fallait prévenir Duncan et protéger Mairi. Pour cela, elle devait descendre l'escalier en colimaçon, franchir le pont-levis, traverser les bois pour retrouver la maison de Shona. Elle devait contourner le loch Meirneal et quitter ces ombres qui l'empoisonnaient depuis trop longtemps.

Gareth arma le pistolet. Une mèche blonde lui tombait dans les yeux.

— Je suis désolé, Margaret. Je ne voulais pas te faire de mal. Comme papa, tu as toujours été ma préférée.

Le cœur battant la chamade, elle se raidit quand il pointa l'arme sur elle.

— Va-t'en ! Dépêche-toi ! cria-t-il.

Troublée, elle s'avança vers la porte. Il ne va pas me faire de mal, c'est mon frère, se dit-elle. Quand elle se retourna, Gareth enfonçait le pistolet dans sa bouche.

— Non, Gareth !

Le visage caché entre les mains, elle repensa à tous les drames enfantins qu'ils avaient imaginés dans cette pièce. Des meurtres et des suicides. *Seigneur, je vous en supplie, empêchez-le !*

La main tremblante, il baissa le pistolet.

— Je ne veux pas que tu le voies, mais c'est la seule solution. Il ne faut pas que papa sache.

— Tu as dit que tu ne me voulais pas de mal… implora-t-elle.

— Va-t'en.

— Tu as dit…

La porte s'ouvrit lentement.

— Oh non, pas toi ! s'affola Gareth. Pourquoi es-tu venu ?

61

Stupéfaite, Margaret découvrit le visage émacié et torturé de son père.

— Papa ! s'exclama-t-elle, libérée d'un terrible poids.

Lentement, Douglas Rose entra dans la chambre, son regard vif scrutant son fils et sa fille.

— Lâche ce pistolet, Gareth, demanda-t-il d'une voix douce.

— Je ne voulais pas que tu saches. Bon sang, pourquoi es-tu venu ? s'écria Gareth, désespéré.

Par la fenêtre, Douglas contemplait l'étendue des eaux noires et calmes du loch.

— Je connais la vérité depuis un an. Le vieux berger, Simon MacTear, m'a avoué sur son lit de mort qu'il t'avait vu ce jour-là sur la rive, déguisé en pirate. Il a colporté les rumeurs de fantôme pour éviter que ce drame ne pèse sur tes jeunes épaules. Mais tu as tout de même souffert, n'est-ce pas ? Margaret et toi, vous vous êtes sentis responsables d'un accident que vous n'auriez pas pu empêcher. Et je n'ai rien fait pour vous aider.

Gareth se tourna vers le mur, secoué de sanglots.

— Tout va bien maintenant, Gareth, dit Margaret en s'approchant de lui. Il comprend. N'est-ce pas, papa ?

Douglas voyait ses deux enfants renaître à la vie alors que son manque de compassion avait détruit leurs existences.

— J'ai brisé le cœur de cette famille, se désola le vieil homme. Vous étiez trop petits pour comprendre et je vous ai trahis, comme j'ai trahi la mémoire de Susan.

— Alors sauvez-nous maintenant, pendant qu'il en est encore temps, dit Margaret, pleine d'espoir.

— Que dois-je faire ?

— Commencez par vous occuper de Gareth, répondit-elle en serrant sa cape autour de ses épaules.

— Et toi, Margaret ? s'inquiéta son père.

— Il me faut du temps pour réfléchir. Mais pour l'instant, je vous laisse tous les deux. Je m'inquiète pour ma propre famille.

Epuisé, Gareth retirait lentement les draps qui avaient joué un si mauvais rôle dans leurs vies.

— Je dois rentrer à Mormedie puis à Aberdeen, poursuivit-elle, inquiète. Je crains que la maîtresse de Gareth ne s'en prenne à mon mari.

Gareth fit un pas vers elle. Son visage hagard reflétait néanmoins une sérénité qu'elle ne lui avait jamais vue.

— Je vais aller à Aberdeen m'occuper de Lucy.

— Prends ma voiture et mon cocher, proposa Douglas, une main sur l'épaule de son fils.

— J'irai plus vite à cheval, mais tu peux ramener Margaret à Mormedie. Je te le revaudrai, Margaret, promit Gareth. Je vais tout faire pour protéger ton mari. Reste avec le bébé à Mormedie.

— S'il n'est pas trop tard, ajouta-t-elle, à bout de forces.

— Nous perdons du temps et je meurs d'envie de connaître ma petite-fille, dit Douglas en souriant.

— Vous devriez peut-être rentrer chez vous pour vous reposer, s'inquiéta Margaret.

— Si je dois mourir bientôt, je veux être entouré par les êtres qui me sont chers, et non par des domestiques.

Reconnaissante, Margaret serra son père dans ses bras.

Avant de partir, elle contempla la chambre une

dernière fois. Enfant, elle avait cru aux histoires qui racontaient que le château était hanté et que les fantômes de lord et lady Forbes erraient parmi ces murs solitaires.

— Adieu, j'espère que nous trouverons tous la paix, murmura-t-elle.

Pendant que Gareth chevauchait vers Aberdeen, Margaret et son père se dirigeaient vers Mormedie.

— Ne t'inquiète pas, je suis certain qu'ils vont bien, lui répétait Douglas pour la réconforter.

Les mains serrées sur ses genoux, elle hocha la tête.

— Dès que je me serai assurée que Mairi se porte bien, je demanderai au cocher de m'emmener à Aberdeen pour rejoindre Duncan.

— Il doit être bien exceptionnel pour que tu tiennes autant à lui.

Margaret sourit.

— C'est vrai. Il est courageux, intelligent et drôle... et il m'aime profondément.

— On dirait que cela t'étonne, Margaret.

— Jusqu'à maintenant, je n'avais aucune raison de m'aimer moi-même.

Cet aveu déchirant blessa son père.

— J'espère que cela a changé.

— J'ai appris à ne plus me culpabiliser. J'ai souvent été aidée par des gens qui m'aiment — Duncan, Mairi, Agnès, Stephen...

— Nous avons perdu tellement de temps et gâché tant d'années! soupira Douglas.

62

Lorsqu'ils arrivèrent à Mormedie, ils trouvèrent la maison en pleine confusion : des domestiques attendaient dans l'allée et des chiens aboyaient avec frénésie. Le cœur serré, Margaret devina qu'il était arrivé un malheur. Les portes du manoir s'ouvrirent brusquement et Shona Kidd se précipita vers elle.

— Qu'est-ce qui se passe ? C'est Duncan, n'est-ce pas ? Où est-il ?

— Il est dans l'entrée avec papa. Il est blessé, mais il voulait à tout prix te rejoindre...

La peur faisait battre le sang de Margaret à ses tempes. Il lui fallut une éternité pour gravir les marches et pousser la porte d'entrée.

Il est blessé. Si Colin était venu, cela devait être grave.

Trop de personnes lui bouchaient la vue : Colin, Graeme et ses enfants, une servante qui tenait un bassinet en argent. Ils s'écartèrent à son arrivée. Duncan était assis sur le banc.

Leur soulagement partagé fit sangloter Margaret. C'est alors qu'elle vit le pansement qui gonflait sa veste. Il se leva, se retenant de crier sous l'effet de la douleur. En un instant, ils étaient dans les bras l'un de l'autre.

— Graeme et moi allions te chercher à Meirneal. Je ne connaissais pas le chemin. Margaret, est-ce que tu vas bien ?

— Parfaitement, mais toi... C'est Walter qui t'a blessé ?

— Non, c'est Lucy avec un scalpel de chirurgien, expliqua-t-il en enfouissant son visage dans les cheveux de sa femme. Je ne veux jamais revivre l'angoisse que j'ai éprouvée en apprenant que tu avais disparu avec ton frère.

— Comment es-tu arrivé jusqu'ici avec cette blessure ?

— Grâce à de la morphine, à Mme Jones, à mon père et à un cocher compréhensif.

— Où est Lucy ? demanda-t-elle, chancelant sous le contrecoup des émotions de la journée.

Colin les fit asseoir tous les deux et demanda aux autres de sortir. Duncan se mit à parler, à voix si basse que Margaret dut se pencher pour l'entendre.

— Lucy m'a laissé dans la maison en pensant que j'allais mourir, puis elle est sortie et s'est fait renverser par un omnibus. Le conducteur n'a pas pu freiner à temps.

— Elle s'est suicidée ?

— Je ne sais pas. Le conducteur était dans tous ses états. D'après Donald, il aurait vu Lucy qui essayait d'échapper à un homme debout sur les marches de la maison.

— Qui était-ce ?

— Personne ne le sait. Le conducteur affirme qu'il portait une casquette et des knickerbockers en tweed...

— Ainsi, il a tenu promesse, dit Margaret en souriant.

Pour une fois, Duncan ne se moqua pas des explications mystiques de sa femme. Il ne lui demanda même pas de quoi elle parlait, tant il craignait de le deviner.

Pendant que Margaret nourrissait Mairi, Duncan examina Douglas et lui conseilla de se mettre au lit. Tout le monde voulait en savoir davantage. Même les femmes de chambre s'attardaient, écoutant comment Duncan avait été blessé puis sauvé par une cuisinière, une femme comme elles, une héroïne d'origine modeste.

— Sortons dans le jardin quelques instants, dit Duncan à Margaret.

Margaret ne se tenait plus de joie. Pendant le voyage interminable depuis Meirneal, elle avait été certaine qu'elle allait le perdre, et cette pensée avait été intolérable. Elle remerciait le ciel que son mari et son enfant soient sains et saufs.

— Tu as perdu beaucoup de sang, je préférerais que tu te reposes. Nous parlerons demain.

— J'ai dormi dans la diligence et ta précieuse Mme Jones m'a ficelé comme une dinde de Noël et m'a fait avaler une potion infecte. Le goût m'a rappelé des souvenirs attendrissants de toi me veillant à Maryhead.

— Un quart d'heure seulement, concéda-t-elle.

Dans le jardin, les rosiers se fanaient. La haie de noisetiers s'estompait dans la brume et des chiens aboyaient dans les fermes avoisinantes.

Main dans la main, ils s'assirent sur un banc de pierre que verdissait de la mousse.

— Pourquoi les choses les plus importantes de ma vie arrivent-elles toujours en automne ? demanda Margaret. La mort de ma mère et d'Alan, notre rencontre à Aberdeen, le naufrage, la naissance de Mairi et enfin les événements d'aujourd'hui ?

Il ne répondit pas. En tant que médecin, il savait qu'il avait failli mourir, mais il ne craignait pas la mort, il voulait seulement s'occuper de Margaret et de Mairi. Pour les protéger, il serait revenu de l'au-delà, si cela avait été possible. Maintenant qu'ils étaient libérés du passé, il remerciait le ciel d'avoir la chance de pouvoir tourner la page.

— Quelqu'un veillait sur nous.

— Un ange gardien, peut-être ? s'amusa-t-elle.

— Ton père s'inquiète pour la santé mentale de Gareth.

— Je connais un endroit où il pourra se soigner.

— Maryhead ?

— Oui. Venez, docteur, les quinze minutes sont écoulées, il faut être un patient raisonnable.

— Laisse-moi seul quelques instants.

— Dépêche-toi, je ne supporte pas de te quitter trop longtemps, ajouta-t-elle en l'embrassant.

Fou d'amour, il la regarda regagner la maison. Lentement, il se leva et marcha jusqu'au bout du jardin.

Quelques mètres plus loin, un petit pont de corde enjambait un ruisseau et Duncan vit un homme apparaître devant ses yeux.

Andrew.

Ta merveilleuse épouse et toi m'avez causé bien du souci, Duncan.

A la maison, hier, la pendule déréglée et les tableaux de travers, c'était donc toi !

Duncan devinait l'amusement d'Andrew.

Bien sûr. Tu es tellement buté, Duncan, que j'ai dû me résoudre à cette mise en scène grotesque...

Le silence n'était troublé que par le clapotis du ruisseau sur les pierres.

Je dois partir maintenant, Duncan. Sois gentil avec Alice et avec mon fils.

Je te le promets, Andrew.

La silhouette d'Andrew s'évaporait comme la fumée d'une chandelle.

Je suis désolé, Duncan...

Moi aussi, je m'excuse.

Je t'aime, vieux chameau.

— Andrew, attends ! Moi aussi, je t'aime, où que tu sois, ne l'oublie jamais !

Andrew avait disparu, mais la pénombre vibrait encore de sa présence.

63

Taynaross, été 1855

Duncan ôta le journal médical des mains de Margaret et la rejoignit dans le lit, le corps encore mouillé de son bain.

— Vous étudiez pour votre examen de médecine, madame MacNeill ? la taquina-t-il en l'embrassant.

— Auriez-vous peur de la concurrence, docteur ?

Tandis qu'une brise d'été entrait par la fenêtre, ils firent l'amour avec lenteur. Comme tous les soirs, Duncan se demandait ce qu'il avait fait pour mériter pareil bonheur.

Emue, Margaret lui caressa la joue.

— J'ai lu ton nom dans le journal. Plusieurs professeurs renommés ont loué ton travail.

— C'est un vieil article. D'autres médecins font des découvertes bien plus importantes que les miennes.

— Est-ce que cela te manque ? L'ambition, la reconnaissance de tes pairs ?

— Pas du tout, murmura-t-il en la pénétrant.

— J'ai un secret, avoua-t-elle, les bras lui enserrant les épaules, leurs corps unis par l'amour et la passion.

Le visage pressé contre son cou, ses jambes autour de ses reins, elle l'attira en elle.

Ils respiraient l'odeur des pins. Le vieux lit craqua et Margaret étouffa un léger rire quand Duncan déclara qu'il allait le débiter en rondins pour alimenter la cheminée. Mari et femme, père et mère, amis et amants. Même dans les moments les plus intimes, ils savaient encore rire.

Et depuis quelques mois, ils travaillaient ensemble, le docteur et la guérisseuse. Si un patient du village trouvait le Dr MacNeill intimidant, avec ses aiguilles hypodermiques et son curieux inhalateur, il se rassurait à la pensée de sa ravissante épouse, avec son panier d'herbes et ses traitements d'autrefois, sa connaissance des esprits et des fées, et de leurs diableries.

L'union de la médecine moderne et des croyances séculaires, de Margaret Rose et de Duncan MacNeill, était une union heureuse.

Duncan écarta tendrement les mèches du visage de Margaret. Elle dormait. Bien qu'il fût tard, il voulait écrire son journal, qu'il négligeait maintenant que sa clientèle se développait.

— Je connais ton secret, petite sorcière. Un bébé pour la Saint-Sylvestre, murmura-t-il en la recouvrant avec la couette.

Après avoir allumé la bougie, il enfila sa robe de chambre et s'assit au bureau en bois de rose face à la fenêtre. Devant lui s'étendaient les bois de Taynaross.

Comme la vie était douce ! Ils allaient avoir un autre enfant ; Douglas Rose, défiant tous les médecins, le verrait naître ; Gareth, avec ses aquarelles d'une lointaine île écossaise, commençait à être célèbre.

Alors qu'il allait prendre sa plume, Duncan vit le livre de philosophie orientale, cadeau de Stephen Rose. Il n'avait pas encore eu le temps de le lire.

En l'ouvrant au hasard, il tomba sur cette phrase :

« Toutes les choses viennent de la joie, existent par la joie, et retournent à la joie. Pour le prouver, il suffit que l'homme y croie. »

Oh, oui !

Pour Duncan, c'était certainement ainsi.

Vous avez aimé ce livre...
Découvrez les autres romans de la collection

Aventures et Passions

Voyage dans le temps

Esclave à travers les siècles
de Virginia Henley (n° 4479)

Lors d'une visite dans un magasin d'antiquités, Diana Davenport trouve un casque romain. Qu'elle coiffe... La voilà aussitôt transportée dans l'Antiquité, esclave du beau centurion Marcus, destinée à satisfaire ses moindres caprices. Il n'y a pas de pire sort que l'esclavage. Surtout si on tombe folle amoureuse de son maître...

La rebelle venue d'ailleurs
de Lori Copeland (n° 4550)

Boston, 1993, Ashley Wheeler est guide dans un musée. Un jour, elle trébuche dans l'escalier et se réveille... en 1775 dans une taverne de Boston où des patriotes complotent pour renverser les Anglais ! Avec, à leur tête, un certain Aaron Kenneman terriblement séduisant... Grâce à ses connaissances historiques, elle peut aider les rebelles. Et Aaron...

Pour un jour ou pour toujours
de Carolyn Lampman (n° 4485)

1995. Brianna effectue un vol en montgolfière avec son ami d'enfance, Tom Daniels. Un orage éclate, la montgolfière va s'écraser, Brianna s'évanouit... et se réveille en 1860, fiancée par procuration à un certain Lucas. Par contre, Anna, la fiancée d'origine, se réveille dans la montgolfière aux côtés de Tom ! Les deux jeunes femmes ont en fait échangé leur place. Tout se complique quand l'amour s'en mêle !

A jamais séduite
de Linda Lael Miller (n° 4588)
Megan est une fillette de cinq ans en proie à de terribles maux de tête. Lors d'une crise particulièrement aiguë, elle perd connaissance et se retrouve... au XIIIe siècle, attendant le retour des Croisades de son fiancé. Mais quand le beau Dane St. Gregory revient, il est accompagné d'une autre et veut faire annuler ses fiançailles...

Pour ne plus jamais te perdre
de Shelly Thacker (n° 4610)
En l'an 1300, Gaston de Varennes combat le duc de Tourelle qui a lâchement fait assassiner son père et son frère pour obtenir leurs terres. Mais le roi ordonne à ses vassaux de faire la paix et oblige Gaston à épouser la protégée de Tourelle, Christiane Fontaine. Parallèlement, de nos jours, la belle et riche Céline Fontaine doit être opérée en urgence après avoir été blessée par une balle. Mais, la nuit du Nouvel An, une éclipse de Lune se produit et Céline se réveille dans la peau de Christiane, la fiancée que le roi impose à Gaston de Varennes...

Captive du temps
de Brenda Joyce (n° 4637)
1996. Alex est une jeune étudiante d'histoire. Lors d'un voyage d'étude à Tripoli, elle achète une lampe qui la transporte en plein XVIIIe siècle. Vêtue étrangement, l'air perdu, elle est ramassée dans la rue et vendue comme seconde épouse au fils du sultan! Arrive Blackwell, un marin anglais fait prisonnier par le sultan. Grâce à ses études, Alex sait qu'il parviendra à s'échapper des geôles du sultan. Elle le rencontre, c'est le coup de foudre...

Pour une nuit de passion...
de Nelle McFather (n° 4716)
Tennessee, 1988 et 1859. Jade Devereux appartient à une grande famille sudiste. Elle est fascinée par la vie de Deidre, son ancêtre irlandaise. Au point de se retrouver transportée en 1859 et de revivre les aventures de son ancêtre: abandonnée par sa famille, elle se retrouve enceinte après une nuit d'amour avec Quentin Devereux. A la suite d'un quiproquo, ils se séparent et, par dépit, elle épouse le premier venu...

4761

Composition Interligne B-Liège
Achevé d'imprimer en Europe (France)
par Brodard et Taupin à La Flèche
le 30 janvier 1998. 6031T-5
Dépôt légal janvier 1998. ISBN 2-290-04761-9
Éditions J'ai lu
84, rue de Grenelle, 75007 Paris
Diffusion France et étranger : Flammarion